尝谓今人纂辑之书,正如今人之铸钱。古人采铜于山,今人则买旧钱,名之曰废铜,以充铸而已。所铸之钱,既已粗恶,而又将古人传世之宝舂剉碎散,不存于后,岂不两失之乎?承问《日知录》又成几卷,盖期之以废铜,而某自别来一载,早夜诵读,反复寻究,仅得十余条,然庶几采山之铜也。

——顾炎武

采铜文丛

关诗珮 著

晚清中国小说观念译转

翻译语『小说』的生成及实践

生活·讀書·新知 三联书店

Simplified Chinese Copyright © 2025 by SDX Joint Publishing Company.
All Rights Reserved.
本作品简体中文版权由生活·读书·新知三联书店所有。
未经许可，不得翻印。

图书在版编目（CIP）数据

晚清中国小说观念译转：翻译语"小说"的生成及实践/（新加坡）关诗珮著. —北京：生活·读书·新知三联书店，2025.4
（采铜文丛）
ISBN 978-7-108-07191-0

Ⅰ.①晚⋯ Ⅱ.①关⋯ Ⅲ.①古典小说-小说研究-中国-清后期 Ⅳ.①I207.41

中国国家版本馆 CIP 数据核字（2024）第 004846 号

本書由商務印書館（香港）有限公司授權簡體字版，限在中國內地出版發行。

特约编辑	陈丽军
责任编辑	王婧娅
封面设计	崔欣晔
责任印制	洪江龙
出版发行	生活·讀書·新知 三联书店
	（北京市东城区美术馆东街22号）
邮　编	100010
印　刷	江苏苏中印刷有限公司
版　次	2025年4月第1版
	2025年4月第1次印刷
开　本	720毫米×1000毫米 1/16 印张 20.75
字　数	345千字
定　价	78.00元

目　录

i　　　绪论

甲部　译转小说概念

003　　第一章　重探"小说现代性"——以吴趼人为个案研究

003　　　一　引言
006　　　二　吴趼人小说的"传统性"
009　　　三　吴趼人小说的"现代性"
020　　　四　传统小说的"现代性"
024　　　五　以叙事手法探讨小说现代性的困局
031　　　六　小结

034　　第二章　移植新小说观念：坪内逍遥与梁启超

034　　　一　引言
038　　　二　坪内逍遥与梁启超：现代"小说"观念的启蒙者
042　　　三　小说的地位
048　　　四　小说的归类
055　　　五　小说的分类

062	六	"小说"作为"the novel"的对译语
069	七	小结

073	**第三章 吕思勉（成之）《小说丛话》对太田善男《文学概论》的吸收——兼论西方小说艺术论在晚清的移植**

073	一	引言
076	二	吕思勉与太田善男的艺术论
078	三	小说的两种特质：势力与艺术的对立
084	四	模仿论以及"写实与理想"的论争
099	五	文学之美
101	六	小说作为文学类型
108	七	小结

110	**第四章 唐"始有意为小说"：从鲁迅的《中国小说史略》看现代小说（虚构）观念**

110	一	引言
113	二	小说与小说书
119	三	唐始有意为小说
125	四	个人的造作
133	五	小说为艺术
138	六	小结

乙部　翻译小说实践

145　第五章　从林纾看中国翻译观念由晚清到五四的转变——西化、现代化与原著为中心的观念

145　　一　引言
149　　二　晚清的译界
153　　三　对译笔的重视
160　　四　中学为体，西学为用
167　　五　五四
172　　六　原著为中心观念
185　　七　小结

187　第六章　现代性与记忆："五四"对林纾文学翻译的追忆与遗忘

187　　一　引言
189　　二　"五四论述"通过遗忘并压抑对林纾的记忆而来
200　　三　林纾成为新翻译规范建构者的重要记忆
215　　四　林译小说成为中国文学西化起源的象征符号
224　　五　林译成为翻译史上的符号
227　　六　小结

| 229 | 第七章 哈葛德少男文学（boy literature）与林纾少年文学（juvenile literature）：殖民主义与晚清中国国族观念的建立 |

229	一 引言
232	二 维多利亚时代的哈葛德与晚清的林纾
240	三 英国的殖民主义与晚清的国族观念
245	四 维多利亚时代的少年文学与少男冒险文学
253	五 晚清的少年文学及林纾增译的少年气概
264	六 林纾对少年身份所产生的焦虑

| 273 | 总结 |

| 278 | 参考文献 |

绪　论

这是我第三本学术著作。从叙事时间而言，是继我完成《译者与学者：香港与大英帝国中文知识建构》《全球香港文学：翻译、出版传播及文本操控》后出版的专论，然而从书写时间而言，本论大部分的文章都写得更早，亦是本著的议题启导我走向翻译研究。

中国文学如何"现代"、怎样表现现代性，以及现代化过程的线索等诸种问题，是1990年代以来下启二十年的学术热点，中国、日本、北美学界大量学者投身于此研究。从这炽热风气下，晚清文学研究新作竞出，[①] 受人瞩目：有从理论分析，有从语言（白话及文言之争）分析，有从作家论出发，更多是细致分析文学文本内容及手法；最初是从叙事分

---

① 在此无法列出所有著作，仅将代表作品顺年序列出。如阿英：《晚清小说史》（上海：商务印书馆，1937年）；Milena Doleželová-Velingerová, *The Chinese Novel at the Turn of the Century (1897–1910)* (Toronto: University of Toronto Press, 1980)；樽本照雄：《清末小说探索》（大阪：法律文化社，1988年）；欧阳健：《晚清小说史》（杭州：浙江古籍出版社，1997年）；林明德：《晚清小说研究》（台北：联经出版公司，1989年）；袁进：《中国小说的近代变革》（北京：中国社会科学出版社，1992年）；康来新：《晚清小说理论研究》（台北：大安出版社，[1986] 1999年）；黄锦珠：《晚清时期小说观念之转变》（台北：文史哲出版社，1995年）；David Der-Wei Wang, *Fin-de-siècle Splendor Repressed Modernities of Late Qing Fiction, 1848–1911* (California: Stanford University Press, 1997); Patrick Hanan, *Chinese Fiction of the Nineteenth and Early Twentieth Centuries* (New York: Columbia University Press, 2004); Theodore Huters, *Bringing the World Home: Appropriating the West in Late Qing and Early Republican China* (Honolulu: University of Hawai'i Press, 2005)；陈平原：《晚清文学教室：从北大到台大》（台北：麦田出版，2005年）。还有不以晚清（或清末）、晚清小说或晚清文学为题，但研究晚清个别重要作家及思想的著作，如夏晓虹、陈建华、王宏志等的著作，见下文。

析,后来文类及长短篇格式、翻译、性别、图像都有专题研究,① 不一而足。学界在这股风潮下,发掘出大量新史料及新文献。② 我厕身其中,大开眼界,深受启发,期待有一天能跟上他们的步伐甚至与之对话。2002年,我开始在东京大学留学,课堂虽然着重讨论近现代受日本影响的亚洲作家群,如鲁迅、周作人、郁达夫、叶石涛、张文环、梅娘、川岛芳子、刘呐鸥等等,以及于研究室内,我负责报告香港文学,然而课余间却专以搜集明治文学资料为乐。机缘巧合,看到柳父章的著作,开启了一种新视角。柳父章是研究明治文学及思想史的大家,他不但把日本文化描述为"翻译文化"③,更早在1970年代就开始专题分析这些今天广为人知的和制汉语、借词、外来词,如"自由""人权""社会""道德""文化"等,以厚实的资料(汉语、法语、德语等等)仔细爬梳在文化脉络转变下新词的生成及演变、旧词词汇的转变(字形、音、词语搭配不变而词义改变);他特别以翻译为视点,深入探讨翻译过程如何于不同文化间转换概念,并担当了传播新思想的中介及动因。④

　　1990年代学界已奠下一个广为人知的定论——鲁迅在1918年发表的《狂人日记》是中国现代小说的开端,这是中国文学史上第一篇现代小说。

---

① 陈平原:《中国小说叙事模式的转变》(北京:北京大学出版社,1998/2003年)。夏晓虹:《晚清文人妇女观》(北京:作家出版社,1995年);David Pollard ed., *Translation and Creation, Readings of Western Literature in Early Modern China, 1840－1918* (Amsterdam and Philadephia: John Benjamins Publ. Co. 1998);陈平原、夏晓虹编著:《图像晚清:点石斋画报》(天津:百花文艺出版社,2001年);Catherine Yeh, *The Chinese Political Novel: Migration of a World Genre* (Cambridge, Massachusetts: Harvard University Asia Center, 2015);张丽华:《现代中国"短篇小说"的兴起——以文类形构为视角》(北京:北京大学出版社,2011年)。
② 陈平原、夏晓虹编:《二十世纪中国小说理论资料》第1卷(北京:北京大学出版社,1997年);黄霖、韩同文选注:《中国历代小说论著选》(南昌:江西人民出版社,1990年)。
③ 柳父章:《翻訳とはなにか:日本語と翻訳文化》(東京:法政大学出版局,1976年)。
④ 柳父章:《翻訳語成立事情》(東京:岩波新書,1982年)。此书近年有部分章节被译成英语,见Joshua A. Fogel ed. and trans., *The Emergence of the Modern Sino-Japanese Lexicon: Seven Studies* (Leiden: Brill, 2015) 第4、5章。

《狂人日记》之所以得到这样大的重视，原因在于它一直被认为是理解中国现代小说的源流，即探索中国小说现代性的重要根源。这是有历史原因的，因为在《狂人日记》出版后，围绕这部小说的评语莫不以"划分时代"①、"新纪元"②、"中世纪跨进了现代"③ 冠之，而其表现风格又仿佛是最能宣示"新"之所在。④ 从这种时代反应开始，百年后，在西方结构主义及叙事学的影响被中国研究界着重讨论的形势下，《狂人日记》渐渐成为"小说现代性"的最佳示范。⑤ 在新旧交替的 2000 年，学术界对百年前中国现代文学发生史做出更深入的回顾及反思，特别由于后现代思想对启蒙主义的批判，中国文学研究界渐渐质疑"五四精神"过去被高举的启蒙意义、理性意识、求新求进步，及线性历史观下大力反对复古、铲除五四文学异见、否定耽美逸乐的人生思想及艺术表现等，⑥ 学界便渐渐反思五四的启蒙意识的合法意义，并由此而上溯至五四知识群曾经大力打压及

---

① 鲁迅的第一本小说集《呐喊》在 1923 年 8 月由北京新潮社列入"文艺丛书"出版时，8 月 31 日上海《民国日报》副刊刊登了题为"小说集《呐喊》"的出版消息，称《呐喊》是"在中国底小说史上为了它就得'划分时代'的小说集"。
另外，茅盾亦称此为"划时代的作品"，见茅盾：《论鲁迅的小说》，原刊香港《小说月刊》1948 年 10 月第 1 卷第 4 期，收入《茅盾全集》第 23 卷（北京：人民文学出版社，1990 年），页 430。张定璜也称此为"在中国文学史上用实力给我们划了一个新时代"，见张定璜：《鲁迅先生》，原刊《现代评论》1925 年 1 月第 1 卷第 7—8 期，收入台静农编：《关于鲁迅及其著作》（郑州：海燕出版社，2015 年），页 20。
② 茅盾：《论鲁迅的小说》，原刊香港《小说月刊》1948 年 10 月第 1 卷第 4 期，收入《茅盾全集》第 23 卷，页 430。
③ 张定璜：《鲁迅先生》，原刊《现代评论》1925 年 1 月第 1 卷第 7—8 期，收入台静农编：《关于鲁迅及其著作》，页 20。
④ 雁冰（茅盾）：《读〈呐喊〉》，原刊《时事新报》副刊《文学》1923 年 10 月 8 日第 91 期，收入《茅盾全集》第 18 卷（北京：人民文学出版社，1990 年），页 394—399。
⑤ Leo Ou-fan Lee, "Tradition and Modernity in the Writings of Lu Xun," in Leo Ou-fan Lee ed., *Lu Xun and His Legacy* (Berkeley: California University Press, 1985), pp. 3 - 31.
⑥ Leo Ou-fan Lee, "Incomplete Modernity: Rethinking the May Fourth Intellectual Project," Rudolf Wagner, "The Canonization of May Fourth," in Milena Doležalová-Velingerová and Oldřich Král eds., *The Appropriation of Cultural Capital: China's May Fourth Project* (Cambridge, Massachusetts: Harvard University Asia Center, 2001), pp. 31 - 65, pp. 66 - 120. 李欧梵：《晚清文化、文学与现代性》，《李欧梵自选集》（上海：上海教育出版社，2002 年），页 265—279。

妖魔化的"晚清文学"。晚清文学的诸种思想、学术、美学功能在重新审视"中国小说现代化"的过程中就担当了重要角色,并获得各界确认。大家渐渐发现,从清末开始,中国小说无论在形式、体裁,还是在风格内容上,都与以往古代的作品有显著的不同。论者往往以中国小说的"近代变革""现代化转型""观念演进""叙事模式转变"等概念来统称这种转变现象。有学者认定晚清小说是"五四时代中国现代小说的先驱";[1] 亦有学者则指出,对晚清小说的重新审视,等同于释放"被压抑的现代性"。[2] 晚清文学曾经是夹于古代文学及现代文学两个重大领域的弃儿,[3] 然而在"没有晚清,何来五四"的号召下,学界重整旗鼓,以战战兢兢的心情,重回晚清的怀抱,并以重新考察晚清小说如何呈现中国小说现代性为研究重点。在这种思路下,晚清小说名家——特别是吴趼人——受到极大的重视,因为从晚清开始他已被视为新小说领军人物之一。渐渐地,他的作品取代了鲁迅的《狂人日记》,并成为"中国小说现代性"学术系谱考古下"体现中国小说从近代到现代发展过程的最佳范例"。[4]

---

[1] 米列娜编,伍晓明译:《从传统到现代:19 至 20 世纪转折时期的中国小说》(北京:北京大学出版社,1991 年),页 1。原文为 Milena Doleželová-Velingerová, *The Chinese Novel at the Turn of the Century (1897–1910)*。

[2] David Der-Wei Wang, *Fin-de-siècle Splendor: Repressed Modernities of Late Qing Fiction, 1848–1911*, pp.13-52;王德威著,宋伟杰译:《被压抑的现代性:晚清小说新论》(台北:麦田出版,2003 年),页 23—42。

[3] Theodore Huters, *Bringing the World Home: Appropriating the West in Late Qing and Early Republican China*.

[4] 韩南(Patrick Hanan)著,徐侠译:《中国近代小说的兴起》(上海:上海教育出版社,2004 年),页 169。这在学术系谱上经过了长时期发展及演变,见证了学界在互相激励下,以新知识及理论框架,特别是秉持开明心态及胸襟,推陈出新,追求进步的学术境界。见普实克对鲁迅小说《怀旧》有关文学结构及情节改变的探讨,尤其是他注重文学从传统到现代的过渡,相关著作见:Jaroslav Průšek: "Lu Hsün's 'Huai Chiu': A Precursor of Modern Chinese Literature," in Leo Ou-fan Lee ed., *The Lyrical and the Epic: Studies of Modern Chinese Literature* (Bloomington: Indian University Press, 1980), p.102; Patrick Hanan, "The Technique of Lu Hsun's Fiction," in *Harvard Journal of Asiatic Studies*, Vol.34 (1974), pp.53-96; Leo Ou-fan Lee, "Tradition and (转下页)

但是，无论是鲁迅的《狂人日记》还是吴趼人的小说，只要我们能从喧哗的论述中冷静地分析这些小说新技法，我们便会渐渐发现，这些技法亦曾经在传统小说中出现，如第一人称、叙事框式、跳跃叙事时间等等。古今小说表示第一人称的词语、叙事层、回叙时间等虽然有异，学界秉持的分析话语也不尽相同，然而不能否定的是，这些技法在中国灿烂的小说传统中已经出现，无论新时代中国现代作家运用这些技法有多娴熟而造成"质"的突破，还是因大量地使用出现"模式的转变"而有所谓"量"的突破，以小说技法作为分析角度及论据，都不足以明确识别现代小说与传统小说的区别。亦即是说，某些小说内部的因素——技法的改变——不足以构成"小说现代性"提案（proposition）。

于是，我大胆离开这个前设，并探溯其他能呈现现代文学与古代文学彻底断裂的地方：现代小说的出现，与文学的外在生态有关，而且可以说是由外在条件影响文学内部而来。现代小说的出现是与整个"文学观"的变化有关的，前者（文学表现形式）是后者（文学观念）的果；无论是"文学"还是"小说"观念，自晚清产生骤变以后，影响了"作者"对自身的理解、对创作的理解，读者的期待，文坛的规则、规律及规范，甚至文坛运作方式，如物质方面的事情：稿费、出版物、期刊、印刷或手写等等。如是，我们讨论小说观念的改变，则是指时人使用"小说"一词时，所引起的联想已经产生改变，特别是指当时的人对以下问题的解答："什么是小说，什么不是小说？""小说有什么用？""小说是否能同时有实用意义与享乐功能？""如何把小说分类及归类？""写小说有什么好？"在这个时候，我想到柳父章的研究，以及思想史巨擘诺夫乔伊（Arthur O. Lovejoy）在《存在巨链：对一个观念的历史的研究》中所指的，如何以思想单位（unit-idea）为切入点，分析带来思想巨变的哲性意涵（philosophical

---

（接上页）Modernity in the Writings of Lu Xun" in Leo Ou-fan Lee ed., *Lu Xun and His Legacy*, pp. 3-31；李欧梵：《鲁迅的小说现代性技巧》，乐黛云主编：《当代英语世界鲁迅研究》（江西：江西人民出版社，1993年），页28—45。

semantics)。诺夫乔伊的基本工作,就是循名词或词汇入手,分析词语承载的思维、形象、想法。对他而言,词语反映的不只是声音及意义,更是一代人的心智习惯(mental habits)。①

于是,我回到这些论述的原点重新思考各种可能性。晚清时期,曾经最大力推销"新小说"并带来小说界革命的梁启超与他的同代,其实已提出这些问题,并大力呼吁重新认识小说。他振臂一呼,带领起"小说革命",他也许担心时人看不到革命的前卫意义,便不断提出"新小说"一词,目的是以前缀词"新"放诸"小说"上,着人留意小说观念已发生惊天动地的转变。应该承认,梁启超在晚清的小说革命是极度成功的,这成功启导了后来我们看到的百年文化遗产,才有后来于1990年代出现"中国小说现代化"讨论的可能。那么,为什么百年过去后,我们在讨论小说现代性的时候,忘记了小说观念的革新才是问题的基本?而学界分析梁启超于1902年发表的理论文章《论小说与群治之关系》时,多关心文章较表面的论述——对小说地位(最上乘)、小说功能("熏、浸、刺、提")的认识——而把"新小说"的"新"仅归于此,无视"小说"这个概念本身的转变?

我认为,问题的症结还是过分重视"新小说"一词的"新"字,这本身可能就是现代性的问题所在——"好新""求新""贪新"——而忽略了"小说"一词才是一切问题变化的重点。若以词义及观念分析"小说"一词,并置这词于晚清中国受明治日本文化影响语境下产生的词汇革命去看,就不难看出"小说"已像"文学""哲学""自由""社会"等词语一样,写法虽为汉字"小说"(当然,植字时中国汉字"小说"与日本汉字"小说"字体有些微差异),但其实已成为一种新的语言符号,承载着现代西欧文学的各种意涵。其实,要指出"小说"为翻译语并不困难,但我认为应该像柳父章及诺夫乔伊等人的研究方法及思路那样,以深入的分析及

---

① Arthur Lovejoy, *The Great Chain of Being: A Study of the History of an Idea* (Cambridge, Massachusetts: Harvard University Press, 1936), p.15.

翔实的文献论述思想转变过程,而非只是利用欧洲哲学及文学理论,提纲挈领点出跨语际转换时的问题。

我们都知道,现代汉语中很多新词,都是从明治日本"逆输入"到晚清、民国中国而得以普及。这些新词,过去在中国一般被归纳为"外来语""借词";而在日本则被进一步分析出哪些是日本赋予新义及新字形的"和制汉语"。这些词,并非来自传统日语"大和言叶(语言)",而是在幕末明治之时,日本社会为了"文明开化"的需要,大量输入的现代西欧知识——从机械、医学、军事等"实用科学",渐渐到文学及哲学等"人文知识"。为求达到输入新事物的目的,就需要新名词、新表述作为承载新思想、新概念的手段。最初日本是经17世纪兰学及19世纪初来华的传教士翻译的词典,学习如何以新词汇表述新思想,清末时留学日本的周作人就指出,日本文明开化的旗手福泽谕吉学习英文时,就是利用最早编写英汉字典的中国人邝其照的《华英字典》来学习。① 后来随着日本的需要,又自造新词。现在我们常见常用的"革命""修辞""文化""道德""封建""社会""个人""经济""民主""哲学""科学""权利""近代""恋爱""存在",莫不是经过明治日本的移译过程,对应于以下各英语(简单而言)观念而来:revolution, rhetoric, civilization, ethic, feudal, society, individual, economic, democracy, philosophy, science, right, modern, love, being。② 这些词,在日语的发展史上,大致可分为两组:第一组的词

---

① 周作人:《翻译与字典》,原刊1951年4月《翻译学报》,收入钟叔河编:《周作人文类编》第8卷《希腊之余光》(长沙:湖南文艺出版社,1998年),页790。
② 实藤惠秀在1960年代已开始做这方面的研究,见実藤惠秀:《日本と中国における留学と翻訳》,《中国人日本留学史》(さねとう・けいしゅうくろしお出版,1960年),頁436—441;Federico Masini, *The Formation of Modern Chinese Lexicon and Its Evolution toward a National Language: The Period from 1840 to 1898* (Berkeley: California University Press, 1993), pp. 98‐103; Michael Lackner, Iwo Amelung and Joachim Kurtz eds., *New Terms for New Ideas: Western Knowledge and Lexical Change in Late Imperial China* (Leiden: Brill, 2001);陳力卫:《和製漢語の形成とその展開》(東京:汲古書院,2001年);沈国威:《近代日中語彙交流史:新漢語の生成と受容》(東京:笠間書院,2008年)。

绪 论 *vii*

汇，是翻译西欧文明及学问思想的新造译语，统称为"翻译语"，如"社会""个人""近代""美""恋爱""存在"等；而第二组，也曾出现于明治维新以前，但却在明治维新之时被赋了新意新义，本义因而褪色，渐渐由西欧的观念所代替并得以普及，如"自然""权利"等。铸造新词新语的人物，大多是当时的知识阶层或汉文学者（汉学家），而他们推陈出新的方法，就是于中国古籍内找出意义相应的字词或字句，经过重新组合及抽缀而成。如"revolution"对译"革命"，其本义出于《易·革·象传》的"天地革而四时成，汤武革命，顺乎天而应乎人"；"rhetoric"对译为"修辞"，语出《易·文言》"修辞立其诚，所以居业也"；"literature"对译为"文学"，其本出于《论语·先进》的"德行：颜渊、闵子骞、冉伯牛、仲弓。言语：宰我、子贡。政事：冉有、季路。文学：子游、子夏"。这些对应西欧概念的词语，在日语发展史上而言，可以视为新词。因此，即使我的研究为中国小说现代化过程，而且从历史发生论去看，"现代化"长时间等同了西化或西方现代化，但我要仔细分析中国"小说"一词的改变，也必须回到明治日本了解这个词义发生西化的过程。

众所周知，中国传统"小说"概念，源于《汉书·艺文志》，"小说"一词在中国小说的历史内，虽然也出现很多次引申义的改变，但大意不离原先《艺文志》"丛残小语""街谈巷议""琐屑之言""道听途说"之意。日本自明治开化（1868年）前，"小说"大意也沿自中国而来。直至日本文学巨擘坪内逍遥（1859—1935）于《小说神髓》（于1884至1885年面世）中以"小说"（しょうせつ）一词对译为西欧文学类型"the novel"（ノベル），与此同时用"物语"作为承载另一与西方文类概念"romance"的对应观念，日本从此以后便经历了众多的回响、笔战及反馈，启导了"小说"意义的古今断裂。梁启超（1873—1929）流亡日本后，借鉴日本多种思想改革理论，他很可能也参考了坪内逍遥《小说神髓》的说法，而提出"新小说"观念。梁启超的目的虽在启蒙及救国，却大大改变了小说的功能及提升了小说的价值。因此，"小说"一词在梁启超后，应被视为

"新词汇""翻译语",这个词经渡日知识分子及留日学生,从日本逆输入中国,将明治日本在语言及文化移译现代西方的过程,横空导入中国"小说"观念之内。中国"小说"、日本"物语小说"及西欧英语"the novel"本来产生于不同的历史语境及文学传统,且三者的意义并不完全吻合,也并不是等值意涵。然而因为翻译"意义对等"的迷思,以及字形相同的乔装,中国小说的现代化过程,随着翻译语"小说"一词被赋予新内涵及新观念传入晚清中国,而得以急遽发生,同时移植了三地(西方、日、中)时空及文学传统。小说经"梁启超式"输入后,① "中国小说"自晚清经由此一转折过程,在归类上脱离传统"经、史、子、集"四部内的"子部"或史部的"稗史、野史",而渐渐归入"文学"(literature)这一科目,与戏剧、诗及散文并其中的主要文体;小说的概念也渐渐从"街谈巷议"过渡到西方小说的观念。

梁启超虽然输入日本翻译语"小说",并以"新小说"概念强调这个词的新意义;然而,"新""小说"的出现又或新观念的形成,必是经过一代人的共同努力;因此,单单分析梁启超的小说理论如何移植日本理论,并不足以带出整个小说观念转变的图像。要更仔细分析词语"小说"对译到西方"the novel"的过程,我们需要再往深钻研,特别要从具有代表性的人物或文章入手。因此,选以晚清民国时最长的小说理论《小说丛话》(1914年)展开分析,就是展现这个过渡时期的最佳示范。这篇文章的重要性,不只是写自历史学家吕思勉,更重要的是显示他没有盲目跟从时代风气,人云亦云。他为了理解西学来源及新概念的意涵,取来日本明治时

---

① 在中国已进一步认同西方的价值为追求的价值的五四之时,梁启超回看晚清的自己,对于时人一知半解、没有系统、不加筛选地输入新事物到中国,调侃自己带来的翻译新思想、方法为"梁启超式"的输入。"日本每一新书出,译者动数家。新思想之输入,如火如荼矣。然皆所谓'梁启超式'的输入。无组织。无选择。本末不具。派别不明。惟以多为贵。而社会亦欢迎之。盖如久处灾区之民。草根木皮。冻雀腐鼠。罔不甘之。朵颐大嚼。其能消化与否不问。能无召病与否更不问也。"梁启超:《清代学术概论》(原题《前清一代思想界之蜕变》),《梁启超全集》第5册第10卷(北京:北京出版社,1999年),页3104—3105。

期学者太田善男（1880—?）的《文学概论》（1906年），大量翻译、说明、解释西方小说中的几项最重要的特质："摹仿论"中的反映、摹写、摹拟、写实、想化（想象）、创造等问题。他更仔细地从太田善男的文学论中抽取出"novel"及"romance"的分野，一方面对应中国自1902年发生的小说观念改变，另一方面再厘清众多梁启超无心仔细分析的问题，特别是小说的文学之美以及当中的艺术性。虽然吕思勉并无标明参考出处，但通过仔细分析及整理，我认为不能否定他是参考自太田善男的理论。吕思勉比起梁启超文论更成熟的地方，是他更大胆把"novel"与"小说"平排而置，"复杂小说，即西文之 Novel。单独小说，即西文之 Romance 也"。虽然他在理解西方小说类型上与今天仍有极多的差别，但可以说，翻译语"小说"等于"novel"的基本观点已差不多到位；且即使吕思勉没有提及文类观念的"fiction"，然而从他强调小说创作过程中的想化（想象）阶段，已看到他进一步掌握了现代西方小说观念。换言之，中国人在民国初年看到"小说"一词的时候，其实也应像看到"存在""哲学""社会"等语汇一样，不需要再费一番劲去解释当中的内容；而创作小说的人，明白这是反映一个具有想象力、创造力、天才及才情的工作，小说内容可能反映世相，从生活出发，从实际的经验而来，但也可能是天马行空凭空构造，虚拟成文。写小说的人的地位、形象、工作方式及内涵，在民国初年已经改变，因为"小说"一词被赋予的观念已彻底改变，再不是拾人牙慧，于街上采集别人余沫的工作。"小说"于民国初年已差不多成为"the novel"及"fiction"的定译。

我认为，能呈现翻译词"小说"词义与观念演变于中国晚清以来已臻完成的最好证明，是鲁迅的作品。但与学界过去的研究不同，我不认为鲁迅的《狂人日记》让我们清楚看到小说现代性的问题。我重看鲁迅的著作、翻译及文论后，选取的是鲁迅自珍自重，并且写自与《狂人日记》差不多时期的《中国小说史略》。

如果我们细读《中国小说史略》（下简称《史略》），便会看到鲁迅每篇中均有清晰的厘定：什么是小说，什么不是小说；什么是古小说，什么是外国人小说。他的古今中西小说论断清晰有力、条理分明，简单一看："然案其实际，乃谓琐屑之言，非道术所在，与后来所谓小说者固不同。"①"稗官采集小说的有无，是另一问题；即使真有，也不过是小说书之起源，不是小说之起源。"②"中国之小说自来无史；有之，则先见于外国人所作之中国文学史中，而后中国人所作者中亦有之，然其量皆不及全书之什一，故于小说仍不详。"③ 学界可以不同意他的观念，但钩沉《史略》的思想内蕴是最基本的学术工作；而从鲁迅的论断，我认为能带出构筑《史略》的思想支柱及史识，建基于中国进入"现代"以后的观点，更建基于鲁迅自其日本留学时代开始饱读的西方文论，这包括了日本及西方的各种现代小说理论。④ 所以，我倒置惯常认知中的《史略》与《狂人日记》的关系，而认为：《史略》利用"现代小说"概念，总结了过去的中国小说并成为第一本中国人写的中国小说史，而《狂人日记》的出现，正正是因为小说观念已彻底改变，作者才以多种现代技法谋篇布局。没有晚清小说观念的转化，《狂人日记》并不可能出现，因此，我们可以视《狂人日记》是中国"小说"观念译转后的结果、最终产品及制成品，而不是先声。

以上为本书甲部的讨论，虽然侧重深入探讨理论问题，然而只能从点到面，反映从词语意涵转变带动思想及意识转变的部分。当中还有大量的著述空间，特别包括在形而上（思想、观念、理论）出现改变后，以创作实践新小说观念及翻译，让理论探索者及创作者看到所谓成熟的现代小

---

① 鲁迅：《〈中国小说史略〉序言》（1923 年），《鲁迅全集》第 9 卷（北京：人民文学出版社，1981 年），页 4。
② 鲁迅：《中国小说的历史的变迁》（1924 年），《鲁迅全集》第 9 卷，页 302。有关《中国小说的历史的变迁》及《中国小说史略》的关系，见本书第四章。
③ 鲁迅：《〈中国小说史略〉序言》（1923 年），《鲁迅全集》第 9 卷，页 4。
④ 北京鲁迅博物馆：《鲁迅手迹和藏书目录》（北京：北京鲁迅博物馆，1959 年）。中島長文编：《鲁迅目睹書目：日本書之部》（宇治：中島長文，1986 年）。

说。在晚清，分享梁启超"新小说"看法兼及在晚清文坛有大量读者的吴趼人，与梁启超一样侧重创作，他就是在对小说思想观念转变后才以新技法注入小说中。由于学界对他的分析已甚丰，亦已重新评估了他的成就，我在此著中就以另一位晚清文人——林纾——来讨论实践的问题。林纾在认同梁启超小说观的同时指出，新小说于新时代中具备新价值及功能，而且这是有效的救国工具，因此他大量翻译外国小说，通过文字转换及"耳受而手追"的过程，以中国固有表述方式、语言结构、文类方式以及词汇表达新思想，在翻译的过程玩味、借鉴、了解、筛选外国小说，为中国读者呈现了"以中国为中心"的视点，使读者体会西方小说的内容、结构、技法，以此反映新时代的气息。林纾在实践方面自比梁启超得心应手，而且深受读者欢迎。他跨越晚清侧重意译到五四后坚持直译的年代，并一直扮演了核心角色，这是他同时代的其他人所无法企及的成就。他的实践反映了晚清一代人接受"（新）小说"的过程以及这中间缓慢的演变。五四最重要的作家曾在不同时代都记述了林纾对自己的影响，这里面包括鲁迅、周作人、胡适、钱玄同、陈独秀、郭沫若、茅盾等。没有林纾翻译小说的实践，没有"林译小说"的演绎，小说观念的转化过程可能还需要更多的时间，因此本论认为实践新小说观念同样重要之余，亦以"译转"来标明本书的主题。在近年"翻译研究"这门独立学科的大力推动下，学界已普遍认同了翻译不只是需要达到"等值翻译"（equivalent）的传统想法，① 也已解除了翻译就是"叛逆"（又或粤语"叛译"为同音字）（traduttore traditore; translator, traitor）的魔咒。② 林纾在晚清的翻译活动，既属于翻译，也属于改写，他顾念中国读者的阅

---

① 等值理论由奈达（Eugene Nida）于1960—1970年代提出，曾经风靡译界。见 Lawrence Venuti ed., *The Translation Studies Reader* (London and New York: Routledge, 2000), pp. 121-122。
② José Ortega y Gasset, "The Misery and the Splendor of Translation, trans. by Elizabeth Gamble Miller," Roman Jakobson, "On Linguistic Aspects of Translation," in Lawrence Venuti ed., *The Translation Studies Reader*, p. 50, p. 118。

读口味及自己的兴趣,大幅修改原文。长期以来,由于传统翻译概念(如"信、达、雅")捆绑了中国研究者的取态及想象,林纾的研究度一直没有什么突破性发展。直到近年,学界审视中西翻译概念及传统,重新诠释了有关"翻译"多样化的概念,林纾研究因而得以起飞。翻译的"翻"字(亦写作"飜""繙"等),《说文》指"翻,飞也,羽部、番声",本义为"鸟飞",亦有"歪倒""反转""飞越"等形象化地指涉位置变动的意涵。① 至于"译",既是《礼记·王制》所指的"北方曰译",本指译官、译者之意,但亦指释,有解释、阐述及传达之意。② 近年用同音字"翻易",就是结合了"翻转""易转"而令意义转换的意思。唐代贾公彦在《意疏》指:"译既易,谓换易言语,使相解也。"本书定题为"译转",即用"翻译"一词"译—易—释"意涵,就是通过传统扎实的思想史的分析,来解释"小说"一词,如何通过翻译嫁接了古今不同的小说传统,变成一个中西浑然而成的新概念——这是本书甲部的论述范围。在乙部,则论述林纾背离原文,通过翻译"易转""逆转""译转"外国小说原文内容,以及他于序言等超文本中的实践,演绎以中国为中心的西洋小说观念。

乙部中,在专门分析及讨论林纾透现出来的翻译小说的观念之后,我会讨论:他的翻译小说如何开创了新一代五四的读者,然后又因五四价值的形成被时代遗弃。不过,作为2000年以后的研究者,在此展现的林译

---

① "翻",汉语大字典编辑委员会编纂:《汉语大字典》(成都:四川辞书出版社;武汉:崇文书局,2010年,第2版),第6卷,页3579。译界从不同于西方传统的角度重新定义"翻译"一词的词义,见 Martha, P. Y. Cheung, "'To Translate' Means 'To Exchange'? A New Interpretation of the Earliest Chinese Attempts to Define Translation ('fanyi')," *Target* 17.1 (2005), pp. 27 – 48;另见汉学研究者对此的讨论:Wolfgang Behr, "'To Translate' Is 'To Exchange'— Linguistic Diversity and the Terms for Translation in Ancient China," in Michael Lackner and Natascha Vittinghoff eds., *Mapping Meanings the Field of New Learning in Late Qing China* (Boston and Leiden: Brill, 2004), pp. 173 – 209。
② "译",《汉语大字典》,第7卷,页4288。

研究，既希望走出五四及现代性话语的干扰，同时间亦希望以翻译研究的角度，客观地了解林纾经晚清到五四前誉后毁的现象。五四时代在文化领袖如胡适等主张全盘西化，并以现代西方价值重估中国文化的大前提下，急于否定林纾代表的意译及自由译，甚至梁启超"豪杰译"的时代。我一方面希望整理出晚清的小说翻译规范以展现林纾的成功，同时亦梳理了五四一代人所认为的新时代要求的翻译规范，在翻译语言、译笔风格、译者条件等方面的要求，不一而足。我认为，对于五四一代，在帝制阴霾及复辟的政治压力下，加上旧势力的余威从未解除，亦因为中国崇古的气氛及习性，因此在批判林纾及旧时代的价值时，必须以革命的方式展开，但这并不代表他们对林纾并无感激及欣赏之情。因此，我以"现代性与记忆"一章展现由于现代性的急遽冲击，时局中人必须压抑自己的情感，以公与私两界不同的文体形式，表现自己对事情的理性认知与感性遗恨的境况。不过，林纾代表了中国囫囵吞枣吸收外国知识的时代，由于他无法全面了解外国文学的内容及文学性质，很难断言他是否真正欣赏西方文学。在本书中，我只举一个案例展现他的困境——他大量翻译英国维多利亚时期的哈葛德小说。哈葛德小说是英国帝国主义狂飙时期的文学作品，文中鼓动国人英雄气概，歌颂到埃及等非洲之地冒险甚至开辟土地，见证英国的帝国精神。林纾以哈葛德小说激励中国读者遇强越强，救亡图存，然而对帝国主义及殖民主义却毫无反省之心，对同样沦陷在帝国主义铁蹄之下的弱小国族并无同理或同情之心，对性别权力并无深刻反省。因此，五四"人的文学"来临之际，在更全面的人道立场及文学关怀中，林纾被公然扬弃，这体现了"文学"新时代的人文精神，而非只是新旧价值对立而来的冲突，更不是得志少年以西学攻击国学或国粹的问题。

甲部的文章反映了我在英国攻读博士（2003—2007）时，如何思考中国小说从古代到现代的发展轨迹。乙部的文章自 2005 年起我开始发表在各地不同的研讨会及期刊上。发表时曾受过些好评,有的被转载,① 当选为该专题年度最佳论文之一,数据库内列为各专题经典参考文章,② 直到前年(2017年)仍被再收入不同的研究专集及国内的翻译文摘。③ 本来,我觉得我的工作应该就此告一段落,更何况所谓影响因子及数据,如非因为现在大学官僚制度及竞争排名恶习下,要我们每年评估个人业绩时盘点自己的劳动贡献,我是不会知道这些研究是有回响的。不过,前年跟李欧梵教授会面期间,得他鼓励,知道再结集出版这些文章还是有价值的。④ 我细想,期刊出版不但渠道太窄太专,且论文散落在不同学术杂志上,也不一定能够反映文章各自交错而成的统一思路。我应该通过结集出版,向更广大的专家求教。于是鼓足余勇,试试凑合这些文章,看看成什么体统,结果居然已达到一定的篇幅。然而,敝帚自珍,在整理时尽量保留原来论点,并以此向各方求教。今天,词汇翻译研究带出的知识论的问题在北美经刘禾的著作带来更广大的

---

① 《"唐始有意为小说":从鲁迅〈中国小说史略〉看现代小说(fiction)观念》,原刊《鲁迅研究月刊》2007年第4期,页4—21,后被收录于《中国现代、当代文学研究(J3)》2008年第3期,页45—58。并参看北京鲁迅博物馆暨鲁迅研究中心主任崔云伟著:《2007年鲁迅研究综述》,《鲁迅研究月刊》2008年第9期,页60—73。
② 万方数据2002年—2011年"《中国小说史略》"研究趋势"经典文献"一条;万方数据2008年"近代中国小说理论"研究趋势"经典文献"一条。
③ 《吕思勉〈小说丛话〉对太田善男〈文学概论〉的吸收——兼论西方小说艺术论在晚清的移植》,原刊《复旦学报(社会科学版)》2008年第2期,页20—35,并参看陈思和教授的推荐文《主持人的话》;此文后被收录于张耕华、李孝迁编:《观其会通:吕思勉先生逝世六十周年纪念文集》(上海:上海古籍出版社,2017年11月),页241—266。《从林纾看文学翻译规范由晚清中国到五四的转变:西化、现代化和以原著为中心的观念》最初发表于《中国文化研究所学报》,2008年第48期,页343—371;后摘录于罗选民主编:《中华翻译文摘(2006—2010)》(北京:中国对外翻译出版有限公司,2018年),页83—84;页154—155。
④ 李欧梵另写了篇《林纾与哈葛德——翻译的文化政治》,收入彭小妍主编:《文化翻译与文本脉络》(台北:"中央研究院"中国文哲研究所,2013年),页21—71。拙论《哈葛德少男文学(boy literature)与林纾少年文学(juvenile literature):殖民主义与晚清中国国族观念的建立》,发表于《翻译史研究(第1辑)》,2011年,页138—169。另见 "Rejuvenating China: The Translation of Sir Henry Rider Haggard's Juvenile Literature by Lin Shu in Late Imperial China," *Translation Studies*, 6.1 (2013), pp. 33-47.

认识，① 日本、德国及中国台湾学界亦有不少研究所成立词汇思想观念的分析计划，② 西方学界亦出现以中国为视点的小说专论，③ 学界对晚清文学、观念史、词汇史的认识已超越了十年前的光景。而且因科技创新，今天研究者实能轻易地从各大型数据库以文本挖掘（text mining）方法，检视到观念演变的过程及新词汇出现的频率。这些数据库大大减轻了研究者搜集资料的困难外，也令立论能更科学，而令人信心大增。只要数据库文本函数充足，概念输入单位正确，研究者要从海量数据推演出新观念在文化传统中的蜕变或突变，已经成为轻而易举的事。然而，数据库只能供我们进行数字统计，看到一个概览、一个平面现象，要脉络化理解史料（语料）并深入历史及社会肌理，分析"小说"一词在中西、东西洋文化交汇下如何蜕变，时局中人的视野及史识如何推演这个历史变革过程，我相信数据库只是论据之本，而不能代表我们文学研究者的分析及求证工作。因此，本书的立论对我们研究晚清文学及小说、中国小说现代化过程、翻译语从西方经日本到中国的转化等范畴应有一定的意义。

  能完成这本著作，要多谢的学界前辈及友侪很多。首先感谢曾投入研究晚清文学而于不同时间给我意见的学者（以下省敬称）：李欧梵、陈思和、王德威、王宏志、Ted Huters、陈建华、黄克武。感谢在香港中文大学任教时认识的众多恩师旧友，这包括关子尹、张灿辉、梁家荣、朱国藩、朱志瑜。感谢留学日本时指导教官藤井省三及藤井研究室同门，特别是大泽理及大野公贺的关怀。感谢英国求学时期给予指正批评的教授，包括当时指导论文的贺麦晓（Michel Hockx），及其他曾给予意见的学者，

---

① Lydia Liu, *Translingual Practice: Literature, National Culture, and Translated Modernity—China, 1900-1937* (California: Stanford University Press, 1995).
② 金观涛、刘青峰：《观念史研究—中国现代重要政治术语的形成》（香港：香港中文大学，2008年）。此著之成绩，基于他俩多年积累及研究而来的数据库："中国近现代思想史及文学史专业数据库"（1830—1930）计划，后此计划从香港中文大学迁至台湾政治大学。
③ Ming Dong Gu, *Chinese Theories of Fiction* (New York: SUNY Press, 2006).

包括 Susan Daruvala、Bernhard Fuehrer（傅熊）、陈籨沅、Margaret Hillenbrand。过去几年有机会到不同研究中心及学术机构访问及交流，开启我的视野。2014 年于哈佛大学费正清中国研究中心，有机会跟 Mark Elliott（欧立德）及王德威合作及学习，并认识哈佛燕京众多访问学人及东亚系的师生，令我受益匪浅，当年的燕京学人林晨及彭春凌至今与我仍不时书信往来讨论学问。2017 年访问普林斯顿大学时与东亚系的同人交流，主任 Martin Kern（柯马丁）慷慨分享多种学术心得。本书完稿之际的 2018 年春，我刚到英国剑桥大学李约瑟研究中心履行访问学人的职责，李约瑟研究中心内的同人，特别是吴惠仪及 John Moffett，剑桥大学图书馆中文部主任 Charles Aylmer（艾超世），让我体会到剑桥研究之乐。十多年过去后，又回到英国面对"小说"的问题，有点永劫回归的况味。但这十多年来完成了晚清小说研究、香港翻译文学、近现代翻译史研究后，能在此展开过去从未涉猎的出版印刷史及医学翻译史等科学文化史议题，并且能与这里的专家交流，这是我的幸运，我抱着谦卑的心继续求索。更要感谢新加坡国立大学东亚研究所主席王赓武教授的鼓励。王赓武教授以身作则，说明了学术工作任重道远，退而不休的意义。王赓武教授忙于审订他的自传 *Home is Not Here* 中文译本及中国历史新作推出之际，仍愿拨冗赐赠推荐语，予以鼓励，永铭教泽。说到退而不休，在今天仍为学界写出一本又一本新论专著的卢玮銮教授，我要以最恭敬之情感谢她的不时鼓励及和煦的种种提点。

最后，我要感谢在香港及英国的家人，父母多年来的包容及无私的爱。这书，给日本迷 Hyde, Jaclyn, Isaac 及 Eden。

甲部

译转小说概念

中扉

講談社文芸文庫

第一章

重探"小说现代性"
——以吴趼人为个案研究

一、引言

随着学术界于 2000 年对百年前中国现代文学发生史的回顾及反思，并带出了"晚清文学""20 世纪中国文学"以及"近、现、当代文学"划分的不同质疑，"小说现代性"的问题一度成为中国文学内的"显学"。① 这股学术力量是由多种学术思路累积而成的。首先是西方后现代主义就"现代性"概念中有关启蒙的立场及诸种合法意义的质疑，令中国文学史学者重新质疑了"五四论述"（May Fourth Discourse）的宰制（domination）意义，② 这包括"五四论述"宣扬的启蒙理性意识、求新求进步、线性历史观、反对复古、否定耽逸美学等。在反思五四的启蒙意识的同时，就出现了重写"现代文学史"的诉求。③ 自然的，上溯至五四知识群曾经大力打压及妖魔化的"晚清文学"，似乎就是颠覆"五四论述"及反思"五四

---

① 王一川：《中国现代性体验的发生：清末民初文化转型与文学》（北京：北京师范大学出版社，2001 年），页 1。
② Leo Ou-fan Lee, "Incomplete Modernity: Rethinking the May Fourth Intellectual Project," Rudolf Wagner, "The Canonization of May Fourth," in Milena Doleželová-Velingerová and Oldřich Král eds., *The Appropriation of Cultural Capital: China's May Fourth Project*, pp. 31–120.
③ 黄子平、陈平原、钱理群：《二十世纪中国文学三人谈》（北京：人民文学出版社，1988 年）。

立场"最具逻辑的反拨,因此"晚清文学"的诸种思想、学术、美学功能在重新审视"中国小说现代化"中就担当了重要角色,并获得各界确认。有学者认定晚清小说是"五四时代中国现代小说的先驱";①亦有学者指出,对晚清小说的重新审视,等同于释放"被压抑的现代性"②。不过值得注意的是,由于"中国小说现代化"或者"中国现代小说"蕴含意义太广泛,究竟"中国小说现代化"或者"中国现代小说"一词意指什么,似乎仍未被充分解释。

另一股反思"现代中国文学"的学术力量,其实早在1980年代就出现。早在1988年,钱理群不但率先拷问"20世纪中国文学"的具体内容,更要求厘清这问题的必要性及理据。如何理解"现代文学"这一概念中的"现代"两个字?它是一个时间的概念,还是包含了某种性质的理解?那么,文学的现代性指的是什么?而这些问题都涉及我们这门学科的性质、研究范围、内在矛盾等关系到自身存在的根本问题。同时被追问的是现代文学历史的起端,它究竟应按我们所提出的"20世纪中国文学"的概念从19世纪末(晚清)开始,还是从五四开始?……该如何看待五四时期新、旧文学的斗争?由此开始的"新文化(新文学)叙事",这种叙事肯定、突现了什么,又否定、湮没了什么?以及在这种叙事背后隐藏着怎样的历史与文学史观?③钱理群锲而不舍的追问,在在点出了中国现代文学研究界在"重写文学史运动"背后的宏大视野,他及1980年代中国现代文学史重写运动最核心的立场及思想力量,并不独自西方反思现代性而来,更根本的关怀,是挑战了过去由国家意识形态主导而出现的,

---

① 米列娜编,伍晓明译:《从传统到现代:19至20世纪转折时期的中国小说》,页1。原文为 Milena Doleželová-Velingerová, *The Chinese Novel at the Turn of the Century (1897-1910)*。
② David Der-Wei Wang, *Fin-de-siècle Splendor Repressed Modernities of Late Qing Fiction, 1848-1911*, pp.13.-52；王德威著,宋伟杰译:《被压抑的现代性:晚清小说新论》,页23—42。
③ 钱理群:《矛盾与困惑中的写作》,《文艺理论研究》1999年第3期,页48—49。

"近、现、当代中国文学"分野的机械性及政治立场，同时亦诘问了由西方及西方后现代主义冲激而来的，以"现代性"话语作为替代方案的可能意义。

什么是"现代"？什么是"现代小说"？什么是"中国现代小说"？"现代小说"与"古代小说"（或"传统小说"）的区别在哪里？它们之间只是时间上的分别，还是在性质上有特定的分别？"中国现代小说"与"西方现代小说"的区别又在哪里？两者是否在同一个意义下称为"现代小说"，其分别只在地域东西之不同？进入20世纪以来，中国作家是否只是以汉语写西方小说？又或者以西方技法言说中国人又或在中国生活的群体的意识及经验？抑或"中国现代"与"西方现代"有着性质上的根本区别？中国小说有"传统"与"现代"之分，"西方小说"又有没有这样的分别？抑或"现代中国小说"本来就是"西方现代"的一个发明？一方面，在对中国小说的"现代性"的探索已经从五四回到晚清，甚至又将要由晚清再推前到晚明的今天，[①] 学界普遍认同有关中国文学"现代性"的讨论已成为"显学"，然而我们却没有在这样的呼吁下彻底澄清中国传统小说与中国现代小说的界线，以及提出这些问题的合法意义。

本章的目的，在于以吴趼人（1866—1910，字沃尧）作为一个最具代表性的案例，具体地说明"中国小说现代性"这种学术话语出现以来，学界围绕着"中国文学现代性""中国小说现代性""现代中国小说开端的分水岭""现代中国小说由谁而来"相关命题带出的问题，以及由此等问题带出推测、上溯、争辩及论述方式的无效。在学界急于否定五四光环，兼及重新发掘在晚清时期被压抑着的现代作家群声音的趋势中，吴趼人作品

[①] 李欧梵《晚明文化》一节，见李欧梵口述，陈建华访录：《徘徊在现代和后现代之间》（台北：正中书局，1996年），页117—126；另见陈平原、王德威、商伟编：《晚明与晚清：历史传承与文化创新》（武汉：湖北教育出版社，2002年），及李奭学：《中国"文学"的现代性与晚明耶稣会翻译文学》，《道风：基督教文化评论》2014年1月1日第40期，页37—75。

的先驱性便被大大提高：他是晚清作家中"最重视小说技巧的革新"的一位①，他也是"最乐于实验各种技巧"②的晚清作家，被视为"体现中国小说从近代到现代发展过程的最佳范例"③。可以说，过去如果不是学术话语过分推崇五四文学革命的意义的话，吴趼人的重要性不需要百年后才全面被重视，而他的"全集"亦不会在晚清文学重新进入学界视野后的1990年代末期（1997年）才出现。④ 不过，在进一步分析吴趼人被高举为"小说现代性"这一论题之前，也许需再作点补充：本章虽以探讨吴趼人小说的"现代性"为论旨，但却不是以寻找他小说内的"现代性"为依归，也不是要对他的作品作"主观批评"（subjective criticism）或"文本分析"（textual analysis），更不是要讨论"小说现代性"的有无，又或什么是小说现代性等问题。本章的真正目标是希望带出"小说现代性"对"性质""特质"的讨论，不应框视于"西方现代小说技法"又或"小说技法"而来，而再循此逻辑追逐个别或单一的元素呈现于中国小说之上，这只会引起一场徒劳的追逐。亦即是说，本章不会讨论吴趼人小说内容及技法的创新、优美、先驱性及重要性，而只是以他作为中国小说现代性的元批评（meta-criticism）。

二、 吴趼人小说的"传统性"

在晚清小说与现代性的议题上，吴趼人是一个很值得探讨的案例。在他身处的时代中，吴趼人已享负盛名，在蜂拥而出的晚清小说作家中，吴

---

① 陈平原：《中国小说叙事模式的转变》，页79。
② 韩南（Patrick Hanan）著，徐侠译：《中国近代小说的兴起》，页6。原著为Patrick Hanan, *Chinese Fiction of the Nineteenth and Early Twentieth Centuries*。
③ 同上书，页169。
④ 海风等编：《吴趼人全集》10卷（哈尔滨：北方文艺出版社，1997年）。

趼人本来就是"晚清四大小说家"的一位。① 他集报人、撰著人、编辑于一身,本来在社会及文坛中就有一定影响力。从当时的评论可见,吴趼人的小说在清末文坛极受欢迎,被誉为"杰作"②、"首屈一指"③,甚得文评家的欢心,亦得广大读者支持,可以说是既叫好亦叫座。④ 及至十多年后的五四,吴趼人仍甚得五四健将的认同,胡适及钱玄同便称他的作品为"最有文学价值的作品"⑤;虽然鲁迅认为他的作品只是"等而下之"(见下文),但这无损他的受欢迎程度。

事实上,在吴趼人被近年学界封为小说"现代性"最佳示范之前,亦即是在"中国小说现代性"的议题还没有出现时,吴趼人小说与"传统小说"的关系似乎比与"现代小说"更为密切。首先,吴趼人自言写小说的目的是要"本着主张恢复旧道德"⑥,"借小说之趣味之感情,为德育之一助"⑦。表面看来,这跟"新小说"提倡者梁启超(见下章)的态度极为接近,就是他们都认同小说的价值,选择小说这个本来被边缘化了的文类

---

① 阿英:《清末四大小说家》,原刊《小说月报》1941年第12期,收入《阿英全集》第7卷(合肥:安徽教育出版社,2003年),页639。
② 《二十年目睹之怪现状》被誉为"限于近几十年的杰作",见许君远:《评〈九命奇冤〉(节选)》,原刊1924年12月8日和9日《晨报副刊》,收入周伟、秋枫、白沙编著:《惊世之书:文学书评》(北京:光明日报出版社,2003年)。又如《阙名笔记》云"实近日说部中一杰作",见《阙名笔记》,1924年,收入蒋瑞藻编:《小说考证》(上)(上海:上海古籍出版社,1984年),页235。
③ 新廑:《月刊小说平议》,《小说新报》1915年第1卷第5期,收入陈平原、夏晓虹编:《二十世纪中国小说理论资料》第1卷(北京:北京大学出版社,1997年),页527。
④ 其他的评论,例如汪维甫"他的作品无不倾动一时",《上海三十年艳迹·序》,1915年,转引自卢叔度:《关于我佛山人的笔记小说五种》,收入海风等编:《吴趼人全集》第10卷,页299;张冥飞"近世所出之社会小说,未有能驾而上之者",《古今小说评林(一节)》,1919年,魏绍昌编:《吴趼人研究资料》(上海:上海古籍出版社,1980年),页78。
⑤ 胡适:《五十年来中国之文学》,《胡适全集》第2卷(合肥:安徽教育出版社,2003年),页259—345。钱玄同:《致陈独秀信》,写于1917年2月25日,原刊《新青年》1917年第3卷第1号,收入严家炎编:《二十世纪中国小说理论资料》第2卷(北京:北京大学出版社,1997年),页24。
⑥ 吴趼人:《月月小说序》,魏绍昌编:《吴趼人研究资料》,页322。
⑦ 鲁迅:《中国小说的历史的变迁》,《鲁迅全集》第9卷,页334—335。

作谴责社会、改良社会的工具。而且吴趼人与梁启超一样,都在社会及舆论界甚有名气。吴趼人更于庚子事变后立志不再为遏制言论的报纸任喉舌及传声筒,并因而矢志全心写小说,就是看准了小说于新时代的传播能力及社会功能。① 不过,吴趼人却清楚指出他是以文传道及文以载道为本,他要本着维护"旧道德"的立场出发,这又似乎与中国传统文学观并无不同。从内容上看,他的小说多反映社会时弊,以作警世喻世之效。譬如脍炙人口的代表作《二十年目睹之怪现状》,全书以"死里逃生"偶得主角"九死一生"所写的书作起点,内容是记载主角混迹江湖二十年间对社会做出的控诉——他如何在"蛇虫鼠蚁""豺狼虎豹""魑魅魍魉"三者"所蚀""所啖""所攫"下得以苟存性命于乱世。② 小说讽喻意义不但力透纸背,甚至可以说是流于露骨及口号式的呼喊。又如他的《恨海》,以一对恋人缠绵悱恻的爱情悲剧来批判传统礼教,③ 有些时候甚至利用主角"开口见喉咙"式的对白来作猛烈攻击,表面好像非常前卫,然而故事里有着非常通俗的元素,且以维护传统社会观念为依归,因而被人看成开启鸳鸯蝴蝶派的导航者。④ 在"中国现代性"论述出现以前,他只被列作"中国古典小说"⑤,这也是不无因由的。从形式方面来看,吴趼人的小说虽然被众多西方现代学者视为现代小说的先锋人物,但不得不承认的是,他的小说显然留有很多传统小说的痕迹,最明显的几处就是:(一)他的小说有眉批及总评,及有楔子作入话,这分明就是章回小说的指定规范;(二)长、中篇小说都有章回,譬如有108回的《二十年目睹之怪现状》,每章就有回目标示内容梗概,让读者从标题自行按图索骥,另一方面也可显出作者吟诗对句的传统文学修养;(三)小说常有应景的诗

---

① 欧阳健:《古小说研究论》(成都:巴蜀书社,1997年),页217—257。
② 吴趼人:《二十年目睹之怪现状》,1903—1905年,《吴趼人全集》第1卷、第2卷。
③ 吴趼人:《恨海》,《吴趼人全集》第5卷,页1—80。
④ 吴立昌主编:《文学的消解与反消解——中国现代文学派别论争史论》(上海:复旦大学出版社,2005年),页131。
⑤ 朱世滋:《中国古典长篇小说百部赏析》(北京:华夏出版社,1990年),页706—713。

文,常见"以诗为证",及"诗云"等;(四)从第二回开始有在章回小说常见的结尾套语"要知后事如何,且待下文再记",及开首套语"却说……""且说……"等,这都是传统小说里常见的格式。事实上,吴趼人自述他学习写小说之始,就是以传统章回小说为临摹对象的:"于是始学为章回小说,计自癸卯始业,以迄于今,垂七年矣。"①换言之,在中国小说史上,吴趼人小说的内容以及表现手法都不能算作崭新前卫。譬如如果我们着重其形式似章回而内容具讽喻性及警世意义,就能与清代长篇《儒林外史》同承一脉。研究晚清小说的先锋鲁迅,就曾经把《二十年目睹之怪现状》在内容与形式上跟《儒林外史》作比较,并指出其所谓对社会的讽刺只属"谩骂",致使"描写失之张皇,时或伤于溢恶。言违其实,则感人之力顿微,终不过连篇'话柄',仅足供闲散者谈笑之资"②,所以在鲁迅的眼里,《二十年目睹之怪现状》不但在内容上不能媲美《儒林外史》,在形式上也只属等而下之之作。鲁迅说:"这两种书(《官场现形记》《二十年目睹之怪现状》)都用断片凑成,没有什么线索和主角,是同《儒林外史》差不多的,但艺术的手段,却差得远了。"③

三、 吴趼人小说的"现代性"

吴趼人过去常被视为晚清"新小说"的代表人物,甚至有学者称在他的小说里看到"现代性"的所在,④可以想象,他的小说自当有与"旧小说"不尽相同的新颖之处。在吴趼人的小说拥有这样多传统小说痕迹的前

---

① 吴趼人:《近十年之怪现状自叙》,1910年,《吴趼人全集》第3卷,页299。
② 鲁迅:《中国小说史略》,《鲁迅全集》第9卷,页286。
③ 鲁迅:《中国小说的历史的变迁》,《鲁迅全集》第9卷,页334—335。
④ 米列娜编,伍晓明译:《从传统到现代:19至20世纪转折时期的中国小说》,页70。原著为 Milena Doleželová-Velingerová, *The Chinese Novel at the Turn of the Century (1897 - 1910)*, 1980。

提下，什么元素令他的小说被归入"现代"？这是一个更值得深入研究、仔细分析的课题。

首先，吴趼人选择把他的作品刊在梁启超主编的《新小说》上，这行为本身就宣告了他的立场：他写的是"新"的小说。刊行时，他又打着"社会小说"的旗帜，所据的是一种崭新的小说分类，甚至是一种新文类。可以说，这些都是作者刻意摆脱传统小说范畴的标志。吴趼人虽受章回小说启蒙，但他身处 1900 年代的上海，对外国小说也是有所闻有所看的。虽然他似乎不懂外语，① 然而由于他的好友周桂笙是当时文学翻译领域的活跃人物，他在耳濡目染下多看翻译小说是很有可能的。②

事实上，要厘定什么属于现代小说的内容，并不容易；但要讨论什么形式令人耳目一新，倒是比较明显。吴趼人小说内的创新技巧，便正是他的作品被认为开创现代小说先声的重点所在。这点中西方学者都是认同的，例如米列娜（Milena Doleželová-Velingerová）说"吴沃尧是最多才多艺和勇于革新的人"，③ 而陈平原也强调"在新小说家中，吴趼人无疑是最重视小说技巧的革新的"。④ 不过，讨论吴趼人小说在形式上"新"的所在，似乎应该首先参考这种说法的滥觞——胡适。这并不是纯粹因为他是研究晚清小说的先锋，更重要的是，胡适在"传统中国小说"与"现代小说"（或"西洋小说"）之间，充分强调了西洋小说对吴趼人的影响，且认为这些西洋小说的冲击使吴趼人可以突破中国传统小说的陈规，为中

---

① 虽然在重新发掘吴趼人价值的过程中发掘了不少他的生平资料，但现今学术界对他有没有外语能力，能否直接吸收外国小说一事犹未能定断，但由于这不是本章重点所在，因此不拟深入讨论。只列一两种说法作参考：马汉茂（Helmut Martin）就认为他完全不懂外语，见 William Nienhauser et al. eds, *The Indiana Companion to Traditional Chinese Literature* Vol.1（Bloomington, Indiana: Indiana University Press, 1986），p. 905；Milena Doleželová-Velingerová 在她的 *The Chinese Novel at the Turn of the Century*（1897–1910）书内把周桂笙自述喜欢看外国小说的一段记述误认为吴趼人的自述，因此认定吴趼人自己可以看外文，见前引书，页 71。
② 魏绍昌编：《吴趼人研究资料》，页 333—340。
③ 米列娜：《从传统到现代：19 至 20 世纪转折时期的中国小说》，页 11。
④ 陈平原：《中国小说叙事模式的转变》，页 79。

国小说探求一条通往现代化的康庄大道。胡适在 1922 年应《申报》五十周年之邀而作的《五十年来中国之文学》一文中这样说：

> 吴沃尧曾经受西洋小说的影响，故不甘心做那没有结构的杂凑小说，他的小说都有点布局，都有点组织。这是他胜过同时一班作家之处。①

必须指出，胡适与鲁迅同为研究晚清小说的先驱，前者的《五十年来中国之文学》发表于 1922 年，后者的《中国小说史略》（以及由此而来的《中国小说的历史的变迁》）完稿于 1920 年左右，但从上引鲁迅对吴趼人的负面评价看，两人对吴趼人及其《二十年目睹之怪现状》的评价却有天渊之别。本书在第四章将会详尽分析建构鲁迅新小说观的知识及学术思路来源。简言之，胡适看中吴趼人小说中的"结构""布局""组织"，认为这是滥觞于西洋小说，而鲁迅则从小说内容本身去看。二者放在一起，吴趼人小说既像"传统"又似"现代"的双面性便更形突兀了。

有趣的是，近数十年评论晚清小说的评论者，却几乎一面倒地投向胡适的一方。对晚近的小说评论者来说，吴趼人小说最引人注目的地方，首先要算是其中所显出的技巧上面的创新。毋庸置疑的是，胡适是研究晚清小说的先锋，然而他对吴趼人小说的研究的影响力，同样来自他的另一种身份——作为外国汉学的开路先锋，他的研究是为"汉学研究的里程碑（landmark）"②。胡适虽不一定宣示他用什么思想资源及文学观念作批评工具，然而他的分析井然有序，从他运用"有机结构"、"我"于"布局"及"结构"内的串联功能等理路去推测，他是以一套西方分析理念，以这些专门术语精密地分析中国小说，这不但顺应了五四时代的科学精神，更

---

① 胡适：《五十年来中国之文学》，《胡适全集》第 2 卷，页 262。
② C. T. Hsia, *A History of Modern Chinese Fiction, 1917–1957* (New Haven: Yale University Press, 1961), p.15.

是建构于他一直提出的实证及求证的研究理念上。① 他在重估中国一切价值的同时，提倡以"方法、观点和态度"为中国探求创造性转化。② 在五四之时，胡适便用了迹近今天我们称为"形式主义"的方法来分析晚清小说，这本身就是重要的创举，且逐渐为西方学者继承，甚至结合了后来大盛的结构主义及由此衍生而来的叙事学（narratology）作进一步发挥。

最早把叙事学配合中国"传统及现代"小说框架去考察吴趼人小说的，是捷克学派语言小组汉学家普实克（Jaroslav Průšek）。普实克对捷克学派门人米列娜及高利克（Marián Gálik）等人的影响不必多说，③ 随着他的学术进入北美学术圈，他以结构主义的分析方法探讨现代中国小说，开拓了一代又一代英语界学者的视野，虽然他在分析鲁迅时的意识形态同样引起不少论争。④ 普实克早于1980年代就指出，文学作品的创作方法也受文学结构的约制，意义也必须在整个结构之中才能显现；于是他将个别文本内部的因素（叙事者）提升出来考察，精确地分析结构内的一个表现特征与整体结构之间的关系，以探求系统内这个参数（叙事者）功能的转变能否反映文学结构的演化。他说："探索本世纪初中国小说叙事者的作用的发展，可以看出整个文学结构的变化，找到整个文学结构变化的原因和动力。"⑤ 而肇自

---

① 本章于此无法深入分析胡适当时是运用了古典主义的文学理念作批评晚清小说的标准。简单而言，胡适强调故事起头、布局的完整、结构的统一对称等观念，在他的时代，这很可能是来自西方古典主义对他的启蒙。可参考 Dominique Secretan, *Classicism* (London: Methuen, 1973)。
② 余英时：《重寻胡适的历程：胡适生平与思想再认识》（台北：联经出版事业公司，2004 年），页 196。
③ Marián Gálik, "Preliminary Remarks on the Prague School of Sinology II," in *Asian and African Studies*, 20.1 (2011), pp. 95 – 96.
④ Leonard K. K. Chan, "'Literary Science' and 'Literary Criticism': The Průšek-Hsia Debate," in Kirk A Denton, *Crossing between Tradition and Modernity: Essays in Commemoration of Doleželová Milena Velingerová* (Czech: Karolinum Press, 2016), pp. 25 – 40.
⑤ 普实克：《二十世纪初中国小说中叙事者作用的变化》，普实克著，李燕乔等译：《普实克中国现代文学论文集》（长沙：湖南文艺出版社，1987 年）。Jaroslav Průšek, "The Changing Role of the Narrator in Chinese Novels at the Beginning of the Twentieth Century," in Leo Ou-fan Lee ed., *The Lyrical and the Epic: Studies of Modern Chinese Literature*, pp. 110 – 120.

他的分析，不独吴趼人小说内的"叙事者"，吴趼人小说中形式上的其他"创新"也渐渐成为"体现中国小说从近代到现代发展过程的最佳范例"①。在这个脉络下，学界发现吴趼人的前卫意义胜过了所有的晚清作家："吴趼人一直在这两个因素（按：指'叙事者'与'意识中心'）上所做的实验至少与鲁迅一样多，有些实验被归功于鲁迅，其实吴趼人早在10年或20年前就做过"②、"预示着鲁迅的《狂人日记》"③。

上文算是简单地交代以技巧创新来探讨"小说现代性"讨论的形成过程，在下面，我们会探讨以这种方式来考察"小说现代性"的问题所在。对于这些说法，为作准确的分析，我们先照录原文，之后才综述分析并予以总结回应。

吴趼人的小说最常为学者所称道的技巧创新，可以概括为"第一人称""限制视角""倒装叙述"及"框式结构"四项。

1. 第一人称

自从晚清小说与现代性的议题出现以来，学者最常关注的一个课题，就是叙事者的运用，正如上文已指出，这被视为判别现代与传统小说内"文学结构变化的原因和动力"的首要条件。而谈到叙事者，就一定会以吴趼人的《二十年目睹之怪现状》为例。小说以"死里逃生"偶得"九死一生"所写的书开始，即以第一人称的"我"为叙事者，并以此来贯通全书，这点早在胡适的《五十年来中国之文学》中便指示出来了。不过，他当时所注重的并不是"我"所反映的叙事者选择上的革新，而是以"我"来统一全书结构的功能。胡适说："全书有个'我'做主人，用这个'我'的事迹做布局纲领，一切短篇故事都变成了'我'二十年中看见或听见的

---

① 韩南（Patrick Hanan）著，徐侠译：《中国近代小说的兴起》，页169。
② 同上书，页170。
③ 米列娜：《从传统到现代：19至20世纪转折时期的中国小说》，页70。

怪现状。即此一端,便与《官场现形记》《文明小史》不同了。"①

晚近不少评论者都与胡适一样,特别留意这个"我"的出现,不过,对于"我"的分析,现在成为更精密更具深意的"第一人称个人叙事方式"话语分析。例如,米列娜认为:

> 可以肯定,第一人称个人叙事方式是中国白话小说史上的创新。吴沃尧的《二十年目睹之怪现状》就是白话文学中第一部采用第一人称叙事方式的小说。②

> 《二十年目睹之怪现状》让第一人称叙述者进行社会和政治批判,这意味着谴责小说在其发展过程中大大地向前迈进了一步。第一人称叙述使叙述者的话具有真实感,从而能对读者产生更强烈的影响。③

韩南(Patrick Hanan)在《中国近代小说的兴起》中指出:

> 在《二十年目睹之怪现状》中,第一人称叙事者的作用是中国小说实验性的突破。④

> 吴趼人《二十年目睹之怪现状》中第一人称叙事者的运用,被看作是现代中国小说中最鲜明的技巧创新,甚至现在,一个习惯阅读传统小说的读者,在看到连篇累牍的叙事者"我"时,也会感到某种震撼。⑤

---

① 胡适:《五十年来中国之文学》,《胡适全集》第 2 卷,页 262。
② 米列娜:《从传统到现代:19 至 20 世纪转折时期的中国小说》,页 64。
③ 同上书,页 71。
④ 韩南著,徐侠译:《中国近代小说的兴起》,页 6。
⑤ 同上书,页 173。

杜博妮（Bonnie S. McDougall）也指：

> 欧洲及受欧洲影响的日本小说是新式小说及新技法最主要的来源。1908年由吴趼人引入第一人称叙事到中国小说。①

> 《二十年目睹之怪现状》是吴沃尧最为知名的小说。小说是第一本以第一人称的白话中国小说，且有相对现代心理的刻画及结构的创新。②

刘禾在《叙述人与小说传统》中则说：

> 古典通俗小说的说话人是一个轮廓清楚、职能明确的第三人称叙述人。"他"作为小说的主导因素，规定了这一类小说的叙述模式，包括主题的范围，叙述的视角和语气。这个突出的形象不仅为我们深入研究通俗小说提供了一把钥匙，而且也在叙述文体上解答了"第一人称"叙述的白话迟迟没有起步的原因——职业"说话人"永远是"第三人称"叙述人。笔者见到的较早尝试用"第一人称"写作白话小说的是晚清的吴趼人。③

综合来看，上述引文除了强调这个第一人称的叙事者为"最鲜明的技巧创新""引入中国""实验性的突破"的创新之处外，更希望辨明这种手法的合理性，如带来的效果（"真实感"）、目的（"进行社会和政治批

---

① Bonnie S. McDougall and Louie Kam, *The Literature of China in the Twentieth Century* (London: Hurst & Co., 1997), p. 83.
② Bonnie S. McDougall and Louie Kam, *The Literature of China in the Twentieth Century*. p. 88.
③ 刘禾著，宋伟杰等译：《语际书写：现代思想史写作批判纲要》（上海：上海三联书店，1999年），页219—247。

判")、贡献(突破中国传统说书)等等。

2. 限制(限知)视角

在讨论到叙事者的角色以及由此而来的人称(即是"谁说")的问题后,顺理成章要问的就是"谁看"的问题。诚如最常为学者引用其叙事学理论的代表人物热奈特(Gérard Genette)所言,"视角"(perspective)在叙述技巧的批判中,既是一个最常被讨论,也是一个最常受人误解的议题。① 批评者往往都把"谁人的视角"与"谁是叙事者"这两个可以截然区分的问题混淆起来。在对吴趼人小说的批判中,也有类似的情况。

一些学者明白地指出,"限制视角"是"新小说"(尤其是吴趼人的小说)对中国传统小说所做的其中一项重大突破。陈平原在《中国小说叙事模式的转变》中说:

> 可以这样说,在20世纪初西方小说大量涌入中国以前,中国小说家、小说理论家并没有形成突破全知叙事的自觉意识,尽管在实际创作中出现过一些采用限制叙事的作品。在拟话本中,有个别采用限制叙事的,如文人色彩很浓的《拗相公饮恨半山堂》;明清长篇小说中也不乏采用限制叙事的章节或段落。但总的来说,中国古代白话小说的叙述大都是借用一个全知全能的说书人的口吻。②

到了《二十年目睹之怪现状》、《冷眼观》(王浚卿)、《老残游记》、《邻女语》(连梦青)等可就大不一样了。作家力图把故事限制在"我"或老残、金不磨的视野之内,靠主人公的见闻来展现

---

① 热奈特:《辞格Ⅲ》(台北:时报文化,2003年),页228。英文译本为 Gérard Genette, *Narrative Discourse*, trans. by Jane E. Lewin, foreword by Jonathan Culler (Ithaca, N.Y.: Cornell University Press, 1980).
② 陈平原:《中国小说叙事模式的转变》,页63。

故事。①

韩南在《中国近代小说的兴起》中也说：

> 小说中的叙事者通常按照其知晓度（全知的、限知的、外部的，等等）和可信度来界定。单独从这一角度看，或多或少，前现代的中国小说必然表现为静止的。直到1903年吴趼人的《二十年目睹之怪现状》之后——或者更严格地说是1906年的《禽海石》，我们才发现那种一贯的、限知的叙事，也即小说中现代意识的实质性特征。②

从上文可见，由于学者发现一个不容否定的史实，就是中国曾经出现"限制叙事的作品"，因此这种手法的"创新性"已没有像"第一人称"一样被大大强调。那么，西方小说对中国小说的影响在哪里？吴趼人的现代性又在哪里？于是便出现了两种方法来说明其合理性：第一是量的问题，即承认西方小说大量涌入中国以前，中国即使有采用限制叙事，然而却是"个别"，以及片面而不覆盖全部小说的（白话小说仍用全知）；第二，中国小说内一早出现的"限制叙事"并不是真正的"限制叙事"，只有在某一种标准之下"非静止"而又"一贯的"限知视角才是"现代意识的实质性特征"的"限知叙述"，只有待西方小说涌入以后，中国小说的"限知叙述"才算是具有"自觉意识"。

3. 倒装叙述

倒装叙述的手法就是涉及"叙事时间"的问题。以叙事者所身处的时间为定位点，大体上可以区分为"顺叙""倒叙"及"插叙"等不同的类

---

① 陈平原：《中国小说叙事模式的转变》，页72。
② 韩南：《中国近代小说的兴起》，页9—10。

型。诚如陈平原所言："研究者一般把吴趼人的《九命奇冤》作为第一部学习西方小说倒装叙述手法的作品。"① 而最早提出这论点的，很可能也是胡适。胡适在《五十年来中国之文学》中已说：

> 《九命奇冤》受了西洋小说的影响，这是无可疑的。开卷第一回便写凌家强攻打梁家，放火杀人。这一段事本应该放在第十六回里，著者却从十六回直提到第一回去，使我们先看了这件烧杀八命大案，然后从头叙述案子的前因后果。这种倒装的叙述，一定是西洋小说的影响。②

及后方梓勋在《〈九命奇冤〉中的时间：西方影响与本国传》统一文中，对胡适的说法有所补充，他说：

> 整部《九命奇冤》的时间安排是错综复杂和深思熟虑的。由于处于小说开始这一突出位置上，第一个倒叙比之其他倒叙更引人注目，但后来的倒叙也同样重要。它们与第一个倒叙互相呼应，从而使故事充满悬念和意外的事件。
>
> 《九命奇冤》这部小说频繁采用倒叙，这在传统中国小说中实属罕见，因此人们不禁要问：倒叙手法是否直接来自西方小说。③

由于学者们都同意在中国小说传统内能确实找到倒装叙事的事例，因而已完全放弃标举这种手法的"创新性"，同时也放弃了像前述例子"限制视角"一样，在细微技术层面处处强分"西式"与"中式"的手法（西式、非静止而又一贯），以及放弃了考察外在条件（量的问题）上的不同

---

① 陈平原：《中国小说叙事模式的转变》，页 40。
② 胡适：《五十年来中国之文学》，收入《胡适全集》第 2 卷，页 321。
③ 方梓勋：《〈九命奇冤〉中的时间：西方影响与本国传统》，米列娜：《从传统到现代：19 至 20 世纪转折时期的中国小说》，页 123。

之处。然而，由于胡适曾经这样高调地强调"这种倒装的叙述，一定是西洋小说的影响"，因此，倒装叙述似乎成为一个"先验性"的现代小说技法所在而被广泛接受了。

4. 框式结构

随着叙事学研究的愈趋精密，对构成叙事文本的各项元素的分析也越趋仔细。除了对"人称""视角"及"时间"等比较显著的叙述技巧的分析外，"叙述层"也成为一个越来越被注意的议题。一些晚清小说评论者便认为，吴趼人的小说其中一个能够突破传统小说而别开新猷的地方，就在于他小说中所显出的复杂叙事层次。譬如刘禾便指出：

> 他（吴趼人）发表在《新小说》月刊上的《二十年目睹的怪现状》（1902）虽然冠以通俗小说的形式，但实际上属于西方早期自传小说传统，与上面讨论的中国古典通俗小说已经有了质的区别。突出地表现在叙述的"框式结构"（narrative frame）的使用上，如第一回中讲述的关于"死里逃生"如何得到此书的手稿，后来寄给新小说社发表的经过。……〔中略〕《二十年目睹的怪现状》借此"框式结构"（narrative frames）展开了第一人称的叙述，书中的故事和人物的表现角度被叙述人的中心意识牢牢控制，一切皆由我所见所闻。叙述人"我"与故事主人公的"我"之间的关系由回忆的行为，即由回忆的撰写活动固定下来的，前者（叙述主体）仅仅在年龄上大于后者（行为主体），叙述人同小说世界的这种关系在正宗的古典通俗小说中是找不到的。①

米列娜也强调层外的叙述者是为现代性所在：

---

① 刘禾：《语际书写：现代思想史写作批判纲要》，页226—227。

传统小说中的"奇"旨在表明这个社会是一个虚伪的吃人的社会。传统小说中的奇或反常是正常的事物,事件和人物所具有的隐秘性,而它们的奇是由一个局外的叙述者揭示出来的。

在这里我看到了《二十年目睹的怪现状》的现代性,它预示着鲁迅的《狂人日记》。①

本来,每一种叙事分析都是独立以及个别的,然而为了进一步巩固以叙事技法证明吴趼人小说之"现代"的研究方法,一种由"我"的意识牢牢操纵的框式结构被认定为"小说现代性"的正宗:"古典通俗小说中是找不到的","在这里我看到了《二十年目睹的怪现状》的现代性"。

四、 传统小说的"现代性"

"第一人称""限制视角""倒装叙述"及"框式结构"等等这些当代文学批评所使用的术语,在晚清以前的传统中国文学评论里固然不曾见到,但这些术语所意指的叙述技巧及手法,在晚清以前的中国文学作品里是否真的不可见,却不是没有争议的。在这一节,我们会看看在中国小说传统内有没有这些被认为是"创新"的现代小说特性。

先看"第一人称"的问题。我们在上面已开列出一些评论者的意见,认为吴趼人在《二十年目睹之怪现状》中所运用的"第一人称叙事者"是"中国小说实验性的突破",是"中国白话小说史上的创新"。此外,有些评论者还断言,"中国过去的小说都是用第三人称来写"②。但其实在中国过去的小说里,却不难找到一些以"第一人称"为故事的叙述者的。

---

① 米列娜:《从传统到现代:19 至 20 世纪转折时期的中国小说》,页 68。
② 侯健:《晚清小说的内容表现》,"晚清小说专辑",《联合文学》1985 年第 1 卷第 6 期(台北:联合文学出版社),页 19。

小说叙事分析中所谓"第一人称"或"第一人称叙事者",简单来说,就是以"第一人称"的人物作为故事的主角。以现时文法上的"人称代名词"(personal pronoun)来说,"我"这个代词为"第一人称","你"为"第二人称","他"为"第三人称"。《二十年目睹之怪现状》中"九死一生"所写的书,就正是以"我"为主角。因此,评论者便认为,《二十年目睹之怪现状》运用了"第一人称叙事者"。但问题是,在吴趼人的《二十年目睹之怪现状》出现以前,有没有中国小说也曾使用"第一人称叙事者"呢?对于这个问题,先必须注意的一点是,在汉语里"我"字只是其中一个"第一人称代名词",却不是唯一的一个。王力在《汉语史稿》"人称代词的发展"一节中,就说明上古人称代词从古至今,出现了很多变化,其中除了"我"字以外,如"余""吾""朕""私""卬""予""台"等字,① 也都可以用作为"第一人称代名词"。由是观之,中国传统小说内便可以找到不少使用"第一人称叙述者"的小说,② 例如王度《古镜记》以"我"及主角"度"为叙述者,③ 李公佐《谢小娥传》以第一人称"余"为叙事者,④ 韦瓘《周秦行纪》起首第一句就是第一人称的叙述"余真元中举进士落第"⑤,郑禧的《春梦录》以第一人称"余"自述他与吴氏的爱情故事,⑥ 张鹭《游仙窟》以第一人称"余"为叙事者,⑦ 沈复

---

① 王力:《汉语史稿》(重排本)(北京:中华书局,2004年[1980年]),页302。
② 小川環樹:《古小説の語法——特に人稱代名詞および疑問代詞の用法について》,《中国小説史の研究》(東京:岩波書店,1968年),頁274—292。
③ 王度:《古镜记》,收入李昉等编:《太平广记》(香港:中华书局,2003年)第230卷,页1761—1767。
④ 李公佐:《谢小娥传》,收入李昉等编:《太平广记》第491卷,页4030—4032。
⑤ 韦瓘:《周秦行纪》,收入李昉等编:《太平广记》第489卷,页4018—4020。
⑥ 郑禧:《春梦录》,全文收入中国哲学书电子化计划(ctext) https://ctext.org/wiki.pl?if=gb&res=436495&remap=gb,检索于2019年2月14日。
⑦ 张鹭:《游仙窟》,张文成撰,李时人、詹绪左校注:《游仙窟校注》(北京:中华书局,2010年)。另全文《游仙窟》全文收入中国哲学书电子化计划(ctext) https://ctext.org/wiki.pl?if=gb&res=617188,检索于2019年3月29日。

的《浮生六记》以第一人称"余"为叙事者讲述他与芸娘的爱情故事等,①都是"第一人称叙事"的手法。

"第一人称"以外,在"限制叙事"方面,中国传统小说中其实也可以找到不少的例子。所谓"限制叙事",是出自"视角"(perspective)或"观点"(point of view)的类目下,与全知、外部叙事相对。限制叙事是指用特定人物的眼光去看周遭发生的事情,而读者只能透过该人物的眼光而得知故事的发展。热奈特曾指出过,限制叙事并不一定只限于第一人称中,考察的标准往往是述说叙述者知道的事与故事人物所知等同,而当中又可以分为固定式、不定式与多重式,视乎聚焦的视点有否转变。这个人既不一定要是第一人称,也没指明故事由多少人作叙述。换言之,故事可以来回往复在几个人之间。热奈特举的例子是《一位年轻艺术家的画像》(A Portrait of the Artist as a Young Man),里面是以全知第三人称从这个定义去看的。② 在中国传统内,限知的叙事不但很早出现,而且大量存在。譬如唐传奇中李朝威的《柳毅传》,故事是以第三人称为隐藏的叙事者。"仪凤中,有儒生柳毅者,应举下第,将还湘滨。"在柳毅回家的途中,遇上"蛾脸不舒,巾袖无光,凝听于道畔"的妇人。小说对妇人出场的描写,是以熟练的技巧从柳毅的视点出发:"见有妇人,牧羊于道畔……"这里说"见有妇人"而不是"有妇人",这点就与以全知的视角介绍柳毅出场的"有儒生柳毅者"很不同了。③ 至于其他的例子如王度《古镜记》、张鹭《游仙窟》、李公佐《谢小娥传》、沈亚之《秦梦记》④、韦瓘《周秦行纪》,以及谷神子《杜子春》《谭九》等等,都是使用了限制叙事的例子。

---

① 沈复:《浮生六记》,全文收入中国哲学书电子化计划(ctext) https://ctext.org/wiki.pl?if=gb&res=213774,检索于2019年2月14日。
② 热奈特:《辞格Ⅲ》,页230。
③ 李朝威:《柳毅传》,收入李昉等编:《太平广记》第419卷,页3410—3417。
④ 沈亚之:《秦梦记》,收入李昉等编:《太平广记》第282卷,页2248—2250。

至于"倒装叙述",是指故事与情节的发展时间逆方向发展。重要的是,在整个作品中,只要有某一次的时间回溯,就已经可以说是倒叙,因此,在同一个故事之内,可以有着很多次的倒叙,而不独指整个故事的时间必须由结局开始。其实,在传统中国,作为历史论述,早在《左传》便已经有倒装叙事的模式。小说方面,要找到倒装的手法,也实在可以说是轻而易举。几乎在每个朝代里,都有大量的例证,即以唐代李复言《续玄怪录》内的《苏州客》为例,故事讲述刘贯词到苏州途中遇上龙神并替其送信,故事最后部分才讲述四年前龙神如何犯下盗窃罽宾国镇国之宝之罪,而有家不得归的情节,这部分便是倒装叙述。① 其他的又如宋《三国演义》、明代宋懋澄《九籥集》中的《珍珠衫记》、清朝王士禛《池北偶谈》中的《女侠》,都在论述故事中大量穿插了逆时间的倒装叙述。事实上,被胡适认为是第一篇"现代倒装"的吴趼人《九命奇冤》刊出前一年,梁启超的《新中国未来记》也是使用了倒装叙事的。可以说,中国小说上下二千多年的历史中从来不缺倒装叙事。而令人不解的是,对胡适而言,为什么一定要是"福尔摩斯式"的倒装,亦即是故事一开始就揭发杀人结局,然后逐渐倒叙各种线索或解释神秘失踪过程的倒装,才算是精心的倒装叙事?

"框式结构"方面,在中国小说内就更容易找到。甚至可以说,框式结构或叙事层的运用,是中国小说作者的看家本领。无论小说故事是由第一人称还是第三人称的叙事者说出来,既不论这个"第几人称"的叙事者有没有介入故事的内层,也不用考虑其视角的运用是全知还是限知,各种情况的例子都随处可见。我们知道,中国传统小说里大量出现的"话说""话分两头""且道",其实都是明确的记号,目的就是要提醒读者将要进入到另一个故事或者叙述层次。在叙述功能上,如要追述过去的事件,向故事中另一人补充或提供内容,往往都会进入另一个明确的故事层。此

---

① 牛僧孺、李复言撰,程毅中点校:《玄怪录·续玄怪录》(北京:中华书局,2006年)。

外，故事中梦境的出现、游仙的经历等，事实上也是向读者提供一个逾层的机会。由此看来，在中国传统小说内出现的"有层次"的故事，就不胜枚举了。如《南柯太守传》《红楼梦》《镜花缘》《聊斋志异》，都是较明显的例子。也许有学者会认为，只有第一人称的叙事者述说回忆自己过去的故事，从而进入另一个故事层，才可算是框式结构。即使是这样，中国传统小说的例子也同样不缺乏，如张鷟的《游仙窟》以及韦瓘的《周秦行纪》等，都符合这样的条件。就故事层次而言，有研究者指出，明朝董说的小说《西游补》，堪称中国叙事传统中的一个异数，故事不但"层出不穷"，①且叙事讯息贯穿在各层来回往复，也没有露出叙事的破绽。如果单单以此点为判准，《西游补》比热奈特在《辞格》一书中称作为"叙事学提供了重大的突破和意义"② 的《追忆逝水年华》更有层次，甚至可以说，中国明代小说其实已经很"现代"，董说比普鲁斯特更"现代"。

五、 以叙事手法探讨小说现代性的困局

我们在上一节看到，早至唐代的中国小说里，便已经可以见到那些被称为吴趼人小说之"突破"的叙述技巧。如果我们必须承认这些技法为小说的现代特质，同时在上面的论述中，我们又已看到晚清以前的小说里，便已经可以见到这些叙事技巧，为什么我们不把中国小说现代化的开端推得更前，推进至晚明、晚宋，甚至晚唐呢？"中国小说现代化"的起始，到底在于晚清、晚明、晚宋还是晚唐？这是一个值得思考的问题。

---

① 高辛勇：《〈西游补〉与叙事理论》，《中外文学》1984年第12卷8期，页5—23；以及高辛勇：《形名学与叙事理论——结构主义的小说分析法》（台北：联经出版事业公司，1987年），页212—214。
② 热奈特：《辞格Ⅲ》，页71。

其实，晚清的某些小说，例如吴趼人的，之所以被认为是中国小说现代化的先驱，归根究底，无非是因为在这些小说里已可以察见在五四一代那些被公认为"中国现代小说"的作品里所突出表现的技巧。例如上述的"第一人称""限制视角""倒装叙述"以及"框式结构"四项，便都同时表现在鲁迅的《狂人日记》之内。由于《狂人日记》早已成为公认的第一篇现代小说，因此这篇小说内的某些技巧便反过来被认定为小说现代性的标记，而忽略（有意或无意地）了传统小说其实也同样具备着这些技巧。不过，出于中国历史进程的考虑，把晚清甚至晚明的小说，视为中国小说现代化的先声，还勉强可以接受，假如把晚宋或晚唐的中国小说举出来，则难免太骇人听闻，难以想象了。于是，部分评论者便尝试在上述这些技巧的革新外，另订一些额外的条件，以确保吴趼人（或者其他的晚清、晚明小说家）的革新地位不致被古人所取替。然而，从这个角度看，这种探讨小说现代性的手法，是不是只属对已渗透于我们之中、被认同为"现代性"的一种意识形态的追认，而不在于探讨中国小说以往有没有这些叙事特式，以及某些西方小说的技巧对中国小说传统而言是否真的是创新？

我们除了看到这些叙事技巧在中国小说传统之内不算创新外，以叙事手法为小说现代性的标记的这种讨论，内部其实也充满种种的矛盾。

首先，有研究者便指明，吴趼人《二十年目睹之怪现状》的第一人称叙事方式，是"中国白话小说史上的创新"。一直以来，在中国小说研究上，似乎有一个不可逾越的分类，即"文言小说"与"白话小说"的区分（或"通俗小说"与"文人小说"的区分）。① 论者认为这种文言与白话之分的理据，是在于不同的文学起源，前者主要取法史传与辞赋，后者则更多得益于俗讲和说书。但在这个似乎不证自明的区分之下，一个更深层的问题，却似乎常常被忽略掉：为什么两者都称为"小说"？显然，两者统

---

① 当这些分类越趋仔细，讨论就有混乱及复杂化的倾向。譬如渐渐有这些说法："中国古典小说一般分为通俗和文言两大传统。"盖文言是语言问题，通俗是品味与性质的问题。

称为"小说",便足以表明两者之间存在着统一性。既然这样,在小说叙事技巧革新的问题上,我们为什么硬要预先分开文言与白话来讨论,而把某些技巧视为"文言小说的创新",而另一些则视为"白话小说的创新"呢?探讨叙事技巧,有认为是探讨叙事结构之内讯息如何传递,从而有方便进一步探讨文本的意义。热奈特开宗明义地提到:"叙事(分析)……指的是构成论述主题的真实或虚构之连续事件,以及它们的连接、对立、重复等多样关系。在此'叙事分析'意味着针对行动和情景本身进行整体研究,而不论及使我们掌握此整体知识的语言媒介。"[1] 可见,热奈特强调的是,语言媒介并不是叙事分析的研究下的一个细项。

我们若必须要以文言与白话的问题去区分,会导致一个怎样的结论?要推翻或证实吴趼人的《二十年目睹之怪现状》的"现代性"是在于"第一本第一人称的白话中国小说"的说法,只要依靠能否在中国传统小说内找到一篇以白话写成并以第一人称叙述的小说。即使我们无法在历史上找出一本比《二十年目睹之怪现状》更早出现的第一人称白话小说,然而从这样的命题下的结论应该是"中国白话小说现代性",而不是"中国小说现代性",这才合乎这种讨论处处要区分"文言""白话"的逻辑。

中国小说一向分为文言及白话两个系统,论者认为,由于文学起源不同,研究中国小说现代性的理路,应该兵分"文言、白话"两路。的确,口头传统(oral tradition)与书写传统(literary tradition)可以说是两个不同的生产传统。然而,我们知道,不独中国文学,其实可以说很多地方的文学传统都可以分为这两种传统,西方文学也不例外,[2] 那为什么在中国小说现代性的研究上却偏要分开这两种(文言及白话)系统去分辨?学

---

[1] 此段引文中译本与英译本有异,在此参照《辞格Ⅲ》中文版页76及英文版页25整理而成。

[2] Albert Bates Lord, *The Singer of Tales* (Cambridge, Massachusetts: Harvard University Press, 1960); Walter J. Ong, *Orality and Literacy* (London: Methuen & Co., 1982).

者们一直要强分这两种语言系统的小说,固然是为了照顾中国小说特殊的情况——自宋以后有大量产自说书传统的白话小说没有收归在官方及大型的小说类目中——但是,这样的思路为我们带来更纠缠不清的讨论,更无助于我们分析问题。譬如说,唐人传奇是文人创作,应归入书写传统而不归入说书式的口头传统之内,但正如盐谷温指出,唐人传奇里面,有以白话,有以文言,也有以四六骈体写成的。① 如果将唐传奇因为是文人的创作而归入文言传统,其中白话及骈体写成的作品又如何处置?

学者认为中国现代小说受外来文学的影响:"欧洲及受欧洲影响的日本小说是新式小说及新技法最主要的来源。1908年由吴趼人引入第一人称叙事到中国小说。"② 在西方文学传统里,《堂吉诃德》(*Don Quixote*)一直被公认为第一本现代小说(novel),但《堂吉诃德》并不以第一人称叙事著称。至于在日本——既然中国现代小说西方现代化是绕道东瀛而来,我们也应该看看日本小说的情形——同样的,被称为是第一本"近代日本小说"的二叶亭四迷(Futabatei Shimei)的《浮云》,也不是以第一人称为叙事者。③ 另一方面,回到叙述技法本身,就第一人称作整篇叙事虚构文本的技巧来看,圣奥古斯丁(Saint Augustine)以自传体所写的《忏悔录》(*Confessions*)就是一个可以在西方文学内找到的很早的例子。由此可见,第一人称事实上也不是什么现代技法。此外,倒装手法在西方小说或叙事文本里本身也不是什么新的技法,而热奈特也明言:"我们不至蠢到声称时间错置是种罕见或现代手法,相反地,它是文学叙述的传统笔法之一。"④ 所以,这些技法本身,不但在中国小说传统本来不新,事

---

① 盐谷温:《关于明代小说"三言"》,青木正儿等著,汪馥泉译:《中国文学研究译丛》(上海:上海文艺出版社,1992年),页5—6。
② Bonnie S. McDougall and Louie Kam, *The Literature of China in the Twentieth Century*, p. 83.
③ Marleigh Grayer Ryan, *Japan's First Modern Novel: Ukigumo of Futabatei Shimei*. (New York: Columbia University Press), 1967. 二葉亭四迷:《浮雲》,收入《坪内逍遥・二葉亭四迷集》(東京:筑摩書房,1967年)。
④ 热奈特:《辞格Ⅲ》,页86。

实上在西方叙事传统之内,也不属于"现代"。

除了加设两种语言系统去讨论之外,有些时候,在讨论到个别的技法之时,学者认为,中国传统文学作品中已出现的技法与西方的技法是有质的分别的。譬如讨论到吴趼人小说中的第一人称叙事之所以为创新之时,认为他的这种手法与中国本来已存在的技法"在纯粹形式方面的相似并非一种联系"。米列娜这样说:

> 认为中国第一人称叙事作品(在文言叙事作品中建立起来的)和吴沃尧小说之间存在联系的看法也会使人误入歧途。它们的第一人称叙事方式在纯粹形式方面的相似并非一种联系。如果将《二十年目睹的怪现状》同沈复在十九世纪初所写的自白性散文《浮生六记》相比,这是非常明显的。沈复在书中叙述了他的私生活,婚姻和感情经历。外部世界的描写——至少在核心章节中——寥寥无几。沈运用第一人称的叙述方式直接传达他内心深处的情感和心绪。他的叙述是以内省的抒情散文所写的自白。因此,它与文言文学的传统完全结合。在这一传统中,抒情的,内省的,第一人叙述者自古代起就已在叙事诗和论文中形成和发展起来了。吴沃尧的小说恰好相反,它集中在叙述者对自己周围社会的观察之上,而在小说的过程中,叙述者的个人生活却愈来愈被推入背景。这部第一人称小说的主人公显然是外向的。叙述者的个人情感几乎不存在。①

米列娜看来想在这里指出,《二十年目睹之怪现状》与《浮生六记》的分别,在于前者为"外向的",而后者则为"内省的"。但这样的区分,却只说明了一种"第一人称叙事者"在使用上的内部区别,或"第一人称叙事者"在不同事物上的使用上的区别,却不能使人明白:既然《二十年

---

① 米列娜:《从传统到现代:19至20世纪转折时期的中国小说》,页70。

目睹之怪现状》与《浮生六记》两者都同样使用"第一人称叙事者",则为什么这种"在纯粹形式"上的相同,并不能算是"一种联系"?为什么认为二者之间存在联系就"会使人误入歧途"?所谓"第一人称叙事者",岂不是本来就是一种叙述技法的"形式"?难道在技法形式上有相似或相同,竟不可以说存在某种联系?强为区分"第一人称叙事者"的"外向"与"内省"的使用,可不就是把叙述内容上的分别混进叙述技巧的分析中?

此外,大部分学者显然已充分注意到,在传统中国小说里已可以见到上述所指出的技巧,于是便尝试把"中国小说叙事模式"转变的主体,从个别作品转移到整个时代的基本趋向之上。这种做法的代表人物是陈平原,他的研究提供了一个以叙事学分析传统小说研究的典范,把中国小说现代化的问题带入一个新的视野,[①]他在《中国小说叙事模式的转变》中说:

> 按照这个理论框架来衡量,中国古代小说尽管有个别采用倒装叙述的,有个别采用第一人称限制叙事和第三人称限制叙事的,也有个别以性格或背景为结构中心的;但总的来说,中国古代小说在叙事时间上基本采用连贯叙事,在叙事角度上基本采用全知视角,在叙事结构上基本以情节为结构中心。这一传统的小说叙事模式,20世纪初受到了西方小说的严峻挑战。在一系列对话的过程中,外来小说形式的积极移植与传统文学形式的创造性转化,共同促成了中国小说叙事模式的转变:现代中国小说采用连贯叙述,倒装叙述,交错叙述等多种叙事时间;全知叙事、限制叙事(第一人称、第三人称)、纯客观叙事等多种叙事角度;以情节为中心、以性格为中心、以背景为中心

---

① 《中国小说叙事模式的转变》的最大贡献,除了在文本分析外,更在循此计划而编成的5卷本《二十世纪中国小说理论资料》及无数晚清文学的新议题。另,本章所引用的古小说例子很多都来自陈平原的专著。

等多种叙事结构。①

陈平原的分析主要建立在一个这样的基础论点上，就是中国现代小说那些与传统有别的叙事模式，并不是从来不曾在中国传统小说里出现（这一点，却是其他认为中国小说传统与现代的临界点在于"新形式"的专著所没有的论点以及理据），相反，陈平原认为所有所谓的"现代叙事模式"，都可以在中国传统小说找到。不过，他所谓"中国小说叙事模式的转变"并不是指在中国现代小说里突然出现了一些全新的叙事模式，而是到了某一个时间，某些以往零星可见的叙事模式突然大量地涌现，成为小说创作的主流。即是，从他这个富有启发性的研究，我们正正可以看出从个别小说内显出的技法不足以作为判别现代小说的准则，而某一个时代的整体趋势才是最关键的因素。然而，他虽然把问题带进一个新视野，却把原来的议题模糊了，原因是这样的论点实际上带出另一个问题，就是"中国小说叙事模式的转变"，到底是量还是质的问题？在他之前的论述，都刻意论证中国本来已有的任何一个叙述技巧与后来被认为是西方式的这个叙事技巧有质的分别，陈平原的论述则指出，现代小说的出现（或者小说进入"现代"世纪），是因为这些技法的大量使用，这便是量的问题。可是，说到量的时候，我们却又可以看到其中别的问题。举例说，我们怎样确定从明代《痴婆子传》的一个倒装，到《九命奇冤》的十六个倒装"大量"出现，小说就进入了现代？此外，如果整个现代小说的叙事模式的转变是建立在量的变化上，那我们便有理由要求一个对传统小说能够全面量化的方案，即我们必须找出"全部"传统小说，并分析其叙事模式，看看在数量上是否有重大的分别，才能确立有这样的"叙事模式的转变"的出现。但这是可行的吗？到底我们有没有能力"量化"传统小说？"传统小

---

① 陈平原：《中国小说叙事模式的转变》，页5。

说"覆盖范围又是否只是他图表中所参照的1898—1902年?① 而更重要的是,以他采用的理论架构——结构主义中的叙事——去看,他以文本内的叙事分析,是指对某个文本内部个别参数与整个结构关系的分析,意即,叙事特色与文本内的其他关系形成一个相对照的参考,此谓之一个结构。但是,如果要问某一个时期在社会内什么叙事模式才是主流、才是大多数的问题,这却显然已经越出了文本内结构性分析的范围,而涉及许多文本以外的因素。因为,量的增多,必然是因"社会叙事"的结构改变,诸如社会经济结构上面的因素,包括他的专著后面所探讨的问题,如印刷术与现代媒体的发达等。可是,既然要探究的是"叙事模式的转变",并以此作为论据,实际是属于小说叙事技巧的研究范围,却不是在"社会叙事"分析内。

六、小结

正如本章的"引言"所言,本章并非以吴趼人小说的"文本分析"为目标。吴趼人的小说所扮演的角色,只不过是本章的桥梁,而不是本章的终点。因此,上述的讨论也不是针对个别学者对吴趼人小说的文本分析而言。毫无疑问,上面提到的晚清小说评论者对晚清小说研究各有其不可多得的贡献,各为我们提供了探讨晚清小说的不同视野。因此,本章提出的疑点并不是针对人们过去对吴趼人小说的分析而发的。笔者所关注的,毋宁是一种关于中国小说现代性的分析方法。这种方法不一定是某位学者的明确主张,却可能于不知不觉中出现在众多不同学者的具体分析里。本章就是尝试透过众多不同学者对吴趼人小说的具体分析去展现这种方法上的倾向。事实上,《狂人日记》成为公认的中国现代小说的典范以后,评论者往往都趋向把"中国小说现代性"的重点放在叙事技法的创新之上,如

---

① 陈平原:《中国小说叙事模式的转变》,页9—13。

上述提到的"第一人称""限制视角""倒装叙述"及"框式结构"等等。渐渐地，这些小说叙事技巧似乎便成为"中国小说现代性"的充分条件。吴趼人的个案更能突出这种讨论的困局，而不用回到《狂人日记》之上，因为我们看到近年围绕吴趼人的讨论，已经纯化到讨论小说现代性就只在于讨论小说技法的地步。

鲁迅的《狂人日记》成为"小说现代性"研究的典范，有其本身的历史起源。论者是出于一种以美学对抗政治对文艺思想的控制的考虑。为了突出鲁迅"文学家"的身份，最佳的论据就是以其作品内的创作特色及其在美学方面的贡献与成就，制衡1970年代以前的文学史当中鲁迅所被描述的革命家、政治活动家形象。李欧梵在《鲁迅创作中的传统与现代性》中这样说：

> 我将尽量把鲁迅的艺术置于一个尽可能大的，中国当时的文化背景中，而不是限制在一个意识形态框架中。后者仅仅导致这样一个结果，……让人们看到鲁迅是如何一步步走向马克思主义和革命。因而，这里主要的问题不在于鲁迅为什么和怎样变成了一个革命者，而在于探讨他是如何成为一个中国现代作家。①

不过，这种讨论一旦确立后，起源则被忘记了。于是逐渐地，每当于比鲁迅小说更早发现一些现代叙事技法，学界便如同发掘了中国小说被压抑的现代性一样。晚清小说技巧之研究所以渐成风尚，与这种中国小说现代性研究的方法趋向不无关系。不过，正如上文的分析，上面所提到的四种小说叙事技巧不只在晚清的小说可以见到，甚至在远至唐代的小说作品中也可以见到。于是，为了确保中国小说现代性的发掘不致越过晚清的樊

---

① 李欧梵：《鲁迅创作中的传统与现代性》，乐黛云主编：《当代英语世界鲁迅研究》，页79—80。原文为 Leo Ou-fan Lee, "Tradition and Modernity in the Writings of Lu Xun," in Leo Ou-fan Lee ed. , *Lu Xun and His Legacy* , p.4.

篱，人们又额外加设重重的关卡，如第一人称成为一个参照后，附加条件有：必须是白话小说，然后一定要批评社会，却不可以作内省回顾，而叙事者也规定必须从天真者变成一个世故的成人。最后，现代中国小说只有鲁迅的《狂人日记》一篇能通过种种的"审查"。然而，在这样的讨论里，我们往往见到学者们在不知不觉中违反其方法上的出发点：他们往往以技巧分析出发，而以内容上的区分或深入诠释故事内容而告终。譬如在说明"第一人称"的技巧时，慢慢落入讨论这种技法如何有助内容的展现：利用"无知与天真"或"外地人看上海"① 的叙事者去批评社会的怪现状，"有效地摒弃了权威性的叙事者声口"②。也就是说，这种分析越出了纯粹叙述技巧分析的范围，致使内容也在技巧革新以外成为中国小说现代化的参考标准。

  本章的目的就在于尝试指出，不可能简单地把某些文本内所见的叙述技巧作为识别"中国小说现代性"的判准。单单从叙述技巧方面来说，是不能充分反映中国小说现代化的含义的。叙述技巧只是中国小说现代化的其中一个条件，却不是其充分的条件。于此，我们可以回到提供叙事学作为中国小说结构模式转变研究的经典——普实克的名文《二十世纪初中国小说中叙事者作用的变化》，他说："因为我们必须要注意，文学结构中个别因素的某些变化，和这些变化给那种文学结构造成的压力，要发展到什么程度才能彻底改变整个结构。"他举了一个某文学技巧（叙事者）的改变影响整个文学发展变化的例证，目的是"从相反的角度来探讨这个问题，说明为什么有时外国文学的影响使文学结构的某些方面发生变化，但却不能导致新的文学结构的产生"。而他的结论是"我所提供的材料表面上会给予这个问题以否定的答案"③。这其实是足以令人深思的，由此也可以让我们确定，中国小说的现代性除表现在小说的叙事

---

① 陈平原：《中国小说叙事模式的转变》，页84。
② 韩南：《中国近代小说的兴起》，页192。
③ 普实克著，李燕乔等译：《普实克中国现代文学论文集》，页110—120。

技巧上，亦可能体现在小说的叙事内容上，甚至在小说的社会地位以及小说与其他文类之间的关系上。简单来说，中国小说的现代化，可谓牵涉整个文学结构的变化，而不是某种特定的小说技巧上的革新所能够充分说明的。

最后，套用几本书的书名为本章作结，既然"现代"还是一个"未完成的计划"（unfinished project）①，则在发掘更多被抑压的现代性之前，"如何'现代'，怎样'文学'"② 这个议题，还是值得我们再进一步深思的。

---

① Jürgen Habermas, "Modernity: An Unfinished Project," in Maurizio Passerin d'Entrèves and Seyla Benhabib eds., *Habermas and the Unfinished Project of Modernity: Critical Essays on the Philosophical Discourse of Modernity* (Cambridge, Massachusetts: MIT Press, 1996).
② 王德威：《如何"现代"，怎样"文学"》（台北：麦田出版，1998年）。

第二章

移植新小说观念：坪内逍遥与梁启超

一、引言

梁启超（1873—1929）在1902年发表《论小说与群治之关系》，提出小说界革命。这篇文章在中国文学发展史上占有极其重要的地位：一方面对传统小说作重新检讨，甚至全盘否定，认为小说是中国道德败坏的主要原因；另一方面却十分矛盾地继承了中国传统文学的实用观，认为小说对群众的教化有莫大的影响，足以担当"新一国之民"的工具。在这篇论文中提出的"小说为文学之最上乘"的壮语，更是中国文论内亘古未有、打破长久以来小说低微地位的定论。① 同时，梁启超又大力提倡翻译外国小说，输入日本政治小说《佳人奇遇》，以至编印小说杂志《新小说》，目的就是形成一重要文学阵地以传播、界定、筛选他重新定义的"新小说"。梁启超不啻是带领"中国小说现代化"的关键人物。②

梁启超的"新小说"观念是他在经历了戊戌政变，被迫流亡日本后提出的。在这以前，他与老师康有为（1858—1927）倡议新政，所写七万多

---

① 梁启超：《新小说第一号》，原刊《新民丛报》1902年第20号，收入陈平原、夏晓虹编：《二十世纪中国小说理论资料》第1卷，页56。
② 譬如，陈平原就认为："中国小说叙事模式的转变，基本上是由以梁启超、林纾、吴趼人为代表的与以鲁迅、郁达夫、叶圣陶为代表的两代作家共同完成的。"见陈平原：《中国小说叙事模式的转变》，页6。

字的《变法通议》,① 在说到童蒙教育的"论幼学"一章中,"说书部"虽稍有涉及小说的社会功能,但里面的观点既无理论建设的明确目标,亦不能独立成个别体系,而且往往只是参照康有为的观点来加以发挥。很明显,有意识地提出小说界革命以及新小说的概念,是他在日本经历了明治文坛的洗礼后才出现的。过去,不少中日学者已探讨过梁启超怎样从日本明治文学中汲取养料,再转化到中国来,其中大都集中在追寻梁启超与德富苏峰的关系。这是可以理解的,因为德富苏峰与梁启超同为新闻舆论界巨子,他们的背景确有很多相似的地方,加上梁启超自己也直接提到德富苏峰,特别在《自由书》以及《夏威夷游记》中,以至于当时的留日学生以及后来的学者很容易就找到梁氏受德富苏峰影响的痕迹。②

可是,明治文坛最重要的小说理论家却不能算是德富苏峰。一个对明治文坛以及日本近代小说文学的形成有更重要、更深远影响的人物是坪内逍遥(1859—1935)。如果我们任意翻开一本日本近代文学史,大概会找到有关坪内逍遥的描述,用的都是类似的评价,说他是"明治文学的启蒙家"③、"近代文学黎明的晓钟"、"日本新旧文学的分水岭"等等。④ 坪内

---

① 梁启超:《变法通议》,梁启超:《梁启超全集》第 1 册第 1 卷,页 34—42。本章所引梁启超的引文,全部录自《梁启超专集》(光盘资料库)(北京:北京大学出版社,北京大学未名文化发展公司制作,1998 年)。亦部分参考狭间直树编制:《电子版饮冰室文集》,日本京都大学人文科学研究所(http://sangle.web.wesleyan.edu/etext/late-qing/xinminshuo-kyoto.html)。但为方便读者追查引文起见,仍列出原文在《梁启超全集》以及在其他文集内的出处。

② 冯自由著:《革命逸史》第四集(台北:台湾商务印书馆,1969 年),特别是《日人德富苏峰与梁启超》一章,页 269—270。王晓平:《梁启超文体与日本明治文体》,《近代中日文学交流史稿》(长沙:湖南文艺出版社,1987 年),页 272—277。夏晓虹:《觉世与传世:梁启超的文学道路》(上海:上海人民出版社,1991 年),以及夏晓虹:《晚清社会与文化》(武汉:湖北教育出版社,2001 年)。陈建华:《"革命"的现代性——中国革命话语考论》(上海:上海古籍出版社,2000 年),特别是第二章第四小节的《"诗界革命"的现代性:梁启超与德富苏峰》,页 40—44。

③ 中村真一郎:《坪内逍遥"近代文学的基石"》,稻垣達郎编:《坪内逍遥集》,興津要等编:《明治文學全集》第 16 卷(東京:筑摩书房,1969 年),頁 371—372。

④ 其实,随便翻开任何一本日本文学史,大概对坪内逍遥的描述是相类的。久松潜一:"《小说神髓》是近代文学的晓钟。"久鬆潛一等编:《日本文學史》第 1 册(東(转下页)

逍遥虽然不像梁启超经历政变磨难而从九死一生中悟出时代真谛,也没有像梁启超般因去国之苦而顿然想出小说的新功能;然而二人相同的地方在于,都因为新时代的来临,过去的学术及文学信念受到彻底动摇,而需要从一个更宏大及开阔的视野了解文学的意义,才写出创造时代的文学宣言来。坪内逍遥的文学生命遭遇到空前的打击,他愤然写下《小说神髓》。①自他的《小说神髓》于1884—1885年横空面世之后,"小说"一词及其附带思想及意义便在日本正式与猥亵通俗的江户小说分道扬镳。

　　《小说神髓》分为上下两篇,上篇从历史变迁、种类、裨益去重新阐明"小说";下篇处理创作及技法方面的问题,包括文体、结构法则、主人公的设置、叙事法等等。他之所以要重新为"小说"定位,是因为不满意江户时代以来"小说"只被视为李渔所言的"义发劝惩""劝善惩恶"的道德教化工具;更不满意1868年文明开化运动以来,"小说"只沦为宣传政治的工具。② 因此他以艺术的角度来强调小说应有明确的美学价值,而内容应以人情为主,笔法应该尽量写实,小说作者应穿透人物的内心,以细致的笔触剖析人的心理,描写社会,让作品如实地、如自然般透现在读者眼前。自《小说神髓》出现以后,小说在明治日本的地位骤然提升,"小说是什么"在文坛及读者的理解上完全改弦易辙,小说的写作方法重

（接上页）京:至文堂,1964年),页28。岛崎藤村在《文学界诞生之时(文學界の生れた頃)》一文中回忆《小说神髓》时说:"坪内逍遥的《书生气质》与《小说神髓》就好像天将破晓黎明尚未到来之前,在浓雾重重之中,乍闻鸡鸣一样。"见三好行雄编:《岛崎藤村全集》第11卷(東京:筑摩書房,1981—1983年),页358。

① 坪内逍遥在自传《回忆漫谈》里说到自幼沉浸在小说中,在他大学本科三年级那年,英籍教师William Houghton让学生分析《哈姆雷特》中王后Gertrude的性格。坪内从传统伦理观念出发,以分析人物性格以及小说的道德意义为题,可是,英籍教师判给他很低的分数。一个在友侪间一向被喻为"文学通"的人却惨遭滑铁卢,让他开始醒觉到传统小说的价值标准,不足以评价新兴的文学,于是他发奋涉猎大量的英国文艺作品以及文艺理论方面的书刊,逐渐扬弃了从小长期培养起来的江户戏作文学的文艺观。坪内逍遥:《回憶漫談》以及《新旧過渡期的回想》,各收入稻垣達郎编《坪内逍遥集》,页345、399—406;以及参考柳田泉:《若き坪内逍遥:明治文學研究1》(東京:日本図書センター,1984年),页108。

② 中村光夫:《日本の近代小説》(東京:岩波書店,1954年),页10—11。

新确立。新的小说观念由坪内逍遥而来，明治文坛对他的观念有直接吸收，如《文学界》的众人；或在他刺激之下出现如雨后春笋的小说理论，如二叶亭四迷（1864—1909）于 1886 年出版的《小说总论》；也有对坪内逍遥小说观念的补充及讨论，如明治文学史上最有名的论争之一——坪内逍遥与森欧外的"没理想论争"。① 不过，自坪内逍遥奠下现代小说观念后，明治以后有关小说的讨论很难绕过他设定下的范畴及标准。不容忘记的是，就连德富苏峰也深受坪内逍遥的影响（这点本章会在最后一部分做进一步说明）。由此可见，日本新小说，或日本小说现代化，应以坪内逍遥为起点。

从上面很简单的叙述，已能见到梁启超与坪内逍遥相似的地方——他们各自在自己国家的小说发展史以及文学传统上扮演相类似的角色，都是要改变传统小说的概念，为国民建立新小说观念。不过，这相似并不是出于偶然，也不是出现类似后人在比较文学意义下偶撷而来的相似性，而是出自梁启超一种有意识而来的从日本移植、学习、挪用。晚清文人在急遽学习泰西、西洋及东洋以革新时代、求民族自保的环境中，随学随用各种外来观念，不一定会标明思想来源的出处，也不一定会标明翻译版本、原作者及原文出处，当然，这也有可能是被自身外语能力所限，又或考虑到版权问题，更可能是出于对自身及时代的焦虑（见本著关于吕思勉及林纾的讨论）。本章主旨在于探讨中国近代新小说观念的建立过程，② 并透过分析坪内逍遥与梁启超的文字，在剖析中国近代新小说的概念的同时，阐

---

① 坪内逍遥与森鸥外两人的文章分别为《没理想の語義を弁ず》，稲垣達郎編：《坪内逍遙集》，頁 189—194，以及《柵草紙の山房論文》，吉田精一編：《森鷗外全集》第 7 卷（東京：筑摩書房，1971 年），頁 5—65。可以说，这场论争是发生在 18 世纪的英国写实主义与德国观念主义（或"唯物主义"与"唯心主义"）思潮论争在日本的重演。
② 移植新小说观念，可以见于两个层面：第一是指理论的建构，第二是指寓理论于实践，即是把这些理论诉诸具体的创作活动。坪内逍遥与梁启超不但提倡新小说观念，更身体力行尝试创作，前者有《当世书生气质》，后者有《新中国未来记》等。可惜，他们的创作，相比其理论文字的贡献，可以说是不甚显著。本章只讨论他们对新小说理论方面的建树。

述新小说的观念取道日本而被移植到中国的途径,而其中会特别注意新小说与文学的关系。

二、坪内逍遥与梁启超:现代"小说"观念的启蒙者

1918年,对日本文学文化有深厚了解的周作人(1885—1967),在北京大学文科国文门研究所小说组的讲演《日本近三十年小说之发达》中,首先指出两国小说近年的发展情况非常相似。他概括地谈到日本小说发达的情况,更突出地谈论坪内逍遥《小说神髓》的贡献。当他回顾中国的情况时,语重深长地分析了当时"讲新小说也二十多年"的中国,实在是"毫无成绩",其中最缺的书就是坪内逍遥的《小说神髓》,他说:

> 中国现时小说情形,仿佛明治十七八年(1884—1885)时的样子,所以目下切要办法,也便是提倡翻译及研究外国著作。但其先又须说明小说的意义,方才免得误会,被一般人拉去归入子部杂家,或并入《精忠岳传》一类闲书。——总而言之,中国要新小说发达,须得从头做起,目下所缺第一切要的书,就是一部讲小说是什么东西的叫《小说神髓》。①

然而,即使周作人摇旗呐喊,我们看到的历史事实却是,不要说中国人自己没有写出一部《小说神髓》来,就是《小说神髓》的中文全译本也要在晚清大概一百年后的1991年才出现。② 坪内逍遥除了在1935年逝世

---

① 周作人:《日本近三十年小说之发达》,原刊1918年5月《北京大学日刊》第141—152号,收入钟叔河编:《周作人文类编》第7卷《日本管窥》(长沙:湖南文艺出版社,1998年),页237、248。
② 有关《小说神髓》的内容及译文,本章参考坪内雄藏:《小说神髓》〔東京:鬆月堂,明治二十年(1887年)〕外,辅以参考稻垣達郎编:《明治文學全集》第16卷《坪内逍遙集》(東京:筑摩書房,1969年);坪内逍遥著,稻垣達郎解說,中村完、(转下页)

时曾经引起几篇悼念文章外,① 他的杰作《小说神髓》似乎对中国文坛没有起什么大的影响及作用。不过,尽管当时没有中国人写一本类似《小说神髓》的小说理论专著,又或立刻把《小说神髓》翻译过来,但并不是说《小说神髓》的思想内容从没有给传到中国来。事实上,早在晚清新小说初步建立的时候,梁启超便已经借助《小说神髓》的主要观点,提出了"小说界革命"。

早在东渡日本以前,梁启超便可能已经在康有为的《日本书目志》第14卷《小说门》内几次看到坪内逍遥的名字了,譬如其作品《春之屋漫笔》出现2次,② 以及坪内逍遥的笔名"坪内雄藏"出现在《新编浮云再版》等;③ 到了日本"广搜日本书而读之"后,他对坪内逍遥的名字便有直接的援引。在《东籍月旦》一文的评语所见,他对坪内逍遥所著的《上古史》《中古史》有所推介,并知道这两书是"专门学校讲义

(接上页)梅澤宣夫注釋:《日本近代文學大系·坪内逍遥集》(東京:角川書店,1974年);柳田泉著、中村完解説:《"小説神髓"研究》(東京:日本図書センター,1987年)而来;译文参考自刘振瀛译:《小说神髓》(北京:人民文学出版社,1991年),及Tsubouchi Shōyō, *The Essence of the Novel*, trans. by Nanette Twine, Occasional papers; No. 11 (Brisbane: Department of Japanese, University of Queensland, 1981)。

① 在民国的中国文坛里,有关坪内逍遥的介绍文章并不多。除周作人外,谢六逸可称为最推崇坪内逍遥的一位。他在商务版及北新版的《日本文学史》中对坪内逍遥大加赞扬之外,又于1933年以"坪内逍遥博士"为题,在《文学》第1卷第3号上评介其一生的文学事业及成就。其后,坪内逍遥于1935年2月逝世,为纪念这位日本著名的文学家,谢六逸又于当年5月以"小说神髓"为题,在《文学》第4卷第5号上专文评论这部著作。这些文章的内容繁简不一,然而观点大致相同。其他提及坪内逍遥的还有夏丏尊:《坪内逍遥》,原刊1935年6月《中学生》,收入夏弘宁选编:《夏丏尊散文译文精选集》(北京:中国文联出版社,2003年),页176—179。

② 康有为:《日本书目志》(1897—1898年),《康有为全集》(上海:上海古籍出版社,1987年),页1206、1245。

③ 《浮云》是二叶亭四迷的作品。二叶亭四迷因仰慕坪内逍遥的名气请教于坪内,并在坪内的指导下完成以及修改"日本第一本"现代小说《浮云》。坪内逍遥恐怕以文坛新秀之名出版对作品的接收与认同不够,因此先以自己的名义出版。可参考 Marleigh Grayer Ryan, *Japan's First Modern Novel: Ukigumo of Futabatei Shimei* (New York: Columbia University Press, 1967)。二葉亭四迷:《浮雲》,收入《坪内逍遥·二葉亭四迷集》(東京:筑摩書房,1967年)。

录本"①。而在稍迟发表的一篇文章《读日本大隈伯爵开国五十年史书后》（1910年）里，他更述及坪内逍遥一生最得意的戏剧著述《国剧小史》。②表面看来，他的确没有正面提及《小说神髓》，我们暂时也没有直接证据实证梁启超曾涉猎过坪内逍遥的《小说神髓》。梁启超到明治日本后阅读过些什么，阅读过哪一本、哪一类日文书籍，可能还有待整理及发掘，不宜妄下明确的判断。③ 但如果我们细心比较梁启超与坪内逍遥的小说论，却旋即可以发现，梁启超的小说论中实有不少与坪内相似的言论。从他的小说革命论大都出于东渡之后，而坪内逍遥又是明治时期日本小说评论界的首要人物来看，很难相信梁启超会错过坪内逍遥的现代小说论。而通过比较两者而指出梁启超与坪内逍遥有关小说的讨论的相近之处看来，我们甚至有理由相信，梁启超确是受到坪内小说论的影响，甚至刻意移植这些新的小说观念。

尽管我们今天都认定梁启超是中国近代新小说的倡导者，但其实，较诸他终身勤奋不倦而完成的百万言著作而言，论小说的文章其实为数不多。最能确定的一点是，梁启超影响中国小说发展的文章，包括《译印政治小说序》（1898年）、《论小说与群治之关系》（1902年）、《新小说第一号》（1902年）、《中国惟一之文学报——"新小说"》（1902年）等，全都是在维新失败、东渡日本以后几年写成的。很明显，东渡日本以后的经历，是梁启超发展其小说改革思想的重要土壤，他也自言"前后若出两

---

① 梁启超：《东籍月旦》，1899—1900年，《梁启超全集》第1册第2卷，页325—334。
② 梁启超：《读日本大隈伯爵开国五十年史书后》，《梁启超全集》第4册第7卷，页2100。另外，在梁氏"戊戌以后所聚之书"《梁氏饮冰室藏书目录》内，收有坪内雄藏的《伦理と文学》一书。见国立北平图书馆编：《梁氏饮冰室藏书目录》（北京：北京图书馆出版社，2005年），页595。
③ 京都大学人文学科研究所主持下的"共同研究梁启超"计划，其中研究议题之一就是搜集并整理梁启超到日本后所看过的日本书目。见《共同研究梁啓超·序》，狭间直树编：《共同研究梁啓超：西洋近代思想受容と明治日本》（東京：みすず書房，1999年），頁ⅰ-ⅶ。

人"①。然而，令人感到可惜的是，即使近年在日本及中国现代化的议题下，有关梁启超如何受日本明治文坛影响的讨论已有长足的发展，②但过去学界所关注的一直侧重在梁启超在文界革命（新词语、新文句）③、诗界革命方面如何得力于明治文坛，④即使讨论"小说界革命"方面的，重点也只放在政治小说，⑤而且还有过分偏重研究"政治小说"的"政治"而非"小说"的倾向。⑥具体落实到梁启超所引发的中国小说观念的转化，以及这转化怎样与他在日本受到的影响有关，特别是他怎样通过明治日本而转折输入了西方现代的小说观念这些重要课题上的研究，却一直阙如。⑦在这一节里，我们会尝试填补这空白，深入剖析梁启超所推动及协助建立的中国新小说理念究竟怎样受到明治文学，尤其是明治文学的代表人物坪内逍遥的影响。

有关梁启超新小说观念的论述为数不少，对他经典语句的引用更是令

---

① 梁启超：《三十自述》，《梁启超全集》第 2 册第 4 卷，页 957。
② Joshua A. Fogel ed., *The Role of Japan in Liang Qichao's Introduction of Modern Western Civilization to China*, China Research Monographs, No. 57 (Berkeley, CA: University of California Berkeley, 2004)；狭间直树编：《共同研究梁啓超：西洋近代思想受容と明治日本》；郑匡民：《梁启超启蒙思想的东学背景》（上海：上海书店出版社，2003 年）。
③ 王晓平：《梁启超文体与日本明治文体》，《近代中日文学交流史稿》，页 272—277；夏晓虹：《觉世与传世：梁启超的文学道路》，页 201—272，特别是第八、九章；以及夏晓虹：《晚清社会与文化》，特别是第三章"梁启超与日本明治小说"，页 53—87。
④ 陈建华：《"革命"的现代性——中国革命话语考论》，特别是第二章第四小节《"诗界革命"的现代性：梁启超与德富苏峰》，页 40—44。
⑤ 山田敬三著，汪建译：《汉译〈佳人奇遇〉纵横谈——中国政治小说研究札记》，赵景深主编：《中国古典小说戏曲论集》（上海：上海古籍出版社，1985 年），页 384—404。
⑥ 樽本照雄在《梁啓超の"群治"について——"論小説与群治之関係"を読む》一文中，大量展示了梁启超"政治小说"译介中"群"与"社会"的用法以及意义。参看樽本照雄：《梁啓超の"群治"について——"論小説与群治之関係"を読む》，《清末小説》1997 年 12 月第 20 号（大津：清末小説研究会），页 5—29。
⑦ 在近代中国小说观念转变的议题上，袁进的《中国小说的近代变革》以及黄锦珠的《晚清时期小说观念之转变》可以说是这方面研究的代表作。不过两书的研究范围，只在于讨论新旧小说观念上的不同，不处理中国小说观念如何经日本（特别是明治时期）转化。分别见袁进：《中国小说的近代变革》（北京：中国社会科学出版社，1992 年），及黄锦珠：《晚清时期小说观念之转变》（台北：文史哲出版社，1995 年）。

人耳熟能详，我们不再做详细讨论。下文从他所提出的几个重要论点入手，包括小说的地位（由小说的新功能所带动）、小说的分类及小说归类等几个层面去处理观念的问题，并以坪内逍遥的文字作参照，以展示二者之间的关系。我们可以先从小说的地位开始，这是一个最首要且基本的问题，因为很多环绕着小说的问题都跟它的地位有关，尤其是梁启超在这个问题上说了一句在当时可谓惊天动地的评价"小说为文学之最上乘"，彻底地改变了小说在中国文学以至思想界的位置。

三、小说的地位

在中国的旧学传统里，小说位居九流十家之末，且一直仅被视为"君子弗为"的"小道"，不为传统知识阶层的士大夫所看重。这种情况，自东汉以来便已如此。班固取刘歆的《七略》而为《汉书·艺文志》，首揭"九流十家"的分类，其中说："小说家者流，盖出于稗官，街谈巷语，道听途说者之所造也。孔子曰：'虽小道，必有可观者焉，致远恐泥。'是以君子弗为也，然亦弗灭也，闾里小知者之所及，亦使缀而不忘，如或一言可采，此亦刍荛狂夫之议也。"① 这种看法，直至清代纪昀主编的《四库全书总目提要》，仍然没有大变。《提要·子部·小说家》引班固云："班固称：'小说家流，盖出于稗官。'如淳注谓：'王者欲知闾巷风俗，故立稗官，使称说之。'然则博采旁搜，是亦古制。固不必以冗杂废矣。今甄录其近雅驯者，以广见闻。惟猥鄙荒诞，徒乱耳目者，则黜不载焉。"②

然而，这只不过是传统理念下的小说在中国所占的位置。一直以来，一般论者都简化地说梁启超是要打破小说这种低微的地位，为小说平反。但事实并不是这样。梁启超在1902年所写的《论小说与群治之关系》里

---

① 班固：《艺文志》，《汉书》第30卷（北京：中华书局，1964年），页1745。
② 纪昀总纂：《小说家类一》，《四库全书总目提要》，第140卷，子部50（北京：中华书局，1965年），页1182。

其实比当时其他人更猛烈地批评小说，他批评的就是中国传统小说，认为旧小说里充斥着各种各样的腐败思想，诸如"状元宰相""佳人才子""江湖盗贼"及"妖巫狐鬼"等，使得中国"群治腐败"，国民身受其害："今我国民惑堪舆"，"今我国民慕科第若膻"，"今我国民轻弃信义"，"今我国民轻薄无行"，"今我国民绿林豪杰"，① 都是因为民众读了传统的旧小说，换言之，小说是中国落后腐败的根源。这样的旧小说得到这样低微的位置是理应如此的，没有平反的必要。旧小说"影响于人心风俗"，中国国民腐败，"大半由旧小说之势力所铸成也"，这一点，是梁启超一直坚持的。②

不过，梁启超《论小说与群治之关系》一文又用上大量的篇幅，从小说的普遍性、小说直接间接的影响③、四种力量、优点与缺点、小说的类型等，去说明"其性质其位置"④，这显然又是要全面地洗掉"小说"一词过去一直所带有的负面印象。由于不能登大雅之堂的只是中国的"旧小说"，而不是"小说"本身，在全面否定了旧小说后，梁启超便提出重要的立论，他的策略是借助"泰西"和"域外"的权威性，赋予小说"最上乘""最精确""最高尚""为功最高"的价值。其文章中最常为人征引的几句是：

> 小说之道感人深矣。泰西论文学者必以小说首屈一指，岂不以此

---

① 梁启超：《论小说与群治之关系》，原刊《新小说》1902年第1号，收入陈平原、夏晓虹编：《二十世纪中国小说理论资料》第1卷，页53。
② 梁启超："十年前之旧社会，大半由旧小说之势力所铸成也。"梁启超：《告小说家》，《梁启超全集》第5册第9卷，页2747。
③ 梁启超："故常欲于其直接以触以受之外。而间接有所触有所受。"梁启超：《论小说与群治之关系》。而坪内逍遥在《小说的裨益》一节中也谈道："乃若论及小说之利益，必须先以区分，一为直接之利益，一为间接之裨益。"（坪内逍遥：《小说神髓》，页84）。
④ 梁启超：《论小说与群治之关系》，原刊《新小说》1902年第1号，收入陈平原、夏晓虹编：《二十世纪中国小说理论资料》第1卷，页50。

种文体曲折透达，淋漓尽致，描人群之情状，批天地之窾奥，有非寻常文家所能及者耶！①

译者曰：此法国著名文家兼天文学者。例林玛利安君所著之《地球末日记》也，以科学上最精确之学理，与哲学上最高尚之思想，组织以成此文，实近世一大奇著也。②

小说为文学之最上乘，近世学于域外者，多能言之。③

那时候还对"泰西"认识不深的梁启超，论证的来源其实只有日本。他在日本亲眼看到政治小说成为明治日本自由民权运动对"自由"诉求的渠道，看到"小说"不只可以"载大道"，也可以"救国救民"。这使他了解到，小说言辞通俗，有助"易传行远"，只要善加利用，真的可以为宣传"区区政见"的一大助力，使国家的"政界日进"。梁启超说"彼美、英、德、法、奥、意、日本各国政界之日进，则政治小说，为功最高焉"，就是这个意思。④ 针对中国维新失败，他曾在不同的地方多次点出小说和日本维新的关系："于日本维新之运有大功者，小说其一端也。明治十五六年间，民权自由之声遍满国中。"⑤

不过，梁启超所没有告诉中国读者的是，即使在日本，小说原来也不

---

① 梁启超：《中国惟一之文学报"新小说"》，原刊《新民丛报》1902 年第 14 卷，收入《二十世纪中国小说理论资料》第 1 卷，页 58—63。
② 饮冰（梁启超）：《〈世界末日记〉译后语》，原刊《新小说》第 1 号，收入陈平原、夏晓虹编：《二十世纪中国小说理论资料》第 1 卷，页 57。
③ 梁启超：《新小说第一号》，原刊《新民丛报》1902 年第 20 号，收入陈平原、夏晓虹编：《二十世纪中国小说理论资料》第 1 卷，页 56。
④ 梁启超：《译印政治小说序》，原刊《清议报》1898 年第 1 册，收入陈平原、夏晓虹编：《二十世纪中国小说理论资料》第 1 卷，页 37。
⑤ 梁启超：《传播文明三利器（饮冰室自由书一则）》，原刊《清议报》1899 年第 26 册，收入陈平原、夏晓虹编：《二十世纪中国小说理论资料》第 1 卷，页 39。

是一直有这样重要的影响力的。坪内逍遥在《小说神髓》中早已指出："盖本国习俗,若夫小说自身之裨益,岂独供春日永昼,驱赶寂寥独处之睡魔;秋夜漫漫,仅聊以寂寥郁闷:其效能若乎此。小说乃为妇女童蒙的玩物。"① 在这样的理念下,日本传统小说也自然只能是一无是处,甚至并不是真正的创作。所以,坪内逍遥说,当时日本世俗所流行的小说,"若以绘画喻之,则仍处浮世绘之位置,未及真正绘画之阶段"②。

很明显,这情况跟中国传统是一样的,而且,这种情况也同样不是由于小说这种文类本身存有什么局限,而是因为人们未认识到小说的真正价值。问题的核心在于日本的旧小说,坪内逍遥批评日本的旧小说谓:

> 故近来刊行之小说、稗史,若非马琴、种彦之糟粕,乃多属一九、春水之赝物,盖晚出之戏作者之流,专以李笠之语为师,以为小说、稗史的主要目乃在寓劝惩之意,乃制造一套道德模式,极力欲此模式放置脚色入其内,虽然作者并不一定想去拾古人的糟粕,然区于写作范围狭窄,自然也就只能写出趣意雷同,如出一辙的稗史,岂非一大憾事耶!③

坪内逍遥认为过去的小说作者,徒具小说家之名,实则只是"戏作者之徒""翻案家",根本"没有一个够得上是真正作者的"。他们创作的态度毫不严肃,但求量多,写的尽是一些低级趣味的"游戏笔墨",是"糟粕",而归根究底,这些"戏作者"还抱残守缺的原因,不但因为"专以李笠翁的话为师",更因为没有意识到中国的旧小说是阻碍表达人情,甚至阻碍国家进化的。他说:

---

① 坪内逍遥:《小説神髄》,頁 84。
② 坪内逍遥:《小説神髄》,頁 86。
③ 坪内逍遥:《小説神髄》,頁 41。

于中国谩骂小说为诲淫导欲之书，乃指《金瓶梅》《肉蒲团》之流。然则于我国，皆卑物语等败坏风俗之书，描写男女隐微的痴情，流于卑俗淫猥的情史之类。然《金瓶梅》《肉蒲团》以及猥亵的情史之类，属似是而非的小说，莫能称作真正的小说。为什么这样说呢？因为这类小说都含有艺术中最忌讳的猥亵下劣要素的缘故。这类猥亵的情史，无疑是以诲淫导欲作为它的全篇的眼目，这种似是而非的小说、稗史，经常在世上出现……①

他的目的并不是要摒弃小说，而是希望激励日本小说的发达："将我国不成熟的小说、稗史，逐步加以改良修正，使之可以凌驾西方的小说之上，成为完美无缺的东西，形成标志着国家荣誉的一种伟大艺术。"②

坪内逍遥一方面指出旧小说有诸种问题，另一方面要为小说叫冤、抱不平，因为他认为小说能傲视同侪、冠绝古今，但传统小说无法胜任，新意义之下的小说才有所作为。为了展现新小说的长处，他比较了这种小说与各种文类的优胜劣败之处：

因此那些小说，稗史，如果能够做到富于神韵，那么不但说它是诗，说它是歌，使之立足于艺术殿堂之一也毫无不可；而且无宁说是理当如此的。毕竟，小说之旨，在于写人情世态。使用新奇的构思这条线巧妙地织出人的情感，并根据无穷无尽、隐妙不可思议的原因，十分美妙地编织出千姿百态的结果，描绘出恍如洞见这人世因果奥秘的画面，使那些隐微难见的事物显现出来——这就是小说的本分。因此，那种完美无缺的小说，它能描绘出画上难以画出的东西，表现出诗中难以曲尽的东西，描写出戏剧中无法表演的隐微之处。因为小说

---

① 坪内逍遥：《小説神髄》，页87。
② 坪内逍遥：《小説神髄》，页42。

不但不像诗歌那样受字数的限制，而且也没有韵律这类的桎梏；同时它与演剧、绘画相反，是以直接诉之读者的心灵为其特质的，所以作者可进行构思的天地是十分广阔的。这也就是小说之所以能在艺术中取得地位的缘故，并终将凌驾于传奇、戏曲之上，被认为是文学中惟一的、最大的艺术的理由吧！①

在这段重要的引文里，坪内逍遥提出了两个核心论点：第一，他对小说的力量做了仔细的描述，既"能描绘出画上难以画出的东西"，又能"表现出诗中难以曲尽的东西"，甚至"描写出戏剧中无法表演的隐微之处"；第二，由于小说具备了这些优点，因此值得大力地推崇——小说是"文学中惟一的、最大的艺术"。小说的力量，不但见诸其他的文学体裁不能望其项背的描述能力，更在于这种力量是直接影响人心的。小说能感动人心，就是坪内逍遥《小说神髓》全文的精髓所在。坪内逍遥更指出小说的刺激力是很厉害的，小说有"给心灵以强烈刺激，感触事物"②的能力。这不但开启了后来关于小说对心灵的作用的讨论——怎样的写法能给予心灵强烈的刺激感——亦让坪内理论超越了他提倡写实的樊篱。

这几个论点在梁启超的新小说论述中也可以见到。梁启超强调的小说"感人之深"③、"感人为主"④，小说"四力""薰、浸、刺、提"（特别是"刺"），⑤ 都与这些观点相似。而第二点所强调小说在文学中的位置，其实就是上面所说梁启超新小说观中最为石破天惊的观点。虽然坪内逍遥在这段引文中用上不同的字句，但意思跟梁启超所说的"小说为文学之正

---

① 坪内逍遥：《小说神髓》，页48。
② 坪内雄藏：《小说神髓》，页23—24。
③ 梁启超：《论小说与群治之关系》，原刊《新小说》1902年第1号，收入陈平原、夏晓虹编：《二十世纪中国小说理论资料》第1卷，页50。
④ 梁启超：《新小说第一号》，原刊《新民丛报》1902年第20号，收入陈平原、夏晓虹编：《二十世纪中国小说理论资料》第1卷，页56。
⑤ 梁启超：《论小说与群治之关系》，原刊《新小说》1902年第1号，收入陈平原、夏晓虹编：《二十世纪中国小说理论资料》第1卷，页51—52。

宗"是一致的。坪内逍遥指出，既然小说本身是"文学的正宗"，是这样"高尚的艺术"，因此，读者对象也应有所改变，小说不是妇女的玩物，而是"有识之士读小说，感受之深，莫若读其他经书或读正史可能比拟。泰西诸国，那些大人学士，都竞相披阅稗史，以追求快乐之故"①。而这点，梁启超也有所响应："在昔欧洲各国变革之始，其魁儒硕学，仁人志士……于是彼中缀学之子，黉塾之暇，手之口之。"② 这些相似和雷同，可以进一步确定坪内逍遥对梁启超的影响。

不过，更值得深入讨论，也是其他学者过去所严重忽略的一个要点是，坪内逍遥在这些有关小说的表面评述背后，实际上既为文学做了新的界定，同时也给小说赋予了新的含义。有意思的是，梁启超也做了相类的工作，且方向和观点都是接近的。

四、小说的归类

可以肯定，今天人们以诗、小说、戏剧、散文为其重要体裁的文学概念，是肇自西方，特别是西方19世纪以来重想象、重作者个性而催生的文学观念。在日本，把小说归入文学内，与其他体裁如诗、散文、戏剧相列相对的，是始自坪内逍遥的《小说神髓》。③ 在这之前，"文学"一词的内涵，与今天所指的西方文学观念有很大分别，可以说，他们过去是一直沿袭着中国传统的文学观。④ 市岛春城就说：

---

① 坪内逍遥：《小说神髓》，页48。
② 梁启超：《译印政治小说序》，原刊《清议报》1898年第1册，收入陈平原、夏晓虹编：《二十世纪中国小说理论资料》第1卷，页37。
③ 铃木贞美：《日本の"文学"概念》（東京：作品社，1998年）；柳田泉：《明治初期の文学思想》（東京：春秋社，1965年）。
④ 在日本方面，明治以前，"文学"概念与中国极有关联，譬如指在律令制里赐给亲王的家庭教师，以及江户时代诸藩的儒官等，可参考新村出编：《広辞苑》（東京：岩波书店，1998年第5版），"文学"一条，页2381。在明治维新之后，文学对应于现代西方"literature"的概念逐步确立。在日本以及中国，"文学"一字的演变过程很复（转下页）

在那非用汉文（写作）就以为不是文学的时代，戏作者（按指写通俗小说的人）一概受了排斥，当时西洋之所谓文学，还未受世人的理解，阐明此点而启发世间的愚蒙的，就是坪内君的《小说神髓》。①

而研究明治文学的专家柳田泉亦指出：

从来，除了诗歌之外，文学被全面轻视，当作无用之物。这个情况，到了明治维新之际亦然。在明治之时，还特别强调了功利主义，实学思想抬头……先生（坪内逍遥）本着爱好文学之心，以文学的本质、原理，不断探求文学是怎样的事物……而扭转了时代文学的弊端，使文学革新的方向得以贯彻。②

另一方面，在传统中国的学术分类里，小说一直被放在经史子集四部的子部之内。简单而言，若以近代西方学术分类眼光分析，"史"是"历史"，"子"为"哲学"，"集"为"文学"，而"经"的《诗经》应属文学，《尚书》《春秋》应属史学，不一而足。《汉书·艺文志》首先把小说列入了"诸子略"的九流十家之中，其后《隋书·经籍志》吸纳了晋荀勖《中经簿》的分类方法，改而将群书分为"经、史、子、集"四部，小说开始被收入"子部"。自此以后，中国学术的分类就一直沿用这个方法，直至

（接上页）杂，五四开始，中国亦发生了一场有关"文学"含义探源的运动，当中涉及的问题很广泛。读者如对此论题感兴趣，可参阅鈴木修次：《文学の訳語の誕生と日中文学》，古田敬一编：《中國文學の比較文學的研究》（東京：汲古書院，1986年），頁327—352，及鈴木貞美《日本の"文学"概念》一书。
① 市島春城：《明治文学初期の追憶》，原刊于大正十四年（1925年），题为"明治初頭文壇の回顧"，后改题为"春城筆語""市島春城選集"，收入十川信介编：《明治文學回想集》（上）（東京：岩波書店，1998年），頁188。
② 柳田泉：《坪內逍遙先生の文学革新の意義を概論す》，稻垣達郎编：《坪內逍遙集》，頁361—370。

清乾隆的《四库全书》为止都没有大变动。

晚清时期，我们见到已有人初步认识到传统四部其实并不能容纳这种新的"小说"概念，而提出修正。但他们最初的观点仍然不脱"经史子集"这个基础。最典型和广为人知的是康有为在《〈日本书目志〉识语》中的说法：

> 可增七略为八、四部为五。（按：四部即经史子集）……仅识字之人，有不读"经"，无有不读小说者。故"六经"不能教，当以小说教之；正史不能入，当以小说入之；语录不能喻（按：语录即子部），当以小说喻之；律例不能治（按：律例，即文学的律例，即是集），当以小说治之。①

就是严复与夏曾佑在为《国民报》提出要译印"说部"时，也是从"经史子集"出发的：

> 举古人之事，载之文字，谓之书。书之为国教所出者，谓之<u>经</u>；书之实欲创教而其教不行者，谓之<u>子</u>；书之出于后人，一偏一曲，偶有所托，不必当于道，过而存之，谓之<u>集</u>：此三者，皆言理之书，而事实则涉及焉。书之纪人事者，谓之<u>史</u>；书之纪人事而不必果有此事者，谓之<u>稗史</u>；此二者，并纪事之书，而难言之理则隐寓焉。此书之大凡也……夫说部之兴，其入人之深，行世之远，几几出于<u>经史</u>上，而天下之人心风俗，遂不免为说部之所挟。②（下划线为笔者所加）

甚至东渡前的梁启超自己，也同样以四部的分类了解"小说"，他在

---

① 康有为：《〈日本书目志〉识语》，《康有为全集》，页13。
② 几道、别士：《本馆附印说部缘起》，陈平原、夏晓虹编：《二十世纪中国小说理论资料》第1卷，页25—26。

1892年入万木草堂时所写的《读书分月课程》中，在中国传统的学术分类的"经学书、史学书、子学书"里加多了"理学书"以及"西学书"，里面显然没有一项是与我们今天意义下的文学、小说相对应的。① 此外，还有梁启超早期（《时务报》时期）最具代表性的论述：1896 年的《西学书目表》与 1897 年的《变法通议》。论者多注意的是《变法通议》中《论幼学》"说书部"所表现的小说观，然而《西学书目表》中所透露的他早期对小说的概念同样是不容忽视的。在《西学书目表》中所列 30 种书中，我们今天认定为早期"汉译传教士小说"的《昕夕闲谈》（改编自 Night and Morning）及《百年一觉》（Looking Backward），② 只被归入"无可归类之书"。③ 不过，这并不是说梁启超不知道《昕夕闲谈》及《百年一觉》为"小说"，事实上，在《昕夕闲谈》及《百年一觉》后，他就分别附加了"英国小说、读毕令人明白西洋风俗""西人之小说、言及百年后世界"的识语。④ 不过，当时梁启超所关注的是政治上的变法与维新，而他的分类方法以及对"小说"的了解，仍以中国学术的范围去概括西学书，因此，在《〈西学书目表〉序例》一文，他就处处显示以中国的系统去囊括西方学术的困难与短拙。所以文章首句他就说"余既为《西书提要》，缺医学、兵政两门未成"，这是他把《西书提要》与《四库提要》比拟后所得的判断，然后文中又说"西学各书，分类最难，凡一切政皆出于学，则政与学不能分。非通群学不能成一学，非合庶政不能举一政，则某

---

① 梁启超：《读书分月课程》，《梁启超全集》第 1 册第 1 卷，页 5—8。
② 有关"汉译传教士小说"的定义，以及《昕夕闲谈》《百年一觉》的内容和在晚清文学界的影响，请参考 Patrick Hanan, *Chinese Fiction of the Nineteenth and Early Twentieth Centuries*, pp. 58 - 84。
③ 梁启超的《西学书目表》全表内容，收在增田涉：《中国文学史研究："文学革命"と前夜の人々》（東京：岩波書店，1967 年），頁 381—424；也见于增田涉：《梁启超の"西学書目表"》，增田涉：《中国文学史研究："文学革命"と前夜の人々》，頁 368—380。
④ 梁启超：《西学書目表》，增田涉：《中国文学史研究："文学革命"と前夜の人々》，頁 403。

学某政之各门,不能分"等,① 也足以显示他意识到以中国旧学与"西学各书"相配应其中一个鸿沟在"分类最难"。通过他们的分类以及归类行为,我们知道梁启超以及处于该时代的人如何理解小说,因为他们必须首先理解这个被称为小说的事物,才可以进行分门别类,而我们也就可以知道他们当时如何理解事物的意涵了。

由此可见,晚清新思想家虽然已经刻意标榜"小说"之新,以图脱离当时中国已有的对小说的定见,但从他们的分类上去看,小说仍然按传统的分类术语被放在经史子集的系统之内。直至梁启超从明治文坛了解到新小说其实是完全不同的事物后,他才把小说归入"文学"之中,提出"小说为文学"的说法,并透过"小说界革命"中的"小说为文学之最上乘"一句,使整个社会风气为之一变,异口同声地认同"小说为文学"。譬如黄人就说:

> 近日海通,好事者趋译及西小说,始知欧美人视为文学之要素,化民之一术,遂靡然从风。②

不少晚清文人就更进一步确认梁启超"小说为文学"的论断:

> 小说者,实文学上之最上乘也!
> 故取天下古今种种文体而中分之,小说占其位置之一半,自余诸种,仅合占其位置之一半。伟哉小说!③

---

① 梁启超:《〈西学书目表〉序例》,《梁启超全集》第1册第1卷,页82—83;或《读西学书法》,《饮冰室合集(集外集)》(北京:北京大学出版社,2005年),页1169。
② 见黄摩西主编:《普通百科新大辞典》(上海:国学扶轮社校印,1911年)内"小说"一条,收入钟少华编:《词语的知惠:清末百科辞书条目选》(贵阳:贵州教育出版社,2000年),页41。
③ 楚卿:《论文学上小说之位置》,原刊《新小说》1903年第7号,收入陈平原、夏晓虹编:《二十世纪中国小说理论资料》第1卷,页81。

> 小说，小说，诚文学界中之占最上乘者也。其感人也易，其入人也深，其化人也神，其及人也广！①

可见，"小说为文学之最上乘"的创新性以及革命意义，除了在于把小说的地位以不可量计的倍数及速度提升外，更在于把小说从"子部"的一种解放出来，骤然成为"文学"内的一种体裁。不过要注意的是，"小说为文学"一句，在中国几千年以来的文学史上是亘古而未曾有的原因，②不但因为此时"小说"的意义转变了，最重要的是"文学"的含义也转化了，而转折的核心过程，亦是由梁启超而来的。

"文学"一词其中一个最广为人知的出典，是《论语》的《先进篇》内孔门四科的一科："文学：子游、子夏"，③所指的是"文章博学"④。不过，"文学"一词的意义在中国古籍里是非常丰富的，不但泛指文章经籍，文才学识，在汉"独尊儒术"以后，更与儒家的文教观念有不可分割的意思，譬如儒家经典、儒生，以及经学博士的官名等。这种看法，梁启超东渡以前，在他的文章里也常常找到这种用例。例如他在1896年的《古议院考》内就说"诏公卿问贤良文学"，1896年的《三先生传》中"皇上之内侍，本为贡生，雅好文学"也包含这个意思。然而，在东渡后，他的"文学"观已经与以往不同，内里不但由想象文学体裁之一的"小说"所组成，更认为小说是文学内的最上乘。要留心的是，这种看法的形成，是要在"小说"与其他文学体裁所共同组合成一整体的结构内才能看到。梁启超1902年在《论小说与群治之关系》一文内，揭橥"小说界革命"的

---

① 陶佑曾：《论小说之势力及其影响》，原刊《游戏世界》1907年第10期，收入陈平原、夏晓虹编：《二十世纪中国小说理论资料》第1卷，页247。
② 鲁迅也曾经不无感叹地说过："在中国，小说不算文学，做小说的也决不能称为文学家。"鲁迅：《我怎样做起小说来》，《鲁迅全集》第4卷（北京：人民文学出版社，1981年），页511。
③ 朱熹：《先进篇》，李申译注：《四书集注全译》（成都：巴蜀书社，2002年），页243。
④ 何晏注，邢昺疏，李学勤主编，朱汉民整理：《论语注疏》（北京：北京大学出版社，1999年），页143。

口号，再配合他早在1899年提出的"诗界革命""文界革命"，一个包含"小说、散文、诗"的"文学"概念才完全定型。在这个新的"文学观"的基础上，梁启超才会有"小说为文学之最上乘"的断语，而也因如此，他在同年所写的《释革》中正式提出"文学革命"的要求。①

我们继承了文学革命遗产百多年，似乎对文学的定义已有充分的认识，亦不会感到这个词对我们有任何什么陌生之处。"文学"在我们熟知的语义里，大概令人立刻想到以艺术的手法表现思想、情感，例如指诗、散文、戏剧、小说等体裁的虚构想象作品。然而，对文学这样的理解，在1920至1930年代还只是在沉淀当中，而当时就有不少人认识到，人们所讲的"文学"是经历了一个很大的转折过程的：

> 西方文化的输入改变了我们的"史"的意念，也改变了我们的"文学"的意念。我们有了文学史，并且将小说、词曲都放进文学史里，也就是放进"文"或"文学"里……②

> 中国的新文学是对旧文学的革命，是另起炉灶的新传统，是现代化的一环……③

不但如此，他们更肯定这种新的文学观念的转变是来自梁启超的。钱玄同（1887—1939）就说："梁任公实为创造新文学之一人……输入日本新体文学，以新名词及俗语入文，视戏曲小说与论记之文平等（梁君之作《新民说》《新罗马传奇》《新中国未来记》，皆用全力为之，未尝分轻重于其间也），此皆其认识力过人处。鄙意论现代文学之革新，必

---

① 梁启超：《释革》，《梁启超全集》第2册第3卷，页759—762。
② 朱自清：《诗言志辨·序》，《朱自清全集》第6卷（南京：江苏教育出版社，1988年），页127。
③ 朱自清：《关于大学中国文学系的两个意见》，《朱自清全集》第2卷，页114。

数梁君。"① 由此可见梁启超的贡献。

五、小说的分类

我们刚看过在作为一个结构的"文学"内"小说"与其他文类的关系。现在，我们看看"小说"内各种体裁的分类。坪内逍遥的小说观对梁启超移植新小说还有另外一个重要的影响，就在于小说的内部分类。

传统中国小说曾经有多种不同的分类方式，较受人重视的是明朝胡应麟在《少室山房笔丛》将小说分为"志怪""传奇""杂录""丛谈""辩订"及"箴规"六大类别；② 清乾隆时纪昀总编的《四库全书总目提要》把小说分为"叙述杂事""记录异闻"及"缀缉琐语"三类。③ 不过，中国小说的分类方式，到了梁启超的《论小说与群治之关系》，则不但可以说是异军突起，更可以说是试图对整个传统分类模式作颠覆。他提议一种新方法，基本上把小说分成两大类，认为"小说种目虽多，未有能出此两派范围外者"。这两派范围分别是：

> 凡人之性，常非能以现境界而自满足者也。而此蠢蠢躯壳，其所能触能受之境界，又顽狭短局而至有限也。故常欲于其直接以触以受之外……日趋于利者，其力量无大于小说。小说者，常导人游于他境界，而变换其常触常受之空气者也。此其一。
>
> 人之恒情，于其所怀抱之想象，所经阅之境界，往往有行之不知、习矣不察者。无论为哀为乐、为怨为怒、为恋为骇、为忧为惭，

---

① 钱玄同：《致陈独秀信》，原刊1917年3月1日《新青年》第3卷第1号，收入陈平原、夏晓虹编：《二十世纪中国小说理论资料》第2卷，页25。
② 胡应麟：《二酉缀遗》，《少室山房笔丛》（北京：中华书局，1958年），页459—489。
③ 纪昀总纂：《小说家类一》，《四库全书总目提要》，第140卷，子部50，页1182。

常若知其然而不知其所以然。欲摹写其情状,而心不能自喻,口不能自宣,笔不能自传。有人焉和盘托出,彻底而发露之,则拍案叫绝曰:"善哉善哉,如是如是。"所谓:"夫子言之,于我心有戚戚焉。"感人之深,莫此为甚。此其二。①

梁启超认为读者通过阅读小说能满足两种深层需要:第一种为超越个人经历的欲望。因为小说可以"常导人游于他境界"而使人超越"顽狭短局",超越"蠢蠢躯壳"。这种能"导人游于他境界"的小说,他称之为"理想派小说"。第二种则可以如实地表达人的内心深处的感受或者欲望。因为小说可以把"心不能喻、口不能宣、笔不能传"的感情"和盘托出",令感情枯燥、言辞匮乏的我们啧啧称奇。这一种小说,他称之为"写实派小说"。

梁启超所谓的"理想派"与"写实派",大抵即相当于我们今天的文学术语里所谓的"浪漫主义"(romanticism)与"写实主义"(realism)。从文字的表面看来,将"写实派"对应于"写实主义"问题不大,但将"理想派"配对于"浪漫主义",却难免令人生疑。首先我们要知道,"romanticism"并不一定翻译作"浪漫主义",而"idealism"也不一定是指"理想主义"。在晚清到五四的一段时间里,"理想"一词的用意非常混杂,包含理想(idea)、想象(imagination),以及与浪漫主义的词根的"romance"混在一起。② 这一方面是晚清文人理解的限制,另一方面亦是由于他们输入这种"写实主义"与"理想主义"的理论来源——经日本而来的英国文学理论——也本来如此。③ 这种混乱到了五四之时,亦仍未完全

---

① 梁启超:《论小说与群治之关系》,原刊《新小说》1902 年第 1 号,收入陈平原、夏晓虹编:《二十世纪中国小说理论资料》第 1 卷,页 50—51。
② 这部在下一章有关吕思勉的讨论中会述及更多。
③ Michael Wheeler 指英国小说在进入维多利亚时期之际,为了强分"novel"及"romance"的分类,有些学者会以两种体裁的手法以及题材是写实性还是想象性作分野:"The realistic and idealistic tendencies often came under the headings of Novel and Romance(转下页)

廓清。譬如，陈独秀曾在《现代欧洲文艺史谭》中把"romanticism"译作"理想主义"："欧洲文艺思想之变迁，由古典主义一变而成理想主义（romanticism），此在十八、十九世纪之交。文学者反对模拟希腊罗马古典文体所取材者，中世之传奇，以抒其理想耳。此益影响于十八世纪政治社会之革新，黜古以崇今也。"①

周作人则在《日本近三十年小说之发达》里把"romanticism"译作"传奇派"。② 周作人与梁启超所指的"理想"，跟传奇有这样大的关系，其实跟坪内逍遥《小说神髓》的分类有关。坪内逍遥在《小说神髓》内曾经以多个方式尝试为小说分类，有按历史时代分类的，也有按小说的描写方法分类的。在《小说神髓》的上卷里，坪内逍遥就以大量的篇幅，一边回顾小说历史变迁的同时，一边指出小说可分为两大类。他首先指出"小说"是虚构物语的一种，即所谓传奇的一个变种。所谓传奇即是英国人所谓的"romance"。"romance"是将"构思放在荒唐无稽的事物上，以奇想成篇，根本不顾是否与一般社会产生相矛盾"。至于"小说"，即"novel"，情况则不一样，它是以写世间的人情与风俗为主旨的，以一般世间可能有的事实为素材来进行构思的。这就是二者大致上的区别。在大体勾勒出"romance"与"novel"的分别后，他又指出"传奇"兴起的原因在于当时的人都喜好奇异，所以一旦出现投合时尚的奇异故事，时人就加以欢迎，绝不去怪责故事的荒诞无稽，相反，即使与实际情况大相矛盾，读者反赞其奇想，不以为怪，于是作者就更加刻意求奇，雕心镂骨，

（接上页）according to the Victorian terminology. Scholars would distinguish between the two board categories of fictive narrative and used the terms 'the real' and 'the ideal' to denote the two basic artistic modes, which are related to the Novel/Romance distinction and to the subject of realism."见 Michael Wheeler: *English Fiction of the Victorian Period* (Harlow, Essex: Longman Group, 1994), p.7.

① 陈独秀:《现代欧洲文艺史谭》，秦维红编:《陈独秀学术文化随笔》（北京：中国青年出版社，1999 年），页 124。

② 周作人:《日本近三十年小说之发达》，原刊 1918 年 5 月《北京大学日刊》第 141—152 号，收入钟叔河编:《周作人文类编》第 7 卷《日本管窥》，页 238。

炼字造句，力求编造得越新越好。然而随着文明的进步，世人对这种传奇（romance）的荒唐无稽，自不能不感到厌倦，于是传奇衰颓，兴起了所谓严肃的以写实态度反映人情的物语（novel）。① 他认为传奇是"荒唐无稽"的"奇异故事"，只能"反映旧时代的产物"，因为"随着文明的进步"，世人即唾弃。而"小说"出现之时，就是传奇衰亡之日。因为传奇的"体裁完备之后，就形成了现今这样的小说，就不应该再搞那种荒唐的情节，写奇异的故事了"②。

为了配合这两种不同的体裁，就要有不同的写作方法。坪内逍遥在《小说神髓》的上篇的《小说的变迁》里阐明小说的来龙去脉，为了分别说明这两种不同的体裁的写作手法如何配合，他在"主人公的设置上"一节，就分别点明小说以及传奇的写作手法。坪内逍遥说：

> 在塑造主人公上有两派：一为现实派，一为理想派。
>
> 所谓现实派，是以现实中存在的人物为主人公。所谓以现实中存在的人物为主人公，就是说以现实社会中常见的人物性格为基础来塑造虚构的人物。为永春水以及追随他的人情本的作者，都属于此派。
>
> 所谓理想派则与此不同。它是以人类社会应该有的人物为基础来塑造虚构的人物。现实派是以平凡人为素材，理想派是以应该有的人物为素材。③

梁启超把"写实派"与"理想派"这种当时西方流行的小说分类方式引入中国，过去也有学者注意到，但只限于零星地触及，却忽略了梁启超

---

① 坪内逍遥：《小説神髓》，頁51—68。坪内逍遥对一些术语的理解或运用，有时并不统一。参见坪内逍遥著，稲垣達郎解説，中村完、梅澤宣夫註釋：《日本近代文学大系・坪内逍遥集》，頁47。
② 坪内逍遥：《小説神髓》，頁52。
③ 坪内逍遥：《小説神髓》，頁157—159。

第二章 移植新小说观念：坪内逍遥与梁启超 *059*

这个分类的意义所在。① 当中，最早留意到这个问题的是夏志清，他在《新小说的提倡者：严复和夏曾佑》一文中，首先指出梁启超的"理想派"以及"写实派"并不是承自中国传统而来，而更值得注意的是，夏志清还初步认识到梁启超与坪内逍遥的关系，他说过"两人所用的术语相似"②。可惜的是，他没有继续发挥或详加论述，只是在注脚捎带出这个观点，而不是要正式提出一个说法来。此外，一位非常留意梁启超与明治文学关系的日本学者斋藤希史，亦曾指出梁启超的"理想派小说"与"写实派小说"两大类，实与坪内逍遥的"romance"与"novel"相对应。③ 不过，斋藤希史也没有阐释其中一个最有趣的地方：在我们熟知西方文学的今天，"novel"并不指"写实"，"romance"也不指"理想"。一个正确的概念或正确的理解，同时出现在两个人身上，这并不稀奇，因为这是循正当的理解出发而得到的必然结果。但如果两人对一种事物都有同样的误解，要说这两个人没有任何的关联是难以令人信服的，而且，这个误解越是天马行空，越能显出两人有直接的关系。坪内逍遥对"novel"理解为写实，梁启超也跟着这样说，不就是说明梁启超接触到坪内逍遥的《小说神髓》，并取得了他的看法吗？

回到中国小说的分类上。当然，从小说历史的发展情况看到，梁启超引入这种二分小说方法是失败的，因为中国文坛没有对这样的二分法产生任何的回响，甚至可以说是置若罔闻。从上引《论小说与群治之关系》的两段文字所示，这样的分类方法既不全面，也没有提出文艺理论作支持或说明，以至指导中国读者理解这两种完全陌生的分类方式以及其创作意

---

① 夏晓虹：《觉世与传世：梁启超的文学道路》；蒋英豪：《梁启超与中国近代新旧文学的过渡》，《南开学报》1997年第5期，页26。
② C. T. Hsia, "Yen Fu and Liang Ch'i-ch'ao as Advocates of New Fiction," in W. Allyn Rickett et al ed., *Chinese Approaches to Literature from Confucius to Liang Ch'i-Ch'ao* (New Jersey: Princeton University Press, 1978), p. 241.
③ 齋藤希史：《近代文学観念形成期における梁啓超》，狹間直樹編：《共同研究梁啓超：西洋近代思想受容と明治日本》，頁296—330。

义。不过，除了这种从创作手法入手的分法外，梁启超所引进的另一种分类方法，在中国的影响却是非比寻常的，甚至可以说把中国传统小说分类冲击得体无完肤，而且，这种影响一直延宕到我们今天的小说分类上。

在梁启超精心策划的"中国惟一之文学报《新小说》"①，我们见到第一期栏目里对小说做了这样的分类：

1. 图画
2. 探侦小说
3. 论说
4. 写情小说
5. 历史小说
6. 语怪小说
7. 政治小说
8. 札记体小说
9. 哲理小说
10. 传奇体小说
11. 军事小说
12. 世界名人逸事
13. 冒险小说
14. 新乐府

在这 14 项的小说分类中，我们今天大概仍会用上一半之多，可见，从晚清开始的这种分类是蕴含巨大的影响力的。梁启超在《新小说》使用这种新小说分类后，中国其他几份有质素、有销量的文艺杂志便立刻出现了对此的模仿，譬如《新新小说》《月月小说》以及《小说林》等。而晚清的士大夫对梁启超引入这种范围较广、有具体小说作品示范的小说分类，不但非常受落，还产生了一定的冲击以及讨论。在新旧文学交替的阶段，晚清文人一方面模糊地以西方小说分类去套入中国传统小说，例如有人这样去形容《红楼梦》："吾国之小说，莫奇于《红楼梦》，可谓之政治小说，可谓之伦理小说，可谓之社会小说，可谓之哲学小说、道德小说。"② 另

---

① 梁启超创办的《新小说》有借用日本春阳堂刊行的《新小说》。而有关梁启超对《新小说》的筹备工作，可参考郭浩帆：《〈新小说〉創辦刊行情況略述》，清末小说研究会编：《清末小説研究》2002 年第 4 期，页 219—228。
② 侠人：《小说丛话》，原刊《新小说》1904 年第 12 号，收入陈平原、夏晓虹编：《二十世纪中国小说理论资料》第 1 卷，页 89。

一方面，不少人被这种西方小说所"恫吓"，认定中国小说分类肤浅，不够有深度：

> 西洋小说分类甚精，中国则不然，仅可约举为英雄、儿女、鬼神三大派，然一书中仍相混杂，此中国之所短一。①

> 泰西事事物物，各有本名，分门别类，不苟假借。②

这都充分展示出梁启超的分类方法对当时小说理论界造成的强大震撼。同样地，这情况在日本也有出现。梁启超引进西方小说的分类方法，在日本滥觞自坪内逍遥。坪内逍遥在《小说神髓》内全面地介绍西方的宗教小说、军事小说、航海小说等，③不一而足。在《小说神髓》内，我们同样看到小说种类初期落地植根于日本文学土壤的不适应期。他一方面以"novel"与"romance"二分小说演变历史，另一方面又以共时的（synchronic）小说分类观念，套在历时的（diachronic）日本小说发展内：

> 小说从其主要用意来看可以区分为两类。即一是劝善惩恶，一是模写。劝善惩恶小说，在英国称为 didactic novel。它是一种极尽讽喻劝世的作品，专以奖诫为眼目来虚构人物、安排情节。曲亭马琴以后的著作，大都类此……
>
> 模写小说（artistic novel）与所谓的劝善惩恶小说是性质截然不同的东西，它的宗旨只在于描写世态，因此无论在虚构人物还是安排情节上，都体现上述眼目，极力使虚构的人物活跃在虚构的世界里，

---

① 侠人：《小说丛话》，原刊《新小说》1904 年第 12 号，收入陈平原、夏晓虹编：《二十世纪中国小说理论资料》第 1 卷，页 92。
② 紫英：《新庵谐译》，原刊《月月小说》1907 年（第一年）第 5 号，收入陈平原、夏晓虹编：《二十世纪中国小说理论资料》第 1 卷，页 273。
③ 坪内逍遥：《小说神髓》，页 81。

使之尽量逼真……①

说曲亭马琴的戏作是"didactic novel",就好像说中国的志人、志怪小说是中世纪骑士小说"romance"一样,忽略了这些小说类型其实是产生自不同的社会因素及不同的历史背景。难怪日本文化评论者柄谷行人批评《小说神髓》在文类观念上,出现"非历史意识"的情况。②

六、"小说"作为"the novel"的对译语

在这一节里,我们会看看坪内逍遥和梁启超分别在日本和中国怎样移植新的小说观念,并尝试确立二者的关联。

"小说"作为一种文学体裁,在日本、在中国都是古已有之的。坪内逍遥的《小说神髓》出现以前,日本已经有"小说"一词,也有丰富的"小说""故事"传统。日语汉字"小说"的语源跟汉语并无多大区别,有"街谈巷语,道听途说""饰小说以干县令,其于大达亦远矣"等的意思。③ 有学者指出"小说"一词是在平安时代(794—1192)随着其他的汉籍进入日本的,但只限于指涉汉籍之中,而与日本物语、和书传统不相杂厕。④ 不过,即使不用追溯到平安时代或更早的朝代,只要我们回到江户时代(1603—1867),即是坪内逍遥早期醉心的小说家曲亭马琴的时代,就已经可以了解在坪内逍遥全面接受及介绍西洋"novel"观念前,"小说"在日

---

① 坪内逍遥:《小説神髄》,頁 78—79。
② 柄谷行人:《日本近代文学の起源》(東京:講談社,1988 年),頁 211。当然,这点有值得商榷的地方,坪内逍遥的《小说神髓》以一种进化的观念去分析小说的发展,进化观念服膺的是线性向前发展的历史时间,是否"非历史"还可以再讨论。
③《日本文学大辞典》内"小説"一项,见藤村作编:《日本文學大辭典》(7 卷本)(東京:新潮社,1956 年),頁 54。
④ 何晓毅:《"小说"一词在日本的流传及确立》,《陕西师范大学学报(哲学社会科学版)》,1995 年 2 期,頁 148—149。

本的意义了。

坪内逍遥在《小说神髓》里面不讳言自幼酷爱小说稗史,令他浸淫达十余年之久的作家,是曲亭马琴(《八犬传》)、柳亭种彦(《田舍源氏》)、为永春水、十返舍一九(《膝粟毛》)、梅亭金鹅(《七偏人》)等人。这批后来被坪内逍遥指斥为"戏作者之徒""翻案家","而非真正作者"之流的人物,他们的作品在江户时期非常受欢迎,而这实在与中国明清白话小说有密切关系。① 中国明清小说,特别是《水浒传》《三国演义》,及冯梦龙"三言""二拍"等传入江户日本后,由于小说结构新颖、情节精彩、人物鲜明等因素而迅速受到欢迎,加上是在锁国期间的舶来品以及汉唐文化一向具备的高深文化形象,于是,大量形形色色模仿这些白话小说的读本应运而生。坪内逍遥在《小说神髓》常常说到的范例《神稻水浒传》就是其中一个模仿《水浒传》之作。这些小说在江户一带极受欢迎,甚至到了1743年及1758年有间冈白驹、泽重渊等人翻译及作注释中国的"三言"及"二拍",更有方便日本读者阅读中国白话小说的《小说字汇》(1792年)、《小说字林》(1884年)等。而模仿的"小说"方面,有如描写男女情事的"人情本"、诙谐滑稽的"滑稽本"、写花街柳巷事情的"洒落本"等读本。不过,这些小说也受到江户时代大兴的正统儒学(特别是朱子学)所鄙视。因此,坪内逍遥《小说神髓》一文内不断地提到,这些"小说"虽然很受人欢迎,但是在社会上地位不高,内容狭窄,一般被视为为娱乐大众而设,结果便成为不能登大雅之堂的"妇女童蒙的玩物"。

坪内逍遥用整本《小说神髓》重新界定"小说"的意涵,叫人"放弃崇拜马琴,再不要心醉春水,或尊种彦为师,一味尝其糟粕";应该"断然摆脱陈套"。他对"小说"观念革新的贡献,更在于他利用了日语书写系统内一种称作"振り仮名"的拼写方法,以"novel"的语音

---

① 和漢比較文学会编:《江户小説と漢文學》(東京:汲古書院,1993年),頁193—256。

符号"假名""ノベル"(phonetic symbols),对译汉字"小说"。而从此把汉字"小说"与西方"novel"两个语汇对应,在语际交换过程中,使"novel"成为译入文化(日本)中的词语"小说"的对应语/对译词(equivalence)。

我们上文说到"小说"一词早至平安时代已经在日本有迹可循,而另一方面,坪内逍遥也不是首个使用"novel"的人。在《小说神髓》出版(1884—1885年)前,"novel"已经随着洋兰学问进入日本了。譬如在1869年的《英和对译袖珍辞书》中,我们看到:①

Novel s. 新法新说法度ノ创立
Novel adj. 新ラレキ
Novelist s. 新法ヲ行フ人新闻ヲ昼ク人
Novelty s. 新ラレキフ

几年后,在1867《和英汉林》(*A Japanese and English Dictionary*)②的"novel"一条,又翻作"草双子"(kusazōshi)、"作物语"(sakumono-gatari),虽然这些体裁都是指故事书,却没有翻作"小说"一词。这些都可能说明:第一,"小说"这个词只在汉籍内使用,而"kusazōshi"及"sakumono-gatari"等是日本文学传统内的故事形式;第二,"小说"与"novel"两字都同时存在,但彼此不用作对译语。譬如,另一明治时代赫赫有名的启蒙家西周(Nishi Amane),于他介绍西洋学艺的《百学连环》

---

① 堀達之助:《英和对訳袖珍辞書》,1869年出版,现参考堀達之助编,堀越亀之助增補:《改正增補和訳英辞書》(Shanghai, American Presbyterian Mission Press, 1869),頁269下。
② J. C. (James Curtis) Hepburn, *A Japanese and English Dictionary, with an English and Japanese Index* (Shanghai: American Presbyterian Mission Press, 1867), index p. 70.

内,就把"romance"称作"稗史","fable"称作"小说"。①

由此可见,坪内逍遥的贡献,在于把"小说"一词翻译为"novel"。而从社会广泛地接受了这个翻译词并成为影响至今的"定译",我们看到他影响力的深远。他在《小说神髓》里把"小说"一词本来带有的中国传统小说观念擦去,并把新概念新意义(new register)注入旧名词。在《小说神髓》里,他大力抨击"小说"一词所指称的江户时代蕴含中国道德的旧小说观念,把以往的观念与名词脱钩。从此,"小说"在一般人的心目中,无论体裁、写作方法、意涵,都不再指江户时代的旧小说以及中国传统小说相关的概念。另一方面,他以整个《小说神髓》十多章节的篇幅,从"小说"的历史变迁、目的、种类、裨益,以及写作手法、创作法则等,去重新厘清小说的作用、价值及地位。当中所指的"价值及地位",是指"小说"现在应当是属于艺术范围以内、文学范围以内的一种体裁,而不应再囿于明治早期"文学"作为"实学"的观念,而只用作"劝善惩恶"。在坪内逍遥的努力下,配合整个社会沉浸在一种"维新""革新"的气氛下,旧的观念、旧的价值渐渐隐去。在这个时候,坪内逍遥就为这个名词注入新观念,而他赋予新观念的参考坐标,就是现代西欧社会的价值,以及西方社会进入"现代"以后出现的"novel"(特别是他当时所参考的18世纪英国文学的"novel")观念。譬如,在写作手法方面,他就

---

① 较为人熟知在明治早期曾翻译"novel"一词的是西周。西周介绍西洋文艺的《百学连环》第1编里,把"romance"称作"稗史","fable"称作"小说"。然而,在他的认知里,"小说"并不是放在"文学"之内的,原因有二:一方面,他把"小说"以及稗史放在"普通学"(common science)下的"历史"内,与"传"(biography)、"年表"(chronology)、"年契"(synchronology)以及"古传"(mythology)并列;另一方面,"literature"(文学)在他的用法之下,是指中世纪的"七艺"(seven liberal arts)的意义。见西周著,大久保利谦编:《西周全集》第1编(東京:宗高書房,1960—1981年),頁84—87。由此可见,西周即使吸收了在明治早年传入日本的在华传教士汉译词典(如Robert Morrison[1822年]及William Lobscheid[1871年])的翻译,而更早接触及翻译"literature"以及"novel",然而,从他的归类方法更可看见,坪内逍遥才是使得整个日本朝现代西方"文学"以及"小说"观念转化的关键人物。这方面讨论,见本书最后的总结。

处处以产生自18世纪以后的西欧文学创作手法"写实主义"作为圭臬；小说的意涵不再是"街谈巷语，道听途说"，而是虚构的叙事体；模写小说的老师不再是马琴、春水、种彦，而应学习"近代小说名手如林，如司各特、李德、仲马、艾略特等人……欲奋力凌驾其上"①。"小说（novel）"这个新名词，其实只是整个明治日本改革时空内众多新名词、新概念出现的一环。从幕末到明治维新的文明开化过程中，日本为了输入西洋思想，利用汉字制造大量"新名语"，或以旧有的名词翻译现代西欧新思想。这些使用汉字的新造词是在对应西洋学术的过程中，随着用假名标示在汉语之上，而形成的新概念。这些新名词，从日常生活的实物如瓦斯、伏特，到学术用语如政治、经济、科学、哲学等语汇，到一些较为抽象一些的观念如客观、命题、现象等，都是分别用以对应西洋语而在明治十年（1877年）左右形成并确立的。②"小说"一词，就像其他的新造语、翻译语（如自由、政治、有机、社会、民主）一样，同是这个时代的产物，标志着明治社会"西欧现代化"的印记。③

至于在中国，我们知道，并没有一个通过翻译建立"新名词""翻译语"以把西欧思想直接输入国内的历史时空，而我们的书写系统，也没有日本的这一种标音特色。不过，晚清的时候也曾经出现大量"新名词"，这些新名词涌入中国的时候，在社会上引起炽热的回响，甚至爆发了要抵制"新名词"的讨论。④ 在"新名词"输入近代中国的历史上，梁启超可以说是最重要的人物，他所编辑出版的《新民丛报》《清议报》就是一个

---

① 坪内雄蔵：《小说神髓》，页36—37。
② 柳父章：《翻訳語成立事情》，以及森岡健二编著：《近代語の成立——明治期・語彙編》（東京：明治書院，1991年）。
③ 柳父章很早就意识到"小说"在明治以后是一个翻译语，用作对应"novel"的观念。然而，他没有详细分析小说观念如何在日本转变。见柳父章：《翻訳文化を考える》（東京：法政大學出版局，1978年），页44—45。
④ 详见罗志田：《国家与学术：清季民初关于"国学"的思想论争》（北京：生活・读书・新知三联书店，2003年），第四章"二、抵制东瀛文体"，页153—170。

把形形色色的新名词带入中国的重要渠道。① 而其实，附有新意涵的"小说"一词，就是他带入晚清中国的众多新名词之一。

梁启超渡日并在明治日本浸淫了一段时期以后，看到日本明治社会进步人士振臂一呼所大力提倡的小说原来并不是传统意义上的中国小说，更不是在明治维新前受中国影响的物语，加上他眼前的这些小说原来可以成为宣传政治的救国工具，便积极把"小说"以"新"的旗号移植入中国了。但梁启超不像坪内逍遥，他没有把"novel"的观念直接输入中国。他虽曾经学习拉丁文，但似乎不太懂英语，且兴趣也不在文学上，他大有可能不知道"novel"在西语的内涵是指什么，但在用法上，他是找对了核心点的。梁启超强调新小说的"新"，正正就与西语"novel"一字的语源吻合。我们知道，"novel"有两种词性：第一种是来自古老意大利语的"novella"，语源是拉丁文"novellus"，意指"新"；第二种意指"novel"作为一种文学体裁的出现，指16世纪之时散文体小说"prose fiction"渐渐在社会上流行，而"新"于以往以韵文体叙事的故事。他使用"新小说"，将"新小说"以杂志名义带入中国，为的就是要与传统小说作识别。

至于到底梁启超有没有注意到把"小说"作为"novel"的"翻译语"及"新名词"是坪内逍遥的贡献，我们暂时没法确定。但从他运用这个词的层面看来，梁启超把在明治日本学得的与往昔不同的"小说"观念输入中国时，是明确地意识到"小说"这个词已经与传统的小说有分别的。在《论小说与群治之关系》中，他重新分析小说的本质，包括小说的普遍性、小说的直接间接之影响、四种力量、优点与缺点、小说的类型等，其目的，就是要重新为"小说"下定义，洗掉"小说"过去所带有的负面意涵。另一方面，他实际上是带出了另一种小说来，一种区别于"旧的""传统"的"新"小说。而更重要的是，他受到了坪内逍遥小说观的影响，

---

① Federico Masini, *The Formation of Modern Chinese Lexicon and Its Evolution toward a National Language: The Period from 1840 to 1898* (Berkeley: California University Press, 1993), pp. 98-103.

而坪内逍遥则是以"小说"一词翻译"novel"一字的。因此,虽然梁启超没有直接输入"novel"的观念,但他通过对坪内逍遥小说理论的吸收,而间接输入了"novel"的观念。自此以后,中国对于"小说"一词的使用上以及观念上,也渐渐把欧洲现代"novel"横向移植进入了中国小说的发展轨道上,成为现代欧洲小说嫁接中国小说传统的发展轨迹之重要转折。

梁启超经日本(坪内逍遥)把西方小说观念(特别是英国 18 世纪以来)传入晚清后,虽然新的理念还只是在形成的阶段,但旧的观念却慢慢地逐渐瓦解,而小说也开始踏上西方现代化之途。晚清的知识分子以及读者,处于不断接受"新名词"冲击,接收新思想、新概念的时代,他们与梁启超一样,看到"小说"之名虽同,但却未必不察觉到"小说"内涵出现的变化。其中一个最重要的例证就是,我们看到陶佑曾在 1907 年的《论小说之势力及其影响》一文中写道:

> 自小说之名词出现,而膨胀东西剧烈之风潮,握揽古今利害之界线者,唯此小说;影响世界普通之好尚,变迁民族运动之方针者,亦唯此小说。小说,小说,诚文学界中之占最上乘者也。其感人也易,其入人也深,其化人也神,其及人也广。是以列强进化,多赖稗官;大陆竞争,亦由说部,然则小说界之要点与趣意,可略睹一斑矣。①

当新小说观念逐渐在社会上传播并得到接纳后,"新小说"开始等同于"小说"。晚清的文人在没有"新"字标榜时,一样了解到此"小说"(西洋小说)与彼"小说"(中国传统小说)实在不同,否则,有差不多两千年小说传统的中国,断不会在 1907 年有"自小说之名词出现"一句,

---

① 陶佑曾:《论小说之势力及其影响》,原刊《游戏世界》1907 年第 10 期,收入陈平原、夏晓虹编:《二十世纪中国小说理论资料》第 1 卷,页 247。

而这一句清楚带出，小说是反映"东西""古今""界线"的！1902年，梁启超既提出口号"新小说"（欲新道德，必新小说；欲新宗教，必新小说；欲新政治，必新小说）①，亦开展具体实践方针——文艺杂志《新小说》。这里，既是动宾结构的"新小说"（"革新小说"），又更是偏正结构的名词"新的小说"。这样，我们看到，小说在中国文学发展史上，从此与"旧小说"掰裂了。

七、小结

学术界一直没有"发现"梁启超的小说观念是借鉴自坪内逍遥，当中可能因为坪内逍遥一向不为中国学界所注意，更可能是因为梁启超与坪内逍遥的笔墨因缘不及与其他日本启蒙家的关系那么表面的缘故，尤其是当我们看到梁启超曾大力公开赞赏、表扬、推介其他的日本启蒙家，如福泽谕吉、中江兆民、加藤弘之、德富苏峰、中江藤树、浮田和民、熊泽蕃山、大盐后素、吉田松阴、西乡南洲等等。但上文已指出过，梁启超对坪内逍遥的名字以及对明治文坛的认识是不浅的。另一方面，学者一般认为，在梁启超渡日的1898年，日本政治小说已介于落潮，而坪内逍遥的影响力渐渐被后起之秀如尾崎红叶、幸田露伴、森鸥外、德富苏峰等人的风头盖过，② 因而忽视了梁启超对坪内逍遥小说观念的吸收。但是，正如笔者在第一节提到，坪内逍遥对日本"现代小说"是奠下基础的贡献，在明治以后谈到"小说"很难绕过他设定下的范畴以及标准。一种重要的理论在提出后的二三十年渐渐失去当日提出时的震撼是很自然的事，但这不代表这种理论的影响力已经消失，相反，这种理论已经有如空气一样被人

---

① 梁启超：《论小说与群治之关系》，原刊《新小说》1902年第1号，收入陈平原、夏晓虹编：《二十世纪中国小说理论资料》第1卷，页50。
② Peter F. Kornicki, *The Reform of Fiction in Meiji Japan* (London: Ithaca Press, 1982)，特别是第2章 "*Shosetsu Shinzui* and its impact"，pp. 25 - 39。

们每天呼吸着了。

正如本章第一节已简单提到，过往，研究者着力论证梁启超如何从德富苏峰取得思想资源，如梁启超的文章《无欲与多欲》《无名之英雄》或《烟士披里纯》明抄暗译自德富苏峰的文章，或其观念如"三界革命"中的"文界革命""诗界革命"脱变自德富苏峰的论调而来，等等，近年来学者都有留意到了。① 不过，中国学界所一直忽视的却是：德富苏峰在坪内逍遥的身上找到非常多的"烟士披里纯"（inspiration），而这点在日本学界是已有论述的。德富苏峰著名的《评近来流行之政治小说》（《近来流行の政治小説を評す》）、《小説論》三篇（《小説を読む善悪の事》《小説の善悪を批評する標準の事》《女流、小説を読むの覺悟の事》）等，②无论在遣词用语或文章内容等各方面，都是建基于坪内逍遥的《小说神髓》。简单地说，在内容方面，德富苏峰在《近来流行の政治小説を評す》中激烈批评"政治小说"艺术拙劣的意见，就是来自坪内逍遥的《小说神髓》中对写实小说的看法。坪内认为政治小说人物套上太多作家自己的生硬政见，损害了小说人物的真实个性；《评近来流行之政治小说》内五点中的"不符体裁""结构形同于无""意匠变化小"等，更是明确地来自《小说神髓》下半卷探讨小说叙事方法的《人物的法则》一节与《主人公的设置》；另外，《小説を読む善悪の事》《小説の善悪を批評する標準の事》里面一些主要观点也是来自《小说神髓》内常常提到的小说之力在于影响人的善恶之感与对善恶的判别；而其他的一些观念，如苏峰在《女流、小説を讀むの覺悟の事》一文内对妇女阅读小说之看法，也一样来自

---

① 樽本照雄：《梁啓超の盗用》，樽本照雄：《清末小説探索》，頁249—255。陈建华：《"诗界革命"的现代性：梁启超与德富苏峰》，陈建华：《"革命"的现代性——中国革命话语考论》，页40—44。
② 德富蘇峰：《近来流行の政治小説を評す》，原刊《国民之友》明治20年（1887年）7月第6号，收入吉田精一、浅井清编：《近代文学評論大系1明治期Ⅰ》，（東京：角川書店，1971年），頁40—46；德富蘇峰：《小説論》，原刊《女学雜誌》明治20年（1887年）11月第84号，收入吉田精一、浅井清编：《近代文学評論大系1明治期Ⅰ》，頁46—53。

坪内逍遥的《小说神髓》。①

德富苏峰以外，坪内逍遥在《小说神髓》内提出的观点更是受到整个明治文坛迅速而广泛的吸纳，演变为整个文坛对小说的主流看法。在《小说神髓》出版后的一年，高田半峰发表论文《佳人之奇遇批评》，直接对这部政治小说的代表作进行了否定性的评价。文章认为以《佳人奇遇记》为代表的日本政治小说实质上是政论而非小说，人物是木偶人，作品是赝品。这种对政治小说的批评，当然与德富苏峰不遑多让，可见坪内逍遥在明治文坛的影响力以及震撼力是很广泛的。② 跟着，高田半峰在1886年《中央学术杂志》进一步提出"小説は、最も上品なるもの"（小说为文学之最上品）的说法，就是坪内在《小说神髓》内以大量的篇幅说明的文学的高尚以及文学比其他体裁优胜的论点。事实上，高田半峰就是早年（1847年）与坪内一起把英国小说家 Sir Walter Scott 的作品 The Bride of Lammermoor 作一部分意译为有名的政治小说《春风情话》的文友。

移植，就是把非根植、酝酿、生产于本国土壤的事物嫁接（graft）过来。把西方"novel"的文学传统移进20世纪中国及日本，就是把西方中世纪与现在之间的一段西方学者称为"现代"的时期所产生的特定文学体裁，移入并接上中国以及日本的文学传统。本章的目的，一方面要展示坪内逍遥与梁启超如何移植西方小说到本国，另一方面要论证二人的移植过程并不是毫无关联，而是出于中日两国特殊的历史脉络。上文指出过，坪内逍遥与梁启超的小说观点，实在有不少相似的地方。由于梁启超的这些论点，都出于他东渡日本后，而坪内逍遥是明治日本文坛最有影响力的人物之一，我们可以相信，梁启超是在日本受到坪内逍遥的影响才得出这些

---

① 见笹淵友一：《浪漫主義文学の誕生》（東京：明治書院，1958年），頁553—556；及中村青史：《德富蘇峰・その文学》（熊本：熊本大学教育学部国文学会，1972年），頁142—149。

② 半峰居士：《佳人之奇遇批評》，原刊《中央学術雜誌》27，明治十九年（1886年）3月第27号，收入吉田精一、浅井清編：《近代文学評論大系1 明治期Ⅰ》，頁338—343。

观点的。退一步而言，即使不说梁启超是直接从阅读坪内逍遥的作品而得出他的观点，但由于坪内逍遥当时在日本已很有影响力，梁启超亦很可能间接地获得他的想法。如果坪内逍遥与梁启超的关系真有迂回的地方，亦好以此作譬喻说明中国西化过程之迂回曲折。我们知道，中国并不是直接取经自西方，而是绕道东瀛曲行（detour）至西。梁启超、鲁迅、郁达夫、郭沫若等人从明治开始受日本的影响，而坪内逍遥、福泽谕吉、西周、森鸥外、夏目漱石等却通过留学、游历或翻译西文而直接受西方影响。这大概也正是梁启超在《清代学术概论》中不无自嘲的"梁启超式"输入："无组织，无选择，本末不具，派别不明"，而生出"晚清西洋思想之运动，最大不幸者一事焉，盖西洋留学生殆全体未尝参加于此运动"的感慨。① 然而，如果在明治以前日本没有对汉文化及汉字传统深厚的吸收，中日在明治前后迂回的历史因缘其实也是无法展开的。

---

① 梁启超：《清代学术概论》，《梁启超全集》第 5 册第 10 卷，页 3066。

第三章

吕思勉（成之）《小说丛话》对太田善男《文学概论》的吸收
——兼论西方小说艺术论在晚清的移植

一、引言

1914年发表在《中华小说界》上的《小说丛话》，① 是一篇探索中国小说从近代过渡到现代非常重要的理论文章。学者认为，这篇论文是晚清过渡到民国时期最长的小说理论文章，其重要性可作为晚清小说理论的总结，② 单就这一点，已经足以与晚清小说理论的开山之作——严复、夏曾佑《本馆附印说部缘起》媲美相论。然而非常可惜的是，学界对这篇理论文章没有充分的认识和理解。

首先，就作者身份而言，这篇在《中华小说史》目录以"成之"署名，然而内文则以"成"发表的论文，虽然学界现在普遍认为这是由史学家吕思勉（1884—1957）所撰，③ 但值得注意的是，吕思勉的字是"诚之"。

---

① 成之：《小说丛话》，原刊《中华小说界》1914年（第一年）第3—8期，收入陈平原、夏晓虹编：《二十世纪中国小说理论资料》第1卷，页438—479。
② 黄霖、韩同文编选注：《中国历代小说论著选》，页402—403。
③ 迄今，我们仍然没有掌握第一手资料，证明《小说丛话》的作者成之就是吕思勉。不过，今天，《小说丛话》已经由"吕思勉史学论著编辑组"收入吕思勉的《论学集林》内，可见吕思勉就是成之的说法已经被学术界视为定论。《论学集林》所据的是1982年发表在《古代文学理论研究》丛刊第六辑上的《小说丛话》，文章有删节。见吕思勉： （转下页）

而在吕思勉日记《残存日记》以及作为其自传文章的《三反及思想改造学习总结》(1952年)内,从来没有提及这篇《小说丛话》,①造成学界多年来忽视了吕思勉对晚清文学发展的深切关心。而有关吕思勉的多本传记,包括李永圻编《吕思勉先生编年事辑》,②以及俞振基编的《蒿庐问学记》内《吕思勉先生编著书籍一览表》及《吕思勉先生著述系年》,③也没有只字提及《小说丛话》。

吕思勉就是"成之"的推测,到了1982年才正式出现。1982年上海古籍出版社《古代文学理论研究》丛刊第六辑刊载《小说丛话》,文末径署"吕思勉"的名字,并附有魏绍昌写的《附记》。《附记》指:"本文写于清末民初之际,系吕先生早年之作,其(一)曾在当时刊物上登载,然发表时署名仅书一'成'字,知者绝鲜;其(二)系未刊稿,几经战乱搬动,已残破不全,现将两者稍加整理发表于此,籍免湮没。"④当时从《中华小说界》上已摄得全文,拟收入《中国历代小说论著选》。据黄霖所示,他比对两文之下,得知魏绍昌当时并不是循《中华小说界》取得《小说丛话》原文,在整理残章时,且将管达如的《说小说》的部分内容窜入。由此推断,魏绍昌的稿源或是来自吕思勉后人。但此一推断,未能证实。⑤不过,在未能提出新证据否定吕思勉是《小说丛话》的作者前,我

(接上页)《论学集林》(上海:上海教育出版社,1987年),页165—176。经过学界多年钩沉搜罗吕思勉散佚的遗稿,在2016年出版的《吕思勉全集》中,已确收《小说丛话》全稿,并已作校订及补正,见吕思勉:《小说丛话》,《吕思勉全集》第11卷(上海:上海古籍出版社,2016年),页25—58。

① 吕思勉:《三反及思想改造学习总结》,1952年,《吕思勉全集》第12卷(上海:上海古籍出版社,2016年),页1218—1230。

② 李永圻1992年编的《吕思勉先生编年事辑》,原先并没有收入《小说丛话》,见李永圻编,潘哲群、虞新华审校:《吕思勉先生编年事辑》(上海:上海书店,1992年);李永圻2016年的《吕思勉先生著作系年》已补回这资料,见《吕思勉全集》第26卷(上海:上海古籍出版社,2016年),页531。

③ 俞振基:《吕思勉先生编著书籍一览表》《吕思勉先生著述系年》,《蒿庐问学记》(北京:生活・读书・新知三联书店,1996年),页276—282、283—344。

④《古代文学理论研究》丛刊第六辑,页278。

⑤ 黄霖、韩同文编选注:《中国历代小说论著选》,页357—409。

们虽可存此疑问，但不应否定此说。

　　导致《小说丛话》不能产生广泛讨论的因素，除了作者的身份在过去没法确定外，过去探讨晚清小说的研究中，并没有一个完备的视野作分析也是其中的关键。我们首先要确定的是，吕思勉这篇《小说丛话》的主要观点，是大量参考自日本明治时期学者太田善男（1880—?）的《文学概论》（1906 年）而来。在下文，我会循着这条线索，把吕思勉《小说丛话》放回处在从古到今、从中国到西方这双轨转变中的晚清小说观念内作讨论。

　　不过，即使没有这条线索，《小说丛话》的价值也不应该被忽视。正如上文所说，《小说丛话》是民初最长的小说理论，内文分析小说的观点非常全面。然而非常可惜的是，我们今天所见有关《小说丛话》的所谓分析，只限在《小说丛话》抽取几个重点复述一遍，而没作深入的论析。唯一例外的是 2000 年 Dušan Andrš 以王国维、徐念慈以及吕思勉探讨晚清小说理论中的虚构性的博士论文。① 作为西方首篇讨论《小说丛话》的论文，加上试图以一个理论架构探讨《小说丛话》之举，此文的价值必须受到大力肯定。但有没有外国思想启蒙《小说丛话》都好，吕思勉全文没有用上"虚构"以及与此有直接关联的词汇（下文有更多讨论），因此我们不能以历史后来的发展及结论，附加在《小说丛话》之上，单单以对中国小说演变以及《小说丛话》文本的讨论过程，其实无法充分展析吕思勉理论内的虚构观念。当然，《小说丛话》在推演新的、外来小说观念时，论理过程混淆驳杂，② 用字含混不清，使后人理解上产生不必要的困难，也增加学者对此文深度讨论的难处。不过，如果我们不急以西方小说理论强加于《小说丛话》作诠释，而把此文置回晚清小说之过渡，特别是梁启超

---

① 见 Dušan Andrš, *Formulation of Fictionality: Discourse on Fiction in China between 1904 and 1915*, Ph. d. Thesis (Prague: Charles University, 2000)，未刊稿。
② 《小说丛话》中太多张冠李戴，似之而非之论，如"悲情小说，诉之于情的方面；而喜情小说，则诉之于知的方面"；又喜作简单二元来简单化很多理论，如"小说有有主义与无主义之殊"，令人有不知所云之感；当然，文中也不乏极超越时代限制之处，如说"小说者，近世之文学"（页 438），就可以说是超越同侪的。详论见下文。

以降给晚清小说带来的过渡期间的现象来考察，那我们只要稍加整理《小说丛话》内的观点，便能从混淆驳杂中梳理出一个系统来，并能理解：这些貌似似是而非之论、遣词用句与今日出现差异的地方，正反映晚清新旧、中西思想冲击的痕迹；而这些混乱，实在是新知识还未沉淀晚清学术之反映；也因此，《小说丛话》在晚清小说观念现代化过程中的重要意义，无论如何也不应忽视。

本章的目的，首先在于细致地展现吕思勉借鉴《文学概论》的地方，以补足《小说丛话》以及其相关背景上的历史空白，展现吕思勉如何引用经日本而来的西方小说艺术论建构中国小说理论。再配合《小说丛话》出版时的历史脉络，讨论这篇文章对晚清至民初半新不旧小说观念的开创及继承，以此展现中国近现代小说观念转变的轨迹。

二、吕思勉与太田善男的艺术论

吕思勉从来没有在自己的日记以及自传文章内提到《小说丛话》，因此，他曾经参考太田善男的《文学概论》一事，在文学史上就更讳莫如深。的确，直到今天，我们没法确定吕思勉通过什么渠道接触到《文学概论》。据现时的材料看来，太田善男的《文学概论》并没有被翻译成汉语。① 不过，这并不代表晚清文人对此书感到陌生。相反，《文学概论》在晚清学界可谓风靡，特别在启导中国学人如何论述中国文学应从实用观念走上非实用的美学道路上，贡献尤大。譬如，与吕思勉一样曾在东吴大学（今苏州大学）教书的黄摩西（黄人），在他的《中国文学史》（1909年）的第三编第一章《文学之起源》第一节"文学定义"中，就清楚列出他有关"文与文学"的观念是参考自太田善男的《文学概论》的："日本

---

① 在实藤惠秀编的《中国人留学日本史》内，没有找到《文学概论》的踪迹。见实藤惠秀著，谭汝谦、林启彦译：《中国人留学日本史》（香港：香港中文大学出版社，1982年），特别是文学类一栏，页556—566。

太田善男所著《文学概论》第三章第一节云：'文学者，英语谓之利特拉大。literature 自拉丁语 litera 出……'"① 此外，在周作人差不多这个时间写成的《论文章之意义暨其使命因及中国近时论文之失》（1908 年），②也有大量参考太田善男的《文学概论》的地方。③ 我们知道，周作人是在 1906 年 6 月留学日本的，而太田善男的《文学概论》也是于 1906 年出版。

吕思勉虽然没有到日本留学过，更只谦虚地表示自己的日语程度仅止于"和文汉读法"。④ 但早在 1912 年，当他还任教于上海私立甲种商业学校时，就说明因为当时没有教本可依，所以随时代的风习，参考日文书作教材。⑤ 此外，在 1921 年，他曾翻译过一篇日本学者津田左右吉所撰的《满鲜地理历史研究报告第一册》⑥ 为《勿吉考》，并曾附加详细的译者识语，以"译者按"的形式来注明自己作为历史学研究者对原文史料上不同意的地方。⑦ 由此可见，吕思勉的日语能力是很不错的。

另一方面，尽管太田善男的名字今天在中国以至日本学界已鲜有人提及，但其实，他曾不遗余力地译介外国文学及哲学理论到明治日本，贡献殊多。太田善男生于 1880 年（殁年不详），1905 年东京大学英文科毕业。

---

① 汤哲声、涂小马编著：《黄人》（北京：中国文史出版社，1998 年），《摩西文辑存》，页 67，及王永健：《苏州奇人黄摩西评传》（苏州：苏州大学出版社，2000 年），《黄摩西〈中国文学史〉选录》一节，页 468—495。
② 周作人：《论文章之意义暨其使命因及中国近时论文之失》，原刊《河南》1908 年 5 至 6 月第 4 及 5 期，收入钟叔河编：《周作人文类编》第 3 卷《本色》（长沙：湖南文艺出版社，1998 年），页 1—30。另外，学界最近发现鲁迅其实亦大量参考太田善男的《文学概论》，见张勇：《鲁迅早期思想中的"美术"观念探源——从〈拟播布美术意见书〉的材源谈起》，《中国现代文学研究丛刊》2017 年第 3 期，页 116—127。
③ 根岸宗一郎：《周作人留日期文学論の材源について》，《中国研究月報》第 83 号（東京：中国研究所，1996 年 9 月），页 38—49。
④ 李永圻编，潘哲群、虞新华审校：《吕思勉先生编年事辑》，页 101。
⑤ 吕思勉：《三反及思想改造学习总结》，李永圻编，潘哲群、虞新华审校：《吕思勉先生编年事辑》，页 50—51。
⑥ 津田左右吉：《勿吉考》，原刊《滿州地理歷史研究報告第一冊》，1915 年，收入《津田左右吉全集》第 12 卷（東京：岩波書店，1963—1966 年），页 20—37。
⑦ 驽牛（吕思勉）：《勿吉考——译〈滿州歷史地理研究報告第一冊〉》，原刊《沈阳高师周刊》1921 年第 42 期，页 2—8，收入吕思勉：《吕思勉全集》第 11 卷，页 277—286。

毕业后曾任职博文馆，后任教庆应义塾大学（后改为庆应大学），现今庆应大学仍然留有太田善男编纂的英语论文集。1904年与小山内薫、川田顺、武林无想庵等创办文艺杂志《七人》，① 并于《朝日文艺》专栏撰写反自然主义的评论，在1918年翻译 David Hume 的 *A Treatise of Human Nature* 为《ヒューム人性論》，1932年撰写《文艺批评史》，1921年撰写《最近思潮批判》，可以说是活跃于明治文坛的人。

《文学概论》一书，就是1906年太田善男在博文馆工作的时候出版的。《文学概论》分上下篇：上篇的《文学总论》由三章组成，包括"芸術とは何ぞや"（何谓艺术）、"芸術の組成"（艺术的组成）、"文学の解説"（文学解说）；下篇题为《文学各论》，由四章组成，论及组成文学观念的各个文类，包括第四至六章的"詩とはなにぞや"（何谓诗）、"吟式詩"（韵文）、"読式詩"（美文）以及"雜文学"。太田善男的《文学概论》，是总论文学概念的书，像今天的文学导论，全书300多页。② 吕思勉不可能亦不会把全部《文学概论》引到他的文章内，最主要是参考了两个方面：第一是有关艺术论的部分，亦即是《文学概论》上篇的第一、二章有关艺术的部分；第二是有关小说观念方面，就是《文学概论》第六章《読式詩》内论及小说的地方。对这几个部分的吸收，最主要反映在《小说丛话》的前半部分上；而《小说丛话》的后半部，则是吕思勉在吸收这些观念后以中国小说（特别是以《红楼梦》）对新观念的演绎。

三、小说的两种特质：势力与艺术的对立

吕思勉在《小说丛话》里，大量参考太田善男《文学概论》的观点，目的就是要补充晚清小说论的偏颇。吕思勉开宗明义指出，晚清小说大盛

---

① 有关《七人》杂志的创办经过，可看中村武羅夫：《現代文士廿八人》（東京：日高有倫堂，1909年），《小山内薫》，頁226—248。
② 太田善男：《文学概論》（東京：博文館，明治三十九年［1906年］9月）。

的现象并不健康(页438):"今试游五都之市、十室之邑,观其书肆,其所陈列者,十之六七,皆小说矣。"而社会上各阶层的人,"负耒之农、运斤之工、操奇计赢之商","皆小说思想所充塞矣"。除了农工商之外,社会上"知识最高之士人",在思想言行方面,也同样受到"小说之感化"。这种由小说带来的弥漫社会的力量,他概括为"小说之势力"。

　　本来,小说跟势力风马牛不相及。小说在中国传统内价值低微,一直被文人当作闲书聊以自娱,或只是茶余饭后以资谈柄的话题。不过,在晚清国力渐颓之时,小说却被文人附托成为挽救国势的工具,而得以受到前所未有的重视。不过,当时的人虽然开始留意小说这种文类,却对小说的本质、功用、价值、分类等问题无一定见,特别是1902年之前,新旧小说观念出现短兵相接的局面,新的如严复、夏曾佑的《本馆附印说部缘起》已经出现,旧的却仍在两千年前《汉书·艺文志》内找立论根据。各种各样的小说观念有如战国时代一样,哪一种看法能震动人心,哪一种就立刻成为风从模仿的对象。如果从文学的发展规律来看,这种势力的摆荡,就好像个钟摆,来回在极端之中找出均衡点。

　　早于1901年,由笔名衡南劫火仙的文人所写的《小说之势力》已点出小说依附在救国情绪中出现震动人心的效应,而出现"小说家势力之牢固雄大"的问题。① 到了梁启超《论小说与群治之关系》(1902年),小说与势力俨然成为不可分开的搭配词。梁氏论到小说带有"四力","熏、浸、刺、提"之外,更有足以支配人心的"入力""感染力"。此后,小说在社会上卷起的风起云涌的力量,就随着梁启超振动的文笔不胫而走。在1902—1908年的短短五年间,梁启超鲜明的论调可谓一枝独秀地成为小说界的代表,他的小说观产生了盲从响应的效果,有人对梁启超的理论加以发挥,更多的人是随着梁启超的革命口号去空喊口号,把一股空有爱国

---

① 衡南劫火仙:《小说之势力》,原刊《清议报》1901年第68期,收入陈平原、夏晓虹编:《二十世纪中国小说理论资料》第1卷,页48。

热情而没有理性或理论的讨论全部灌输在小说之上。这些论调特别见诸《新小说》刊物中的《小说丛话》栏目内，① 更成为各大小说发刊词的套语，以确保销路。② "小说的势力"由救国的神奇妙药，已逐渐发展到无所不能，漫延到社会上各个范围：启童蒙、开民智、倡科学、破迷信、劝善惩恶、改善风俗。有关这些可以概括为"小说有用论"的论述，学者都已胪列详尽的例子，并已详细说明背景、产生原因，在这里不赘述。③

在这种"小说有用论"下，小说被看成中国社会的万能药，更成为宣泄社会不满的工具，④ 而出现了大批"开口见喉咙"的艺术性不高的小说。在社会对小说认识不深的情况下，仍然未调整出一种新的平衡点，大量艺术性低劣的小说仍然铺天盖地涌现，而"小说有用论""小说的势力"等新迷信，已经达到被信为可以"造成世界"，甚至兴国兴邦，"与社会相对抗者"的地步。

当时即使有部分的人对这种情况产生怀疑、不满，但限于知识水平，

---

① 如侠人："小说之所以有势力于社会者，又有一焉，曰坚人之自信。凡人立于一社会，未有不有其自信以与社会相对抗者也。"侠人：《小说丛话》，原刊《新小说》1904年第12号，收入陈平原、夏晓虹编：《二十世纪中国小说理论资料》第1卷，页94。又如陶佑曾："咄！二十世纪之中心点，有一大怪物焉：不胫而走，不翼而飞，不叩而鸣；刺人脑球，惊人眼帘，畅人意界，增人智力；忽而庄，忽而谐，忽而歌，忽而哭，忽而劝，忽而讽……电光万丈，魔力千钧，有无量不可思议之大势力。"陶佑曾：《论小说之势力及其影响》，原刊《游戏世界》1907年第10期，收入陈平原、夏晓虹编：《二十世纪中国小说理论资料》第1卷，页247。
② 较明显的例子包括《新世界小说社报》第一期《〈新世界小说社报〉发刊辞》（1906年）以及《创办大声小说社缘起》等，见陈平原、夏晓虹编：《二十世纪中国小说理论资料》第1卷，页201—204、393—394。
③ 晚清社会如何功利地利用小说，以及对其背景的分析，可参王尔敏：《中国近代知识普及运动与通俗文学之兴起》，《近代文化生态及其变迁》（南昌：百花洲文艺出版社，2002年），页195—290，及黄锦珠：《小说之社会性质论》，《晚清时期小说观念之转变》（台北：文史哲出版社，1995年），页147—212。
④ 阿英指出这时的小说的最大特色是不断抨击政府和一切社会恶现象，见阿英：《晚清小说史》第一章《晚清小说的繁荣》，《阿英全集》第8卷（合肥：安徽教育出版社，2003年），页6。《晚清小说史》最早于1937年由商务印书馆刊行；1955年经作者略增删修订后出版。1980年，吴泰昌据作者1977年殁前叮嘱加以修订校勘，后有多种版本面世。本论以2003年版《阿英全集》为准。

只能慨叹小说为"新八股",而苦于欠缺有力的理论以矫正这种荒谬的现象。① 而与吕思勉持差不多观点而又比吕思勉更早出现的,是王国维、黄人(黄摩西)以及徐念慈。他们在整个社会大喊小说是社会万能药之时,却能一反潮流,指出中国社会对待小说的态度存在着好走极端的弊病。②

不过,即使有这些先知式的灵光及思想火花迸现,非常可惜的是,由于这些理论自身的局限,③ 也由于当时严峻的社会环境,这些观点并未能有效遏止小说有用论的看法。所谓当时实际社会环境,就是林纾(林译)小说的大收旺场(见本书乙部的第五至七章),抵消了他们论点的有效性。林纾在启导晚清文人走向世界的过程中虽是功不可没,但无可置疑的是,他的小说观是非常倾向"小说有用论"的,从他的《〈黑奴吁天录〉例言》以及《〈孝女耐儿传〉序》中鼓吹以小说启民智就可见一斑。而吕思勉《小说丛话》在1914年才出版,虽然整整迟了黄人、徐念慈的文章七年,但是从文章开首一段对"小说的势力"的描述,我们就知道,这七年以来,小说有用论并没有因为黄人以及徐念慈的提倡而得以矫正,反而是继续风靡传播。④

吕思勉《小说丛话》就是在这种背景下产生的。虽然他开宗明义地点

---

① 如寅半生的《〈小说闲评〉叙》,就只流于对这种现象的感叹:"十年前之世界为八股世界。近则忽变为小说世界,盖昔之肆力于八股者,今则斗心角智,无不以小说家自命……"寅半生:《〈小说闲评〉叙》,1906 年,收入陈平原、夏晓虹编:《二十世纪中国小说理论资料》第 1 卷,页 200。
② 三人代表论文如下:王国维:《红楼梦评论》,原刊《教育世界》1904 年第 76—78、80—81 号;摩西(黄人):《〈小说林〉发刊词》,原刊《小说林》1907 年第 1 期;觉我(徐念慈):《〈小说林〉缘起》,原刊《小说林》1907 年第 1 期;分别收入陈平原、夏晓虹编:《二十世纪中国小说理论资料》第 1 卷,页 113—130、253—255、255—257。
③ 袁进:《黄摩西、徐念慈小说理论的矛盾与局限》,《华东师大学报(哲学社会科学版)》1986 年第 3 期,页 15—19。另外,在吕思勉之前,的确有王国维以先见之明指出小说的艺术本质,不过,正如学者已指出,王国维在《红楼梦评论》阐述美学的目的,更在于借《红楼梦评论》来阐发叔本华哲学,见叶朗:《中国小说美学》(北京:北京大学出版社,1982 年),页 245。
④ 这一点,在后人的眼中,就看得特别明显,譬如沈从文就指出:"林译小说的普遍流行,在读者印象中更能接受那个新观念,即从文学中取得人生教育,虽然这个新观念未能增加当时读者对小说的选择力。"沈从文:《小说与社会》,《沈从文全集》第 17 卷(太原:北岳文艺出版社,2002 年),页 303。

出小说的势力,但目的却不是要否定社会上流行的说法,指小说并不能兴家国、治风俗、改人心,更不是要逆其道而行,支持传统的论调——认为小说是无用的东西;他的目的是要做冷静、理性的呼吁,暂且把"小说有用论"放在一边存而不论,先从多方面去认识小说之性质:"明于小说之性质,然后其所谓与社会之关系,乃真为小说之所独,而非小说与他文学之所同也。"(页 439)否则,一切讨论、争辩、叫嚣,仅流于表面而空泛,而最终则沦为"枝叶之谈,而非根本之论"(页 439)。而整篇《小说丛话》最"根本之论",就是要带出"美术之性质既明,则小说之性质,亦于焉可识已"(页 440)。

吕思勉跟时人最不同之处,是他并没有像他们一样空喊充满煽动性的感情语句,他说:"小说之性质,果何如邪?为之说者曰'小说者,社会现象之反映也',曰'人间生活状态之描写也'。"(页 439)他能够从混沌的叫嚣里,以明晰的哲学词汇,整理两个具体的讨论方针,指出小说乃"社会现象之反映"以及"描写人间社会",这实在得力于太田善男的《文学概论》之助。太田善男在《文学概论》的"小说之意义"一节里说道:

> 诸家对小说的定义莫衷一是。有说小说是生活状态的投影,有说是人类生活之摹写。暂此按这些言论而看,起码可以承认小说有人类生活的摹写一面,盖亦不足道尽小说摹写之本质。因为"摹写"一语,亦云如实地复制出来,亦是通过临摹呈现出来。[①](页 282)

其实,单就这一点,我们已可看到吕思勉与时人最大的分别,是他已置身在西方美学理论中。因为当他指出自己不同意小说的本质是"社会现象之反映"以及"人间生活的描写"时,他已脱离中国小说的立论基

---

① 本章《文学概论》引文由笔者自译,下同。

础——"丛残小语""街谈巷议"——因为传统中国小说观念中的"小语""巷议"的特质,从来没有西方美学论的核心观念——"摹仿论"中的反映、摹写、摹拟的特质。①

吕思勉不认同小说是摹仿,指出若认同小说本质是"反映"或"描写",那将会是"一面之真理",而他进一步指出,艺术并不是死板实物:

> "凡号称美术者,决无专以摹拟为能事者也。专以摹拟为能事者,极其技,不过能与实物等耳。"(页 439)

而小说之为艺术,在于艺术的特质能超越刻板的"摹拟",突出"制作"之妙:

> 夫美术者,人类之美的性质之表现于实际者也。美的性质之表现于实际者,谓之美的制作。(页 439)

他立论铿锵有力,是摄取了太田善男的主要观点。太田善男在多个地方指出,艺术是人类的制作,如他认为:

> 夫艺术者,可以认为通过想像将万物万象加以自己心中理想而表现出来的一种美感运作。就此而看,艺术好像有三个条件:一则万物万象,二则加以心中理想,三则美的制作。凡有此三者,足以称为艺术。(页 2—3)

---

① 中国传统美学到底有没有出现支配西方美学的摹仿论,曾经引起深刻的讨论。见 James Liu, *Chinese Theories of Literature* (Chicago: University of Chicago Press, 1975), pp. 1 - 15, p.49; William Touponce, "Straw Dogs: A Deconstructive Reading of the Problem of Mimesis in James Liu's *Chinese Theories of Literature*," in *Tamkang Review* 11.4 (1981), pp. 359 - 390。

不过，要强调的是，太田善男的《文学概论》从没论及小说势力一事。由此可见，这个议题是吕思勉眼见中国小说界的弊病而立的，而他参考《文学概论》的目的，就是要在纷扰的杂音中，寻求理论支持以探索小说本质。在下一节，本章先指出吕思勉如何移入太田善男小说作为艺术的论点，然后再进一步分析晚清小说理论如何吸收西方小说观念。

四、模仿论以及"写实与理想"的论争

吕思勉提出小说的本质在于美，且以西方的美学论去解释小说为何是艺术。吕思勉认为"美术"最能表现人类的美，因为这种美的性质，是经过人（心灵）加工"制作"的"表现"（representation），① "凡一美的制作，必经四种阶级而后成"（页439）。这四个阶级，吕思勉归纳为"模仿、选择、想化与创造"。这四个步骤，是从太田善男《文学概论》的第二章"芸术の组成"（页11—16）抽丝剥茧而来。太田善男在《文学概论》内详述了艺术作法的步骤，包括"模仿""选择""模仿与选择的比较""想化""积极的想化与消极的想化""想化的标准""创作""艺术家的理想境"等不下九个细项，这些论点本章无法全部译出，只能按吕思勉参考太田善男的地方，把《文学概论》若干部分翻译如下：

> 模仿者，并不作对美丑的甄别，只描写自然界已有的现象而已。而选择者，是要由自然界中挑选、探索优胜的事物出来。因此，其价值后者优越前者，毋庸赘述。（页10）

---

① 至于"制作""制造"如何扣紧西方艺术以及小说观念，见 Jürgen Klein, "Genius, Ingenium, Imagination: Aesthetic Theories of Production from the Renaissance to Romanticism," in Frederick Burwick and Jürgen Klein eds., *The Romantic Imagination* (Amsterdam: Rodopi, 1996), pp.19-62，以及参考本书下一章有关鲁迅小说观念中的虚构意识的论述。

仅次于模仿而来的就是选择（selection）。即是通过比较对照二件物件，判断优劣，挑选优美的出来，此谓之选择。（页11）

因此，严格而言，选择者，指未能摆脱模仿范畴者。若以小说创作的"主义"去作譬喻，模仿有如写真主义，即是极端的写实主义，将万物万象原原本本彻彻底底地描写出来，选择则有如一般的写实主义，由于虽未能摆脱所谓"自然的"限制，但自有色彩将优美的事物挑选出来，从而就只有一种善美的结果。（页11）

再进一步，下一个阶段就是想化，具体来说是理想化了。（页13）

想化的结果"变形"素有相反的两种形态：一则为增加，一则为减少。前者可称之作积极的想化（Positive Idealisation），后者可称之为消极的想化（Negative Idealisation）。前者的功能是扩大，便是在实物以上放大美的成分；后者的功能则是删除，便是将污点去除以及稍加变化，而保持实物之美。（页14）

上述的四项因素，或多或少都拥有仿造（imitative）色彩。它们均不是艺术的终极理想。艺术的终极理想在于创作（creation）。夫创作者，就是将自己感受的所有事物升华为一，然后由此创作出新的事物。换言之，就是将自己的观察结果集中起来，以一个理想形式呈现出来，此谓之创作。（页16）

吕思勉的基本观点，虽然比太田善男简约，但可以说，是囊括了应该有的重点，当然，二人在行文用词上有稍稍不同。为更好说明二者的接近，我们先征引吕思勉的说法，后再作分析：

所谓四种阶级者,一曰模仿。

模仿者,见物之美而思效其美之谓也。凡人皆能有辨美恶之性。物接于我,而以吾之感情辨其妍媸。其所谓美者,则思效之;其所谓不美者,则思去之(美不美为相对之现象,效其美即所以去其不美也)。丑若无盐,亦欲效西施之颦笑;生居僻陋,偏好袭上国之衣冠,其适例也。

二曰选择。选择者,去物之不美之点而存其美点之谓也。接于目者不止一色,接于耳者不止一音。色与色相较而优劣见焉,音与音相较而高下殊焉。美者存之,恶者去之,此选择之说也。能模仿矣,能选择矣,则能进而为想化。

想化者不必与实物相触接,而吾脑海中自能浮现一美的现象之谓也。艳质云遥,闭目犹存遐想;八音既戢,倾耳若有余音:皆离乎实物之想象也。人既能离乎实物而为想象,则亦能综错增删实物而为想象。姝丽当前,四支百体,尽态极妍。惟稍嫌其长,则吾能减之一分;稍病其短,则吾能增之一寸。凡此既经增减之美人,浮现于脑海之际者,已非复原有之美人,而为吾所综错增删之美人矣。此所谓想化也。能想化矣,而又能以吾脑海中之所想象者,表现之于实际,则所谓创造也。

合是四者,而美的制作乃成。故美的制作者,非摹拟外物之谓,而表现吾人所想象之美之谓也。吾人所想象之美的现象之表现,则吾人之美的性质之表现也。盖人之欲无穷,而又生而有能辨别妍媸之性。惟生而有能辨别妍媸之性也,故遇物辄有一美不美之观念存乎其间;惟其欲无穷也,故遇一美的现象,辄思求其更美者,而想化之力生焉。想化既极,而创造之能出焉。如徒以摹拟而已,则是人类能想象物之美,而不能离乎物而为想象也,非人之性也。(页439—440)

吕思勉在他的《小说丛话》中，对太田善男的中心思想以及论证方式，可以说是亦步亦趋的。虽然我们看到，太田善男颇能要言不烦地指出西方模仿论的核心思想，如"模仿者，并不作对美丑的甄别，只描写自然界已有的现象而已"。而吕思勉则一方面用冗长的语句去说明，一方面又加插古雅的语言（如妍媸①、艳质云遥、八音既戟）以及中国的典故"西施之颦笑"以助国人了解。可惜的是，可能由于历史条件的限制，他在演绎时造成一定的含混，以及出现层次不清的现象。譬如太田善男指出模仿是不甄别美丑，而只照录自然界现象；但是在吕思勉看来，模仿只是模仿有美感的事情，"其所谓美者，则思效之；其所谓不美者，则思去之（美不美为相对之现象，效其美即所以去其不美也）"。这点，其实已涉及第二步骤的"选择"了。也因此，本来太田善男在"模仿"以及"选择"两点上有清晰的界线，而且给人一种一语中矢的明快感，但吕思勉却把两者混在一起。但整体而言，吕思勉这四个步骤的艺术理论以及核心观念是直接受太田善男影响的。

在看过两文相似的地方后，我们现在要指出如何看出吕思勉移植西方艺术理论。吕氏指出艺术的四个层次：模仿、选择、想化以及创造，在西方艺术论中其实可以简单归纳为两个范畴："模仿"与非纯粹模仿而来的"表现"。

西方美学理论中对艺术的描述与评价，虽然历来混沌，但大致走不出"模仿"与"表现"之争，而这两种分野，则主要受柏拉图与亚里士多德这两位古希腊哲学家的思想支配。"模仿"不用多言，这是源自西方古希腊文艺理论的一个核心概念——mimesis, imitation。古希腊人并没有一个概念相当于我们现在所谓"艺术"（fine arts）。西方现代的艺术概念，到

---

① 我们在黄人的小说论中，也常常见到以"妍媸"的说法去论及"美"。譬如在他的《小说小话》内说："小说之描写人物，当如镜中取影，妍媸好丑。"见蛮（黄人）：《小说小话》，陈平原、夏晓虹编：《二十世纪中国小说理论资料》第1卷，页258。

18世纪才出现。① 在此之前，关于文艺的讨论主要围绕"模仿"这个概念而进行，诸如诗、音乐、绘画与雕刻等，我们现在认为属于艺术的活动，在古希腊时代都被视为不同类型的模仿活动。柏拉图认为诗和绘画都是对感觉世界的模仿，而感觉世界则只是真实的理型（idea）世界的影像，因而诗和绘画就被认为离开真实世界有两步之遥远。言下之意，柏拉图认为诗和绘画等模仿活动，最多亦不过是对影像世界的复制，效果纵然好，也还是对外界的一种被动而忠实的模仿。②

另一方面，吕思勉所言的"选择、想化、创造"等范畴，则可以概括为艺术表现说。在西方，柏拉图提出模仿理论后，他的弟子亚里士多德，虽认同模仿论，却同时另辟蹊径，指出模仿所反映的，根本不是巨细无遗的现实，而是现实中具有普遍意义的成分——"理型"（idea），因此所谓模仿，是一种自由的接触。艺术家可以用他自己的方式表现实在，他指出诗不但是忠实的复制，更是一种比历史"更哲学"的了解现实的途径。③

围绕模仿论的讨论，在中世纪沉寂了一段时间后，特别在文艺复兴时代又被重提。只是，本来在古希腊针对模仿实物（如：石头、床）的讨论，变为模仿"自然"。不过，在模仿的过程中，文艺复兴的诗人认为："仅仅模仿自然是不够的，因为这种自然在某些方面是粗糙的，不令人愉快的；他必须选取自然中美的东西，摒弃不美的东西……"④ 而所谓美与不美的争议点，就在于到底艺术模仿对象比较美，还是经过艺术把对象的形象理想化（idealization），去掉瑕疵，只抽出对象的美才是达到完美的

---

① Paul O. Kristeller, "The Modern System of the Arts," in Kristeller, *Renaissance Thought and the Arts* (New Jersey: Princeton University, 1990), pp.163-227.
② Plato, *Republic*, trans. by Henry D. P. Lee (London: Penguin Classic, [1955]2003), pp. 596-597.
③ Aristotle, *Poetics*, ed. and trans. by Stephen Halliwell, in Loeb Classical Library (https://www.loebclassics.com/view/aristotle-poetics/1995/pb _ LCL199.3.xml, retrieved on 4 Jan 2018), 1448a, 1449b, I, 1451b 27, 1460b l3.
④ M. H. Abrams, *Mirror and the Lamp: Romantic Theory and the Critical Tradition* (Oxford: Oxford University Press, 1953), pp.35-47.

效果。这种讨论,特别是进入现代之后,艺术家以及哲学家普遍认为,利用艺术把心目中理想的原型表现的时候,事实上是掺入一定的想象力的。譬如约翰生(Samuel Johnson)认为,所谓的"想象",是"形成理想画面的能力"(the power of forming ideal pictures)。①

模仿论随着时代的推移而有所改变,经过15世纪哲学家对所谓"实物/存在"是存在于外在还是存在于经验之内的讨论,慢慢因应不同的历史环境,被另一组本属于哲学中表示对思想概念的实体性的讨论的术语以及相关概念继承,这就"写实主义"(realism)与"理想主义"(idealism)的对立讨论(antithesis)。② 这种讨论,在哲学中亦叫唯物主义及唯心主义的对扬式讨论,但在美学理论中,却主要是有关忠实地描摹对象,还是根据心灵中想象样式去描述对象的讨论。③ 这些有关艺术的讨论,譬如写实主义以及理想主义的讨论,就成为席勒(Friedrich Schiller)《论素朴的诗与感伤的诗》(1795年)一文,讨论秉持着素朴气质的诗人写出来的诗像"写实主义"一般,而感伤的诗则是来自"理想主义"。而"realism"及"idealism"第一次作为文学术语出现后,④ 慢慢随着欧洲18世纪德国、法国、英国紧密的文学思潮运动(literary movement),而成为个别作家、不同派别以及文学运动的信念以及标语。⑤ 影响所及,写实与理想的探讨,后来更随着英国小说在18世纪涌现而成为讨论用语。维多利亚时期的英国,社会上渐有一种倾向于用写实方式写作的小说出现,评论认为这

---

① Samuel Johnson, Jack Lynch ed., *Dictionary of the English Language* (Florida: Levenger Press, 2002), p.258.
② Stephen Halliwell, *Ancient Texts and Modern Problems* (New Jersey: Princeton University Press), pp.96, 155, 310.
③ M. H. Abrams, *Mirror and the Lamp: Romantic Theory and the Critical Tradition*, p.36.
④ René Wellek, "The Concept of Realism in Literary Scholarship," "The Concept of Romanticism," "Romanticism Reconsidered," in Stephen G. Nichols Jr. ed., *Concepts of Criticism* (New Haven: Yale University Press, 1963), pp.221 - 255, 128 - 198.
⑤ 西欧自17世纪以来德、法、英国勃发的"古典主义""写实主义""浪漫主义"的发展过程复杂,但无法一一述及,详见Jacques Barzun, *Classic, Romantic, and Modern* (Chicago: University of Chicago Press, 1961).

有别于之前传统中大部分由浪漫语系而来的骑士对理想追求的描述，于是认为小说是写实的，而概括骑士的传奇为浪漫的以及理想的，从而慢慢简化出写实主义多是"novel"的写作手法，为追求理想甚至脱离现实而写，又带有一点夸张、奇情、浪漫手法的则是"romance"。① 尔后，这种讨论，甚至深入到以个别作家为对象，指个别作家（譬如 George Eliot 以及 Charles Dickens）及其作品，一方面执着于描述现实社会，另一方面通过写实地描述社会不满以表现个人的理想，或对失落理想的向往。②

中国以及日本对西欧文艺理论的吸收，是通过个别文类的兴起而一并把西方艺术观念、术语、背景输入，这与西方理论的发展出现相反的现象。在西方，形成各种艺术观念的讨论源远流长，古已有之，随着时代的发展而成为不同文类的核心观念。中国与日本输入西方的文类概念（如小说、戏剧）时，一并输入西方艺术论中最当下、最新鲜的讨论（18 世纪以来理想与写实的对立），同时把背后支撑这些讨论的古老艺术理论（模仿论）也同时输入。不过，中国比起明治日本在移入西欧小说理论时，在深度以及广度而言时间更压缩，也因此更混乱。

在西欧，"美学"（aesthetica）在 1735 年经鲍姆嘉通（Alexander Gottlieb Baumgarten，1714—1762）提出，而在日本则要到 1872 年，由日本思想家西周（1829—1897）所著的《美妙学说》才正式被提到。西周以"美妙学"对译"aesthetic"，以"美术"翻译"fine art"。③ 1882 年，美国

---

① Michael Wheeler, *English Fiction of the Victorian Period*, 1830‒1890 (London: Longman, 1985), p.7.
② 当一般人执着于讨论 George Eliot 属写实主义还是理想主义的论争时，评论家 George Henry Lewes 站出来为他解释他的小说中关于理想与写实的争议。Alice R. Kaminsky ed., *The Literary Criticism of George Henry Lewes* (Lincoln: University of Nebraska Press, 1964), pp.87, 89。
③ 西周在 1870 年出版的《百学连环》（特别讲义）内，把"liberal arts"译作"艺术"，而到了 1872 年，他始把近代的艺术观念（aesthetic）通过艺术概念带到日本。见西周著，大久保利谦编：《美妙学说》，《西周全集》第一册（東京：宗高書房，1960—1966 年），頁 477。

学者芬诺洛萨（Ernest F. Fenollosa, 1853—1908）赴日本作题为"美術真説"（美术之真谛）的演讲，美术史才广被知晓。① 翌年，中江兆民（1847—1901）将法国学者维隆（E. Véron, 1825—1889）的 L'esthetique 日译为《维氏美学》；1884 年小说理论家 Sir Walter Besant 在日本举行以"芸術としてのフィクション"（小说作为艺术）为题的演讲，后以《フィクションの芸術》（《小说的艺术》）为题发表。此后，到了 1885 年，日本现代小说理论的嚆矢坪内逍遥所著《小说神髓》，就是参考来自《美術真説》《维氏美学》、Sir Walter Besant 的理论去建立小说为美学的理据。② 太田善男《文学概论》一开始就以艺术统摄所有的文学类型，不但是继承了坪内逍遥的这个系统，更重要的是显示了日本文学对西方艺术的成熟吸收。

在中国，小说是文学，而文学是艺术的论点，前部分最初由梁启超 1902 年《论小说与群治之关系》一文传入中国。然而，在梁启超的文章内，从来无认同小说是艺术，而小说的艺术特质，也在梁启超之文内阙如。如果这不是他的错失或大意忽略，就是因为他只着眼小说作为救国的实质工具而故意将之抹去。

虽然梁启超并未点出小说的特质在于艺术，但他却把艺术创作法则及其相关词汇带入晚清社会来。所言的就"写实"以及"理想"对扬式的讨论。固然，在梁启超并不关心艺术与小说本质的前提下，他的讨论，实在亦"谬误"百出。但在指出梁启超的问题所在之前，我们要先指出两点：第一，这种讨论，是他由日本传入中国的；第二，就是这种"写实"以及"理想"的讨论，因为梁启超的影响而在晚清大盛，在梁启超东渡日本之前，在中国是没有的，而他东渡之后，差不多每篇晚清小说理论里几乎都

---

① 秋庭史典：《"美術"の定着と制度化》，岩城見一编：《芸術/葛藤の現場：近代日本芸術思想のコンテクスト》（京都：晃洋書房，2002 年），頁 49—66。
② 関良一：《〈小説神髄〉の正立——〈美術真説〉〈修辞及華文〉との関連について》，関良一：《逍遥・鴎外：考証と試論》（東京：有精堂出版，1971 年），頁 63—64；亀井秀雄：《"小説"論：〈小説神髄〉と近代》（東京：岩波書店，1999 年），頁 1—4，頁 15。

看到。梁启超到日本的 1898 年，正是日本爆发明治文坛最有名的"理想与写实"论争（或称作"逍鸥论争"）之后几年。① 1891 年，坪内逍遥在任职的东京早稻田大学创办《早稻田文学》杂志，并在此杂志上引发与森鸥外有名的"没理想论争"，这是明治文坛史上的著名事件。坪内逍遥在《シエークスピヤ脚本評註》（《莎士比亚剧本评注》）中表示，一般评论莎士比亚有两种态度：一是沿文章的形式方面的字义、修辞；另一是批评作品的观念内容方面。坪内认为应从事前者，而不是后者。他说："当然应该高度肯定他（莎氏）那写出活生生的人物性格的手腕，也可以赞扬他那比喻之妙，想像之妙，着想之妙。"但由于不同的读者可以做出种种不同的解释，如果见识高超的人还可以，如果是个见识浅短的人，那么他的批评就可能把作品降格了。因此他又实实在在地得出结论说，谓造化（大自然）是无心的，可以包容任何解释，这就是"没理想"。文艺与造化相同，作家应舍弃各自的小理想，记录事实，提供读者归纳的材料即可"，他说："但如果称赞他（莎氏）的理想，说他像大哲学家那样高深，则我很难同意，无宁说应该赞扬的，是他的没理想。"② 对此，当时刚刚从德国回日本的另一明治文坛巨擘森鸥外，于 1889 年创办的《しがらみ草子》杂志内，对坪内逍遥上述的见解以《エミル、ゾラが没理想》③ 提出反驳。森鸥外反驳道，世界上除"实"之外还有"想"，亦即是"先天的理想"。文学作品不管怎样千变万化，包罗万象，也不管读者怎样去理解，总离不开审美观，而美就是理想的反射及呈现。森鸥外认为，世界上除

---

① 在宫岛新三郎的《明治文学十二讲》以及久松潜一、藤村作（1932 年）《明治文学序说》中，都指出 1894 年至 1905 年正是明治文学史中的第三期，即是"理想主义与写实主义"相对立的时候。见宫岛新三郎：《明治文学十二講》（東京：大洋社，1925 年），頁 101—112。
② 坪内逍遥：《シエークスピヤ脚本評註》，原刊《早稻田文学》明治 24 年（1891 年）10 月第 1 号，收入吉田精一、浅井清编：《近代文学評論大系 1 明治期 I》，頁 189。
③ 森鸥外：《エミル、ゾラ（笔者注：Émile Zola）が没理想》，原刊《しがらみ草子》1892 年 1 月 25 日第 28 号，收入唐木順三编：《森鸥外集》（東京：筑摩书房，1965 年），頁 368—369。

"实"之外还有"想",而他不像坪内逍遥一样,认为"理想"一词带有太多复杂的意义,他指出"想"就是"イデア"或"idea",是指"先天的理想"。① 对诗人、美术家和作家说来,就是神来的灵感,是从无意识界而来的先天的理想,是人先天就有的感受性。他因此批评坪内逍遥只见后天的意识而看不到先天的无意识界,无意识界有美的理想,为了要了解它,就必须"谈理";这就是今天所说的"理想主义"。② 这个论争随着双方指出对"理想"一词解释不同而不了了之。但随着这个论争,明治文坛对艺术、学理探讨更深一步,而后启了各种各样有关艺术观念的不同论争。

梁启超显然没有交代日本这次"理想与写实"争议的背景,甚至在他早期的小说理论内,我们都没有看到他认为小说是艺术的论点。不过,他把这种本来有关如何描写的艺术创作法则以及艺术理念,归入小说的功能之内。在《论小说与群治之关系》一文中,他认为所有小说可以归在"写实派""理想派"之中。"理想派小说"是指可以令读者超越个人经历的欲望,有"导人游于他境界"的能力的小说;而第二种的"写实派"小说,则可以令读者如实地表达人内心深处的感受或者欲望,因为小说可以把"心不能喻、口不能宣、笔不能传"的感情"和盘托出",令感情枯燥、言辞匮乏的我们啧啧称奇。③ 不过,梁启超所说隶属于两种不同流派的小说功能:"理想派"能"导人游于他境界",相对于"写实派"能把心、口、笔不能传的感受"和盘托出",其实并不是只属于某一种类型小说的特殊功能,而是能称之为小说都有的共同功能。事实上,无论是以哪一种手法写小说,小说都首先就有一种"导人游于他境界"的想象功能;而不只是

---

① "Idee"这个概念在胡塞尔为代表的当代德国哲学家中指"精神的构想"或"想法",在这个意义上"idee"被译作"观念"。胡塞尔(Edmund Husserl)著,倪梁康译:《逻辑研究》(上海:上海译文出版社,2003年),A136/B136,页118。
② 两文分别为坪内逍遥:《没理想の語義を弁ず》,稲垣達郎编:《坪内逍遥集》,页189—194,以及森鸥外:《柵草紙山房論文》,吉田精一编:《森鸥外全集》,页5—65。
③ 梁启超:《论小说与群治之关系》,原刊《新小说》1902年第1号,收入陈平原、夏晓虹编:《二十世纪中国小说理论资料》第1卷,页50—51。

写实小说，只要是写得好的小说，就能令人感到心、口、笔"和盘托出"的愉悦。也就是说，梁启超把寄托感情、想象等属于"小说"这一文类本身的特质及共性，错误地看成"小说"内不同写作方法（写实、理想）才能呈现的个别、特殊的属性。

在整个晚清小说理论的探析中，我们看到，梁启超文风所及，晚清到民国初年文人都很热衷于对"写实"以及"理想"的讨论。几乎大部分的小说理论在梁启超之后都关注到这个问题，特别是一批与他志同道合的晚清文人，而且往往发表相关文章在梁启超创办的《新小说》杂志内的《小说丛话》一栏。① 随手一翻就有：楚卿、浴血生、侠人、曼殊、周树奎、陆绍明、周桂生、碧荷馆夫人、中国老少年、觚庵、新庵、蛮、世、管达如、孙毓修、安素、蔡达、徐敬修等等。② 浴血生、侠人、曼殊等人全部

---

① 有关《小说丛话》的背景及对晚清文坛的冲击，参考阿英：《〈小说丛话〉略论》，《阿英全集》第7卷，页41—44。
② 讨论到的地方多不胜数，现在只列出作者及篇章，除另标示出处外，均可于陈平原、夏晓虹编：《二十世纪中国小说理论资料》第1卷内找到：
楚卿（狄葆贤）（1903年）：《论文学上小说之位置》，页81；
浴血生（1903年）：《小说丛话》，页87；
侠人（1905年）：《小说丛话》，页94；
曼殊（1905年）：《小说丛话》，页96；
周树奎（1905年）：《〈神女再世奇缘〉自序》，页164；
陆绍明（1906年）：《〈月月小说〉发刊词》，页198；
周桂生（1904年）：《〈歇洛克复生侦探案〉弁言》，页135；
碧荷馆夫人（1909年）：《〈新纪元〉第一回》，页381；
中国老少年（1906年）：《中国侦探案》，页213；
觚庵（1907年）：《觚庵漫笔》，页268；
新庵（1907年）：《海底漫游记》，页277；
蛮（1908年）：《小说小话》，页267；
世（1908年）：《小说风尚之进步以翻译说部为风气之先》，页320；
管达如（1912年）：《说小说》，页397；
孙毓修（1913年）：《英国十七世纪间之小说家》，页427；
孙毓修（1914年）：《二万镑之奇赌（节录）》，页434；
安素（1915年）：《读〈松冈小史〉所感》，页540；
蔡达（1915年）：《〈游侠外史〉叙言》，页543；
徐敬修（1925年）：《说部常识》（上海：大东书局，1903年第8版），页96—97。

参与梁启超在《新小说》的《小说丛话》专栏撰文，吕思勉把他最重要的小说理论定名为《小说丛话》并不是偶然的，极可能是希望与这些同名理论名篇对话。如侠人（佚名；1905 年）在《小说丛话》就指出："故为小说者，以理想始，以实事终，以我之理想始，以人之实事终。"① 以及同期所载曼殊所言："实事者，天演也；理想者，人演也。理想常在实事之范围内，是则理想亦等于实事也。"② 从侠人以及曼殊的言辞可见，他们无论对于"理想"还是其相对面"实事"概念的演绎，均语焉不详，没有详细词义解释，两个概念交叠使用混淆不清，抽象有余而深度不足。有时"理想"等同乌托邦式、科学小说，③ 但更多时候，却是指我们今天所言的"想象"。在孙毓修的《欧美小说丛谈》（1914 年）以及胡适在 1918 年提出的《建设的文学革命论》，前者认为"理想"是"imaginative"，④ 后者认为是"imagination"。⑤ 而黄人更从美学理论去探析，指出"理想"是"与写实主义对立"的概念。在他的《普通百科新大辞典》中，理想是"以作者蓄于胸中之某标准，加以去取安排，而为题材，盖表出醇化之理想形象为重之文艺上一主义也"⑥。另一种讨论，则是把"理想"看成一种崭新的小说次文类——理想小说。1906 年创刊的《月月小说》及《新世界小说社报》两个杂志不约而同地开辟一项新栏，称之为"理想小说"。

---

① 侠人：《小说丛话》，原刊《新小说》1904 年第 12 号，收入陈平原、夏晓虹编：《二十世纪中国小说理论资料》第 1 卷，页 94。
② 曼殊：《小说丛话》，原刊《新小说》第 13 号，收入陈平原、夏晓虹编：《二十世纪中国小说理论资料》第 1 卷，页 96。
③ 如陆绍明、周桂生、碧荷馆夫人等人的文章，出处见上。
④ 孙毓修《欧美小说丛谈》原稿从 1914 年起连载于多期的《小说月报》，后来经商务印书馆在 1916 年出版单行本，现据孙毓修《欧美小说丛谈》（上海：商务印书馆，1926 年再版），页 104。
⑤ 胡适在论到文学的创作方法以及如何选取材料时说道："个人的经验的，所观察的，究竟有限。所以必须有活泼精细的理想（imagination），把观察经过的材料，一一的体会出来，一一的整理如式……"胡适：《建设的文学革命论》，原刊《新青年》1918 年第 4 卷第 4 号，收入《胡适全集》第 1 卷（合肥：安徽教育出版社，2003 年），页 64。
⑥ 见黄摩西主编《普通百科新大辞典》（上海：国学扶轮社校印，1911 年）内"理想主义"一条，收入钟少华编：《词语的知惠：清末百科辞书条目选》，页 108。

事实上，如果我们单单从两个杂志的发刊词以及对"理想小说"的释义去理解何谓"理想小说"，则可能会徒劳无功。《月月小说》指"理想主义"为："人有敏悟，事有慧觉，非夷所思，钩心斗角。想入非非，靓不数数，有胜百智，无失千虑。作理想小说第三。"① 而《新世界小说社报》的《发刊辞》中，则指"理想小说"为："过去之世界，以小说挽留之；现在之世界，以小说发表之；……政治焉，社会焉，侦探焉，冒险焉，艳情焉，科学与理想焉，有新世界乃有新小说……"② 这些用来反映他们理解什么是理想小说的定义，既空洞，又抽象，我们实在不能在其中明白对他们而言何谓"理想小说"。幸好的是，《月月小说》的用例为我们提供了解答他们如何理解"理想小说"的线索，萧然郁生所写《乌托邦游记》就被看作理想小说，另一方面，碧荷馆夫人则指出与科学有关的题材最能显出理想小说的特色。③

这种想象与理想概念的混淆，相信是受了早期以汉语翻译西方概念时混乱的影响。但是，我们要注意的是，与"写实主义对立"的概念，并不能轻率地就认为等同于"虚构"，或是讨论虚构的理论根源。Dušan Andrš 在其博士论文中，做了一次很好的示范。他分析晚清"写实主义与理想主义"的理论根据，并指出这是"虚构"（fictionality）观念的理据所在。在西方艺术的讨论，虚构的讨论自有其语源（fiction）及其自身观念的演变。Wolfgang Iser 在 *The Fictive and the Imaginary: Charting Literary Anthropology*（《虚构与想象：文学人类学疆界》）就提醒到，④ "想象"与"虚构"的观念在今天很多人的认识里，已经混为一谈，尤其是两者都

---

① 陆绍明：《〈月月小说〉发刊词》，原刊《月月小说》1906年第3号，收入陈平原、夏晓虹编：《二十世纪中国小说理论资料》第1卷，页199。
② 《〈新世界小说社报〉发刊辞》，原刊《新世界小说社报》1906年第1期，收入陈平原、夏晓虹编：《二十世纪中国小说理论资料》第1卷，页204。
③ 1909年碧荷馆夫人《新纪元》第一回，原刊小说林社版《新纪元》，收入陈平原、夏晓虹编：《二十世纪中国小说理论资料》第1卷，页381。
④ Wolfgang Iser, *The Fictive and the Imaginary: Charting Literary Anthropology* (Baltimore: J. Hopkins University Press, 1993).

成为19世纪文学观念的核心观念，但其实两个概念在哲学以及观念的发展中，并不应该看作一体。

吕思勉在他的文章内处理"写实"以及"理想"的问题时，由于借助太田善男理论的观点，可以说是在晚清以最详细，也最贴近西方艺术论的理路（先指出艺术制作过程，然后才进一步探讨小说的创作路向）去讨论。然而，他却不能避免受梁启超的思路影响，把小说创作法等同小说观念本身看待："小说自其所载事迹之虚实言之，可别为写实主义及理想主义二者。"（页445）这种过分二元化的讨论，也是他在《小说丛话》中，常常简单概念化以讨论问题而出现的弊病。我们首先看看对吕思勉而言，什么是"写实主义"：

> 写实主义者，事本实有，不借虚构，笔之于书，以传其真，或略加以润饰考订，遂成绝妙之小说者也。小说为美的制作，义主创造，不尚传达。然所谓制作云者，不过以天然之美的现象，未能尽符吾人之美的欲望，因而选择之，变化之，去其不美之部分，而增益之以他之美点，以成一纯美之物耳。夫天然之物，尽合乎吾人之美感者，固属甚鲜，然亦不能谓为绝无，且有时转为意造之境所不能到者。苟有此等现象，则吾人但能记述抄录之，而亦足成其为美的制作矣。此写实主义之由来也。此种著录，以其事出天然，竟可作历史读，较之意造之小说，实更为可贵。但必实有其事而后可作，不能强为耳。如近人所作短篇记事小说其多，往往随手拈来，绝无小说之文学组织，读之亦绝无趣味，此直是一篇记事文耳，何小说之云！此即无此材料而妄欲作记实小说之弊也。又有事出臆造，或十之八九，出于缘饰者，亦妄称实事小说以欺人，此则造作事实，以乱历史也。要之小说者，文学也。天然事实，在文学上，有小说之价值者，即可记述之而成小说。此种虽非正宗，恰如周鼎商彝，殊堪宝贵。若无此材料，即不必妄作也。（页445）

吕思勉首先认为，写实主义是"事本实有，不借虚构"。首先，我们知道，无论写实小说多么写实，都一定是通过虚构想象而来，亦即是他所言的经过艺术的不同层次的加工，把经验幻化，抽取艺术的原型而来。①而他在这一段内，说明只属于写实小说的特质时所用的根据"小说为美的制作……而亦足成其为美的制作矣"，却是他自己定下的艺术论（艺术制作过程）中的论点，由此可见，这本来是属于所有艺术的特质，他却认为是写实主义的手法。循此，我们看到他对于写实主义小说以及艺术理论，有不少的误解。

同样，在处理"理想"主义一点上，类似的情况亦出现。首先，我们要知道，理想小说对吕思勉而言，是指"发表自己所创造之境界者，皆当认之为理想小说"：

> 凡小说，必有其所根据之材料。其材料，必非能臆造者，特取天然之事实，而加以选择变化耳。取天然之事物，而加之以选择变化，而别造成一新事物，斯谓之创造矣。……故无论何种小说，皆有几分写实主义存。特其宗旨，不在描写当时之社会现状，而在发表自己所创造之境界者，皆当认之为理想小说。由此界说观之，则见今所有之小说中，百分之九十九，皆理想小说也。此无足怪，盖自文学上论之，此体本小说中之正格也。（页446）

而构成"理想小说"的原材料，是"特取天然之事实"而"非能臆造者"，那么，就这点而言已是跟写实小说一样，也跟他自己对理想小说的定义"所创造之境界者"出现矛盾。然后，他又指出"故无论何种小说，

---

① George Levine, *The Realistic Imagination: English Fiction from Frankenstein to Lady Chatterley* (Chicago: University of Chicago Press, 1981).

皆有几分写实主义",可惜,这点与他"见今所有之小说中,百分之九十九,皆理想小说也"的论点有一定的抵触。可见,在小说观念本身,以及对不同小说创作手法的运用的看法,他非常混乱。

五、 文学之美

吕思勉在论述过小说作为艺术以及其本质后,进一步论证小说作为文学的特质。同样,在这一部分,他也紧扣在美的观念上。本来,论及文学之美,应以文辞、文章之美为核心,但他却集中讨论文章中的声音之美。吕思勉指出:

> 此种文学,所以异于纯以耳治之文学者:彼则以声音为主,文词为附,所谓按谱填词,必求协律,虽去其词,其律固在,而徒诵其词,必不能知其声音之美;此则声调之美,即存乎文字之中,诵其词,即可得其音,去其词,而其声音之妙,亦无复存焉者矣。盖一则先有声音之美,而后附益之以文词;一则为文词之中之一种尔。凡文,必别有律以歌之而后能见其美者,在西文谓之 Declamation,日本人译曰朗读。但如其文字之音诵之,而即可见其美者,在西文曰 Recitation,日本人译为吟诵。其不需歌诵,但目识而心会之,即可知其美者,在西文曰 Reading,日本人译曰读解。(页 442)

这部分其实也是参考自太田善男《文学概论》而来的:

> 由于叙事诗、抒情诗、剧诗,素有可唱的特点(singable),当中充满着音乐的调子(musical tone),从而在音声(即是调子)与义(即是意义)两方面都可兼得。小说、美文却是有可读的特点(readable),无声有义,读者只可以单从意义一个方面去欣赏。因此,

小说的文体须要着重意义，务要易读。

如上面的说明，叙事诗与抒情诗，都以吟诵（recitation）去传达，剧诗就由朗读（declamation）去传达，读式诗则总是通过读解（reading）去传达，才得到读者的了解。小说这种文学作品，要纯粹于吟式诗，与此同时，着重意义一事，必将严格于其他形式的诗歌。（页285—286）

像上一节一样，吕思勉抽取了太田善男的核心概念，然后增补了一些中国文学的观念作解释，还特别加入大量的中国艺术作品（昆曲、京调）以及中国文学作品（《阅微草堂笔记》《水浒传》等），来说明他所理解的文学作为艺术的观点。对于今天的读者我们而言，看到吕思勉（或太田善男）以吟诵（recitation）、朗读（declamation）、读解（reading）等去说明小说的特质，实在难免令人大惑不解。这里，也许我们应该回看太田善男《文学概论》的结构。

《文学概论》是一本有关整体文学概念的论述，内文由各种文类组成，次序为：诗、戏剧、小说以及杂文学。当中，诗的部分所占的部分是最多的，共150多页（页62—226）。讨论完诗后，太田善男进而讨论戏剧和小说，却把戏剧放在"剧诗"的架构之下，把小说放在"读式诗"之下。这种看法，在今天看来是很特别的，但其实，这是以诗为文学核心观念的余痕。西方"小说"概念出现于现代社会后，而以小说为文学中的美文的观念，则更待18世纪后出现。本来，在古典美学论中，我们很难找到哲学家讨论到艺术之美的时候，会以小说为美文的模范或以小说为立论对象，譬如康德、席勒等就绝无以小说作为论美学的对象。上文提过把"美学"（aesthetica）与哲学分家的鲍姆嘉通，他的论文《对诗的哲学沉思》就是以诗为论题，而绝无提及小说。考察小说在西方逐渐归到美学范畴的文学观念发展历程，在理论层面来看，黑格尔把"小说"置于"史诗"历史发展脉络中是为一个突破。① 其实，这种以诗作为小说发展源头的观念，到了 19 世纪的英国文学理论中还是很普遍的，David Masson（1822—1907）在著作 *British Novelists and Their Styles* 开宗明义指出小说（原文指：novel 及 prose fiction）是附属于诗的系统之内，小说是来自三种不同的诗，包括"lyric, the narrative or epic, and the dramatic"，中间的分野基础，在于诗是有韵的文章，而小说是无韵的文体。② 他的理据是诗与小说一样，均属由"想象"迸发而来的创作物。这点，可见他是希望把小说的地位抬高到与诗一样，也反过来反映了小说 19 世纪在西方的地位。虽然太田善男在他参考的众多英国文学理论书目内，并未标明详细参考了 David Masson 的书，③ 但从他把小说一章放在"读式诗"的架构内之举，可见两者的理论基础颇有渊源。

六、 小说作为文学类型

在论及艺术观念后，吕思勉进一步讨论到小说作为"文学"的观念。这部分的确是很有趣的，因为我们从中可以看到中国小说蜕化传统的归类后，如何配合晚清社会环境，发展一套属于自己的理论出来。吕思勉在《小说丛话》中说：

> 小说自其所叙事实之繁简观察之，可分为：
> 复杂小说

---

① 黑格尔（Hegel）认为小说是"现代中产的史诗"（the modern bourgeois epic），见 Georg Wilhelm Friedrich Hegel, *Aesthetics: Lectures on Fine Art*（Oxford: Clarendon Press, 1975）, 15:414; A, 2:1109; 13:242; A, 1:184.
② David Masson, *British Novelists and Their Styles*（Cambridge: Chadwyck-Healey 1859/1999）, Lecture Ⅰ, pp.1–2.
③ 太田善男详列了六本日本文学理论，以及二十多本英文的文学理论书籍，当中大部分都是来自 19 世纪的英国。见《文学概论》，"例言"后参考书目，阙页数。

> 单独小说
>
> 单独小说，以描写一人一事为主；复杂小说则反之。单独小说，可用自叙式；复杂小说，多用他叙式。盖一则只须述一方面之感情理想，一则须兼包多方面之感情理想也。复杂小说，篇幅多长；单独小说，篇幅多短……（页442）

吕思勉清楚点出西方的 novel 是复杂小说，romance 是单独小说，可以说是史无前例地把小说明显置于西方 romance 以及 novel 的历史发展下。本书第二章已指出梁启超怎样隐而不彰地把中国小说嫁接于西方故事 romance 及 novel 的传统内。① 可以说，吕思勉是循此路跟进，也比梁启超走得更远，吕思勉在参考日本文学理论后直接引用太田善男的《文学概论》内解释有关 novel 及 romance 的内容（页281、298）。在《文学概论》"读式诗"的第三项第四节"小说の分类"中，太田善男指出：

> 小说者，根据描写对象之内心纠葛的不同，可以分为两种，如下：
>
> 单稗（Romance）
>
> 复稗（Novel）
>
> 单稗是指故事的内心纠葛只有一个，复稗就指故事的内心纠葛有两处或以上。例如，故事只描写主角一个人的内心纠葛，就属于单稗；故事描写主角及其身边人，不止描写主角一个人的内心纠葛，还描写副角以及其身边人物的内心纠葛，就属于复稗。两者的分别，可以依照内心纠葛之单复而定夺。（页298）

吕思勉不但转述太田善男文内对"novel"的解释，甚至行文格式都

---

① 见本书第二章《移植新小说观念：坪内逍遥与梁启超》。

惊人地相似，令人相信，吕思勉是亲自看过，甚至是细阅过《文学概论》，而不是经二手资料，或由他人转述的。事实是，他基于太田善男有关"内心纠葛"的分析出发，分别整理出 novel 以及 romance 的应用范围，包括格式、语言、描写手法、篇幅、内容、结构等等，现在归纳如下：

> 单独小说，以描写一人一事为主……
> 单独小说，可用自叙式……
> 只须述一方面之感情理想……
> 单独小说，篇幅多短……
> 单独小说，只述一人一事，偶有所触，便可振笔疾书。其措语，只一方面之情形须详，若他方面，则多以简括出之。即于实际之情形，不甚了了，亦不至不能成篇。
>
> 复杂小说，多用他叙式，一则须兼包多方面之感情理想也；
> 复杂小说，篇幅多长；
> 复杂小说，同时叙述多方面之情形，而又须设法，使此各个独立之事实，互相联结，成一人事，故材料须弘富，组织须精密，撰著较难。
>
> 二者撰述之难易，实有天渊之隔也。（页 442—443）

不过，我们亦要指出，在吕思勉的论述内，除有参考自太田善男的理论外，也有吕思勉自己按他对晚清社会小说发展规律的观察得出的见解。他说：

> 单独小说，宜于文言。复杂小说，宜于俗语。盖文言之性质为简括的，俗语之性质为繁复的也。观复杂小说与单独小说撰述之难易，而文言与俗语，在小说中位置之高下可知矣。

> 然则复杂小说之不得不用俗语，单独小说之不得不用文言，其故可不烦言而解矣。盖复杂小说，同时须描写多方面之情形，其主义在详，详则非俗语不能达。单独小说，其主义只在描写一个人物，端绪既简，文体自易简洁，于文言较为相宜也。而复杂小说之多为长篇，单独小说之多为短篇，其故又可知矣。盖一则内容之繁简使然，一则文体之繁简使然也。（页442—443）

吕思勉认为单独小说是 romance，应该用自叙式以及文言，并引用西方的《茶花女》《鲁滨逊漂流记》①以及中国的《聊斋志异》作为例子说明。他又解释 novel（即是复杂小说），应该用他叙式以及俗话书写，并以《红楼梦》《儒林外史》等作例。

到底什么是自叙式以及他叙式呢？吕思勉指出，自叙式是 autobiographic，而他叙式则是 biographic。如果以今天的话去说，前者即是自传体，后者则是传记体裁。固然，这些术语以及名词都是通过太田善男而来，但是，太田善男是以四种体裁（自叙式、他叙式、日记［diary］、书简式［letter writing］）说明小说体例的多种多样，并非像吕思勉一样，二元化地把不同的体例归入 novel 以及 romance 的观念之内。尤有甚者，基于这种二元化的分析，吕思勉得出"愈复杂则愈妙""愈复杂而愈见其美"，而 novel（复杂小说）能展现"一事实之全体"，因此在知与情之上，都能"感人之深"满足人类"求知之心"以"探究底蕴"的分析，因此 novel 绝对比 romance 更优胜。

无论我们是否认同吕思勉对复杂小说（novel）的评价，他经日本的文学理论，得出"复杂小说之多为长篇"（页443；参考自太田善男《文学概论》中第302页），是明确地把西方文类"novel＝长篇小说"的观念

---

① 我们大概能猜到吕思勉只是看到《茶花女遗事》《鲁滨孙漂流记》的翻译而非原文，倘若他看过原文就会明白，《茶花女》《鲁滨孙漂流记》在西方并不属于 romance，特别是后者，往往被认为是长篇小说 the novel（特别是在英国）发展的分水岭。

引入晚清，他同时说明情节简单的为短篇小说（"单独小说之多为短篇"），在当时已清楚舍弃用字数多寡作小说篇幅的分野的方法（页456）。这不但是当时超时代的观念，而且具有影响中国小说发展至巨的贡献。而由此，我们亦可推翻过去人们的讨论：以为长篇小说作为"novel"的观念，是要待胡适在五四前写了《论短篇小说》一文才相继引发出来的。①

行文到止，我们已经可以做出一个归纳。吕思勉在挪用太田善男的《文学概论》的过程中，先把他认为相对于晚清最陌生的观点作直接吸收，而鲜有改动，在协助国人理解这个观念时，会附加少许例子说明。而在一些相对比较熟悉的观点上，他则加入大量的意见，甚至出现"创造性的转化"，试图顺应晚清小说观念的发展而做出调当的适整。其实，只要再举一例，就可以完全明白吕思勉并不是被动地、无目的地抄袭太田善男的《文学概论》。

在说到以小说分类去反映文学内部概念之时，吕思勉在《小说丛话》就列出九种类型。如果把这九种分类跟太田善男在《文学概论》的十一种分类比较，会发现已与之前照录太田善男的做法出现很大的不同：

吕思勉（页 454—455）	太田善男（页 303）
武事小说	恋爱小说 novel of love
写情小说	家庭小说 domestic novel
神怪小说	宗教小说 religious novel
传奇小说	教育小说 didactic or educational novel
社会小说	社会小说 socialistic novel

---

① 胡适：《论短篇小说》，原刊《北京大学日刊》及《新青年》1918 年第 4 卷第 5 号，收入《胡适全集》第 1 卷，页 124—136。据郑树森的研究，胡适的观点是取自两位美国学者——Bliss Perry 的 *A Study of Prose Ficton* 以及 Clayton Hamilton 的 *A Manual of the Art of Fiction*——而来，见郑树森：《从现代到当代》（台北：三民书局，1994 年），页 4。

(续表)

吕思勉（页 454—455）	太田善男（页 303）
历史小说	寓意小说 allegorical novel
科学小说	滑稽小说 humorous, or comical novel
冒险小说	悲壮小说 tragic novel
侦探小说	历史小说 historical novel
	冒险小说 novel of adventure
	儿童小说 fairy tales

在上表，我们看到只有社会小说与冒险小说两类是相同的。事实上，只要我们以《小说丛话》表中所列的类型与管达如在1912年发表于《小说月报》上的《说小说》①内的类型比较（见下表），就看到两人在小说类型上拥有着相同的见解。

管达如	吕思勉
武力的、军事的	武事小说
写情的	写情小说
神怪的	神怪小说
	传奇小说
社会的	社会小说（与太田善男相同）
历史的	历史小说
科学的	科学小说
冒险的	冒险小说（与太田善男相同）
侦探的	侦探小说

我们看到，管达如与吕思勉两文，除了一项传奇小说不同外，两文在小说类型上实在有惊人的相似。管达如与吕思勉是情如手足的表兄

---

① 管达如：《说小说》，陈平原、夏晓虹编：《二十世纪中国小说理论资料》第1卷，页397。

弟，在吕思勉的传记内，有多次提到与管达如莫逆的交情。① 但是，与其说吕思勉因为这个原因沿袭管达如《说小说》一文的观点，倒不如认为在太田善男与管达如之间，吕思勉选择了更能呈现中国小说发展轨迹的管达如。如果我们把管达如一文中所列的小说类型，置于晚清小说理论纵深发展的历史脉络，不难发现，他其实是顺应梁启超小说类型的发展而来的：

梁启超	管达如	吕思勉
军事小说	武力的、军事的	武事小说
写情小说	写情的	写情小说
语怪小说	神怪的	神怪小说
传奇体小说		传奇小说
	社会的	社会小说（与太田善男相同）
历史小说	历史的	历史小说（与太田善男相同）
	科学的	科学小说
冒险小说	冒险的	冒险小说（与太田善男相同）
探侦小说	侦探的	侦探小说

梁启超在1902年的《论小说与群治之关系》以及"中国惟一的文学报"《新小说》内，曾经把西方十多种小说类型介绍给中国读者。② 中国读者面对这样新鲜的小说文类观念，一方面以中国小说附会，譬如把《红楼梦》说成政治小说、家庭小说等等；另一方面，晚清文人在面对这样新鲜，而又带有一点外国舶来感的"威仪"，在大开眼界之余，纷纷以创作

---

① 吕思勉在传记文章以及日记内记下与管达如相交相知的事，由他年少时能师从史学老师谢钟英拜管达如所赐，到管达如离世时他的伤痛，都一一记取。李永圻：《吕思勉先生编年事辑》，页19、228—229。
② 新小说报社（梁启超）：《中国惟一之文学报〈新小说〉》，原刊《新民丛报》1902年第14号，收入陈平原、夏晓虹编：《二十世纪中国小说理论资料》第1卷，页58—63。

小说回应，如晚清四大小说家在创作的时候纷纷套入社会小说、侦探小说的脉络内。① 而无论这些处理小说类型的手法在今天看来多么地不成熟，我们却应从中看出，晚清社会在对小说类型进行了十多年（1902—1912）的发展以及消化后，已渐渐摸索出自己的轨道。举例而言，在梁启超列出的十多项小说类型出现后，晚清社会因为其政治背景，产生出对探侦小说的偏爱，这种在地的适应，梁启超其后的人在论述小说类型时已造成不可忽视之势，因此，在管达如的《说小说》中亦有依从；而吕思勉的《小说丛话》，即使在多方面大量吸取太田善男的《文学理论》后，却仍然是按中国小说的发展模式，勾勒出一个更能贴近晚清社会发展的图像来。

七、小结

在《小说丛话》的前半部分中，我们看到吕思勉大量地摄取了太田善男的《文学概论》，一方面是要扭转晚清社会当下"小说有用论"的势力，另一方面是为了令国人有所借鉴，从而认识小说的本来面目。因此，吕思勉在这前半部分往往长篇累牍、不加修饰地援引太田善男的观点，而到了后半部分便会在消化太田善男的理论后加入自己的观点，因应晚清当下的小说发展，一面结合小说有用论（如梁启超等人的观点），一面以小说美学观（小说无用论）补足时人的不足。譬如他借用王国维1904年发表的《红楼梦评论》为例，深化太田善男的观点，就是希望展现理论与实践配合下进一步探析外国小说理论与中国小说结合的可能。

小说势力在清末民初（1902—1914）的发展，一直是以钟摆的方式激荡于两个极端之上，吕思勉希望平衡两极，因为小说的本质，本来就是这

---

① 有关中国小说类型的研究，参看陈平原《小说史：理论与实践》（北京：北京大学出版社，1993年）内《中国小说类型研究》一章，页137—219。

样——既能娱乐，亦能教化。的确，从这章看到，中国的"小说"观念，到1914年所写的《小说丛话》内，中国传统的部分所剩无几。而讨论小说创作法则及词汇、长短篇幅、小说的写作类型以及手法（写实/理想或浪漫）、小说作为文学的论据，都已渐见完备，但一个整合完备的西方现代的小说（fiction）观念——"虚构想象"——还没有完全成型。譬如说，孙毓修在差不多写于同一个时间的《英国十七世纪间之小说家》还只把"fiction"以音译译出：

> 英文 story 一字，为纪事书之总称，不徒概说部也。其事则乌有，其文则其长者，谓之 Novel，如《红楼梦》一类之书是矣……奇情诡理，加以词条丰蔚，逸趣横生，英国沸克兴 Fiction 之极规也。沸克兴者，即近所译称奇情小说。①

除了以音译翻译"fiction"外，他更武断地认为"fiction"是小说次类型——奇情小说，而不是一个与诗、散文、戏剧并列的文类概念，更不代表"虚构想像的叙事"的小说观念。可以看到，小说观念到了这个时候，还有待西方文学理论进一步被吸收到中国，一个成熟的小说观念才能慢慢成形。

而从吸收小说理论的过程看来，在晚清自梁启超开始，是一条最成功的捷径，甚至是建立论据最有力的依据。不过，自五四以后，随着中国进一步西化，留学西方的知识人越来越多，而留学日本的知识人亦慢慢通过日本文学理论直接看西方文学理论，晚清时对明治日本文学理论的依赖渐渐减少。从鲁迅清楚截然否认他的《中国小说史略》（1923年）是剽窃自

---

① 孙毓修：《英国十七世纪间之小说家》，原刊《小说月报》1913年第4卷第2号，录入1916年商务印书馆版《欧美小说丛谈》，收入陈平原、夏晓虹编：《二十世纪中国小说理论资料》第1卷，页423、426。

盐谷温《"支那"文学概论讲话》一事，①就可见一斑。这点，除涉及鲁迅的个人学术态度及声誉以外，更重要的在于，这显示出中国小说理论的建立，已能摆脱只依赖明治日本作为文学理论转销站的一路，转而直接吸收西方文学理论，开创出一条可以融化新知、中西并行的道路来。

---

① 鲁迅：《不是信》(1926年)，《鲁迅全集》第3卷（北京：人民文学出版社，1981年），页221。有关盐谷温的《"支那"文学概论讲话》与鲁迅的《中国小说史略》的关系，可参考陈胜长：《August Conrady・盐谷温・鲁迅：论环绕〈中国小说史略〉的一些问题》，《中国文化研究所学报》1986年第17卷，页344—360。

第四章

唐"始有意为小说":从鲁迅的《中国小说史略》看现代小说(虚构)观念

一、引言

长久以来,人们一直认为鲁迅在1918年发表的《狂人日记》是中国文学史上的"第一篇现代小说"。然而,一直没有受到较大关注的一个现象是:鲁迅在这方面从来没有自称"第一",甚至没有以这篇作品为傲。相反,他说"《狂人日记》很幼稚,而且太逼促,照艺术上说,是不应该的",① 它的功能只不过是"破破中国的寂寞"。② 但另一方面,对于差不多同时间写成的另一部著作《中国小说史略》(以下简称《史略》,初稿完成于1920年),鲁迅的自我评价却很不同,一方面他公开表示非常的珍爱,说那是一本"悲凉之书",③ 对于此书再版并有日文版,他感到"非

---

① 鲁迅(1919年):《对于〈新潮〉一部分的意见》,《鲁迅全集》第7卷(北京:人民文学出版社,1981年),页226。众所周知,鲁迅前后的文学观有明显的不同,为了显示写成《中国小说史略》时期鲁迅的文学观以及对小说的看法,本章特意在注释部分以"鲁迅(年份)"标示这些论述的写作年份,而并非糅合两种不同的论文注释格式。

② 同上注。另外,他又冷冷地说到《狂人日记》能"激动了一部分青年读者的心。然而这激动,却是向来怠慢了绍介欧洲大陆文学的缘故"。鲁迅(1933年):《我怎么做起小说来?》,《鲁迅全集》第4卷,页512。另外,差不多的观点亦可见于:鲁迅(1935年):《〈中国新文学大系〉小说二集序》,《鲁迅全集》第6卷(北京:人民文学出版社,1981年),页238。

③ 鲁迅(1930年):《〈中国小说史略〉题记》,《鲁迅全集》第9卷,页3。

常之高兴""自在高兴了",认为"这一本书,不消说,是一本有着寂寞的运命的书。给它出版,这是和将这寂寞的书带到书斋里去的读者诸君,我都真心感谢的"。① 他更以此来自诩了一个"第一",在后来1923年出版的北新版②的"序言"中,他强调:"中国之小说自来无史;有之,则先见于外国人所作之中国文学史中,而后中国人所作者中亦有之,然其量皆不及全书之什一,故于小说仍不详。"③ 事实上,这不但是作者自己的期许,更获蔡元培高度评价,称这是鲁迅"著作最谨严"的著作,被同行胡适称为"开山之作"。④ 不过,尽管《史略》在中国文学史上公认为"第一",尽管作者事先张扬自己对此书的珍视,但当我们回顾过去百年的文学研究,《狂人日记》显然比《史略》更受重视,所产生的影响也较大。

《狂人日记》之所以得到这样多的重视,原因在于它一直被认为是理解中国现代小说源流,即是探索中国小说现代性的重要根源。在《狂人日记》出版后,围绕这部小说的评语莫不以"划分时代"⑤、

---

① 鲁迅(1935年):《〈中国小说史略〉日本译本序》,《鲁迅全集》第6卷,页347—348。
② 《史略》最初为北京大学以及北京高等师范学校讲授小说课的教材,后来经鲁迅多次增删、编订,经北新书局出版成为现今所见的版本。有关《史略》版本演变的资料,可参考吕福堂:《鲁迅著作的版本演变》,唐弢编:《鲁迅著作版本丛谈》(北京:书目文献出版社,1983年),页61—79;及杨燕丽:《〈中国小说史略〉的生成与流变》,《鲁迅研究月刊》1996年第9期,页24—31。
③ 鲁迅(1923年):《〈中国小说史略〉序言》,《鲁迅全集》第9卷,页4。
④ 阿英回忆,蔡元培在鲁迅的挽联内,题字"著作最谨严,非徒《中国小说史》";此外,阿英也指出,鲁迅最初并不愿把《中国小说史》交给北新出版,怕要这小书店赔本。见阿英:《作为小说学者的鲁迅先生》,《阿英全集》第2卷(合肥:安徽教育出版社,2003年),页789—790。此外,胡适在《白话文学史·自序》说道:"在小说的史料方面,我自己也颇有一点点贡献,但最大的成绩,自然是鲁迅先生的《中国小说史略》。这是一部开山之作,搜集甚勤,取材甚精,断制也甚严谨,可以替我们研究文学史的人省无数的精力。"胡适:《白话文学史·自序》(1928年),《胡适全集》第3卷(合肥:安徽教育出版社,2003年),页714。
⑤ 鲁迅的第一本小说集《呐喊》在1923年8月由北京新潮社列入"文艺丛书"出版时,8月31日上海《民国日报》副刊刊登了题为"小说集《呐喊》"的出版消息,称《呐喊》是"在中国底小说史上为了它就得'划分时代'的小说集"。另外,茅盾亦称此为"划时代的作品",见茅盾:《论鲁迅的小说》,原刊香港《小说月刊》1948年10月第1卷第4期,收入《茅盾全集》第23卷,页430。张定璜也称此为"在中国文学(转下页)

"新纪元"①、"中世纪跨进了现代"② 冠之，而当中的表现形式又仿佛是最能宣示"新"之所在。③ 从这种时代反应开始，配合后来的西方文学理论（特别是结构主义）着重形式的热潮，《狂人日记》渐渐成为"小说现代性"的最佳示范。④ 相反，《史略》却以史为题，指涉的是记录过去的文献，范围也从先秦庄子说起，一直到晚清谴责小说止，当中并不包含一般历史学家及文学史家所划分的现代范围，"现代"一词更是不着痕迹。因此，文学史上两本"第一"的关系就被看成历史分期的坐标：《史略》总结古代，《狂人日记》下启现代。

但事实是，《史略》是一本从构思、提笔到付梓都是在中国进入了"现代"以后的作品，甚至完成于与《狂人日记》差不多的时间，所以《史略》不可能完全撇开"现代"的因素。《史略》既然是"小说的历史"，它就像任何的历史书写一样，既然重溯过去，也就一定立足现在，以今日的眼光去书写昨天，这才符合一种"所有历史都是当代史"说法。除此以外，《史略》作为文学史，要在恒河沙数的作品中为读者挑选具备时代特色、反映过去文学生态的代表作品，就一定会肩负评骘好坏、正讹辨伪的学术任务。而无论这些判断如何客观，都必然带有成书时代的特色以及学术气氛。因此，构筑《史略》的支柱虽是传统中国近两千年的小说史料，然而罗织《史略》的史识却建基于中国进入"现代"以后的观点。

本章试图提出，要理解中国现代小说的观念，鲁迅的《中国小说史

（接上页）史上用实力给我们划了一个新时代"，见张定璜：《鲁迅先生》，原刊《现代评论》1925年1月第1卷第7—8期，收入台静农编：《关于鲁迅及其著作》，页20。
① 茅盾：《论鲁迅的小说》，原刊香港《小说月刊》1948年10月第1卷第4期，收入《茅盾全集》第23卷，页430。
② 张定璜：《鲁迅先生》，原刊《现代评论》1925年1月第1卷第7—8期，收入台静农编：《关于鲁迅及其著作》，页20。
③ 雁冰（茅盾）：《读呐喊》，原刊《时事新报》副刊《文学》1923年10月8日第91期，收入《茅盾全集》第18卷，页394—399。
④ Leo Ou-fan Lee, "Tradition and Modernity in the Writings of Lu Xun," in Leo Ou-fan Lee, ed., *Lu Xun and His Legacy* (Berkeley: California University Press, 1985), pp.3-31.

略》实在是一个很合适周全的例子。鲁迅在这本他自己极为看重的著作中,虽未曾正面讨论什么是"现代小说"的概念,书内亦不见"现代"一词,然而从他对"小说"一词的理解与运用,特别是以"唐始有意为小说"一句重溯中国小说起源之举,就能看到他重整国故,总结中国古代小说发展的理论架构,其实是立足于现代的小说观念的。因此,本章希望通过《史略》及其他由鲁迅编辑整理的小说史料①和零星琐碎的论述②,达到以下目的:第一,剖析鲁迅在《史略》中重溯中国小说起源的观点;第二,指出这些观点乃由现代小说观念所成。③

二、 小说与小说书

鲁迅在《史略》中有不少振聋发聩的见解,其中最被广为引述的,可以说是唐传奇是"有意为小说"的论断。究竟鲁迅是不是认为小说要在唐

---

① 在1909—1920年间,鲁迅花上十多年的时间,"废寝辍食,锐意穷搜"(《〈小说旧闻钞〉再版序言》),搜集小说史料,这些史料有些在鲁迅生前已经编订,有些却因经费的问题,一直等到鲁迅死后才得以出版,可参考鲁迅:《小说旧闻钞》《古小说钩沉》《唐宋传奇集》等,见《鲁迅全集》第10卷。

② 小说论述首先指《中国小说的历史的变迁》(以下简称《变迁》)。《变迁》是鲁迅于1924年西安讲学时的记录稿,此讲稿虽据《史略》而成,但经鲁迅本人修订,亦有补充《史略》的地方,因此甚具参考价值,见鲁迅:《中国小说的历史的变迁》,《鲁迅全集》第9卷,页301—333。其他小说散论有《宋民间之所谓小说及其后来》《何典题记》《关于三藏取经记等》《游仙窟序言》《关于小说目录两件》《稗边小缀》《关于唐三藏取经诗话的版本》《谈金圣叹》《六朝小说和唐代传奇》《〈中国小说史略〉日本译本序》《破〈唐人说荟〉》《〈遂初堂书目〉抄校说明》等。

③ 尽管后世对《史略》内的史料舛误做出补充、校正,但这无损《史略》筚路蓝缕先行者的功劳与历史价值。就此,本章不拟讨论,有兴趣的读者,可参考以下文章:赵景深的《〈中国小说史略〉勘误》,《银字集》(上海:永祥印书馆,1946年),页130—140;薛苾:《〈中国小说史略〉中的一点疏忽》,《鲁迅研究月刊》1996年第6期,页72;徐斯年:《〈中国小说史略〉注释补证(1,2)》,《鲁迅研究月刊》2001年第10期,页65—75及2001年第11期,页69—78;袁世硕:《〈中国小说史略〉辨证二则》,《中国古代小说研究》(北京:人民文学出版社,2005年),页28—35;以及日本在这方面的校本及考证,见中岛长文:《中国小说史略考證》(神户:神户市外国語大学外国学研究所,2004年)。

代才正式出现？我们知道，中国"小说"一词出自《汉书·艺文志》，原意是指一些"街谈巷语，道听途说者之所造"。《汉书·艺文志》说：

> 小说家者流，盖出于稗官。街谈巷语，道听途说者之所造也。孔子曰："虽小道，必有可观者焉，致远恐泥，是以君子弗为也。"然亦弗灭也。闾里小知者之所及，亦使缀而不忘。如或一言可采，此亦刍荛狂夫之议也。

《汉书》所言的"小说家"，是属于九流以外的第十家。这一段文字除了清楚说明了小说的地位外，更重要的是，说明了中国小说的原生形态，即是由稗官采集一些听回来的民间故事。不过，鲁迅似乎对这个小说起源的传统说法不甚满意，他说：

> 小说是如何起源的呢？据《汉书·艺文志》上说："小说家者流，盖出于稗官。"稗官采集小说的有无，是另一问题；即使真有，也不过是小说书之起源，不是小说之起源。①

我们应该如何解读他这段在概念上看来有点模糊纠缠的话？他是否要否定小说为"出于稗官"？是否要否定这个建基于《汉书·艺文志》，且获后人普遍认同的文史常识呢？② 简单来说，鲁迅这段话可以廓分出两个不同的概念，即小说与小说书。鲁迅认为，古时稗官所采集的，其实并非"小说"，而是"小说书"。因此《汉书·艺文志》所说的只是"小说书"之起源，而不是"小说"之起源。不过，对于鲁迅而言，小说与小说书究

---

① 鲁迅：《变迁》，《鲁迅全集》第9卷，页302。
② 近人就此的考证，可参考余嘉锡：《小说家出于稗官》，《余嘉锡文史论集》（长沙：岳麓书社，1997年），页245—258；周楞伽：《稗官考》，《古典文学论丛》第3辑（济南：齐鲁书社，1982年），页257—266；潘建国：《〈汉书·艺文志〉"小说家"发微》，《中国古代小说书目研究》（上海：上海古籍出版社，2005年），页1—21。

竟有什么分别？

鲁迅所谓"小说书"，指的是"街谈巷语，道听途说者之所造"，是闾巷间的鄙野之辞，是民间流传的故事。稗官的工作，就是寻访这些故事，并将之集结为"小说书"。可以说，在中国古代这样形成的所谓"小说"，其实是一种最广义的"集体创作"。编采者最大的角色，只在于结集及润色。故此，这些收集与增饰故事的人，往往隐姓埋名，不欲忝窃故事的原创性。① 也由此，有人总结中国小说的成书过程是"聚合式"，或"滚雪球"②，意即在故事雏形出现之后，在后人手中不断润饰细节而成。③ 鲁迅并没有用上"聚合式""滚雪球"这样的词。不过，我们在《史略》尤其是《中国小说的历史的变迁》里，都看到他是充分了解到中国小说的这种特质，以及由此而来的发展脉络的。④ 而中国小说的这种方式，由汉开始一直沿用至明朝——一个距离《艺文志》非常遥远的时代，其间都可以看到这种小说的发展模式的继承。鲁迅说到明小说时仍以此说明：

----

① 小说的作者与小说的生产形态有紧密的关系，有关小说作者的问题，详见本章第四节。
② 胡适：《白话文学史》，1928年，《胡适全集》第11卷（合肥：安徽教育出版社，2003年），页205—555；石昌渝：《中国小说源流论》（北京：生活·读书·新知三联书店，1994年），页294—296。
③ 这种说法近年在学术界获得不少的回响，尤其是在国外的汉学研究中。譬如：日本学者大塚秀高认为小说的原生形态为"物语"，后来经过"原小说"聚集才有"小说"的出现，而他所谓的"小说"是指西方意义下的"novel"。因此，他认为中国第一本由文人创作的小说为《金瓶梅》。大塚秀高：《从物语到小说——中国小说生成史序说》，《学术月刊》1994年第9期，页108—113。另外，苏联汉学家李福清（B. L. Riftin）用普罗普（Vladimir Propp）的《民间故事形态学》（*Morphology of the Folktale*）的分析方法，从明清小说倒行出发找到各小说的故事原型，认为中国小说的起源形态与西方小说有根本的不同。李福清著，李明滨译：《古典小说与传说：李福清汉学论集》（北京：中华书局，2003年）。
④ 譬如鲁迅说到，明人汤显祖的《邯郸记》、清人蒲松龄《聊斋志异》中的《续黄粱》，都是由《枕中记》的故事加以发挥；又或者唐人白居易作了《长恨歌》，影响到后来清人洪昇的《长生殿》；唐人白行简的《李娃传》，叙李娃的情节，成为元人的《曲江池》、明人薛近兖的《绣襦记》的蓝本；又再如：金人董解元《弦索西厢》，与元人王实甫《西厢记》和关汉卿的《续西厢记》、明人李日华的《南西厢记》和陆采的《南西厢记》等，全导源于元稹的《莺莺传》。详见鲁迅：《变迁》，《鲁迅全集》第9卷，页301—333。

其在小说，则明初之《平妖传》已开其先，而继起之作尤伙。凡所敷叙，又非宋以来道士造作之谈，但为人民闾巷间意，芜杂浅陋，率无可观。然其力之及于人心者甚大，又或有<u>文人起而结集润色之，则亦为鸿篇巨制之胚胎也</u>。（引文下划线为笔者所加，后同）

<u>汇此等小说成集者</u>，今有《西游记》行于世，其书凡四种，著者三人，不知何人<u>编定</u>，惟观刻本之状，当在明代耳。①

另一方面，为人忽略的另一个重要论点是，鲁迅在整本《史略》内述及这个传统小说观念时，往往是与另一个小说观念相对而言的，这个观念就是"创造"或"独创"。在《史略·第二篇 神话与传说》中，他就说道：

志怪之作，庄子谓有齐谐，列子则称夷坚，然皆寓言，不足征信。《汉志》乃云出于稗官，然稗官者，职惟采集而非创作，"街谈巷语"自生于民间，固非一谁某之<u>所独造</u>也，探其本根，则亦犹他民族然，在于神话与传说。②

志怪是古代小说的一类。在这里鲁迅也表达出与上述同样的观念，即否定《汉书·艺文志》小说为"出于稗官"的说法，而提出志怪的"本根"，是"在于神话与传说"。他的理由是："稗官者，职惟采集而非创作，'街谈巷语'自生于民间，固非一谁某之所独造也。"由此可见，对于鲁迅而言，"小说"不同于"小说书"，关键在于"小说"是"创作"，是"谁某之所独造"的。鲁迅在《史略·第五篇 六朝之鬼神志怪书

---

① 鲁迅：《第十六篇 明之神魔小说（上）》，《史略》，《鲁迅全集》第9卷，页154。
② 鲁迅：《第二篇 神话与传说》，《史略》，《鲁迅全集》第9卷，页17。

（上）》说：

> 其书（刘义庆的《幽明录》）今虽不存，而他书征引甚多，大抵如《搜神》《列异》之类；然似皆集录前人撰作，非自造也。①

在《第八篇 唐之传奇文》说：

> 如是意想，在歆慕功名之唐代，虽诡幻动人，而亦非出于独创，干宝《搜神记》有焦湖庙祝以玉枕使杨林入梦事，大旨悉同，当即此篇所本，明人汤显祖之《邯郸记》，则又本之此篇。既济文笔简炼，又多规诲之意，故事虽不经，尚为当时推重，比之韩愈《毛颖传》……②

鲁迅不但以"独造""自造""独创"等观念衡量中国各朝代（六朝、唐、明）的小说，并以此作为价值标准评议中国小说。在《第十三篇 宋元之拟话本》谈论到宋的小说时，鲁迅就说：

> 盖《宣和遗事》虽亦有词有说，而非全出于说话人，乃由作者掇拾故书，益以小说，补缀联属，勉成一书，故形式仅存，而精采遂逊，文辞又多非己出，不足以云创作也。③

鲁迅否定宋的《宣和遗事》为小说，理由是"作者掇拾故书……补缀联属"，实在"不足以云创作"。此外，鲁迅更以这个观念来反驳纪昀对蒲留仙的批判。鲁迅说到，纪氏认为《聊斋志异》小说中人"两人密语，决

---

① 鲁迅：《第五篇 六朝之鬼神志怪书（上）》，《史略》，《鲁迅全集》第9卷，页48。
② 鲁迅：《第八篇 唐之传奇文（上）》，《史略》，《鲁迅全集》第9卷，页70。
③ 鲁迅：《第十三篇 宋元之拟话本》，《史略》，《鲁迅全集》第9卷，页119。

不肯泄,又不为第三人所闻,作者何从知之?"纪昀因而认为,这实在是蒲留仙小说内的一个严重缺陷。而正因为如此,他为了避免自己在写小说《阅微草堂笔记》时再犯《聊斋志异》的缺憾,就"竭力只写事状,而避去心思和密语"。鲁迅却反以此讥笑纪氏"支绌",他说:

> 如果他(纪昀)先意识到这一切是创作,即是他个人的造作,便自然没有一切挂碍了……①

在这里,鲁迅好像既不能同情地理解古人,也似乎过于严苛。因为正如下文将要指出,鲁迅浸淫在现代的各种观念中已久,他所言的"创作"只属现代小说观念才有的内容。这是纪昀无论如何都不会意识到的,因此纪氏也根本不可能"没有一切挂碍"。至于纪氏为什么"竭力只写事状,而避去心思和密语",可能因为他没看《红楼梦》内各人的"心思和密语",又或者他并不认为《红楼梦》是小说,因此也没有把它收进他作为总纂而编成的《四库全书》之内。从纪昀编撰的《四库全书总目提要》,以及纪氏自己编写的小说《阅微草堂笔记》的《序》所示"是以退食之余……乃采掇异闻,时作笔记,以寄所欲言"②,我们就充分理解到,纪氏这里所言的"采掇异闻",或是组成《阅微草堂笔记》的篇名"如是我闻"所示,其实即是秉承了中国传统的"道听途说""丛残小语"的小说观念。由此看来,纪氏心目中的"小说",其实只相当于鲁迅所言的"小说书",而不是鲁迅所谓"小说"了。

在这个背景下,我们可以把鲁迅"小说是如何起源的呢"一段颇为语义纠缠的引文重新解读如下:

---

① 鲁迅(1927年):《怎么写(夜记之一)》,《鲁迅全集》第4卷,页23。
② 纪昀著,王贤度校点:《阅微草堂笔记》(上海:上海古籍出版社,1980年),页567—568。

> 小说是如何起源的呢？据《汉书》《艺文志》上说："小说家者流，盖出于稗官。"稗官采集小说（按：指故事）的有无，是另一问题；即使真有，也不过是小说书之起源，不是小说（按：指出于"创造"的小说）之起源。

鲁迅否定小说出自《汉书·艺文志》的起源，是因为他不认同"采集""自生于民间"而来的故事可以叫"小说"。在鲁迅的理解里，"小说"已经是西方观念革新下"创作"的一种，是"一谁某之所独造""个人的独造"。这点已透露出，鲁迅所言的"小说"与中国传统本来的小说，实在已是完全不一样的东西，只是"小说"之名雷同而已！

三、唐始有意为小说

既然鲁迅不认同由稗官所采集的是"小说"，另外提出"唐始有意为小说"的论点。那么，值得认真处理的便是：究竟他是以什么来作为分辨的论点？而为什么他认为唐代的传奇才是小说的起源？在《史略·第八篇 唐之传奇文（上）》中，他说：

> 小说亦如诗，至唐代而一变，虽尚不离于搜奇记逸，然叙述宛转，文辞华艳，与六朝之粗陈梗概者较，演进之迹甚明，而尤显者乃在是时则始有意为小说。胡应麟（《笔丛》三十六）云："变异之谈，盛于六朝，然多是传录舛讹，未必尽幻设语，至唐人乃作意好奇，假小说以寄笔端。"其云"作意"，云"幻设"者，则即意识之创造矣。此类文字，当时或为丛集，或为单篇，大率篇幅曼长，记叙委曲，时亦近于俳谐，故论者每訾其卑下，贬之曰"传奇"，以别于韩柳辈之

高文。①

本来,"传奇"在中国小说史上的地位并不高,"传奇"一词的出现本身已是一种嘲讽或贬损,②唐人根本不以为这是小说,甚至不会归类作"传奇",只是在宋人欧阳修所修《新唐书·艺文志》后才开始列入小说一类内。③在中国小说史内最早高调地确认唐传奇地位的,是明人胡应麟,他在《少室山房笔丛》中重新整理小说的分类,在六类之中特辟一类为"传奇"。④不过,胡应麟的论说实际上并无助于改变传奇在小说史的命运,到清朝编《四库全书总目提要》的时候,传奇又因当时的社会风气而被贬斥为"猥鄙荒诞,徒乱耳目者"而被摈之于门外。及至鲁迅的考证、辩订以及高度的肯定,唐传奇的地位才重新确认。

鲁迅一方面采用胡应麟的说法,以自己的说话"即意识之创造"去阐释胡氏的"尽幻设语""作意好奇";另一方面却超越并丰富了胡氏的论述,具体指出唐为小说的开端。不过,如果我们细心想想,其实鲁迅在《史略》第一篇《史家对于小说之著录及论述》已列出"小说"一词早见于唐朝以前差不多一千年的《庄子·外物篇》,⑤而详细阐述"小说"一词具体内容的是《汉书·艺文志》,那么,他那唐"始"有意为小说的说法从何说起?鲁迅厘定这个"始"的标准是什么?唐传奇以前出现的小说都是"无意为之"的小说吗?小说如何能无意出现,一个人如何能"无意"或"不经意"写一部好小说?循这些问题出发,足以知鲁迅"始有意为小说"的说法,实在由很多意蕴组成。

其实,鲁迅"唐始有意为小说"的论断,完全是以现代的小说观念为

---

① 鲁迅:《第八篇 唐之传奇文(上)》,《史略》,《鲁迅全集》第9卷,页70。
② 这点见诸很多宋人的文论以内,譬如宋人陈振孙《直斋书录解题》,又如宋代陈师道《后山诗话》等。
③ 欧阳修、宋祁撰:《新唐书》(北京:中华书局,1975年)。
④ 胡应麟:《少室山房笔丛》(上海:上海书店出版社,2001年),页282—283。
⑤ 鲁迅:《第一篇 史家对于小说之著录及论述》,《史略》,《鲁迅全集》第9卷,页5。

基础而产生的。通过对这个论断的分析，我们不但可以理清鲁迅重溯中国小说起源的观点，还可以由此看出古代与现代小说观念之不同。简单而言，上引"其云'作意'，云'幻设'者，则即意识之创造矣"一段，可分出几个不同的概念：第一，"作意"；第二，"幻设"；第三，"意识之创造"；第四，"叙述宛转，文辞华艳""施之藻绘"等问题。这四个概念之间关系密切，互相扣连，必须详加笔墨说明，否则从《史略》看现代小说观念一题亦无从说起。因为只要我们反问，如果这些因素早出现于唐代，只是"异名同实"的话，唐传奇岂不是已为现代小说？又或者，既然胡应麟已提出一部分与鲁迅相同的理论，那么胡氏便实在是现代小说论的始祖，① 毋庸等待鲁迅赘言，而中国小说现代化就更应早自唐或明朝出现，是在中国"内在理路"（inner logic）的"自发"力量下产生，而不用等待19 世纪"西方冲击-中国回应"模式下才出现。② 因此，在说明鲁迅是以现代观念衡量中国小说时，也有必要讨论到这些现代小说才有的特质（即是"小说现代性"）的合法性。

为了突显"唐始有意为小说"的立论，鲁迅用了一个很"结构性"的

---

① 有学者以西方类型学（genre）分析，特别是以 René Wellek 以及 Northrop Frye 文类学的理论，比附胡应麟的小说分类，认为这就是"fiction"概念在中国出现之时。不过，此文既没有解释"fiction"的观念，论据也流于薄弱。事实上，分类可以赋予一个认知的框架，而分类的基础，也只是按事物本物的共同属性。早至《汉书·艺文志》内的小说，本身也已是类的一种，与西方类型研究并没有直接的关系。见 Laura Hua Wu, "From *Xiaoshuo* to Fiction: Hu Yinglin's Genre Study of *Xiaoshuo*," *Harvard Journal of Asiatic Studies* 55.2 (1995), pp.339-371。

② 这个讨论由 John King Fairbank 与 Paul Cohen 的讨论而来，争议的重点是中国是否被动地在外力之下促成现代化过程，传统力量的角色以及贡献，以及这个"冲击-回应"的论述中的西方中心主义的历史观。这套中国现代化发生论曾经深深影响 1990 年代中国文学研究界，各著述分别见 John K. Fairbank and Teng Ssu-yü, *China's Response to the West: A Documentary Survey, 1839 – 1923* (Massachusetts, Cambridge: Harvard University Press, 1954)，及 Paul A. Cohen, *Discovering History in China: American Historical Writing on the Recent Chinese Past* (New York: Columbia University Press, 1984)。以此理论阐发中国小说发展的历史模式的讨论，可分别参考陈平原：《中国小说叙事模式的转变》，页13—15；袁进：《中国小说的近代变革》（北京：中国社会科学出版社，1992 年），页 139—142。

方法来说明，就是以唐与六朝这两个紧接的时代做一比较，开列出这样的两个命题：唐有意为小说，晋无意为小说。鲁迅认为唐传奇虽脱胎自六朝志人志怪小说，但能青出于蓝而称为小说发展之滥觞，理由在于唐人能有意识发挥一些晋人本来已掌握的因素，这个因素就是"幻设"，亦即是我们今天的用语"虚构"。晋唐两代人最基本不同之处是，唐人能刻意为工，有意识地加以发挥"幻设"，使之"作意好奇，假个说以寄笔端"而已。《史略》中散见于各章中的"幻设""尽幻""构想之幻"等语，简言之，就是今天所说的"虚构"与"想象"。鲁迅甚至以白话说出："作者往往故意显示着这事迹的虚构，以见他想象的才能了。"[1]

不过，由此而马上带出的另一个问题是：这是否意味着以往的中国小说从来都没有虚构的成分，各种小说类型内都找不到虚构的特质，因而"构想之幻""幻设"能够成为现代小说的观念？过去，有学者指出中国文学在儒家思想主导下重实用重教化，看重文学的实用功能，要求文以载道，因而不鼓励虚言妄语的概念，也贬抑怪力乱神的描述；[2] 亦有学者认为中国文学内的虚不是虚构的虚、虚妄的虚，而是道家虚灵的虚；[3] 甚至有学者认为中国文化太重历史，所有的信与疑而引申到虚与实都由判别历史事实而来，所以虚构"自然也就不曾予以抽象概括或命名"。[4] 无论原因是什么，是抽象还是具体，这些学者似乎都在回应中国文学不曾缺乏"虚构想象"。况且，稍具文学感的人都知道，只要搦管为文，都必会涉及想象虚构的运作过程，更不用说在中国小说发展上，李卓吾、金圣叹评明清小说时都提过"假""空"的概念：前者评《水浒传》说"《水浒传》事

---

[1] 鲁迅：《六朝小说和唐代传奇文有怎样的区别？——答文学社问》，《鲁迅全集》第6卷，页322。
[2] 铃木修次、高木正一、前野直彬合著：《文学概论》（东京：大修馆书店，1967年），特别是"中国文学特质"一节有关"虚构性"的讨论，页338—346。
[3] 黄继持：《文学的传统与现代》（香港：华汉文化事业公司，1988年），页1—17。
[4] 陈洪：《中国小说理论史》（合肥：安徽文艺出版社，1992年），页16；及黄霖等著：《中国小说研究史》（杭州：浙江古籍出版社，2002年），页50。

节都是假的"（第一回评），后者评《三国》时就说"从空结出"（十二回评）①，等等。事实上，鲁迅当然也早已注意到这个问题，而我们也根本不用纵横中国文学三千年去搜索查证，就在唐之前的晋小说内早已有"虚构"的特质了。鲁迅在上段出自《史略》第八篇的引文后紧接说道：

> 幻设为文，晋世固已盛，如阮籍之《大人先生传》，刘伶之《酒德颂》，陶潜之《桃花源记》《五柳先生传》皆是矣，然咸以寓言为本，文词为末，故其流可衍为王绩《醉乡记》、韩愈《圬者王承福传》、柳宗元《种树郭橐驼传》等，而无涉于传奇。传奇者流，源盖出于志怪，然施之藻绘，扩其波澜，故所成就乃特异，其间虽亦或托讽喻以纾牢愁，谈祸福以寓惩劝，而大归则究在文采与意想，与昔之传鬼神明因果而外无他意者，甚异其趣矣。②

既然鲁迅自己也说"幻设为文，晋世固已盛"，那么为什么他不说晋"始有意为小说"？为了更好说明这个他自言"很难解答"③的问题，他在《史略》外另撰文《六朝小说和唐代传奇文有怎样的区别？——答文学社问》说明：

> 现在之所谓六朝小说，……在六朝当时，却并不视为小说。……还属于史部起居注和杂传类里的。那时还相信神仙和鬼神，并不以为虚造，所以所记虽有仙凡和幽明之殊，却都是史的一类。
>
> 则六朝人小说，是没有记叙神仙或鬼怪的，所写的几乎都人事，

---

① 金圣叹："从空结出"（十二回评）、"凭空造谎"（二十五回评）。金圣叹，艾舒仁编：《金圣叹文集》（成都：巴蜀书社，1997年），页258—260、274—276。
② 鲁迅：《第八篇　唐之传奇文（上）》，《史略》，《鲁迅全集》第9卷，页70。
③ 鲁迅：《六朝小说和唐代传奇文有怎样的区别？——答文学社问》，《鲁迅全集》第6卷，页322。

文笔是简洁的,材料是笑柄,谈资,但好像很排斥虚构,例如《世说新语》说裴启《语林》记谢安不实,谢安一说,这书大损声价云云。

  但六朝人也并非不能想像和描写,不过他不用于小说,这类文章,那时也不谓之小说。①

  六朝的小说一般分为两大类:志人与志怪。从行文中,我们看到鲁迅先述及志怪小说,他说:"现在之所谓六朝小说……并不以为虚造。"然后他又说到志人小说,顾名思义是"志人","所写的几乎都人事",顺理成章也就没有什么弄虚作假的描述,因此鲁迅说"好像很排斥虚构"。由此,我们看到,鲁迅是先以一个"虚构想象"的条件勘察六朝的小说,这是无可争议的。既然两者的答案都是否定——"不以为虚造""排斥虚构"——那么是否说明六朝的人不会"虚构想象"?事实上也并非如此,鲁迅于是又急着替六朝的人解释道:"六朝人也并非不能想象和描写,不过他不用于小说,这类文章,那时也不谓之小说。"六朝的人既然拥有想象虚构的才能,却没有在我们现在看到的所谓六朝小说内展现出来,可能性有二:第一,"不过他不用于小说",至于选用什么文类,这不涉及小说讨论范围以内;第二,也就是更关键的原因是"这类文章,那时也不谓之小说"。就正如鲁迅在这段引文所开宗明义说到的:"现在之所谓六朝小说,……在六朝当时,却并不视为小说。"由这个地方,我们终于明白了晋人能幻设,却只是鲁迅口中"幻设为文"而不是"幻设为小说"的原因,因为"那时也不谓之小说""在六朝当时,却并不视为小说"。写虚构的事也好,写真实的事也好,六朝人当时的观念是写文章。他们所写的事情,写人物行传的,因为是实有,所以最初"属于史部起居注和杂传类里",这也是本来理应如此。不过,按这逻辑接着去问,既然是描写实有的

---

① 鲁迅:《六朝小说和唐代传奇文有怎样的区别?——答文学社问》,《鲁迅全集》第6卷,页322。

事，六朝人为何又写鬼——一个看来在内容上极天马行空之能事，发挥想象淋漓尽致的小说题材？这也是不难解答的：因为以当时的人的认知以及世界观看来，鬼神是"实有"的，"并不以为虚造"。"盖当时以为幽明虽殊途，而人鬼乃皆实有，故其叙述异事，与记载人间常事，自视固无诚妄之别矣"①。因此，在六朝时，以鬼怪作题材的作品仍然不能算是"幻设"。

总而言之，无论鲁迅上溯小说的起源点至唐是对或错，我们被他折服而同意与否，我们都必先认识鲁迅是以"虚构"作为一个判别"小说"内涵的先行条件，因为对鲁迅而言，小说已是"虚构想象"。这是他在《史略》里一个基本而明确的命题。不过，虽然"虚构"是鲁迅眼中判别"小说"的第一个条件，却不是一个独立充分自足的条件，否则，晋人已足称"有意为小说"。

四、个人的造作

鲁迅所说的"个人的造作"、"自造"、"虚造"、"造作"、"构造"②、"创作"等众多的"造"与"作"，或者"意识之创造"，实在并非中国小说原来已有的内涵，而是出自西方现代小说（fiction）。英语的"fiction"，出自希腊文语源"*plasmata*，*plasmatika*"（拉丁化拼音），由此字而衍生出形形色色有关造、作、创、构的概念。由于这是造出来的，所以是假的，是虚构的。③"小说"作为一种概括虚构文体的文类称谓，在17、18世纪才渐渐形成。④必须强调，虚构的作品成为一个褒义词，是非常近代的事情，小说获得社会普遍认同，可以说是在18世纪浪漫主义胎动后才

---

① 鲁迅：《第五篇 六朝之鬼神志怪书（上）》，《史略》，《鲁迅全集》第9卷，页48。
② 鲁迅：《变迁》，《鲁迅全集》第9卷，页322。
③ Tomas Hägg, *The Novel in Antiquity* (Oxford: Blackwell, 1983), pp. 2 – 4.
④ Terence Reed 认为小说成为一种文类，差不多是发生在1755至1832年间的事。见 Terence Reed, *The Classical Centre: Goethe and Weimar, 1775 – 1832* (Oxford: Oxford University Press, 1986), pp. 98 – 99.

形成。① 在古希腊及至希罗时期的社会,② 以及后来的基督教主导的社会下,"小说""虚构"等一直是被贬抑的概念。③ 事实上,以小说之名(无论是小说的对译语"fiction"还是"novel")指称古希腊类似今天所说的"小说"文类,都有时代错误以及"误名"(misnomer)之嫌。④ 小说是现代社会的产物,⑤ 在中国晚清的时候,认为西方小说只是进入"现代"后

---

① 譬如在英国16世纪时期伊丽莎白(Elizabeth period)期间(1558—1603),即使当时的romance拥有大量读者群,在社会上所获得的评价仍是非常低。甚至到了18世纪,一个被认为英国小说涌现的年代,我们看到Henry Fielding、Samuel Richardson等人的小说中,每每都强调小说内容为真实的事情,小说是某一个人的真实经历,更以自传体裁去写。就是因为在当时,"fiction"所指的虚构,仍然指向负面的价值意义。有关伊丽莎白期间的小说概念见Paul Salzman, *English Prose Fiction 1558 - 1700: A Critical History* (Oxford: Clarendon Press, 1985); 有关18世纪后小说及该时代代表人物Henry Fielding, Samuel Richardson的小说研究太多,只列两本作参考,见Ian Watt, *The Rise of the Novel* (Berkeley: University of California Press, 1957); Lennard Davis, *Factual Fictions: The Origins of the English Novel* (Philadelphia: University of Pennsylvania Press, 1996), pp. 102 - 122。

② "Fiction"一字,早至Plato的*Republic*已出现,除了表示"谎言"外,更表示"最差劲的错失":"The stories in Homer and Hesiod and the poets. For it is the poets who have always made up fictions and stories to tell to men", "What sort of stories do you mean and what fault do you find in them? The worst fault possible."见Plato, *Republic*, trans. by Henry D. P. Lee, pp. 377 - 378, 130 - 133。另外,有关希罗时期"小说"的社会地位,可参考Hoffman Heinz ed., *Latin Fiction, The Latin Novel in Context* (London; New York: Routledge, 1999), p. 253。

③ 佛克马(Fokkema Douwe Wessel)、蚁布思(Elrud Ibsch)指出文艺复兴以降,拉丁经典文本的重要性及权威性渐渐陨落,小说才获得兴起的契机。见佛克马(Fokkema Douwe Wessel)、蚁布思(Elrud Ibsch):《文学研究与文化参与》(北京:北京大学出版社,1996年),页42—43。

④ Arthur Heiserman, *The Novel before the Novel: Essays and Discussions about the Beginnings of Prose Fiction in the West* (Chicago: University of Chicago Press, 1977), p. 4; 另见Hoffman Heinz ed., *Latin Fiction, The Latin Novel in Context*, p. 3。

⑤ Terry Eagleton指出,很多人为novel寻根,譬如Mikhail Bakhtin重溯至古罗马及希罗时期的romance; Margaret Anne Doody在她的*The True Story of the Novel*指出小说出自古地中海,最终都只会徒劳无功,因为古代与现代的历史条件都不一样,甚至最获人认同的novel起源于romance一说,Terry Eagleton认为都未必可以说是直接继承,因为romance最重要的特质是韵文体,以及以神仙故事(fairy tales)作结,这些都不同于novel。见Terry Eagleton, *The English Novel* (London: Blackwell, 2005), pp. 1 - 5, 另外可参考Gillian Beer, *The Romance* (London: Methuen, 1970)。

才地位"上乘",这是当时雾里看花的识见。因为说小说冠于一众文体之首而列于最"上乘"的说法,只涉及观点问题,当中并不涉及对错所在,但说一种产自"现代"社会的东西进入"现代",却明显是由于欠缺历史意识而引起的错误。西方文类中的"the novel"或"fiction"是产自现代,有趣的是,中国的"小说"确是由漫长的历史国度进入现代中国社会。可惜的是,这只限于"小说"之名而已,小说的内涵已被彻底改换。①

既然小说的内容已经包含了一个全新的意涵,写小说的人当然也今非昔比,不再是《艺文志》内的一个学术流派"小说家"了,所以鲁迅说:

> 小说家的侵入文坛,仅是开始"文学革命"运动,即一九一七年以来的事。自然,一方面是由于社会的要求的,一方面则是受了西洋文学的影响。②

"侵入文坛"的说法并没有半点夸张的成分,因为小说本来就没有什么地位,写这些小说的人既然"不入流",自然不受重视甚或可任意忽略。这点可以说是小说的悲剧命运:稗官收集道听途说而"掇拾故书""补缀联属,勉成一书"以成小说的成书方式,与小说的地位高低本来并无必然关系;不过,《艺文志》所言小说的性质"道听途说",很快就被儒家否定了。《论语·阳货》训示"道听而途说,德之弃也"③,小说既是"小道"又是"弃德",加上孔子又力劝"君子弗为""致远恐泥",在这样的社会压力之下,写小说的人自然不愿暴露自己身份,给泱泱君子作为笑柄。鲁迅说:

---

① 见本书第一章。
② 鲁迅(1934年):《〈草鞋脚(英译中国短篇小说集)〉小引》,《鲁迅全集》第6卷,页20—21。
③ 何晏注,邢昺疏,李学勤主编,朱汉民整理:《论语注疏》,页239。

> 在中国，小说是向来不算文学的。在轻视的眼光下，自从十八世纪末的《红楼梦》以后，实在也没有产生什么较伟大的作品。①

> 在中国，小说不算文学，做小说的也决不能称为文学家，所以并没有人想在这一条道路上出世。②

因此，自古以来，中国小说在作者一栏，多是作者不详或无从稽考。如《封神演义》，只称"余友舒冲甫自楚中重资购有钟伯敬先生批阅《封神》一册，尚未竟其业，乃托余终其事"③。长长的一句，先来一个"余友"，又要借助别人权威的"批阅"，但最终也没有道出作者是谁。又像《金瓶梅》这一类的作品，在"文以载道"的大纲领下，作者虽说是要通过描写情欲来反映人性人生，但总不敢把自己的声誉押上。据卷首"欣欣子"序说，作者是"兰陵笑笑生"。"笑笑生"究为何人，也至今无法确认。有人考据为"嘉靖间大名士"（沈德符的说法），又有人说是"绍兴老儒"（袁中道的说法），甚至有人称为"金吾戚里"的门客（谢肇淛的说法），但全部都语焉不详，永远只是另一个符号的延宕。即使在今天被视为极优秀文学作品的《三国演义》，虽然当时已受到一定的爱戴，有人还以此为评点的对象，更称之"四大奇书"之一，然而事实是此书较诸其他同时期的文学作品，地位仍然不能相提并论，从它内容被肆意宰割，作者是谁当时无人关注，以致现在无从过问就可见一斑。吊诡的是，常被称为小说研究奇才的金圣叹，其实当日也在肆意截去《水浒传》，更伪造故事结局。④ 而今天所言有名有姓的小说作者，在当日，也属于相距权力核心

---

① 鲁迅（1934年）：《〈草鞋脚（英译中国短篇小说集）〉小引》，《鲁迅全集》第6卷，页20—21。
② 鲁迅：《我怎么做起小说来？》，《鲁迅全集》第4卷，页512。
③ 李云翔：《〈封神演义〉序》，朱一玄编：《明清小说资料选编（上册）》（济南：齐鲁书社，1989年），页553。
④ 详情可参考鲁迅：《谈金圣叹》，《鲁迅全集》第4卷，页527—530。

极远的文人。因为小说不是读书人认为值得插手的领域,所以即使藏书家中有名望的小说著者、编撰者也多是下级文人:"三言"的冯梦龙只是寿宁知县,"二拍"的凌濛初不过上海县丞,集《三国演义》《水浒传》(由他补记完成)大成的罗贯中更只是一位胥吏(最下层的吏人),《西游记》的吴承恩是长兴县丞,《金瓶梅词话》的作者,上文已说到,身份姓名均不明,据推断是中下层的知识分子;其他的编者,有的是书店的老板,有的是塾师。吴敬梓出身全椒县望族吴家,曹霑家属正白旗汉军(汉人隶籍清朝大将军麾下的家族),出生于江南织造府第,家庭地位相当尊贵。但是,他们都是破落子弟,失意宦场的人,门第和一般编撰者自然有很大的分别。鲁迅在《变迁》说:

> 他(罗贯中)做的小说很多,可惜现在只剩了四种。而此四种又多经后人乱改,已非本来面目了。——因为中国人向来以小说为无足轻重,不似经书,所以多喜欢随便改动它——至于贯中生平之事迹,我们现在也无从而知……①

古代小说地位低微,古代小说的作者要令自己心血更受重视,最好的方法就是诉诸权威,而这个权威,首选就是古人。因此"托名古人""伪托"更是司空见惯的事。鲁迅在考据六朝出现的"汉人小说"时说:

> 现存之所谓汉人小说,盖无一真出于汉人,晋以来,文人方士,皆有伪作,至宋明尚不绝。②

他又在第六篇内说道:

---

① 鲁迅:《变迁》,《鲁迅全集》第9卷,页322。
② 鲁迅:《第四篇 今所见汉人小说》,《史略》,《鲁迅全集》第9卷,页32。

> 佛教既渐流播，经论日多，杂说亦日出，闻者虽或悟无常而归依，然亦或怖无常而却走。此之反动，则有方士亦自造伪经，多作异记，以长生久视之道，网罗天下之逃苦空者，今所存汉小说，除一二文人著述外，其余盖皆是矣。方士撰书，大抵托名古人，故称晋宋人作者不多有。①

鲁迅为什么在撰著《史略》过程中这样重视作者的观念，为作者的部分花上这样多的心血？② 难道作者的著作权只是现代的观念，传统中国文学里不曾重视著作权的问题吗？事实并不是这样。著作权、出版制度、知识产权固然是现代的产物，然而却不代表在古代中国文献里，著作的观念马虎模糊。孔子删《春秋》只谦称自己"述而不作"，司马迁写《史记》也只称自己是"述故事"而"非所谓作也"。③ 由此可见，在古代，著作比编述、抄纂都重要；著作的意识，并不是在中国进入现代以后才有的。

不过，著作小说却是另一回事。小说受社会大众确认，写小说不再是某一个不知名文人的自我宣泄，而是一个有名有姓的作者个人独造的杰作，确是发生在现代文坛的事情。"'创作'这个名词，受人尊敬与注意，由五四运动而来。"④ 在现代的观念下，写小说、作文学创作是人成为天才的另一个指称，而作品则被看成作家迸发创作力、灵感、想象力的制成品，社会上只有作家（广义的）才赋有这种天才。不受羁勒的想象力不再是柏拉图谓灵魂坠落的肇因，而是由作家任意调配、恣意操纵的驱遣物。康德更谓"创意是表示天才的自发性"，"天才具有创造能力，而想象

---

① 鲁迅：《第六篇 六朝之鬼神志怪书（下）》，《史略》，《鲁迅全集》第9卷，页56。
② 增田涉回忆《中国小说史略》著作点滴时也说到，鲁迅对于"小说的作者及作者的古来的纪录"是花上很多精神以及心血的。增田涉著，龙翔译：《鲁迅的印象》（香港：天地图书有限公司，1980年），页55。
③ 张舜徽：《中国文献学》（上海：上海古籍出版社，2005年），页26—31。
④ 沈从文：《论中国创作小说》，《沈从文全集》第16卷（太原：北岳文艺出版社，2003年），页197。

力造就天才","具创意的想象力是天才创作的泉源与创造力的基础"①。在17、18、19世纪后的西方文学,天才、想象力、独创、创作力等观念,通过复杂的文化嬗变及社会制度转变,成为互换指涉相关的名词。② 这种观念在中国的发展,自晚清"文学之最上乘"的口号蔓延开始,加上对以前"文以载道"的反弹,小说便成为最主要的创作文体,是天才作者展现文学创造力的最佳场域。鲁迅说过:"创造文学固是天才","诗歌小说虽有人说同是天才即不妨所见略同,所作相像,但我以为究竟也以独创为贵"。③ "作者"此时是"创造力""天才""个性"的所指。④ 在崇拜创作、仰慕天才、尊重个性的五四文坛,释放古代对小说"作者"身份的压抑,

---

① Immanuel Kant, *Critique of Judgment*, trans. by James Creed Meredith (Oxford: Clarendon Press, 1952), p.47, 171.
② 名词与概念的嬗变涉及一个非常复杂的过程,当中也经过漫长的历史及文化变迁。简单而言,天才通过创造活动以表现自己具有原创性这项心智活动,而不是只会作单纯的模仿。在18世纪中期以前,具有原创性的活动都只被笼统地归在"创意"一词的名下,到了文艺复兴的时期,两个不同的拉丁名词(ingenium, genius)渐渐从"创造"这个概念中细分出来。当时认为,天才的能力,是一种天赋的能力,是自然的力量,而并非通过内在能力与后天学习所能得。Raymond Williams, *Keywords,* esp. "genius", "creativity", "originality" (London: Fontana, 1976); René Wellek, *A History of Modern Criticism, 1750 - 1950* (Vol. 1 - 5) (London and New Haven: Yale University Press, 1955 - 1965), esp. Vol. I *The Later Eighteenth Century*, p.13; Vol. 2 *The Romantic Age*, p.164 - 165 等阐及有关 imagination, genius, inspiration 及 talent 等的地方。
③ 鲁迅在多个地方都讨论了创作与天才的关系。他说到《狂人日记》时,总自嘲不是作家,要留待中国的其他天才。见鲁迅(1919年):《对于〈新潮〉一部分的意见》,《鲁迅全集》第7卷,页226。另外,在《叶紫作〈丰收〉序》一文内,他又说:"作者写出创作来,对于其中的事情,虽然不必亲历过,最好是经过……我所谓经历,是所遇,所见,所闻,并不一定是所作,但所作自然也可以包含在里面。天才们无论怎样说大话,归根结蒂,还是不能凭空创造。"见鲁迅(1935年):《叶紫作〈丰收〉序》,《鲁迅全集》第6卷,页219。本章此处是针对梁实秋《文学是有阶级性的吗?》一文中的观点"创造文学固是天才"而发,见鲁迅(1935年):《"硬译"与"文学是有阶级性的吗"?》,《鲁迅全集》第4卷,页195。
④ 另外,茅盾在《个性与天才问题》内与青年谈及文学创作时,就更直言说:"我们可以谈谈天才的问题……天才并不是一种神秘的独立而自在的东西,它只是最高的智力的代名词,用普通的字眼来说:天才最高的谓之天才……理解力,综合力,想象力,而尤其创造力,应当是天才之所以为天才的特征。"茅盾:《个性与天才问题》,《茅盾论创作》,页546。

给他们一个公道,还他们一个真面目是自然不过的事。以此,正好解释了鲁迅《史略》的考据重点偏重作者的原因。① 从这角度看,《史略》本身不但引领潮流,更是配合民国初年考据古代小说"作者"的大潮的书写。我们今天对中国古代小说作者的认知,其实很多都是来自五四时期留下的遗产。鲁迅在《后记》中,总结了考据方法以及民国初年同代人(如朱彝尊、胡适、谢无量)考据"作者"的实绩:

> 已而于朱彝尊《明诗综》卷八十知雁宕山樵陈忱字遐心,胡适为《后水浒传序》考得其事尤众;于谢无量《平民文学之两大文豪》第一编知《说唐传》旧本题庐陵罗本撰,《粉妆楼》相传亦罗贯中作,惜得见在后,不及增修。其第十六篇以下草稿,则久置案头,时有更定,然识力俭隘,观览又不周洽,不特于明清小说阙略尚多,即近时作者如魏子安、韩子云辈之名,亦缘他事相牵,未遑博访。况小说初刻,多有序跋,可借知成书年代及其撰人……②

他在《〈中国小说史略〉日本译本序》再强调:

> 郑振铎教授又证明了《四游记》中的《西游记》是吴承恩《西游记》的摘录,而并非祖本,这是可以订正拙著第十六篇的所说的,那精确的论文,就收录在《痀偻集》里。还有一件,是《金瓶梅词话》被发见于北平,为通行至今的同书的祖本,文章虽比现行本粗率,对

---

① 在"原作""原创性"获得这样崇高地位的时代气氛中,我们亦能体会,为什么鲁迅被陈源诬陷其呕心沥血而成的著作《史略》是剽窃自盐谷温(1878—1962)之作《"支那"文学概论讲话》时,感到震怒与历久不能释怀。见鲁迅:《不是信》(1926年),《鲁迅全集》第3卷,页221。有关盐谷温的《"支那"文学概论讲话》与鲁迅的《中国小说史略》的关系,可参考陈胜长:《August Conrady·盐谷温·鲁迅:论环绕〈中国小说史略〉的一些问题》,《中国文化研究所学报》1986年第17卷,页344—360。
② 鲁迅:《中国小说史略·后记》(1924年),《鲁迅全集》第9卷,页296—297。

话却全用山东的方言所写,确切的证明了这决非江苏人王世贞所作的书。①

五、 小说为艺术

上文已经讨论到鲁迅是以什么判断标准("创作""虚构")去勘察古代小说,又论述到这些条件的现代性的问题。但是,这两点仍然未足以充分解释鲁迅所谓小说的起源在唐的立论。因为,很明显,"虚构"的成分在六朝的小说已有,并获鲁迅肯定地说"晋世固而盛"②。关于晋的小说,虽然在鲁迅的批评内是"然亦非有意",但鲁迅并不是说晋代完全没有作者写作,又或是晋代的作者没有有意识地进行创作。因为我们明白,一篇作品的出现,无论作者的名字是否能够传播于当代或后世,也不管他的评价及地位高低、成书过程如何,都必先有一个人曾经进行写作,曾经有意识地写作东西,才会有作品的出现。这是不容置疑的。因此,我们实在有必要进一步厘清鲁迅说的晋小说"然亦非有意"的地方,以及唐"始有意为小说"的观点。

鲁迅否定晋的小说有两个不同原因:第一是晋人即使能虚构,然而他们根本不用小说这个名称或概念,那时候根本是不叫小说的,所以鲁迅称他们能"幻设为文",而不是幻设为小说。相反地说,小说地位低微,有意写小说的人不多,而且,地位低微的小说能否一直存世倒是成疑,就像上文说到刘义庆的《幽明录》以及更早的《汉书·艺文志》内的小说,原书早已不存,只能在其他征引了这些小说的书内一窥这些小说的内容。至于鲁迅否定晋"始有意为小说"的第二个原因,可以说是更直接了,他曾

---

① 鲁迅(1935年):《〈中国小说史略〉日本译本序》,《鲁迅全集》第6卷,页347。
② 鲁迅:《第八篇 唐之传奇文(上)》,《史略》,《鲁迅全集》第9卷,页70。

在两处地方直接指斥晋人"无意",比说到唐的"有意"更多。他在《史略》第五篇说到晋人小说:

> 文人之作,虽非如释道二家,意在自神其教,然亦非有意为小说,盖当时以为幽明虽殊途,而人鬼乃皆实有,故其叙述异事,与记载人间常事,自视固无诚妄之别矣。①

在这段引文后,他又在"第八篇"重申一次六朝"小说""无意"的原因:"传鬼神明因果而外无他意者。"鲁迅指出,六朝的人写鬼神的题材,目的是为"发明神道之不诬",② 即是"意在自神其教",也就是为了传教,为了弘扬"道"的意念去"寓惩劝"才写鬼神。对鲁迅而言,"专主劝惩,已不足以称小说"。③ 由此,我们知道,他要求小说的创作动机并不是功利实用为主,而是一种为抒发个人性灵,为"艺术而艺术"的态度。

但另一方面,唐的人"有意"之处,是不是他们在写作过程中,一开始就意识到自己在写小说呢?在上文的第二节,我们已说过唐人也没有以为自己在写"小说",更没有认为自己在写"传奇",那是后人(宋人)回溯历史时所附加的。至于说到创作目的,恐怕唐人就比晋人更功利了。只要我们翻开任何一本中国文学史,都会看到归纳唐传奇大盛的主因,是因为社会上衍生了一种称作"温卷""行卷"的习气。即是,文人在公开应考科举之前,先呈献自己的文章给社会上的达官显人过目,以展示自己的史才、诗笔、议论、抱负,以博取他们的垂青和提携。④ 唐人这种以写作

---

① 鲁迅:《第五篇 六朝之鬼神志怪书(上)》,《史略》,《鲁迅全集》第9卷,页48。
② 同上书,页45。
③ 鲁迅:《第二十二篇 清之拟晋唐小说及其支流》,《史略》,《鲁迅全集》第9卷,页217。
④ 南宋赵彦卫《云麓漫钞》记述,见黄霖、韩同文编选注:《中国历代小说论著选》,页65。另见程千帆:《唐代进士行卷与文学》(上海:上海古籍出版社,1980年),以及傅璇琮:《唐代科举与文学》(西安:陕西人民出版社,1986年)。

为攀缘富贵、考取功名工具的行为，跟鲁迅"有意为文"的观点是不是相矛盾？因为"有意为文"的观点是意指非功利、纯文艺的创作目的，而鲁迅更是清楚知道唐人以文章作为考取功名的"敲门砖"的功利意图，① 他甚至曾做出谴责：

> 在歆慕功名之唐代，虽诡幻动人……失小说之意矣。②

那为什么鲁迅在说到"失小说之意矣"后仍然愿意称唐为"有意为小说"？这是不是他论点上的漏洞？事实并非如此。鲁迅说"有意为文"，重点是"意"字；然而所谓"意"却是有歧义的。因为只要我们细心去疏解，即可以看到，晋人之"意"，只是以文字去传教，以文字去寓惩劝，目是在传教本身，却不在"为文"，写文章只被他们作为传道的过渡，文章只是一种工具而已。换言之，鲁迅所谓"意"，重点乃在区分本与末、目的与手段的关系：

> 幻设为文，晋世固已盛，如阮籍之《大人先生传》，刘伶之《酒德颂》，陶潜之《桃花源记》《五柳先生传》皆是矣，然咸以寓言为本，文词为末，……而无涉于传奇。③

鲁迅于此清楚指出，晋人写作，"咸以寓言为本，文词为末"。相反，

---

① "唐以诗文取士，但也看社会上的名声，所以士子入京应试，也须豫先干谒名公，呈献诗文，冀其称誉，这诗文叫作'行卷'。诗文既滥，人不欲观，有的就用传奇文，来希图一新耳目，获得特效了，于是那时的传奇文，也就和'敲门砖'很有关系。"鲁迅：《六朝小说和唐代传奇文有怎样的区别？》，《鲁迅全集》第6卷，页322。另又见"顾世间则甚风行，文人往往有作，投谒时或用之为行卷，今颇有留存于《太平广记》中者（他书所收，时代及撰人多错误不足据），实唐代特绝之作也"。鲁迅：《第八篇 唐之传奇文（上）》，《史略》，《鲁迅全集》第9卷，页70。
② 鲁迅：《第八篇 唐之传奇文（上）》，《史略》，《鲁迅全集》第9卷，页70。
③ 同上。

唐人却"作意好奇,假个说以寄笔端",唐人刻意求工于文字创作上,文辞本身是为目标,这就是鲁迅所言的"意识之创造"的对象。他们有意识编织文字,使文思幻化为"叙述宛转,文辞华艳"的文章,且在文章中卖弄炫耀文章的技巧、文采、辞藻。这就是鲁迅所言"施之藻绘,扩其波澜"的意思。无论这些作品最后能否为他们带来官职,但在这撰写的阶段,每个文人的心思都放在文章之事上,创作变成目的本身。因此,写成一篇优美动人的文章,既是他们最初执笔的动机,也是最终的结果。所以,虽然唐人创作背后可能仍带有功利的考虑(高中科举),然而这已是另一个层次的事,这点是与六朝不同的。六朝的文章是引人入教,文章只是工具,它始终只是一篇传道的文字,纵然可能带有一些文采,然而功能却在传递讯息,这些讯息作导人向善、奉人入教,或发布资讯之用,讯息一经传递,文章也旋即被弃若敝屣,再没有价值可言,此谓之工具。所以,即使晋人与唐人都是有种功利的考虑,然而他们最终的意图却是不同的:前者为导人入教,后者则回到文章本身,以文辞为本。

在这里,我们可以说,当鲁迅申明小说创作以及文学作品自身就是纯然的目的,艺术不是一种手段的时候,他就是有意提出"为艺术而艺术"的口号了。严格而言,他提出的是19世纪以后的近代文学现象。①应该强调,把小说当作一种文艺,与诗歌、散文、戏剧等文学体裁并列,归入艺术的一种,这是现代以后的事情,更准确地说,应该称作出自一种"纯文学"(belles-lettres)的观念。②

由于鲁迅把小说作为文体附于"文学"与"艺术"之下,因此,评骘

---

① 从文艺复兴开始,原有文化中那种浑然一体的文化与认知上的合流现象日渐分离。到了18世纪末期,紧密而凝聚的社会已经彻底解体,相异而分化的发展倾向随着社会结构的改变而日益明显,社会、建制及文化层面出现的各种改革,包括宗教、工业、政治改革等,使人们意识到自己归属于不同社会职能,以及拥有独特的身份与社会责任。
② Irving Singer, "The Aesthetics of Art for Art's Sake," *Journal of Aesthetic and Art Criticism*, 12.3 (1954), pp.343 - 359.

作品的准则顺理成章地就是美学内的问题——那就是好坏美丑、优美与否的问题。所以，鲁迅说到小说的条件之四的"叙述宛转，文辞华艳"，是紧紧接着"文采与意想"的"意"而来，即是作意——为艺术而艺术之意。事实上，他也立刻以优美的文辞角度去判别小说，除了判别唐小说"叙述宛转，文辞华艳"为小说起源的论断外，《史略》甚至以"文艺性"压倒"道德标准"，从而为小说平反。一个很明确的例子就是在第十九篇《明之人情小说（上）》出现的《金瓶梅》，他的第一个标准就是"故就文辞与意象以观"，以此推翻长期在道德观主宰下判断《金瓶梅》为淫书而一无可观的论断。[1] 另外，在第四篇《今所见汉人小说》内，他也说道："若论文学，则此在古小说中，固亦意绪秀异，文笔可观者也。"[2] 我们清楚看到，鲁迅以纯文艺的标准去考察"意绪秀异"，强调小说必须要"文笔可观"。相反，如果一篇小说只能"意想"，而不能照顾到文采的部分，结果就好像他批评《野叟曝言》中所说的"意既夸诞，文复无味，殊不足以称艺文"，[3] 那还是称不上文艺的。文笔以外，鲁迅还进一步以各种文学理论去评骘作品的形式结构（如《变迁》内谈到《三国演义》以降，罗贯中的几部作品"构造和文章都不甚好"[4]）、人物性格（如《史略》第二十六篇论到清之狭邪小说中的人物事故为全书主干[5]）、个别表现手法（如《史略》内论到梦境的情节时间跳接，"甚似小说"［第三篇］[6]）、文辞表达等，这些都是受着西方现代文艺思想影响下而来的评核标准，与中国传统小说无干。

在传统中国文化内，文学并不是艺术。《论语》内言"文学：子游、子夏"，子游、子夏研究古代礼仪与载籍并以此传授于人，文学也并不是

---

[1] 鲁迅：《第十九篇　明之人情小说（上）》，《史略》，《鲁迅全集》第9卷，页182。
[2] 鲁迅：《第四篇　今所见汉人小说》，《史略》，《鲁迅全集》第9卷，页38。
[3] 鲁迅：《第二十五篇　清之以小说见才学者》，《史略》，《鲁迅全集》第9卷，页243。
[4] 鲁迅：《变迁》，《鲁迅全集》第9卷，页322。
[5] 鲁迅：《第二十六篇　清之狭邪小说》，《史略》，《鲁迅全集》第9卷，页256—257。
[6] 鲁迅：《第二篇　神话与传说》，《史略》，《鲁迅全集》第9卷，页20。

今天"文艺"意思。另一方面,就文体方面,要抒发情感,弘扬志向的主要是"诗言志,歌咏言"的诗,或刘勰所言的"赋者……体物写志也"的文(《文心雕龙·诠赋》)①。小说,最初出现在《艺文志》的"诸子略"中,因为内里包含着"道理"(尽管这些道理比起儒、道、法、墨、名的"道理"小,本质却是一样),因此,它是治身理家之辞②,而不是言志咏物的载体。甚至在鲁迅之前的梁启超,他虽然为小说提出了中国历史上惊世骇俗的"小说救国论",然而他的思维还是从中国文化一贯的脉络——文艺服膺于道德——展开的。小说成为文学观念的一部分,而且的确由晚清开始,但小说在文艺角度内获得价值认同,那是在民国初年的事情。

六、 小结

在撰写中国小说史的过程里,鲁迅同时在找寻中国小说的起源,实际上也是在尝试解答"小说是什么?""什么是小说?"这些基本的问题。在观念论的讨论里,但凡问一个名词"是什么"的问题,即是要处理名词与"陈述与该名词相应之概念的语句"③,即名词所指代的意义关系。在传统中国,陈述小说相应之概念的语句一直是"丛残小语""街谈巷议",自《汉书·艺文志》直到清《四库全书》都沿用不衰,虽然沿历各代文学发展过程中,"小说"一词的内涵无可避免地出现延伸、收窄以及嬗变,但是基本上是没有脱离这范畴的。这也是鲁迅《史略》第一篇所言的"后世众说,弥复纷纭……论述缘自来论断艺文"的意思。④ 尽管有很多研究认

---

① 刘勰:《文心雕龙》(杭州:浙江古籍出版社,2001年),页37。
② 譬如鲁迅就在《变迁》说道:"'青史子'这种话,就是古代的小说;但就我们看去,同《礼记》所说是一样的,不知何以当作小说?"鲁迅:《变迁》,《鲁迅全集》第9卷,页304。
③ Władysław Tatarkiewicz, *A History of Six Ideas: An Essay in Aesthetics* (The Hague; Boston: Nijhoff, 1980), pp. 8 - 9.
④ 鲁迅:《第一篇 史家对于小说之著录及论述》,《史略》,《鲁迅全集》第9卷,页5。

为蕴藏中国小说最丰富的传统目录学书目（如《艺文志》《隋书》《新唐书》《旧唐书》《四库全书》等）内并没有包含所有的中国小说，特别是宋元明清以来的白话小说，因而认为这些目录所指涉的小说概念范围不能代表中国小说的全貌，但这并不代表没有收在目录学书目以内的小说的作者的小说观念有违"丛残小语""街谈巷议"。譬如宋的话本，由于带有说唱文学的特质，因而被认为与一般人认知中"小说作为读本"的观念相差最远。但无论话本是鲁迅所指宋元间伎艺人"说话人的底本"[1]，还是如增田涉所言"话本"只是一个可以包涵传奇体、调戏等概念的抽象语，[2] 话本在宋元间被归入"小说"一类之内，就是因为"话本"的"话"，带有"流传故广"，"愆伪不信言"的意思。[3] 这其实也是规范在小说原先概念"道听途说""丛残小语"之下的。

要简单说明小说观念的问题，本章愿以此例说明之：在距离"现代"不远的清朝，蒲松龄借着写《聊斋志异》内的鬼狐之事讽刺时弊、抒发对社会的不满。既要攻讦揭私，非议朝政，就会招来杀身之祸。蒲松龄躲身避祸的借口是"作者搜采异闻，乃设烟茗于门前，邀田夫野老，强之谈说以为粉本"。事实上，鲁迅就毫不留情地拆穿蒲松龄的借口说"则不过委巷之谈而已"[4]。相反，今天如果有一本小说带有含沙射影的成分而遭人指斥，甚或要诉诸法律行动时，小说作者的第一反驳相信会是"纯粹虚构，如有雷同，实属巧合"，而不再像蒲松龄所言，小说只是作者搜采街

---

[1] 鲁迅：《第十二篇　宋之话本》，《史略》，《鲁迅全集》第9卷，页110—118；以及鲁迅：《宋民间之所谓小说及其后来》，《鲁迅全集》第1卷，页144—157。

[2] 增田涉著，前田一惠译：《论"话本"一词的定义》，王秋桂主编：《中国文学论著译丛》上卷（台北：学生书局，1985年），页183—197。

[3] 《广雅》指"话"是"调也，谓调戏也"。《声类》："话，讹言也。"王念孙："《广雅疏证》卷四上谓：话与愆音义同。"他引哀公二十四年《左传》："是愆言也。"服虔注云："愆伪不信言也。"凡事之属于传说不可尽信，或寓言譬况以资戏谑者，谓之话。取此流传故事敷衍说唱之，谓之说话。从明代文献看，"话本"一词与故事有关。可参考孙楷第：《说话考》，《沧州集》（北京：中华书局，1965年），页92—96。

[4] 鲁迅：《第二十二篇　清之拟晋唐小说及其支流》，《史略》，《鲁迅全集》第9卷，页209。

谈巷议之异闻而来的东西。以此，我们可明白中国小说观念由传统到今天的重大转变。至于我们在上文说到的虚构成分、虚构的特质有没有在中国小说内出现，金圣叹等人如何谈论小说个别情节的"假""空"等，其实并不是讨论小说观念的重点所在，因为这些就个别情节讨论的说法，都不是西学东渐以前的"小说观念"。正如上文已说到，小说观念就是：一提到"小说"这个词，当下在人们的认知印象里的陈述语句。有历史学家认为，中国在西潮激荡以前所有的变化都是"限于传统之内的变法"（change within the tradition）；而在西学东渐以后却逸出了本来已有的秩序，① 而中国小说观念由"丛残小语""街谈巷议"转变到"叙事虚构"，也许就可以作为这种说法的一个注脚了。

本章的主旨并不在于要显示鲁迅是一位伟大文学家，因而他的文论也变得很有研究价值，也不是产生自一个历史的偶然——鲁迅是身兼第一篇"现代小说"与第一本"中国小说史"作者双重身份的人。更重大的意义在于展示这种西方现代小说的内涵怎样从晚清开始（经日本）传入中国，透过梁启超"新小说"所高扬的"新"的旗帜出现，以识别于中国旧有的小说观念。这种"新小说"观念，最初因为对西方小说的理解不足，在晚清社会出现囫囵生吞的现象，经过困窘踟蹰的阶段，在"以中衡西"及"中不如西"心态下展开，② 而到后来慢慢用"以中化西"手段消化吸收，③ 到了1920年代初的民国，即鲁迅撰写小说史之时，这种观念已融化成为文学知识的有机部分。时人不但可以去掉"新"这个前缀词来

---

① John K. Fairbank, Edwin O. Reischauer and Albert M. Craig, *A History of East Asian Civilization* (London: Allen & Unwin, [1960-1965], 1960).
② "以中衡西"是一种认识外来新思想的过程，由于晚清文人对新观念接触不久，了解不深，只能附会于传统中的某些已有观念上，才能发生真正的意义。这种现象在晚清文论中比比皆是，不能逐一枚举，但特别可以从梁启超、林纾、陶佑曾等人那里看到。见陈平原、夏晓虹编：《二十世纪中国小说理论资料》第1卷。
③ 见王宏志：《"以中化西"及"以西化中"——从翻译看晚清对西洋小说的接受》，胡晓真编：《世变与维新：晚明与晚清的文学艺术》（台北："中央研究院"中国文哲研究所，2001年），页589—632。

指称这种小说观念，且在鲁迅撰写《史略》时，更以此作为理论架构，并以此总结中国古代小说，当中却是不着一点痕迹。新旧中西浑然天成至此，中国小说的发展方向步上西方之途，及至中国认同西方现代化的历史过程，盖由此得以证明。

乙部

翻译小说实践

第五章

从林纾看中国翻译观念由晚清到五四的转变
——西化、现代化与原著为中心的观念

一、引言

中国文化从传统走到现代,林纾(1852—1924)起着非常重要的作用。可以说,无论在文学史、翻译史还是思想史、文化史的论述里,绕过林纾不论,势必残缺不全。林纾从1898年翻译小仲马(Alexandre Dumas,1824-1895)的《巴黎茶花女遗事》(Dame aux camélias)开始,① 在短短的时间里便誉满天下,达到"中国人见所未见"的成就。② 五四以来,即使是不同文学观念的作家、评论家和文学研究者,全都承认曾或多或少地受到林纾的影响,③ 甚至在作品中模仿以致抄袭林纾。④ 就是

---

① 阿英在《关于〈巴黎茶花女遗事〉》一文中清楚指出,《巴黎茶花女遗事》译于1898年,1899年正月是"已刻印完峻"。阿英:《关于〈巴黎茶花女遗事〉》,原刊《世界文学》1961年第10期,收入《阿英全集》第2卷(合肥:安徽教育出版社,2003年),页840。
② 陈衍:"《巴黎茶花女》小说行世,中国人见所未见,不胫走万本。"《清三·文苑传》,《福建通志》第26卷(上海:上海古籍出版社,1987年),页2501。
③ 鲁迅、周作人、胡适、巴金、郑振铎、朱自清、钱锺书、郭沫若、郑伯奇、林语堂等人全部都公开承认自己曾受林纾的影响,在此不详赘。
④ 例如钟心青三十回的《新茶花》,《小说管窥录》内所载曰:"因武林林称茶花第二,而庆如号东方亚猛,故以《新茶花》名书。"见梁启超等著:《晚清文学丛钞·小说戏曲研究卷》(台北:新文丰出版公司,1989年),页508。另外,曹聚仁也指出过:"至于苏曼殊的《断鸿零雁记》《绛纱记》《焚剑记》《碎簪记》那几种小说……多少(转下页)

早在五四以前便明确地对林译小说表示不满，并以《域外小说集》开创翻译事业的周氏兄弟，在批评林纾中仍然忍不住承认"当时中国流行林琴南用古文翻译的外国小说，文章确实很好"①，正好以反论的角度说明了林纾的力量。然而，另一众所周知的事实是，在晚清声名远播的林纾，到了1919年的五四时代，中间区区转眼二十年，却落得"桐城妖孽"、"遗老"②、"亡国贱俘"③、"罪人"④ 的恶评，而不得饮恨退隐历史现场。换言之，林纾的影响力在瞬间被全面抹杀。令人大惑不解的是，五四时期对林纾大力批判的人，却正是晚清时期——他们的青年时代——曾经沉迷过林译小说的同一批人。历史上的林纾，无论在个人形象还是社会评价方面都被分成两半了。显然，症结不在于他本人在思想或行为上出现了什么质变。那么，对于这种评价上的改变，我们应该如何解释？

近年翻译研究理论蓬勃发展，林纾在中国翻译史上担当的角色以及贡

（接上页）也受了《茶花女》《迦茵小传》一类翻译小说的影响。"见曹聚仁：《文坛五十年》（上海：东方出版中心，1997年），页44。与曹聚仁有同样观察的还有苏雪林，见《林琴南》，《今人志》（上海：上海良友图书公司，1935年），页71—80。当然，更多人熟知的是鸳鸯蝴蝶派。姚鹓雏是出自林纾门下，见郑逸梅：《清末民初文坛轶事》（上海：学林出版社，1987年），页24。另外，张镠子记述林琴南直指鸳鸯蝴蝶派的周瘦鹃是"摹余笔墨，皆颇肖也"，见《畏庐师近事》，《礼拜六》1922年3月19日第153期。

① 鲁迅《域外小说集》序言中"不足方近世名人译本"就是指林译小说。"《域外小说集》为书，词致朴讷，不足方近世名人译本。特收录至审慎，迻译亦期弗失文情。异域文术新宗，自此始入华土。使有士卓特，不为常俗所囿"，鲁迅：《〈域外小说集〉序言》，《鲁迅全集》第10卷，页155。另外，鲁迅在1932年1月16日致增田涉的信中说："《域外小说集》发行于一九〇七年或一九〇八年，我与周作人还在日本东京。当时中国流行林琴南用古文翻译的外国小说，文章确实很好，但误译很多。我们对此感到不满，想加以纠正，才干起来的。"《鲁迅全集》第13卷，页473。
② 周作人：《林琴南与罗振玉》，原刊《语丝》1924年12月第3期，收入钟叔河编：《周作人文类编》第8卷《希腊之余光》（长沙：湖南文艺出版社，1998年），页721。
③ 胡适：《建设的文学革命论》，原刊《新青年》1918年第4卷第4号，收入《胡适全集》第1卷，页68。
④ 钱玄同：《写在半农给启明的信底后面》，原刊《语丝》1925年3月30日第20期，收入薛绥之、张俊才编：《林纾研究资料》（福州：福建人民出版社，1982年），页165。

献，重新成为研究焦点。可是，现在所见的讨论，大多没有抓住导致林纾历史评价前誉后毁的关键所在。本章尝试指出，在中国翻译史上，林纾成为"真是绝可怪诧的事"①，其实正好侧写了近代中国翻译史上最重要的一环——文学翻译规范从晚清到五四的嬗变。以林纾作为讨论中国翻译史从近代到现代过渡的案例，我们可以清晰而有力地指出中国翻译观念在短短数十年间曾出现了急遽转变的历史事实。本章的目的，就是借着林纾现象展现及分析这个过程，解释这个转变的原因。本章尝试指出，晚清中国在西力逼迫下，出现了近代史上一个特殊的翻译观念；而产生这个特殊的翻译观念的背景，正是晚清中国处于一个与西方话语权角力竞争的特殊历史境遇。本章论述晚清中国与西方的权力关系时，并不采用"西方冲击-中国反应"的模式，② 而是采用接近于后殖民的角度，希望以一个"去现代化话语干扰"的模式，③ 重看翻译规范的特殊转变。翻

---

① 胡适：《论翻译——与曾孟朴先生书》，原刊《胡适文存》第3集，收入《胡适全集》第3卷，页803。
② 在阐述中国现代史的发生过程时，过去学界一直把费正清（John. K. Fairbank）的"西方冲击（western impact）vs 中国抵抗（China resistance）"奉为圭臬，直至1980年代，柯文（Paul A. Cohen）指出这种论述模式带有西方中心主义，因为论述中含有认为中国社会长期以来基本上处于停滞状态，只有经过19世纪中叶西方冲击后，中国才向近代社会演变的意味，因而他呼吁史学研究者应以一套中国中心观的模式取代之，力求取代殖民地史的框架。不过，柯文的详细分析以及有力的指证，其实本身并没有脱离费正清的思维模式。而且在近年史学研究的新理论下，颇多研究指出，无论费正清还是柯文的模式，其实并不能有力说明晚清中国与西方相遇的历史状况以及提出周全的解释。其中一个角度，就是从文明碰撞（the clash of civilization）的角度出发，指出晚清中国以继承传统思想而来的"文明 vs 非文明"的思考模式对待初遇西方所产生的问题：中国长久以来不承认西方是有文明的，因而贬之作夷，直至中国人开始认识西方有文明，发现这套思维模式其实不足以应付西方的问题时，中国亦开始承受沉重的历史代价。上述所列书目，顺序为：John. K. Fairbank, Teng Ssu-yü, *China's Response to the West: A Documentary Survey, 1839－1923* (New York: Atheneum, 1963); Paul A. Cohen, *Discovering History in China: American Historical Writing on the Recent Chinese Past* (New York: Columbia University Press, 1984)；佐藤慎一：《近代中国の知識人と文明》（東京：東京大学出版会，1996年），页3—174。
③ 何谓"受现代化话语干扰"？今天我们在研究晚清的历史时，常常看见一些论调，譬如：晚清因为士大夫愚昧无知而错过了现代化的契机。事实上，是不是当时反（转下页）

译研究者 Gideon Toury 在翻译研究的经典论文《翻译规范的本质和功用》中，提出了翻译规范（norms）的概念，详细分析译者在翻译时所面对的种种来自译入语社会及文化的制约，以了解直接影响译者选用翻译策略的因素，以此解释为何译文在进入译入语社会时，会产生偏离原著、不通顺以及与文义及语句不对等的情形。他的理论，后来被翻译研究者 Edward Gentzler 及 Theo Hermans 进一步采用，指出由于翻译是社会实践行为，因此，通过分析不同历史时期的译作，以及文化接受翻译过程中所产生的规范，可看出主宰着社会产生成规的权力因素。① 翻译作为一种文化实践，同样塑造了权力不对称的关系，② 因此通过研究晚清到五四的翻译活动，就更能反映当时在地发生的中西碰撞的画面。晚清中国在与西方话语权力竞争中产生特殊翻译观念，到了民国初年，随着中国由最初被迫西化到选取走上现代化的道路，翻译观亦最终回到我们熟知的以原著为中心的价值观念，而林纾就成为此翻译观转变过程中的牺牲品。

（接上页）对西方的士大夫，都是出于愚昧无知？是不是他们反对西化的理据，都是不值一哂的？而错过现代化契机的说法又有没有对现代化做出反省？近年西方对这个问题有进一步的研究，何伟亚（James L. Hevia）从后现代的历史观，从朝贡制以及宾礼等象征文化系统的角度入手，彻底解构费正清的"西方冲击 vs 中国抵抗"论述的不足，指出晚清中国与西方的相遇，实在是两个建构中的帝国的碰撞，亦即是说，中国当时并不是被动地在抵抗西方的冲击。见 James L. Hevia, *Cherishing Men from Afar: Qing Guest Ritual and the Macartney Embassy of 1793* (Durham: Duke University Press, 1995)。另外，孙广德《晚清传统与西化的争论》（台北：台湾商务印书馆，1982年）一书，能令我们更好反思当时士大夫提出的反对西化的理据。

① 可参考：Gideon Toury, "The Nature and Role of Norms in Translation," in Lawrence Venuti ed., *The Translation Studies Reader*, pp. 198 – 211; Edward Gentzler, *Contemporary Translation Theories* (London, New York: Routlegde, 1993), pp. 105 – 109, 114 – 125; Theo Hermans, "Norms and the Determination of Translation: A Theoretical Framework," in R. Alvarex and M. Carmen- Africa Vidal eds., *Translation, Power, Subversion* (Clevedon, England: Multigual Matters, 1996), pp. 25 – 51。
② Tejaswini Niranjana, *Siting Translation: History, Post-structuralism and the Colonial Context* (Berkeley: California University Press, 1992), p. 2.

二、晚清的译界

林纾在1898年翻译小仲马的《巴黎茶花女遗事》，不但拉开他自己翻译事业的序幕，更揭起晚清翻译小说的热潮，当时的人就视这部小说为"破天荒"。① 阿英在《晚清小说史》中指出，晚清的小说繁盛是由梁启超以及林纾而来。② 不用多言，梁启超对晚清小说的贡献，是在小说革命理论的建设方面，但在实践方面，他的成绩便不见得出色，起码他也曾经不无自嘲地说自己的作品"似说部非说部，似稗史非稗史""与寻常说部稍殊"。③ 林纾这时候的出现，无疑为梁启超的新小说理论注入了最好的内容，成为最佳的示范。随着《巴黎茶花女遗事》的大收旺场，林纾成功地将小说推上梁启超所言"为文学之最上乘"的宝座。不过，以文学救国这理念而言，林纾与梁启超其实是相近的；此外，林纾自己的创作《庚辛剑腥录》(1913年)、《金陵秋》(1914年)，也不能算得上是成功的新小说，更不要说是"文学之最上乘"了。真正把小说推向文学最上乘宝座的是他所翻译的西洋小说，也就是文学史上几乎成为一个独立文类的"林译小说"。

我们知道，林纾从没有接受过任何外语或翻译的训练，他开始与王寿昌合译《巴黎茶花女遗事》，不过因缘际合，事前并无周详准备，④ 但此书

---

① 恽铁樵：《〈作者七人〉序》，原刊《小说月报》1915年第6卷第7号，收入陈平原、夏晓虹编：《二十世纪中国小说理论资料》第1卷，页530；阿英：《关于〈巴黎茶花女遗事〉》，原刊《世界文学》1961年第10期，《阿英全集》第2卷，页840。
② 阿英：《关于〈巴黎茶花女遗事〉》，原刊《世界文学》1961年第10期，《阿英全集》第2卷，页840。阿英：《晚清小说史》，《阿英全集》第8卷，页194。
③ 饮冰室主人（梁启超）：《〈新中国未来记〉绪言》，原刊《新小说》1902年第1号，收入陈平原、夏晓虹编：《二十世纪中国小说理论资料》第1卷，页54—55。
④ 林纾本人并没有告诉我们他是怎样走上翻译小说的道路。据他身旁的友好所述，林纾在1897年中年丧妻，心情极度郁闷，这时从法国回国的好友魏瀚、王寿昌鼓励林纾和他们一起翻译法国小说以排解郁闷，林纾怕自己不能胜任，婉言相拒，但魏瀚"再三强之"，林纾才半开玩笑地说："须请我游石鼓山河。"于是在福州风景区鼓山（转下页）

出版却获得空前成功,"书出而众哗悦""一时洛阳纸贵""不胫走万本",①使林纾一夜成名。他虽始料不及,其后却以此为维新救国的工具,②最后译出了近230部外国小说。③然而,这里指出林纾走上翻译道路充满偶然性,却不是说林纾的成功只是纯粹的偶然所致。

首先,林纾在晚清的成功,不是出于侥幸,更不是因为晚清没有翻译人才。林纾奋身翻译事业,殚精竭虑,从他译出《巴黎茶花女遗事》到《离恨天》(Paul et Virginie)的大概十年间,④若要认为晚清翻译界"蜀中无大将",这个立论是不能成立的。当时"每年新译之小说,殆逾千种以外",林纾却能在这样的情况下脱颖而出,⑤绝对"非偶然者"。⑥在晚清的译界,尽管懂外文、翻译的人才的数量不能与今天等量齐观,然而也可谓俯拾皆是。⑦随手拈来的例子就有:徐念慈(1875—1908)1903年翻

(接上页)游船,王寿昌与林纾"耳受手追"地译出这篇名作。此外,非常支持及留心维新事业的林纾,本来是希望可以翻译拿破仑及俾士麦全传,以响应以小说救国的维新口号,最终事与愿违。丘炜蒦就指出《巴黎茶花女遗事》"反于无意中得先成书,非先生志也"。见丘炜蒦:《客云庐小说话》,《挥麈拾遗》,《晚清文学丛钞·小说戏曲研究卷》,页408;张俊才:《林纾评传》(天津:南开大学出版社,1992年),页68。

① 陈衍:《福建通志》第26卷(上海:上海古籍出版社,1987年),页2501。
② 林纾以翻译小说扬名以前,以白话写的《闽中新乐府》(1897年)抒发他鼓吹新法,倡导新政的思想。
③ 长期以来学界依据林薇及马泰来《林纾翻译作品全目》一文整理而来的数据,认为林纾翻译了180种外国小说,见林薇:《百年沉浮:林纾研究综述》(天津:天津教育出版社,1990年),页86—95。此数据已被推翻,林译小说达至少213种,见樽本照雄:《林纾冤罪事件簿》(大津:清末小说研究会,2008年),页4。
④ 林纾译作由之前的黄金时期转变到后来的"老手颓唐"的时间,有不同的说法。阿英认为1907年前是林纾小说的黄金时期,见阿英:《晚清小说史》,《阿英全集》第8卷,页194。钱锺书认为林纾在1913年译完的《离恨天》为一分水岭,见钱锺书:《林纾的翻译》,原刊《文学研究集刊》第1册(北京:人民文学出版社,1964年),后经修改收入钱锺书《旧文四篇》,收入薛绥之、张俊才编:《林纾研究资料》,页306—307。
⑤ 披发生(罗普):《〈红泪影〉序》,《红泪影》(广智出版社,1909年),收入陈平原、夏晓虹编:《二十世纪中国小说理论资料》第1卷,页379。
⑥ 沈禹钟:《〈(甲寅)杂志(说林)之反响〉》,《申报》,1926年1月25日。
⑦ 马祖毅:《中国翻译简史·五四运动以前部分》(北京:中国对外翻译出版公司,1984年),页700—796。

译《海外天》(The Wreck of the Pacific)，1905 至 1908 年翻译《新舞台》（原著同名：《新舞台》），1905 年翻译《黑行星》(The End of the World)；恽铁樵（1878—1935）翻译过众多英国小说、游记；① 周桂笙（1873—1936）在 1906 年译出《福尔摩斯再生案》《八宝匣》《左右敌》《含冤花》《海底沉珠》等。② 而近年研究发现，刊登在《教育世界》上一系列的翻译小说，实是出自王国维的手笔，当中包括托尔斯泰的《枕戈记》（今译《砍伐森林》）③、哥德斯密（Oliver Goldsmith）《威克得之僧正》(The Vicar of Wakefield，今译《维克斐牧师传》）。另外，较后周氏兄弟的《域外小说集》，以及更早由西方传教士所翻译的小说，如《昕夕闲谈》(Night and Morning) 及《百年一觉》(Looking Backward)、《伊索寓言》(Aesop Fables) 等都是不折不扣的翻译小说；更不要说比较"不纯粹"的翻译作品，如带有西洋小说特色的译述（如吴趼人的小说）、改篇、豪杰译（梁启超的作品）、伪译等，品种繁多，没法全部罗列。由此可以证明，林纾的成功其实不是当时译界凋零所致。以上的例子，以上提到的一众人物，虽然不能算是寂寂无闻，但翻译小说的声望与口碑却远远不及林纾。

尤为甚者，不少晚清文人是精通外语的译者：恽铁樵通英语，周桂笙操法英两语，徐念慈会日语及英语，孙毓修掌握英语，等等，但更重要的是他们对文学、小说、翻译都抱有一定的鉴赏能力以及抱负，甚至能够提出一些超出时代限制的观点。譬如 1911 年任商务印书馆编译、1912 年任《小说月报》主编的恽铁樵，就是他独具慧眼地在众多的文学稿中推许当时只是文坛新人的鲁迅，以及其第一篇小说创作《怀旧》。因此，我们对恽铁樵的文学鉴赏能力不必存疑。恽铁樵就曾表明自己对林纾非常

---

① 《小说月报》上有多篇出自恽铁樵翻译的作品，如第 5 卷第 1 号的《黎贝嫩古林记》译自（美国）H. S. Joslyn，第 5 卷第 3 号的《弗罗列大横海铁道记》译自 Stephen J Hunter。
② 樽本照雄：《新编清末民初小说目录》第 5 版（大津：清末小說研究会，1997 年），页 5、558、1076、4645。
③ 樽本照雄：《新编清末民初小说目录》第 5 版，页 4483。

赏识。① 另外曾经翻译过众多外国小说，结成"欧美文学译丛"，更把自己学习英语的心得写成《中英文字比较论》的孙毓修，便认为林纾的小说评论非常中肯。② 特别要注意的是徐念慈，他指出小说属于美学范畴，反对梁启超以小说沦为救国工具的识见，就此论调，已成为中国现代小说发展史上一个不可多得的先锋，加上他对晚清译界所提出的高识远见，更是冠绝当时。他对于林纾的赞美之词更是溢于言表，1908年所写的《余之小说观》一文中，就说道："林琴南先生，今世小说界之泰斗也，问何以崇拜之者众？……足占文学界一席而无愧色。"③ 这些人众口一词的评价，在在透露出一个极重要的讯息："近世译者盛称林琴南。"④

若以作品论，尤其以后来的译评标准来看，比林译更接近今天翻译标准的作品其实也已经出现，不过它们遭受的冷遇实在是我们所不能想象的，这就是指鲁迅、周作人在1909年合作出版的《域外小说集》。周氏兄弟的《域外小说集》无论选材、译法，在今天都得到高度的推崇，可是，《域外小说集》的价值其实是要待到五四时翻译观念彻底转变后才被重新追认，⑤ 在最初出版时却是无人问津的。毫无疑问，在晚清社会，《域外小说集》是无法跟"林译小说"相比的。由此可见，林纾的成功，并不是

---

① 树珏（恽铁樵）：《关于小说文体的通信》，原刊《小说月报》第7卷第3号，收入陈平原、夏晓虹编：《二十世纪中国小说理论资料》第1卷，页566。
② 孙毓修认为即使林纾不审西文，但他对狄更斯的理解以及评语，"颇能中肯"。孙毓修：《欧美小说丛谈》（上海：商务印书馆，1926年），"司各德、迭更司二家之批评"一节，页32。
③ 觉我（徐念慈）："林琴南先生，今世小说界之泰斗也，问何以崇拜之者众？则以遣词缀句，胎息史汉，其笔墨古朴顽艳，足占文学界一席而无愧色。"觉我（徐念慈）：《余之小说观》，原刊《小说林》1908年第10期，收入陈平原、夏晓虹编：《二十世纪中国小说理论资料》第1卷，页336。
④ 周剑云：《〈痴凤血〉序文》，原出资料不详，转引自薛绥之、张俊才编：《林纾研究资料》，页206。
⑤ 胡适在《五十年来中国之文学》中评道："十几年前，周作人与他哥哥也曾用古文来译小说。他们的古文工夫既是很高的，又都能直接了解西文，故他们译的《域外小说集》比林译的小说确是高的多。"胡适：《五十年来中国之文学》，1922年，收入《胡适全集》第2卷，页280。

因为读者并无选择。相反地说,在众多的外国翻译作品中,在众多沟通中西的文化人当中,林纾是晚清读者当时的共同选择,林纾的出现是反映特定的社会和时代需要的。晚清独特的历史状况、社会因素,天衣无缝地契合了林纾的个人专长,却没有为徐念慈、孙毓修、周桂笙,甚至周氏兄弟等人提供发展和发挥的条件。

既然林纾是整个晚清社会在翻译活动上的共同选择,是晚清译界众望所推许的代表人物,以他作为一个案例,首先展现了他的代表性。通过分析由他而来多不胜数的评论,我们就更可以掌握这个时代本来隐而不彰的对翻译的集体认知。以此作出发点,配合下文有关五四翻译观念对比、时代背景考察等内容,便可以了解这个时代翻译观念转变的原因。我们看到,五四一代对林纾毫不留情地施以痛击,当中并不涉及个人恩怨,那是因为当时的社会价值(特别是翻译观念)在五四前后出现了急剧的转变,以使后来的人对林译小说和林纾本人作出全盘否定。或者更准确一点说,五四论者是要否定林纾所代表的整个晚清的翻译观念。

三、 对译笔的重视

本节从晚清时期人们对林译小说的评价出发,勾勒晚清的翻译观念。

林纾译出 210 多部作品,当中以《巴黎茶花女遗事》《黑奴吁天录》《迦茵小传》《块肉余生述》《拊掌录》等在社会上影响最大。从围绕这些作品而来的评述中,我们看到一个非常有趣的现象,就是当时的人对林译的印象中,最受关注的就是译笔,亦即译文的笔调、风格、韵味等艺术因素。"林琴南……最初出之《茶花女遗事》及《迦茵小传》,笔墨腴润轻圆"[1],"文章确实很好"[2],既有"词章之精神"又有"形容之

---

[1]《小说月报》编辑:《复周作人函〈炭画〉》,1923 年 2 月 27 日《小说月报》,见周作人:《关于〈炭画〉》,《周作人文类编》第 8 卷《希腊之余光》,页 568—569。
[2] 鲁迅:1932 年 1 月 16 日《致增田涉信》,《鲁迅全集》第 13 卷,页 473。

法"①,有人甚至认为因为林纾的译笔而做到"高尚淡远"②。而林纾在翻译不同名作时,能用他"笔墨"营造三种境界:"一以清淡胜,一以老练胜,一以浓丽胜",而三种境界"皆臻极点",因此说林纾是为晚清翻译界的"小说界泰斗,谁曰不宜?"③ 美的标准本来是比较主观的,不过,晚清文人认为林纾的译笔优美,能见诸一个共同点,就是林纾能以古意盎然的笔法去翻译外国小说,他们认为林纾"则以遣词缀句,胎息史汉,其笔墨古朴顽艳",更认为"生平所译西洋小说,往往运化古文之笔以出之",因而"若林氏文,光气烂然""有无微不达之妙"。④

读者要求译笔明白流畅,译文达到艺术水平,满足他们美学的期待,实在合乎常理。这本来就不是一种特殊、非普遍的评价标准,无论用古文还是白话文来进行翻译,原都应该达到这个要求。在晚清,古文可以说是当时整个社会唯一以及必然的选择。⑤ 然而有趣的却是,晚清考核林译小说的首要标准——译笔流丽——却在林纾不懂西文这个事实下发生,这的确是可堪玩味的。林纾很多地方说过自己不懂外文:"予不审西文,其勉强厕身于译界者"⑥、"鄙人不审西文"⑦、"吾不审西文,但资译者之口"⑧、

---

① 公奴:《金陵卖书记》,开明书店版,1902年,收入陈平原、夏晓虹编:《二十世纪中国小说理论资料》第1卷,页65。
② 树珏(恽铁樵):《关于小说文体的通信》,原刊《小说月报》第7卷第3号,收入陈平原、夏晓虹编:《二十世纪中国小说理论资料》第1卷,页566。
③ 侗生:《小说丛话》,原刊《小说月报》1911年第3期,收入陈平原、夏晓虹编:《二十世纪中国小说理论资料》第1卷,页388—390。
④ 沈禹钟:《〈(甲寅)杂志(说林)之反响》,《申报》,1926年1月25日。
⑤ 胡适指出甲午后所有的文章,包括严复、林纾、谭嗣同、梁启超、章炳麟、章士钊等的文章,虽然各具渊源和特点,根本都是延续古文而来。另外,陈独秀也明言:"适之等若在三十年前提倡白话文,只需章行严一篇文章便驳得烟消灰灭。"陈独秀与胡适有关《科学与人生观》一文所言,见陈独秀:《答适之》,收入《胡适文存》第2卷,收入《胡适全集》第2卷,页229。
⑥ 林纾:《〈孝女耐儿传〉序》,吴俊标校:《林琴南书话》(杭州:浙江人民出版社,1999年),页77。
⑦ 林纾:《〈西利西郡主别传〉识语》,吴俊标校:《林琴南书话》,页98。
⑧ 林纾:《〈兴登堡成败鉴〉序》,吴俊标校:《林琴南书话》,页129。

"纾本不能西文，均取朋友所口述而译"①，他甚至明言自己不懂西文是"海内所知"的事实。这样说却带出一个深具反讽意义的事实：对晚清读者来说，好的翻译跟译者有没有能力正确传达原作的意思是没有多大的关系的。他们是以文艺性较浓的角度去看林纾的翻译，换言之，准确与否在读者的心中并不重要。我们可以周桂笙作为一个反例。周桂笙外文水平远高于林纾，然而处处考计原文，结果他被评为"译笔并不出色"。而另一方面，梁启超的笔力不逊于林纾，然而他的《十五小豪杰》用了报章体，充斥了大量白话议论，因而令人觉得"沉闷乏味"。② 由此可见，虽然梁启超能写得流畅传神，不过由于不能满足晚清对小说"美感"的要求，他的翻译却不能达到林译小说的效果。

尽管林纾不懂外文为"海内所知"，但晚清的人对林纾的译者身份不仅肯定，更推崇备至："（林纾）生平所译西洋小说""林琴南先生诸译本""林先生所译名家小说""译书之卓有名誉者也"。③ 而当中最有分量的就是维新派领袖康有为评他为"译才"，④ 虽然这与他立志要以"古文家"存世的愿望相违背。当时更有一些人认为林纾在这种限制下，能写出这样优美的作品，实在是非常可贵，丝毫没有半点谴责之意："琴南不谙原文弥觉可贵！原书之旨，派宗桐城，笔力雄健，弥觉可贵！"⑤ 而另一些人，为了拔高林纾的优胜之处，甚至不惜贬低时人："林琴南译的西洋小说，处处都高人一等，偏是要说李涵秋的《广陵潮》好。研究《广陵潮》的好处，便是粗浅和淫秽。"⑥

---

① 林纾：《〈荒唐言〉跋》，吴俊标校：《林琴南书话》，页116。
② 钱锺书：《林纾的翻译》，薛绥之、张俊才编：《林纾研究资料》，页306—307。
③ 光翟（黄伯耀）：《淫词惑世与艳情感人之界线》，原刊《中外小说林》（第一年）第17期，收入陈平原、夏晓虹编：《二十世纪中国小说理论资料》第1卷，页310。
④ 康有为："译才并世数严林，百部虞初救世心。"《琴南先生写〈万木草堂图〉，题诗见赠，赋谢》，见《庸言》第1卷第7号，"诗录"，页1。
⑤ 周剑云：《〈痴凤血〉序文》，录自薛绥之、张俊才编：《林纾研究资料》，页206。
⑥ 沈禹钟：《纯正小说与读者》，《小说世界》第8卷第10期。

晚清读者似乎非常肯定林译小说是"翻译"作品，而不是当时也非常流行的"译述"，这似乎说明了他们有一个特殊的文学翻译观念，与我们现在有的并不完全一样。至于他们的文学翻译观念是什么，跟原文有没有关系，或有怎样的关系，我们还要进一步厘清。

晚清文人在彰显林译优点的时候，其实往往也会参照原文。譬如侗生在指称林纾为"近代最好的小说家"的时候，就援引"原著"作一对比：

> 林先生所译名家小说，皆能不失原意，尤以欧文氏所著者，最合先生笔墨。《大食故宫余载》一书，译笔固属绝唱……《块肉余生述》一书，原著固佳，译笔亦妙。书中大卫求婚一节，译者能曲传原文神味，毫厘不失。余于新小说中，叹观止矣。①

侗生是谁，现有的资料仍不足以考证。侗生懂不懂西文？有没有参考原文？如何得出林纾"不失原意""毫厘不失"，甚至能"曲传原文神味"的结论？对这些问题，现有资料不足以解答。不过，从侗生认同他的朋友所说"林先生译是书（《不如归》），译自英文，故无日文习气，视原书尤佳"②，足见他虽有原著的观念，却是一个非常空疏，没有实质内容的翻译观念，因为他所认同的是这种经多种（四种：日文、英文、口译、林译）重译后的版本。

另一个例子就是清末曾在工部、邮传部和大理院做过官的孙宝瑄，他在自己的日记中就明言：

> 经甫虽不能西语，颇通西文，能浏览泰西说部，谓其文章之佳妙，如我国《石头记》者不少。今观时人以汉文译者，往往减色，可

---

① 侗生：《小说丛话》，原刊《小说月报》1911年第3期，收入陈平原、夏晓虹编：《二十世纪中国小说理论资料》第1卷，页388、389。
② 同上。

见译才之难。今人长于译学者有二人：一严又陵，一林琴南。严长于论理，林长于叙事，皆驰名海内者也。①

孙宝瑄认为林纾是"驰名海内"的"译才"，因为他长于叙事，能够把泰西说部"文章之佳妙"凸显出来，而其他"汉文译者"却笔力不足，不能精彩地传递原文色彩，这点是与晚清以译笔为尚的风气吻合的。但既然孙宝瑄明言自己"不能西语"，那么他就根本没有看过原文，他说"颇通西文，能流览泰西说部"，可想而知，他认为看译文就是看原文。而他更以此出发，做出以下中西小说比较之论：

> 西人小说每处处作惊人之笔，使人不可猜测，而又不肯明言，须待终卷……即中国小说何独不然？但中国人喜言妖邪鬼怪，任意捏造，往往不合情理。
>
> 西人亦往往说怪说奇，使人惊愕不定，及审观之，皆于人情物理无不密合者……
>
> 余最喜观西人包探笔记，其情节往往离奇俶诡……
>
> 我国小说之叙人一事也，往往先离而后合，先苦而后乐。外国小说亦然。惟我国人叙述笔墨，每至水穷山尽处，辄借神妖怪妄，以为转捩之机轴。
>
> 西人则不然，彼惟善用科学之真理，以斡旋之。②

孙宝瑄在不懂原文的情况下写出洋洋洒洒中西小说比较的分别，我们今天看来实在啧啧称奇，亦难免使人觉得其轻率不慎。不过，在晚清的社会，不懂外文、未读原文的人，比较中西小说，发表泛泛之论，其实为数

---

① 孙宝瑄：《忘山庐日记》，收入陈平原、夏晓虹编：《二十世纪中国小说理论资料》第1卷，页571。
② 同上书，页573。

不少。譬如一个以侠人为笔名的人，他在一篇长达千余字的文章里批评原著以及译作，并做出中西文学比较，第一句却是开宗明义说："余不通西文，未能读西人所著小说，仅据一二译出之本读之。"① 情况就跟孙宝瑄一样。

我们在这里指出侗生、孙宝瑄，甚至侠人的言论，并不是想说明时人大言不惭，在没有看过原文的情形下就妄下结论，甚至作一些空泛的中西小说比较论；而是希望指出，在晚清，不懂西文的人可以这样确信自己能够透过阅读译本来比较译文与译本的关系，其实是显示他们把一种绝对的信任委诸译者。换言之，在晚清的翻译活动过程中，翻译的权威性（authority）是在译者这边，而不在原文及原著本身。这是一个很重要的问题，因为到了五四的时候，随着中国对西化的理解有所转变，权威的来源亦慢慢从译者移回原著身上，而林纾作为"译者"的身份随之就被抹杀，他的译文也受到大肆攻击。

我们还可以从这个"权威性"的角度去进一步检视晚清对林纾的评价。我们说过，林纾不懂外文，时人不但认为林纾能够克尽译者的职责，做到"不失原意"，有效传达原文的精神，有时候更甚至认为林译小说比原文更好，除了上文指出的时人认为他最善于翻译的欧文（Washington Irving）以及狄更斯（Dickens）的作品属于"绝唱"，令人叹为观止外，侗生与友人更明言《不如归》实在"视原书更佳"："林先生译是书，译自英文，故无日文习气。"为什么会这样？其中一个很重要的原因在于时人认为西方与中国有根本的差异，而外国的东西未必全部适应中国的国情，这当中包括中西文字上的差异。时人认为如果把蟹行蚓书的西文直译入中国，会使中文"冗赘不堪"，变得不伦不类。一个叫苦海余生的人就察觉到：

---

① 侠人：《小说丛话》，原刊《新小说》1904 年第 12 号，收入陈平原、夏晓虹编：《二十世纪中国小说理论资料》第 1 卷，页 92。

> 中西文字不同，直笔译之，谓能尽善尽美耶？琴南知此，故视其说部一篇到底，有线索、意境，直如为文，匪不尽心力而为之。——欲其不享盛名得乎？①

因而，五四时期所谓林纾的缺点，在晚清时人看来却根本就是林纾的优点所在，因为如果林纾懂得外文，反而会处处考量原文，被西文的原文窒碍："今不善译书者，往往就彼之文法次序出之，一入我文，遂觉冗赘不堪，此译者之大病也。是故余阅小说，不为少矣，自林（纾）、魏（易）所制以外，未见有佳者，职是之故。"②

相反，林纾只需经口译者传授，把原文的大意默印心中，即可用一种格义的方式，用他的生花妙笔把外国知识适当地输入中国。而这点，就是林纾比一般懂西文的人优胜之处："若林先生固于西文未尝从事，惟玩索译本，默印心中，暇复昵近省中船政学堂学生及西儒之谙华语者，与之质西书疑义，而其所得力，以视泛涉西文辈，高出万万。"③

今天一般人的理解，译者懂外文可以让他正确理解原文，把原文的原旨、原意传播到译入语文化去。但在晚清社会根本不承认有必要按原文表达，懂不懂西文便不是一个首要的条件，而翻译的方法只要"玩索""默印"就可以了。这甚至可以说是晚清译界的共识，譬如在《自由结婚》弁言中，译者就说得很清楚："若按字直译，殊觉烦冗，故往往随意删减，使就简短，以便记忆。区区苦衷，阅者谅之。"④ 这样的例子实在不胜枚举，我们从吴趼人、梁启超、包天笑、苏曼殊等人的文章

---

① 刘哲庐编：《文学常识》（上海：大中书局，1929年），第71页。
② 孙宝瑄：《忘山庐日记》，收入陈平原、夏晓虹编：《二十世纪中国小说理论资料》第1卷，页574。
③ 丘炜菱：《茶花女遗事》，《挥麈拾遗》，1901年，收入陈平原、夏晓虹编：《二十世纪中国小说理论资料》第1卷，页6。
④ 自由花：《〈自由结婚〉弁言》，自由社版，1903年，收入陈平原、夏晓虹编：《二十世纪中国小说理论资料》第1卷，页109。

里也可以轻易地找到证据。必须强调，林纾自己的翻译观跟整个晚清译界是互相呼应的。他一方面承认翻译包含着一种依原文而来的信念，如在《鲁滨逊漂流记》（*The Life and Adventures of Robinson Crusoe*）序中，林纾就说："若译书，则述其已成之事迹，焉能参以己见？彼书有宗教言，吾既译之，又胡能讳避而铲锄之？"① 在《黑奴吁天录》例言中也明言："书中歌曲六七首，存其旨而易其辞，本意并不亡失，非译者凭空虚构。证以原文，识者必能辩之。"但另一方面，他的所谓"证以原文""非译者凭空虚构""存其旨而易其辞"，往往又与他的实践行径大相违背。同样在《黑奴吁天录》中，他就认为要在适当的时候做出剪裁："是书言教门事孔多，悉经魏君节去其原文稍烦琐者。本以取便观者，幸勿以割裂为责。"②

四、中学为体，西学为用

为什么晚清的翻译活动可以容纳不懂西文、不依据原文的观念？更有意思的是，这并不是一两个人惊世骇俗的看法，而是一种集体意识，是一代人的共同信念。这是一个值得深思的问题。③

---

① 林纾：《〈鲁滨逊漂流记〉序言》，吴俊标校：《林琴南书话》，页114—115。《鲁滨逊漂流记》由林纾1905年与曾宗巩合译。
② 林纾：《〈黑奴吁天录〉例言》，1901年，收入陈平原、夏晓虹编：《二十世纪中国小说理论资料》第1卷，页44。
③ 学术界近年在反思五四带来的启蒙意识的同时，发现有必要留意当中的黑暗面以及其宰制性，因此往往以引号"五四"代称以往五四这个略显笼统的名词。这涉及研究历史的时候，如何处理"个别"以及"共相"的复杂问题，譬如我们说，李白是唐代的大诗人，我们不能否定，唐代也会有人不喜欢李白，李白也不能代表唐代所有诗风，但是，这是否就削弱了李白诗在唐代的代表性？本章在用到集体意识、共同信念此等词汇的时候，并不是说所有生在晚清以及五四的人都必须拥有一种共同想法，而是说这种信念在当时是具有深刻的代表意义的；而且，不见得不同的个体不可以不约而同地拥有一个信念，譬如性格迥异、身份天差地别的人，都可以共同追求"民主"这个理念一样。

其实，晚清出现这样特殊的翻译观念，在中国翻译史上并不是一个常态。由于中国是一个多民族的国家，且早已与周边地区频密往来，因此，自商周有文献可考以来，翻译在人际沟通上就扮演了一个非常重要的位置，而且，因为翻译活动往往涉及外交和宗教，所以必须严谨地进行。严谨的意思不但是指态度而言，更是指原文与译文的差异务求减少，譬如在唐朝，由于与周边的外族交往频繁，因此对于翻译的准确度要求严谨，除了出敕文指示"译语学官"一定要"达异志"外，① 更明文规定"译不实者"，一律严惩。② 又譬如在宋朝，宋太祖赵匡胤设立的译经院，从格局上就首先分为译经堂、润文堂、正义堂，而翻译过程就要依据这三个地方，依次入座，分成九个步骤，分别为："（第一译主）正坐面外宣传梵文。第二证义坐其左。与译主评量梵文。第三证文坐其右。听译主高读梵文。以验差误。第四书字梵学僧。审听梵文书成华字。犹是梵音。五笔受。翻梵音成华言。第六缀文。回缀文字使成句义。第七参译。参考两土文字使无误。第八刊定。刊削冗长定取句义。第九润文。官于僧众南向设位。"③ 而即使遇到与朝廷避讳的字，也"一律不改"，④ 翻译过程实在一字不苟，非常忠实严谨。由此可见，晚清的翻译观念在中国翻译史上并非一个常态，而仅仅属于一种特殊的观念。那么，我们就要问，为什么在晚清社会出现这种特殊的翻译观念？

林纾译出法国小仲马《巴黎茶花女遗事》造成文学界"洛阳纸贵"的1898年，正正就是张之洞在《劝学篇》提出"中学为体，西学为用"的一年。"中学为体，西学为用"虽然由张之洞明确提出，但是在思想史的领域内几乎无人不认同，这句话公认是集合了整代晚清士大夫文人酝酿三

---

① 《开元尹元敕文》，《全唐文》第75卷（太原：山西教育出版社，2002年），页347。
② 长孙无忌：《唐律疏义》第25卷（上海：上海古籍出版社，1987年），页630。
③ 《佛祖统纪》，收入《大正新修大正藏经》，现根据中华电子佛典协会（CBETA）官方网站http://buddhism.lib.ntu.edu.tw/BDLM/sutra/chi_pdf/sutra20/T49n2035.pdf，p.439，检索于2019年2月14日。
④ 马祖毅：《中国翻译简史——五四运动以前部分》，页71—72。

十年，"举国以为至言"① 的共同理念。换言之，《巴黎茶花女遗事》是在这种"中学为体，西学为体"的背景下产生的。众所周知，晚清被迫向西方学习，是因为战败，是出于醒觉到要认识外国的语言及其文化，也是出于一种慑于背后权力的被动心态。清朝第一所西方语言学校京师同文馆1862年随着第二次鸦片战争战败而成立，《清史稿》已明言，那是因为"震于列强之船坚炮利"②。本来一直以天朝大国自居的清朝，忽然笼罩在亡国灭种的阴影下，在被迫的心态下开始西化。在最初的阶段里，学习西方的技器只为应付实际的需要，但到了后来却发现，仅仅学习技器已不足应付险峻的政治环境，从而进入了张之洞所言"不得不讲西学"以"存中学"的阶段，提出"中学为体，西学为用"。表面看来，"中学为体，西学为用"是一种囊括中、西学问的体系。的确，在内容的层面上，张之洞的"西学"范围，③ 比起冯桂芬在1861年所倡议的"采西学议"④ 中所说的科学和技术的内容外，还多增了西艺、西政、西史。这已经初步脱离了当时一般人心目中西方知识是"末技""夷务""形而下"的想法了。不过，在中国传统用语上，"体用""本末""道器"的分野，原先就有轻重、先后的分别。我们明白，"西学为用"的说法，固然是公开承认了西学也有价值，但这种西学的价值是必须彰显以及依附在补足中学的大前提之上的，亦即是说这里西学的价值只在其工具性，而不是晚清社会认为西学自身有什么纯粹的价值，要国人非学不可。

在翻译理论内，指导翻译的背后的理念称之为等值理论（equivalence）。等值理论固然可以从语言角度上分析等值相符的关系，但是最简单地看，

---

① 梁启超：《清代学术概论》，《梁启超全集》第5册第10卷，页3104。
② 《清史稿》第113卷《选举志二·学校下》（上海：上海古籍出版社，1995年），页320。
③ 张之洞：《劝学篇·序》指出"西学亦有别，西艺非要，西政为要"，《张之洞全集》第12册（石家庄：河北人民出版社，1998年），页9705。
④ 冯桂芬云"采西学议"，收入冯桂芬、马建忠：《采西学议——冯桂芬、马建忠集》（沈阳：辽宁人民出版社，1994年），页82—84。

等值理论的基本信念是两种文化处于"等值"之上。① 清廷从天朝大国的一端走到亡国灭种的另一端的过程中,都从来没有承认中西双方文化是处于等同的位置之上,又如何会认同在翻译活动中支撑着原著及其背后社会的文化价值?

于此,这时的翻译活动的图像已很清楚:翻译的目的是改良中国,方法是"中学为体,西学为用",因为西学的价值是"可以补吾阙者用之"②,而认识西学的手段就是翻译。西洋小说就是西学的一个构成部分,是了解西俗的手段,更是梁启超等人口中传播维新救国思想的"文明利器"③。西方小说自身本来面貌是怎样?西方小说本来的价值,又怎会进入晚清文人的思维?在这些问题上,林纾贯彻始终,一早表明他的政治信念是维新,他的理想是改良中国,因此,西洋小说在他眼中亦只担当协助维新的作用;他的翻译观念自然与此时的整体翻译信念相同,而他在译文内作他认为必要的改动,在译文外则加入跋、序,抒发救国情怀,激发国人救国意识,从而达到他的目的——这是可以理解的。

不过,即使有"中学为体,西学为用"的思想纲领,但在实际输入西学的时候却没有一个清晰的指引,规范输入西学的范围,厘定什么内容是对中国有用,什么是对中国无用或"有害"的思想。在朝廷主导下的翻译

---

① 翻译理论内研究有关等值的问题,最初是从语言角度入手,研究翻译过程中译入语文本以及原语文本内的不同语言元素(音、词、素词、词组句、句群、语段等)之间的等值关系,或最低限度"差异中的等值"(equivalence in difference)。但近年的翻译理论指出,等值理论不但是"一个扰人的概念",而且理论本身问题众多,其中一个最大的问题是等值理论只视翻译为两种语言的转换,完全忽视了不同语言之间并不构成"对称"关系,更认为这种理论无视文化与语言的关系。见 Roman Jakobson, "On Linguistic Aspects of Translation," in Reuben A. Brower ed., *On Translation* (New York: Oxford University Press, 1966), pp. 232 - 239;另外近年重探等值理论的研究可参考 Mary Snell-Hornby: "The Illusion of Equivalence," in *Translation Studies: An Integrated Approach* (Amsterdam: J. Benjamins Pub. Co., 1988), pp. 13 - 22。
② 张之洞:《劝学篇》,《张之洞全集》第 12 册,页 9722—9723。
③ 梁启超:《传播文明三利器(饮冰室自由书一则)》,原刊《清议报》1899 年第 26 册,收入陈平原、夏晓虹编:《二十世纪中国小说理论资料》第 1 卷,页 39。

活动也许还有明确的界限，譬如张之洞在发现到输入的民主、民权之说与尊君之义并不相容时，除马上以《劝学篇》对西学的范围严加监控及调整之外，更不惜把一切问题归咎于译者"误矣""尤大误矣"：

> 考外洋民权之说所由来，其意不过曰：国有议院，民间可以发公论达众情而已。但欲民申其情，非欲民揽其权。译考变其文曰民权，误矣。近日摭拾西说者，甚至谓人人有自主之权，益为怪妄。此语出于彼教之书，其意言上帝予人以性灵，人人各有智虑聪明，皆可有为耳。译者竟释为人人有自主之权，尤大误矣。泰西诸国，无论君主民主，君民共主，国必有政，政必有法，官有官律，兵有兵律，工有工律，商有商律，律师习之，法官掌之，君民皆不得违其法。政府所令，议员得而驳之；议院所定，朝廷得而散之。谓之人人无自主之权则可，安得曰人人自主。①

官方的确可以以政治手段对西学的输入做出适当的调整以及防范，但脱离旧有官僚士大夫制度的文人，情况便很不一样。他们抱着一腔改革的热情，希望在民间借着西学的力量，改良中国，往往因各自接触西学的途径不同，与境外接触机缘的多寡不同，以不同的方法及模式输入西学，因而呈现出一个更纷陈杂乱的局面。在周桂笙②、曾朴③、徐念慈④等人的

---

① 张之洞：《劝学篇》中《正权第六》，《张之洞全集》第 12 册，页 9722—9723。另外，又在"序"中申明这一章"正权"是要"辨上下，定民志，斥民权之乱政也"。
② 周桂笙在"译书交通公会"的《试办简章》就提议："按月公布，交流会友的翻译计画，可以避免重复同译。"马祖毅：《中国翻译史（上）》（武汉：湖北教育出版社，1999 年），页 756。
③ 曾朴："应预定译品的标准，择定时代，各国各派的重要名作，必须移译的次弟译出。"曾朴：《曾先生答书》，是回应胡适《论翻译——与曾朴先生书》一信的文章，见《胡适全集》第 3 卷，页 804。
④ 徐念慈更提议先把译文定名，更提议先列出一张明单。觉我（徐念慈）：《余之小说观》，收入陈平原、夏晓虹编：《二十世纪中国小说理论资料》第 1 卷，页 336。

文字中，我们很容易便可以找到他们对当时译界混乱一片的描述以及不满了。译者因着自身的识见与思想，输入了一些与中国固有传统观念相抵触的内容，一点也不意外。当中固然有些革命分子希望刻意冲击传统思想，如苏曼殊将雨果（Victor Hugo, 1802—1885）的《悲惨世界》（Les Miserables）翻译成《惨世界》，就是连译带编带创作的十四回章回小说，借雨果之口攻击中国人迷信；但当然也有无心的，林纾翻译哈葛德（Rider Haggard, 1856—1925）的《迦茵小传》（Joan Haste）便是一个这样的例子。

有关 Joan Haste，在晚清出现了林纾和魏易合译的《迦茵小传》与杨紫麟和包天笑合译的《迦因小传》，这部小说在晚清出现双胞胎的背景，很多学者都曾作深入分析了，本章也不再赘述。① 这个译本没有因为"林译小说"的名气而产生社会效应，却不幸地因为与中国传统礼教中最基本，亦即是最牢固的道德观、妇女观产生激烈触碰而引发轩然大波。这当然与林纾一向比较开明的妇女观有关，但其实也是林纾所始料不及的，他实在并非有意以外国小说正面冲击中国传统的三纲五常观念。当时，就有人批评林纾仗着自己"林译"的名气，有恃无恐，不细察晚清社会的需要，输入了一种不能与本地思潮凑合的思想内容，也指林纾产生了很大的颟顸意识，所以林纾就更罪加一等：

> 而林氏则自诩译本之富，俨然以小说家自命，而所译诸书，半涉于牛鬼蛇神，于社会毫无裨益；而书中往往有"读吾书者"云云，其口吻抑何矜张乃尔！甚矣其无谓也！②

---

① 见王宏志：《"以中化西"及"以西化中"——从翻译看晚清对西洋小说的接受》，胡晓真编：《世变与维新：晚明与晚清的文学艺术》，页589—632。
② 寅半生：《读〈迦因小传〉两译本书后》，原刊《游戏世界》1907年第11期，收入陈平原、夏晓虹编：《二十世纪中国小说理论资料》第1卷，页251。

由此可见,晚清译者在获得了读者的绝对信任以及由此而来的权力以外,亦同时被赋予了履行权力背后责任的期许。晚清翻译权威性的错位,错落于译者身上,令译者定位模糊,在享受着自由改动原文而带来的荣誉之外,亦同时可能要承担审议输入原文内容的社会责任以及风险。林纾本人也曾经表示对这的无可奈何:"读者将不责哈氏,而责畏庐作野蛮语矣。"① 拥有着特殊翻译观念的晚清,成就了本来不具翻译能力的林纾,却同时要他展现这由同一种观念所产生的问题的代价,可说是历史的吊诡。

　　虽然如此,无论是林纾《迦茵小传》的例子,还是他其他曾作过一些比较忠实的翻译的例子,都只是进一步说明了原著并不是一个最重要的考察条件。即使他们愿意忠实于原文,把原文一些不适合中国的观念引进来,结果不是像周氏兄弟的《域外小说集》那样受到冷遇,便是像林纾的《迦茵小传》那样受到攻击。尤其是林纾的情况,以他的名声及地位,仍然不可以冲击改变当时稳如磐石的翻译观念,可想而知,在这个历史阶段里,这种特殊的翻译观念是多么牢固!

　　晚清社会产生这种既含混又特殊的翻译观念的背景,在于这次中国与西方相遇是以前三千年所未曾遇上的。时人常言道的"此三千余年一大变局也"②、"千古未有之奇局"③、"五千年来未有之创局"④,显示他们已意识到,这次中西相遇并不能与以往历史上任何一次中国与境外相遇的经历比较。这当然并不纯指兵力而言,而是直指中国遇上的敌人在文明程度上,实在可以与中国一相较量。可惜,这点在当时只有极少数人能意识到,而部分具有高瞻远瞩识见的人也囿于政治压力而不能明

---

① 林纾:《〈埃及金塔剖尸记〉译余剩语》,吴俊标校:《林琴南书话》,页22。
② 李鸿章著,吴汝纶编:《李文忠公全书·奏稿》第19卷,页44—45,收入1962年台湾缩印本(台北:文海出版社,1962年),页677。
③ 薛福成:《庸庵文续编》卷上,页35,收入1995年上海古籍出版社版,页136。
④ 曾纪泽:《曾纪泽遗集》(长沙:岳麓书社,1983年),页135。

确指出。① 因此，在清朝未完全覆亡前，虽然忧国忧民的士大夫早有亡国之忧患意识，但保守势力仍然顽强，视野远远不足；虽然也有人提出很多解释中国落后于西方的借口，如"西学源出中国说"②，但更多人愿意相信只要中国急起直追，甚至以"西学"作为最后的手段，中国的问题还是可以继续在传统的自我系统内更新复原。在这样的背景下，翻译虽然担当了一个非常重要的政治角色，然而实质的功能，却仍是非常有限的。产生自这样一个时代的这种特殊翻译观念，当彻底改写中国的历史事件还没发生、结局还没敲定以前，很少人会认为有什么不妥；即使有先见者已提出新思想，然而力量实不足打破一整代人的迷惘。到了1911年辛亥革命的成功带来中国数千年的帝制终结，中华民国成立，历史翻到新的一页后，在以往社会制度支配下的思想观念，才终于有被重新审视的可能。

五、五四

五四在历史上固然是承自晚清而来，然而五四在思想体系以及整个文化价值取向上，却是把中国带进一个崭新的历史阶段。

过去，在五四的论述里，林纾因为在1919年上书《致蔡鹤卿书》指出"若尽废古书，行用土语为文字，则都下引车卖浆之徒所操之语，按之皆有文法"③，反对白话文运动，并以小说《荆生》《妖梦》影射诋毁新文

---

① 像郭嵩焘，指出西方"有文明"，"西洋立国二千年，政教修明"，"其风教远胜中国"后，他不但要面对"汉奸"的指控，且他的《使西纪程》也要遭逢"奉旨毁板"的命运。钟叔河：《从东方到西方：走向世界丛书叙论集》（上海：上海人民出版社，1989年），页227—289。
② 全汉昇：《清末的"西学源出中国说"》，《岭南学报》1935年第4卷第2期，页57—102。
③ 林纾：《致蔡鹤卿书》，原刊1919年3月18日北京《公言报》，收入薛绥之、张俊才编：《林纾研究资料》，页88。

化人士，从而随着新文化运动的胜利，声誉尽丧，成为落伍文人，甚至是历史罪人。近年学术界出现重新审视"五四话语"的热潮，五四时期被打压的对象，如鸳鸯蝴蝶派、学衡派、林纾等，得到被重新评价的机会。因此，近来的研究，颇能从一个较持平的角度去衡量林纾。人们从社会史的角度重新为林纾定位，指出在五四这样一个历史激进的时代，林纾拥护文言文、帝制，更与桐城派有千丝万缕的关系，加上北京大学不同宗派势力的斗争、五四一代要找革命对象、林纾倔强不屈的性格，最后不幸地使林纾成为新文化运动设下的文学革命的受靶人。①

反思五四，的确能够让我们重新听到当天被新文化运动强力压下去的声音。不过，在林纾的情况里，其实不用等到今天，只要我们看看在1924年林纾死后，那些曾经攻击林纾最力的人物如胡适、钱玄同、周作人、郑振铎等人所写的文章，就不难发现他们的内心深处其实充斥着对林纾爱恨交缠的情绪。胡适指出林纾的古文"吾识其理，乃不能道其所以然"的不通畅的时候，②认为林纾既然不明白古文之道，实在没有理由为古文卫道；但同时他也没有掩饰林纾"壮年时曾做通俗白话诗"的事实，指出林纾应该被看作维新派，因而劝吁社会给他一个公平的评价。③事实上，他自己便从没有试图掩饰林纾的贡献，在《五十年来中国之文学》

---

① 周作人就回忆当年找林纾出来作箭靶，是因为他的名气大："钱玄同反对封建文艺，把林纾骂得无地自容，可是从来不敢加章太炎或刘申叔一矢，这是什么缘故呢？……因为他是封建文章阵营里的大王，而章、刘则不是……我们到现在不必再来骂他，打死老虎了，但在那时候，却正是张牙舞爪的活虎，我们也要知道，不能怪当时喊打的人，因为他们感觉他是大敌，后来的《学衡》与《甲寅》也都在其次了。"周作人：《林琴南与章太炎》，《周作人文类编》第10卷《八十心情》（长沙：湖南文艺出版社，1998年），页372—373；另见罗志田：《林纾的认同危机与民初的新旧之争》，《历史研究》1995年第5期，页117—132，后收入《斯文关天意：近代新旧之间的士人与学人》（北京：生活·读书·新知三联书店，2020年），页159—186。
② 胡适：《通信·寄陈独秀·文学革命》，《中国新文学大系·建设理论集》（上海：上海文艺出版社，1980年［影印本］），页53。
③ 胡适：《林琴南先生的白话诗》，原刊1924年12月1日《晨报》，收入《胡适全集》第12卷，页65。

中,胡适说:

> 古文不曾作过长篇的小说,林纾居然用古文译了一百多种长篇小说,还使许多学他的人也用古文译了许多长篇小说;古文家很少滑稽的风味,林纾居然用古文译了欧文与迭更司的作品;古文不长于写情,林纾居然用古文译了《茶花女》《迦茵小传》等书。古文的应用,自司马迁以来,从没有这样大的成绩。①

另一个对林纾既爱且恨的人就是周作人。当晚清的文人还沉醉在林纾古文译笔编织出来的父慈子孝的世界时,早在1907年周作人就指责林纾"语尤荒谬"②了。不过,虽然他痛骂林纾最早亦最多③,然而在差不多每

---

① 胡适:《五十年来中国之文学》,1922年,《胡适全集》第2卷,页279—280。
② 1907年11月《天义报》上发表的《论俄国革命与虚无主义之别》的后记里,周作人对刚出版的林纾为其翻译的《双孝子喋血酬恩记》所作的序言作了措辞严厉的批评,说"林氏一序,语尤荒谬",又说"吾闻序言,如遇鸣鸦,恶朕已形,曷胜悯叹也"。参考《周作人文类编》第1卷《中国气味》(长沙:湖南文艺出版社,1998年),页48。
③ 周作人评价林纾的文字,依次为:
1.《论俄国革命与虚无主义之别》,同上注;
2.《林琴南与罗振玉》,原刊《语丝》1924年12月第3期,收入《周作人文类编》第8卷《希腊之余光》,页721;
3.《魔侠传》,原刊《小说月报》1925年第16卷第1号,收入《周作人文类编》第8卷《希腊之余光》,页724—728;
4.《再说林琴南》,原刊《语丝》1925年3月30日第20期,收入《周作人文类编》第10卷《八十心情》,页369;
5.《我学国文的经验》,原刊《孔德月刊》1926年第1期,收入《周作人文类编》第3卷《本色》,页185;
6.《中国新文学的源流》,1932年3月5次到辅仁大学讲课的讲义,收入周作人著、杨扬校订:《中国新文学的源流》(上海:华东师范大学出版社,1995年),页1—80;
7.《关于林琴南》,原刊1934年12月3日《华北日报》,收入《周作人文类编》第8卷《希腊之余光》,页729—730;
8.《关于鲁迅(二)》,原刊《宇宙风》1936年第30期,收入《周作人文类编》第10卷《八十心情》,页125;
9.《曲庵的尺牍》,1945年,原刊1959年澳门《大地》,收入《周作人文类编》第10卷《八十心情》,页420;

(转下页)

一篇文章内,他都会坦然承认林纾的贡献:

> 他在中国文学上的功绩是不可泯没的……
>
> "文学革命"以后,人人都有了骂林先生的权利,但有没有人像他那样的尽力于介绍外国文学,译过几本世界的名著?
>
> 林先生不懂什么文学和主义,只是他这种忠于他的工作的精神,终是我们的师……
>
> 他介绍外国文学……其努力与成绩决不在任何人之下。①

相类的论述在郑振铎那里就更加明显,在此不赘。② 五四一代人在众多的守旧派中引出林纾成为"革命对象",然而却又不忍彻底清算,这并不是他们立场不坚定、论据不充分,而是他们不能抹去新文化运动其实是继承林纾的遗产而来。而关于此的讨论,我们又将在下一章看到,新文化运动是通过遗忘、压抑、否定林纾以及他代表的时代的价值而来。

不过,即使如此,无论新文化人怎样尽量持平地评价林纾,但是,有一个论点是五四一代的文化人最坚定不移,绝不退让妥协,甚至不容任何讨论余地的,就是有关林纾的翻译观念以及他翻译活动的评价。林纾在五

(接上页)10.《黑奴吁天录》,原刊 1950 年 11 月 17 日《亦报》,收入《周作人文类编》第 8 卷《希腊之余光》,页 731;

11.《迦因小传》(按:原文如此;应为《迦茵小传》),原刊 1951 年 3 月《亦报》,收入《周作人文类编》第 8 卷《希腊之余光》,页 733;

12.《蠡叟与荆生》,原刊 1951 年 3 月 10 日《亦报》,收入《周作人文类编》第 10 卷《八十心情》,页 371;

13.《林琴南与章太炎》,原刊 1951 年 3 月 28 日《亦报》,收入《周作人文类编》第 10 卷《八十心情》,页 372。

① 周作人:《林琴南与罗振玉》,原刊《语丝》1924 年 12 月第 3 期,收入《周作人文类编》第 8 卷《希腊之余光》,页 722。

② 郑振铎指出林纾对小说做出众多的贡献,包括"中国的章回小说的传统的体裁,实从他开始打破","自他之后,中国文人,才有以小说家自命的"等,见郑振铎:《林琴南先生》,原刊《小说月报》1924 年第 15 卷第 11 号,收入薛绥之、张俊才编:《林纾研究资料》,页 152、163。

四时彻底失败,其实并不在于他与桐城派有千丝万缕的关系,因为他根本不是桐城派人士;① 也不是他反白话文以及对古文(特别是文言)的招魂如何地脱离现实,因为他自己也写白话诗,而胡适、鲁迅诸位新文化人士,在新文化运动前其实也以古文作为书写语言;更不是他以遗老自居而被嫌为迂腐、政治不正确,因为人所共知王国维也以遗老自称,但新文化人承认他"在学问上是有成绩的,这是事实,当然不能抹杀,也不应该抹杀,不过这和做遗老全不相干"②;更不是一般人认为的北京大学内的唐宋(桐城派)、魏晋文派(太炎派)的党同伐异,因为新文化核心人物胡适以及陈独秀根本不属任何一派。事实是:在思想史的论争上,林纾的翻译观与五四的价值观彻底相冲,他所代表的晚清翻译活动与五四完全脱节,翻译观念的"落伍"才是他真正被时代唾弃的症结所在。这点,在过去研究中,从来没有被正式提出来,相反,过去的讨论一直为围绕林纾的众多议题所混淆,这实在是非常可惜。五四把持着最充分的"翻译"理据去重估、攻击林纾,亦即是说明,社会上已出现了一个新的翻译观念。

上文指出过,晚清的翻译观是非常态的,可是,五四时期却似乎就从这特殊的翻译观念回到了一个普遍的翻译观念——以原著为中心的观念(source-text oriented)。③ 由于五四的一代奉原著为圭臬,因此林纾在晚清的翻译活动自然地被全面重估。我们在下文即将看到,在新旧翻译观念转

---

① 王枫:《林纾非桐城派说》,《学人》1996年4月第9辑,页605—620;另见蒋英豪:《林纾与桐城派、改良派及新文学的关系》,《文史哲》1997年第1期,页71—78。
② 钱玄同:《写在半农给启明的信底后面》,原刊《语丝》1925年3月30日第20期,收入薛绥之、张俊才编:《林纾研究资料》,页166。
③ 以原著为中心的观念是指,译者无论以什么方法翻译(直译、意译),均应以贴近原著为标准,译作应该忠实地反映原文的一切特色,以及在原语地区所产生的效果以及影响。1980年代以来西方翻译研究学者提出典范转移,认为过去的翻译研究,一直把原著为中心观念作为指导翻译的方法(prescriptive approach)错用在翻译研究之上,并太倚重等值理论作为规范(normative notion),在这样的情形下产生的翻译研究,无视了译本在译入语文化产生的意义。翻译研究开始脱离以原著为中心的局限。见 Theo Hermans ed., *The Manipulation of Literature: Studies in Literary Translation* (New York: St. Martin's Press, 1985)。

变带动的社会风气下，从前获得赞赏，自己却不情不愿被称作"译才"的林纾，① 在五四时瞬间变回他在晚清时一直希冀以此来扬名立万的"古文家"；而他在晚清时所拥有的优点，一下子却全部变成为人诟病的缺点。这些彻底的价值倒转，实在是时代对林纾的最大嘲讽。

可惜，过去在研究林纾的案例时，人们往往都从五四的价值出发，先从原著为中心观念立论，以一种由原著为中心观念出发带动下的话语（对原文删节、润饰、不忠实、施以暴力）评价晚清译界中的林纾。这些研究无法让人看清整个历史的图像，更好像掉入了"诠释循环"的窠臼一样。在翻译研究上，这正如 Tejaswini Niranjana 所言，翻译研究里常用忠实和背叛一语，假定了一个毋庸置疑的再现观，困陷其中，不能自拔，便未能去问一问翻译的历史性问题，从而阻碍了以翻译理论去思考译作的能力。②

六、 原著为中心观念

在这一节里，我们会看到，五四一代人如何将以原著为中心的观念作为标准来重新衡量林纾和林译小说；然后再探讨：从前在晚清出现的特殊翻译观念是在什么历史语境回到以原著为中心的观念去。

在本章第三节中，我们看到，晚清时人最为赞赏林纾的是他的译笔。晚清文人重视林纾的译笔——其实也就是他的文笔——往往凌驾在重视原文之上，而他们全面依赖译者的选择以及鉴赏能力，实际上也同时赋予了

---

① 林纾由始至终也不甘以译才自居，更不愿以翻译相关之名留存后世，在康有为"译才并世数严林"一句后，他在《与国学扶轮社诸君子书》更断言自己的翻译不应被看作"文"，因为古文在他心目中的地位严正得多。他表示："纾虽译小说至六十余种，皆不名为文。或诸君子过爱，采我小序入集，则吾丑益彰，羞愈加甚。"见吴俊标校《林琴南书话》，页177。

② Tejaswini Niranjana, *Siting Translation: History, Post-structuralism and the Colonial Context*, p. 4.

译者绝对的权威性。那么，五四的情况又是怎样？

1918年3月15日发表在《新青年》的《文学革命之反响》，是继胡适的《文学改良刍议》（1917年1月）和陈独秀的《文学革命论》（1917年2月）后另一篇带来文学革命成功的关键性文章。胡适在回顾文学革命的过程时认定，文学革命得以成功，多少是因为钱玄同找到"选学妖孽""桐城谬种"这些"向壁虚造一些革命的对象"。① 过去人们都明白钱玄同《文学革命之反响》和刘半农以《复王敬轩书》所精心策划的双簧戏，目的就是要引出"革命的对象"。不过，一直为人忽略的是，双簧戏的主要内容其实是围绕新旧翻译观念而来。我们可以看看下面引录的文字：

> 贵报于古文三昧全未探讨，乃率尔肆讥，无乃不可乎。林先生（林纾）为当代文豪，善能以唐代小说之神韵移译外洋小说。所叙者皆西人之事也，而用笔措词，全是国文风度，使阅者几忘其为西事，是岂寻常文人所能企及。而贵报乃以不通相诋，是真出人意外。以某观之，若贵报四卷一号中周君（周作人）所译陀思之小说则真可当不通二字之批评。某不能西文，未知陀思原文如何。若原文亦是如此不通，则其书本不足译。必欲译之，亦当达以通顺之国文。乌可一遵原文移译，致令断断续续，文气不贯，无从讽诵乎。噫！贵报休矣！林先生渊懿之古文，则目为不通，周君謇涩之译笔，则为之登载，真所谓弃周鼎而宝康瓠者矣。林先生所译小说，无虑百种，不特译笔雅健，即所定书名亦往往斟酌尽善尽美。如云吟边燕语，云香钩情眼，此可谓有句皆香，无字不艳。香钩情眼之名，若依贵报所主张，殆必改为革履情眼而后可。②

---

① 胡适：《我们走哪条路》，原刊《新月》1929年12月10日第2卷第10号，收入《胡适全集》第4卷，页468。
② 王敬轩（钱玄同）：《文学革命之反响》，原刊《新青年》1918年第4卷第3号，收入北京大学、北京师范大学、北京师范学院中文系中国现代文学教研室主编：《文学运动史料选》第1册（上海：上海教育出版社，1979年），页49。

钱玄同化名为王敬轩所写的这段文字，可谓切中晚清翻译观念的核心。他着墨最多、勾勒最深的，就是晚清人最热衷的有关译笔方面的讨论，指出林纾"译笔雅健"，能用"唐代小说之神韵移译外洋小说"，"用笔措辞，全是国文风度"。这些对于译笔的讨论，的确是道出了林译小说曾经风靡晚清一代人的原因。为了营造更强的效果，钱玄同更不惜以周作人的译笔作比较，指出周氏译笔"蹇涩"，"如此不通"，"断断续续，文气不贯"。自然，钱玄同的目的并不是要贬低周作人，而是以对比立论，希望带出一个讯息，就是：在新文化人阵营中，过去有人"抱复古主义"，有人"古文工夫本来是很深的"，① 现在都纷纷弃暗投明，甘冒"不通顺""蹇涩"的指责，写起白话文来，就是因为这是时代的趋势。新文化人的居心，只是以此劝人察觉今是昨非，及早投向新文化阵营。

不过，其实这只不过是刘半农、钱玄同讨论中的一点弦外之音而已。在《复王敬轩书》中，刘半农特以点列式逐层回应王敬轩的驳难，表面看来，他的回应很有层次，但事实是，刘半农的整段文字并不就"译笔"回应问题：

> 若要用文学的眼光去评论他，那就要说句老实话：便是林先生的著作，由"无虑百种"进而为"无虑千种"，还是半点儿文学的意味也没有！何以呢？因为他译的书：——
>
> 第一是原稿选择得不精，往往把外国极没有价值的著作也译了出来。真正的好著作，却未尝——或者是没有程度——过问……
>
> 第二是谬误太多，把译本和原本对照，删的删，改的改，"精神全失，面目全非"……

---

① 记者（刘半农）：《复王敬轩书》，原刊《新青年》1918 年第 4 卷第 3 号，收入郑振铎编选：《中国新文学大系·文学论争集》（上海：上海文艺出版社，［1935 年］2003 年 7 月影印本），页 30。

第三层是林先生之所以能成其为"当代文豪",先生之所以崇拜林先生,都因为他"能以唐代小说之神韵,移译外洋小说",不知这件事,实在是林先生最大的病根;林先生译书虽多,记者等始终只承认他为"闲书",而不承认他为有文学意味者,也便是为了这件事……①

显然,刘半农并不是要回避王敬轩所提的问题,更并非钱玄同的论点令人无法正面驳诘,而是因为在刘半农和钱玄同的翻译观念的讨论中,相较于其他他们认定为更核心的议题,译笔并不占重要的位置,他们甚至好像不把译笔当作一回事而搁于一旁。刘半农指出林纾最大的病根,是"以唐代小说之神韵,适译外洋小说",为了"适译"而使"把译本和原本对照,删的删,改的改,'精神全失,面目全非'"。应该强调,这观点是新文化运动人士对林译小说的共识,我们可以轻而易举地在其他人的论述中找到相近的说法,当中包括郑振铎②、钱玄同③、胡适、钱锺书等。

刘半农在指出林纾各种病根后(包括原稿选择得不精、谬误太多,以唐代小说移译外洋小说)后,马上接着讨论翻译的中心所在:

当知译书与著书不同。著书以本身为主体,译书应以原本为主体;所以译书的文笔,只能把本国文字去凑就外国文,决不能把外国文字的意义神韵硬改了来凑就本国文。④

---

① 记者(刘半农):《复王敬轩书》,原刊《新青年》1918年第4卷第3号,收入郑振铎编选:《中国新文学大系·文学论争集》,页31。
② 郑振铎:"林先生的翻译,还有一点不见得好,便是任意删节原文。"《林琴南先生》,薛绥之、张俊才编:《林纾研究资料》,页160。
③ 钱玄同直指:"某氏与人对译欧西小说,专用《聊斋志异》文笔,一面又欲引韩柳以自重,此其价值……""和别人对译的外国小说,多失原意,并且自己掺进一种迂谬批评,这种译本还是不读的好。"钱玄同:1917年2月25日《寄陈独秀》,《新青年》1917年3月1日第3卷第1号;《寄陈独秀》,《新青年》1917年8月1日第3卷第6号。
④ 记者(刘半农):《复王敬轩书》,原刊《新青年》1918年第4卷第3号,收入郑振铎编选:《中国新文学大系·文学论争集》,页31。

刘半农清楚指出"译书应以原本为主体",因此万万不可"把本国文字去凑就外国文,决不能把外国文字的意义神韵硬改了来凑就本国文"。由此可见,在五四新文化运动的推动者眼里,原文的权威性是不容冒犯的,为了忠实于原著,即使译者要以本国文字去迁就,甚至改变中国语文的结构,亦在所不计。这点很快便成为中国译界以后讨论直译的一个前提,也是用以彻底推翻林纾在晚清译界贡献的有力元素。

在新文化人的论述中,"译书的文笔"并不是完全没有讨论到,但重点已不在"神韵""文气"这等"神、理、气、味"或"格律声色"的"笔"上,①而是在于"文"上。不过,这个"文",不用多说,已经变成白话文。他们认为,只有以白话文来翻译,才能做到翻译的"基本条件首要目的":明白流畅。②胡适在《短篇小说第二集》指出:

> (《短篇小说》第一集)这样长久的欢迎使我格外相信,翻译外国文学的第一个条件是要它化成明白流畅的本国文字。其实一切翻译都应该做到这个基本条件。但文学书是供人欣赏娱乐的,教训与宣传都是第二义,决没有叫人读不懂看不下去的文学书而能收教训与宣传的功效的。所以文学作品的翻译更应该努力做到明白流畅的基本条件。……我努力保存原文的真面目,这几篇小说还可算是明白晓畅的中国文字。③

胡适所言翻译的首要任务,就是"化成明白流畅的本国文字。其实一切翻译都应该做到这个基本条件"④,不过,不能本末倒置的是,要"明

---

① 姚鼐:《古文辞类纂·序目》,《古文辞类纂》(上海:中华书局,1936年),页8。
② 胡适:《建设的文学革命论》,原刊《新青年》1918年第4卷第4号,收入《胡适全集》第1卷,页52—68。
③ 胡适:《〈短篇小说〉第二集译者自序》,收入《胡适全集》第42卷,页379。
④ 鲁迅也提过相同的意见,他在《"题未定"草(二)》说出:"凡是翻译,必须兼顾着两面,一当然力求其易解,一则保存着原作的丰姿。"见鲁迅:《鲁迅全集》卷6,页352。

白流畅",却不可以牺牲"保存原文的真面目"的宗旨,换言之即是说,文笔再好,再明白晓畅的文字,都必须在依据原文的大前提之下。

为了更好地说明问题,胡适更用了实例,他认为当时"最流畅明白,于原文最精警之句""皆用气力炼字炼句","传达原书的神气"而又不失为好文章的,是伍昭扆译的大仲马《隐侠记》以及伍光建的译书。他在《论翻译——与曾朴先生书》指出:

> 近年直译之风稍开,我们多少总受一点影响,故不知不觉地都走上严谨的路上来了。
>
> 近几十年中译小说的人,我以为伍昭扆先生最不可及。他译大仲马的《隐侠记》十二册,用的白话最流畅明白,于原文最精警之句,他皆用气力炼字炼句,谨严而不失为好文章,故我最佩服他。①

他又在《论短篇小说》,表示对伍光建的赞赏:

> 我以为近年译西洋小说,当以君朔(伍光建)所译诸书为第一。君朔所用白话,全非抄袭旧小说的白话,乃是一种特创的白话,最能传达原书的神气,其价值高出林纾百倍。②

如果我们记起晚清的时候,林纾曾被诩为"足占文学界一席而无愧色","凡稍具文学眼光之人,无不欣赏而折服之",③ 而在五四的时候,林纾被刘半农以及钱玄同讥为"半点儿文学的意味也没有","不承认他为有文学意味"。如果我们还记得晚清时林纾被公认为翻译的最佳标准,时

---

① 胡适:《论翻译——与曾朴先生书》,《胡适全集》第3卷,页804。
② 胡适:《论短篇小说》,原刊《北京大学日刊》及《新青年》1918年第4卷第5号,收入《胡适全集》第1卷,页132—133。
③ 沈禹钟:《〈甲寅〉杂志〈说林〉之反响》,《申报》1926年1月25日。

人不惜贬低其他作品（如：李涵秋的《广陵潮》）去彰显林纾的优点，而到了五四，林纾立刻成为一个最坏的翻译符号——"价值高出林纾百倍""胜过林译百倍"，①更成为新文化人口中的"笑柄"②，我们便可以充分看到新观念的确立带来的翻译价值的逆转，亦能感受到林纾在新旧价值冲突中的无所适从。

在胡适的心目中，能够达到翻译"基本条件首要目的"的，其实只有一种，就是白话文，因为他明确地指出"用古文译书，必失原文的好处"③。可是，我们也确实可以找到不少例子，证明用古文译书未必一定尽失原文的好处。我们在第四节也说到，宋朝时的佛经翻译也可以达到非常严谨的效果——关于这一点，刘半农的《复王敬轩书》内也有相同的观察，他指出"后秦鸠摩罗什大师译《金刚经》，唐玄奘大师译《心经》，这两人，本身就生在古代，若要在译文中用晋唐之笔，正是日常吐属"。当时的"日常吐属"固然是指口语，不过，当时人们是不是"我手写我口"，得有待语言学家的探究。但无论如何，到了刘半农一文的语境里，这样的"日常吐属"已成为古文了。事实上，我们根本不用回到晋唐去找材料作为论据，周氏兄弟的《域外小说集》也是用深奥的古文翻译的，但却一样获得胡适、刘半农的高度赞赏。由此可知，胡适所言的"用古文译书，必失原文的好处"中的古文，是指狭义的古文，亦即是指在前清最受推崇、最受欢迎的桐城派古文。

桐城派从清中叶发展到晚清，纠结了政治的力量，且长期困囿于唐宋传统内，主张的确渐见偏狭，有桎梏人心的倾向。不过，林纾从无自称为桐城派，桐城派亦不会接受林纾的"狂"和"俗"。林纾与桐城派有根本的差别，其实新文化人未必看不到，譬如周作人就指林纾打破了桐城派的

---

① 寒光：《林琴南》（上海：中华书局，1935年）。
② 胡适："林琴南的'其女珠，其母下之'早成为笑柄。"《建设的文学革命论》，原刊《新青年》1918年第4卷第4号，收入《胡适全集》第1卷，页68。
③ 胡适：《建设的文学革命论》，同上注。

"古文之体忌小说"。① 不过,林纾与桐城派过从甚密,亦喜以桐城派的"古文义法"的角度诠释西洋小说,譬如在1901年译的《黑奴吁天录》的《例言》就说:"是书开场、伏笔、接笋、结穴,处处均得古文家义法。"② 在《〈洪罕女郎传〉跋语》又指:

> 大抵西人之为小说,多半叙其风俗,后杂入以实事。风俗者,不同者也;因其不同,而加以点染之方,出以运动之法,等一事也,赫然观听异矣。③

> 盖着纸之先,先有伏线,故往往用绕笔醒之,此昌黎绝技也。哈氏文章,亦恒有伏线处,用法颇同于《史记》。④

林纾在翻译的过程中不断以"点染""伏线"的角度指点读者留意"史迁笔法",本来只是他把新事物介绍入中国的一种伎俩而已。在新思想的输入过程中,附会的方法其实是一种认识外来新思想恒常使用的手法,本来无可非议。譬如我们在晚清常见到时人以"外国《红楼梦》"来指涉《巴黎茶花女》,⑤ 而林纾以韩愈及太史公的笔法比拟西洋小说,也是为了要把西洋小说的内涵,概括地附会于传统中某些已有观念上,让接触西洋小说观念不久、对其了解不深的晚清社会,对这个事物有一个比较实质的掌握而已。但是,这种附会的手法,特别是以本国文字"凑就"外国文字的时候,实际上就是在技术层面的操作上把千年以来承载着太多"道"的

---

① 周作人著,杨扬校订:《中国新文学的源流》,页49。
② 林纾:《黑奴吁天录·例言》,罗新璋:《翻译论集》(商务印书馆,1984年),页163。
③ 林纾:《〈洪罕女郎传〉跋语》,吴俊标校:《林琴南书话》,页40。
④ 同上。
⑤ 这样的比拟,其实并没有多大的问题。至于比附的内容适当与否,那该作别论。松岑:《论写情小说于新社会之关系》,原刊《新小说》1905年第17号,收入陈平原、夏晓虹编:《二十世纪中国小说理论资料》第1卷,页172。

"古文"凑上了外国的思想,最后却使新思想无法落地生根,使"莎士比亚的作品,却只能自安于《吟边燕雨》的转述"①。这便正与新文化运动的目的立于水火不容的"反对地位"了。因此,胡适所谓"用古文译书,必失原文的好处",其实指向更深层的意义。他并不是要针对文字本身,更非那单单的几个"典故""对仗",而是针对千年以来一直依附古文而来的一种表词达意的思维方式。这种思维方式,在钱玄同口中称之为"野蛮款式"。钱玄同为胡适的《尝试集》所写的《序》指出:

> 现在我们认定白话是文学的正宗,正是要用质朴的文章,去铲除阶级制度里的野蛮款式;正是要用老实的文章,去表明文章是人人会做的,做文章是直写自己脑筋里的思想,做直叙外面的事物,并没有什么一定的格式。②

钱玄同"阶级制度里的野蛮款式"的说理方法,是以激动的、以"文明"对抗"野蛮"的论调来劝人弃绝古文。可见,他不是提议某一种撰文的规条,并不是像桐城派义法般要人削足适履地以情就文,因为纯粹表达形式本来并不构成"文明—野蛮""阶级制度"的指控。"阶级制度里的野蛮款式"所针对的,不是语言本身,而是指以样板格式、以机械套语入文的时候,把黏着形形色色压抑人性的三纲五常的教条召唤出来了,其中最明显的例子就是林纾从"孝道"角度出发,诠释"西学"。③ 换言之,在钱玄同等新文化人心目中,古文已不能逆转地成为儒家操纵的载道、传道工具了。

林纾在晚清利用古文翻译西洋小说的时候,的确是在他的作品内大

---

① 凌昌言:《司各特逝世百年祭》,《现代》1932年12月1日第2卷第2期,页276。
② 钱玄同:《〈尝试集〉序》,沈永宝编:《钱玄同五四时期言论集》(上海:东方出版中心,1998年),页48。
③ 林纾:《〈英孝子火山报仇录〉序》,吴俊标校:《林琴南书话》,页26。

量载道，透过古文来移花接木，把西洋小说的内容接上了中国三纲五常之道。虽然他也加插救国之道，以此应和康有为、梁启超的百日维新，可是西洋小说的内容却被转化来传递忠君、爱国、父慈、子孝的思想，因而遭受认同五四价值的一代异口同声的指斥："于新思想无与焉"①、"介绍新思想的观念根本错误"②、"而其根本思想却仍是和新文学不相同的"③。

在新文化运动前夕，尽管新旧观念混杂倾轧，但可以说新旧思潮仍演进得不算激烈，人们即使隐隐对林译小说有所不满，但还只是存于一种朦胧的状态。这时代，亦只限于以私议（通信、日记）的形式表现出来。在辛亥革命过渡到新文化运动之前，恽铁樵在担当《小说月报》编辑的一年间，曾在1914年给钱基博的一封信中轻轻提及"以我见侯官文字，此（按：指林纾、陈家麟合译的巴尔扎克《哀吹录》［1915年］）为劣矣"④；又譬如张元济也只曾在日记中透露他对林纾的不满。⑤但民元革命成功的瞬间光辉，却被袁世凯复辟、康有为担任孔教会会长、严复等"六君子"成立筹安会等事件所窃去。知识分子认识到，晚清的饱学之士（康有为、严复）尚且如此，那他们不得不以一种彻底的方法来以新思潮置换旧的思想系统，才能有效地遏止所有旧势力复辟，让新思想的意义独立地、崭新地移植入中国，以期落地生根，不为旧思想扭曲、腐蚀、收编。陈独秀就提出"不容反对者有讨论之余地"⑥的态度，以期重夺辛亥革命的成果，否则，中国瞬间又会回到"无论是专制、是共和、是什么什么，招牌虽

---

① 梁启超（1920年）：《清代学术概论》，《梁启超全集》第5册第10卷，页3105。
② 周作人著，杨扬校订：《中国新文学的源流》，页48。
③ 同上书，页49。
④ 东尔：《林纾和商务印书馆》，陈原、陈锋等：《商务印书馆九十年，1897—1987：我和商务印书馆》（北京：商务印书馆，1987年），页541。
⑤ 张元济1917年6月12日在日记中写道："竹庄［蒋维乔（1873—1958）］昨日来信，言琴南近来小说译稿多草率，又多错误，且来稿太多。余覆言稿多只可收受，惟草率错误应令改良。"张元济：《张元济日记》（北京：商务印书馆，1981年），页233。
⑥ 陈独秀：《答胡适之》，《中国新文学大系·建设理论集》，页56。

换，货色照旧"① 的铁屋子里去。

新文化运动中人提出形形色色的口号，重点是要把人从儒家吃人的礼教思想中解放出来。陈独秀在《新青年》中指出要拥护民主的政治制度来解放人类的思想，要发展科学，解除人类的痛苦，破除迷信愚昧，然后造出自由独立的人格。唯有如此，才可以反对孔教、礼法、贞节、旧伦理、旧政治，反对旧艺术、旧宗教、反对国粹和旧文学。② 胡适却认为，陈独秀这样指出几个反对的纲领出来"失之笼统"，而且一点也不"科学"。胡适提出应该以"重新估定一切价值"（transvaluation of all values）的态度来评判一切，一方面是补充陈独秀拥护"德先生"与"赛先生"的解释，另一方面是要提出他评判中国文化问题的态度。要达到"重新估定一切价值"的目的，首先就要"输入学理"，大量地"介绍西洋的新思想，新学术，新文学，新信仰"，抱着"研究问题"的态度，基调就是"反对盲从，反对调和"，对旧有的学术思想不但要"用科学的方法来做整理的工夫"，对"西方的精神文明"也要有"一种新觉悟"，而不是胡乱调和中西。③

在这样的历史背景下，翻译的目的与功能便是能够提供思想资源——西方思想——来评判旧价值、建造新文学、新文明。因此，原著的面貌要原原本本地呈现于中国社会便成为最重要的诉求，因为只有这样才可能使人有法可取、有科学的方法判断中西学理。早在1916年还未回国的时候，胡适已经提出：

今日欲庶祖国造新文学，宜从输入欧西名著入手，使国中人士有

---

① 鲁迅：《鲁迅景宋通信集》（长沙：湖南人民出版社，1984年），页 21—22。鲁迅对民元中国比拟作铁屋子的描述，可见鲁迅：《我怎么做起小说来？》，《鲁迅全集》第 4 卷，页 511—515，以及鲁迅：《呐喊·自序》，《鲁迅全集》第 1 卷，页 418—419。
② 陈独秀：《新青年》第 6 卷第 1 号，页 10。
③ 胡适：《新思潮的意义》，原刊《新青年》第 7 卷第 1 号，收入《胡适全集》第 1 卷，页 692。

所取法，有所观摩，然后乃有自己创造之新文学可言也。①

胡适认为要达到对西方文化有"新觉悟"，并能客观地整理国故，"输入新知识为祖国造一新文明，非多著书多译书多出报不可"②。而且，在输入新思想上，更不可以"不经意"为之，而是要为着铸造中国新文明而来。胡适指出：

> 译事正未易言。倘不经意为之，将令奇文瑰宝化为粪壤，岂徒唐突施而已乎？与其译而失真，不如不译。③

与其不经意地胡乱翻译，不懂得鉴赏外国思想外国文学而随便翻译，像林纾一样"把萧士比亚（笔者按：原文如此）的戏曲，译成了记叙的古文"，则"这样译书，不如不译"，④ 因为这样的翻译并不能达到他要"重估中国思想"、重造中国文明的目的。

至于要输入什么到中国来，要翻译什么到中国来，新文学运动的倡议者都有明确的目标，不再像晚清社会一样，随个人喜好、随个人机遇而顺手拈来。新文学运动人士提出的目标，并不是一个实指的对象，而是择优而译之：

> 只译名家著作，不译第二流以下的著作。我以为国内真懂得西洋

---

① 胡适：《论译书寄陈独秀》，原刊《藏晖室札记》第十二卷，收入《胡适全集》第 23 卷，页 95。
② 胡适：《非留学篇》，原刊 1914 年 1 月《留美学生季报》，收入《胡适全集》第 20 卷，页 10。
③ 胡适：《论译书寄陈独秀》，原刊《藏晖室札记》第十二卷，收入《胡适全集》第 23 卷，页 95。
④ 胡适：《建设的文学革命论》，原刊《新青年》1918 年第 4 卷第 4 号，收入《胡适全集》第 1 卷，页 67。

文学的学者应该开一会议，公共选定若干种不可不译的第一流文学名著……译之成稿……

介绍世界的现代思想，凡好的都应该介绍……①

在译者的要求方面，期望就更高，要求对原著的文化文学有一定的认识，不能只担当"门房传话"的角色：

欲翻译一篇文学作品，必先了解这篇作品的意义，理会得这篇作品的特色，然后你的译本能不失这篇作品的真精神；所以翻译家不能全然没有批评文学的知识，不能全然不了解文学。②

在胡适提出的以"输入新知识""重新估定一切价值"以再在"祖国造一新文明"的纲领下，长期主导着中国近代史的"中学为体，西学为用"的思想格局，终于被彻底冲破。在中国现代化的过程中，由最初只关心科技和政制层面的改良，发展到"全面地研究人生的切要问题"③，就是正式地提升到文化层面的现代化去。从晚清到五四，翻译在社会上担当的角色，虽然都可以广义地说是为求达到政治目的、实际的功能，但由于晚清社会与五四时期在对待外来文化（特别是西方）的态度上已有明显的不同，原著在本土文化的意义与功能也出现深刻的变化，此外也由于五四时期新文化运动所提出重估中国文化的判则大抵以西方为本位，原著所获得的权威性便最终凌驾于一切之上。这是我们所说的中国翻译观在晚清至五四期间出现基本性转变的原因。晚清时期，社会只从文笔译笔去衡量翻译作品，人们只以一种"文"或"文学"的角度去评价翻译，翻译观念与

---

① 胡适：《建设的文学革命论》，原刊《新青年》1918年第4卷第4号，收入《胡适全集》第1卷，页67。
② 郎损（茅盾）：《新文学研究者的责任与努力》，原刊《小说月报》1912年第12卷第2号，收入《茅盾全集》第18卷，页68。
③ 余英时：《中国近代思想史上的胡适》（台北：联经出版事业公司，1984年），页18。

评价文学创作的观念是完全绊缠在一起的，造成的是一种"创作""翻译"不分的观念；但到了五四，经过长时期与社会上的其他观念磨合、廓清，翻译观念最终能与创作截然分开，以贴近原文为翻译的最高准绳。①

七、小结

晚清社会最初意识到敌人从西而来，本能地奋起对西方的暴力做出抵拒，但他们看到的是中西之歧义或对立，结果是一概地否定一切从西而来的事物。②他们当然意识不到，所谓的现代化，在西方社会出现时也带来了翻天覆地的改变。③

五四时期，人们之前对西方文化的失衡心态已经彻底改变过来，知识分子对晚清的景象有一个更清楚更深刻的看法，不但一反晚清那种西方文明不足与中国匹敌的看法，而且认定中西之争是由文明冲突而来，觉得中国"以吾数千年之旧文明"去阻挡西方"新文明之势力"，实在是"败叶之遇疾风，无往而不败衄"，因而认为中国文明已失去秩序，亟待重建。而重建文明的过程，就要赖以西方文明为本位的价值追求，因而甚至提出"全盘西化"的口号④，提出"不读中国书"⑤，提出"西洋的文学方法，比我们的文学，实在完备得多，高明得多"⑥。

---

① Arthur Lovejoy 指出，研究观念史，除了找出这个思想在该文化纵深的发展外，更要留意围绕这个思想相关的概念与其产生的冲击以及融合。Arthur Lovejoy: *Essays in the History of the Ideas* (Baltimore: John Hopkins Press, 1948), p.19。
② 晚清时有一些人已指出西人所指的价值，并非只是西人所具有，所应有。
③ 这是说 Max Weber 所说的由科学进步而带来的 disenchantment（"解咒"）现象，这种文化势力不仅使西方进入一个新的历史阶段，更会改变世界。见 Stephen Kalberg ed., Max Weber: *Readings and Commentary on Modernity* (Malden, MA: Blackwell Pub, 2005)。
④ 胡适：《非留学篇》，原刊 1914 年 1 月《留美学生季报》，收入《胡适全集》第 20 卷，页 7。
⑤ 鲁迅：《青年必读书》，《鲁迅全集》第 3 卷，页 12。
⑥ 胡适：《建设的文学革命论》，原刊《新青年》1918 年第 4 卷第 4 号，收入《胡适全集》第 1 卷，页 68。

当然，五四这种急于全面认同西方、否定中国价值的心态，难免矫枉过正，特别是从今天后殖民的角度看来，就更是不足为训。后殖民论者每每指责中国知识分子以"启蒙""解放"的借口太快地全面拥抱西方，认同西方，而察觉不到这样就与西方殖民主义者"解放"为名、殖民侵略为实的行为出现合谋。① 不过，在指出五四知识分子对西方的盲点之余，我们同时也要做出同情的理解，因为在五四知识分子提出"人的解放"口号的时代，"吃人礼教"其实还是他们所遭遇到的活生生的生活经验，因而他们才会急于认同通过翻译而带来的对人应有权利的追求、对民主的向往、对被压抑的弱小者的关注。

从晚清到五四，在中国走向西化、现代化的过程中，翻译活动一直都占着最核心的位置。我们看到，虽然翻译观念曾随着当时的政治因素出现扭曲，翻译在社会的作用也可能出现偏差，但正如 Susan Bassnett、Harish Trivedi 所言："如今，随着对跨文化文本转换中不平等权力关系的意识日益增长，我们能够重新思考翻译的历史及其当下的实践。"②

---

① David Scott, *Conscripts of Modernity: The Tragedy of Colonial Enlightenment* (Durham: Duke University Press, 2004).
② Susan Bassnett and Harish Trivedi, *Post-colonial Translation: Theory and Practice* (London; New York: Routledge, 1999).

第六章

现代性与记忆：
"五四"对林纾文学翻译的追忆与遗忘

一、引言

林纾是中国近现代翻译史上的一个重要坐标。他跨越晚清侧重意译到五四后坚持直译的年代，并一直扮演了核心角色，这是他同时代其他人所无法企及的。近百年来，研究林纾的翻译方法、翻译模式和他在翻译史上的地位、贡献等的文章已到达汗牛充栋的地步，虽然还没有所谓"林学"的出现，但早在晚清就有"林译小说"[1]的说法，在在显示出他在中国翻译史上已自成一家，独树一派。然而研究林纾的人，都会面对同一个问题，就是林译小说的评价在不足二十年内出现了一个惊人的逆转：新文化运动未爆发前，他的译作被指为"中国人见所未见"[2]，是译界所推许的模范；但在五四时却变成了"最下流"的翻译。[3] 对此，我们应如何

---

[1] 1903 年开始，商务印书馆开始出版林纾的翻译小说。原本《小说月报》《东方杂志》上连载的小说，都列入商务"说部丛书"发行，当他们看到林琴南的译著畅销时，便立即将这些书抽出来，单印成"林译小说丛书"。见（商务印书馆）：《商务印书馆大事记》（北京：商务印书馆，1987 年），页 103，页 106。

[2] 陈衍（1916 年编）：《林纾传》，《福建通志》第 26 卷，页 2501。

[3] 傅斯年：《译书感言》，原刊《新潮》1919 年第 1 卷第 3 号，收入中国翻译工作者协会《翻译通讯》编辑部编：《翻译研究论文集》（北京：外语教学与研究出版社，1984 年），页 59。

理解?

从周作人、钱玄同、刘半农、胡适等人的批评可见,林译任意删节改动,令原文面目全非,"歪译""误译"的地方多不胜数,更严重的是林纾不懂外语,却在中国翻译史上曾被冠以翻译家之名,这无论在新文化运动人士的眼中,还是今天的翻译标准内,确实是历史上的笑话。更重要的是,新文化运动人士对林纾的批评,纵有措辞过烈的地方,却不是无的放矢。

不过,说林译小说的价值被五四新文化运动人士完全推翻,其实只是历史的一部分图像,甚至是十分表面的印象。如果我们仔细分析攻击林纾的言论,重组这些批评的生产过程,特别从时间及叙事上爬梳,会发现,在这些对林纾异口同声的恶评中,往往隐含着另一股论述潜流。这股潜流,包括被认为是历史研究潜质文献的个人回忆、口耳相传的记述等,既肯定林译小说的存在价值,而后来更以林纾的翻译成就来重新建构新的翻译规范。结果,在中国现代翻译史上,责骂林纾的主流论述,与认同林纾的潜流不断交错。

本章拟以历史与社会学研究中有关"现代性与记忆"(memory and modernity)的理论作框架,① 重新审视林纾和新文化运动人士有关翻译之

---

① 20世纪初,社会学家与心理学家将个人记忆置于社会环境来探索,产生"集体历史记忆"的研究,Emile Durkheim(涂尔干)的学生 Maurice Halbwachs(哈布瓦赫)的《论集体记忆》(*On collective memory*)被认为是奠基此派的代表作。近年探讨现代社会及国家民族形成过程的研究指出,召唤校友、乡党、家庭、族群、民族、国家等"集体记忆",往往有凝聚离散主体的能力,可以增加社会意识的集体性,并利用此种集体性对当下社会条件以及政治环境做出影响。这方面奠基理论如:Maurice Halbwachs, *On Collective Memory* (Chicago: University of Chicago Press, 1992); Eric Hobsbawm, *The Invention of Tradition* (Cambridge: Cambridge University Press, 1983);以及 Benedict Anderson, *Imagined Communities: Reflections on the Origin and Spread of Nationalism* (London: Verso, 1991)。近年由这些基本理论引申出对不同文化载体(实物如建筑物,或流行文化如音乐等)的关注,通过分析这些媒体的生产及流传过程,俱可看到不同群体间,如何利用、模塑、建构、诠释以及操控记忆,以此制造新的社会认同。见 William Rowe and Vivian Schelling, *Memory and Modernity: Popular Culture in Latin America* (London, New York: Verso, 1991); Kevin D. Murphy, *Memory and* (转下页)

争的历史图像。我们会尝试分析林纾在不同时代与历史条件下形成社会记忆的要素以及形成过程,并借此指出,新文化运动人士在最初的阶段首先透过压抑及遗忘林纾的功绩,针对林纾翻译活动的种种不足之处作主流论述,以求确立新的文化价值,建立新的翻译规范,而及至在新文化运动渐取得成效之际,他们就立刻恢复以及拯救有关林纾的记忆。更甚的是,当新文化运动在文化史论述上与西方启蒙运动正面意义的比附出现后,[①] 林纾又被认为是新文化运动的分水岭,于是未能参与新文化运动的新生代,甚至以林纾作为拉近与新文化运动关系的手段,以与这个运动产生意义。

二、"五四论述"通过遗忘并压抑对林纾的记忆而来

一般而言,晚清翻译史里有三位代表人物:严复、梁启超以及林纾。周作人曾指出,当时鼎分天下的是"严几道的《天演论》,林琴南的《茶花女》,梁任公的《十五小豪杰》"[②]。他们三人的翻译活动占据不同领域,翻译手法也不尽相同,开创的成就各有千秋。不过,无论他们翻译观

(接上页) *Modernity: Viollet-le-Duc at Vézelay* (Massachusetts, Cambridge, 2000)。特别是 Kevin D. Murphy 的分析指出,法国建筑师 Viollet-le-Duc(1814—1879)在政府资助下修葺建于中世纪的圣马德兰大教堂(Basilique Ste-Madeleine),利用材料、图形、装饰设计,恢复教堂中世纪旧貌,以此影响勃根第地区与法国国家观念的认同。

① 余英时指出,有关中国五四运动的诠释过程,长期以来一直以西方启蒙运动作比附,而当初,亦是以一种最高礼赞的形式出现。但余英时以启蒙史(特别是 Peter Gay)对启蒙的研究分析指出,中国五四运动根本不是启蒙,更不是文艺复兴。见 Yu Ying-shih, "Neither Renaissance nor Enlightenment: A Historian's Reflections on the May Fourth Movement," in Milena Dole. zelová-Velingerová and Oldřich Král eds., *The Appropriation of Cultural Capital: China's May Fourth Project*, pp. 299 - 326;另可参考 Vera Schwarz, *The Chinese Enlightenment: Intellectuals and the Legacy of the May Fourth Movement of 1919* (Berkeley: University of California Press, 1986), pp. 1 - 14, 及顾昕:《中国启蒙的历史图景:五四反思与当代中国的意识形态之争》(香港:牛津大学出版社,1992年)。

② 周作人:《我学国文的经验》,原刊《孔德月刊》1926年第1期,收入《周作人文类编》第3卷《本色》,页188。

如何，实践时成就怎样，他们大抵代表了晚清翻译的意译风尚。① 即使是提出"信达雅"的严复，其实在很多地方都是意译的。② 不过，我们应该指出，"意译"一词其实并不能很仔细或全面地概括晚清的翻译规范，因为它把一切重译、重述、撰述、译述、节述、伪译、豪杰译都包括在内，有些"译作"往往经过两三次重译或重述而成。以今天的眼光看来，当然令人瞠目结舌，但当时却非常流行，林纾以及梁启超就曾大规模地以这种方法来进行翻译。但相较之下，在文学翻译方面，确以林纾的影响为最大。③ 林纾在晚清达到所谓"中国人见所未见"的成就。换言之，在五四新文学翻译典范还未形成的时候，五四一代以及整个社会，面对着既巨大而又沉重的社会记忆——林纾翻译的真善美。④

有关林译小说的真善美，已成为现代作家的"集体回忆"（collective memory），只要从鲁迅（1881—1936）、周作人（1885—1967）、郭沫若（1892—1978）、林语堂（1895—1976）、朱自清（1898—1948）、郑振铎（1898—1958）、庐隐（1898—1934）、冰心（1900—1999）、沈从文（1902—1988）、巴金（1904—2005）、钱锺书（1910—1998）等作家的回忆文字中我们就可看到。这批产自五四前后的现代作家，处处表示对林译小说内容了如指掌，在自传、访问、回忆录中记述自己早年曾经醉心于林译小说的往事，而由此才令后来的文学研究者知道，林纾的庞大影响力，不但波及晚清同代已届中年的晚清文人（《巴黎茶花女遗事》出版之时严复45岁，康有为40岁、梁启超25岁），甚至跨越两代，广泛延伸到在晚清时只是童年、少年的一代。这批作家对林纾翻译的礼赞之辞，在中国文

---

① 王宏志：《民元前鲁迅的翻译活动——兼论晚清的意译风尚》，《重释"信达雅"：二十世纪中国翻译研究》（上海：东方出版中心，1999年），页183—217。
② 俞政：《严复著译研究》（苏州：苏州大学出版社，2003年），特别是《〈天演论〉的意译方式》一章，页21—63。
③ 阿英：《晚清小说史》，《阿英全集》第8卷，页194。
④ 晚清文人对林纾的高度评价，可参考寒光：《林琴南》，薛绥之、张俊才编：《林纾研究资料》，页127—130、134—137。

学史、小说史,甚至翻译史上,虽是常被征引的言论,但为了展现林译小说的特质,在此仍简单引录。

首先是周作人。他在那篇写于1926年的《我学国文的经验》中,回忆在庚子事变后第二年,他十七八岁刚进江南水师学堂的旧事。① 他记述道:

> 我们正苦枯寂,没有小说消遣的时候,翻译界正逐渐兴旺起来……尤其是以林译小说为最喜看,从《茶花女》起,到《黑太子南征录》止,这其间所出的小说几乎没有一册不买来读过。这一方面引我到西洋文学里去……②

另一位同样充分肯定林译小说的作家郭沫若,在写于1928年的《我的童年》中记述他在1908年对林译小说的沉迷,③ 当时他大概是16岁:

> 林琴南译的小说在当时是很流行的……那女主人公迦茵是怎样的引起了我深厚的同情,诱出了我大量的眼泪哟……《迦茵小传》……这怕是我读过的西洋小说的第一种。④

另一位是钱锺书,他在写于1963年3月《林纾的翻译》,记述自己十

---

① 张菊香、张铁荣编著:《周作人年谱》(天津:天津人民出版社,2000年),页38—40。
② 周作人:《我学国文的经验》,原刊《孔德月刊》1926年第1期,收入《周作人文类编》第3卷《本色》,页188。
③ 龚济民、方仁念:《郭沫若年谱》(天津:天津人民出版社,1982年),页17。
④ 郭沫若:《我的童年》,收入《郭沫若全集》第11卷(北京:人民文学出版社,1992年),页122—123。郭沫若自传《我的幼年》《我的童年》及《少年时代》,写于1928年,并由上海光华书局于1929年出版,出版时因国民党查禁,屡经删改内容及书名,后亦因作者于不同时代对内容有增补,以致出现多种版本,最后于1947年4月把《我的童年》《反正前后》《黑猫》《初出夔门》等辑为《沫若自传第一卷——少年时代》(香港:香港三联书店,1978年)。本论现据1990年代重新整理的《郭沫若全集》为准。

一二岁开始对林译小说的迷恋：

> 我自己就是读了他的翻译而增加学习外国语文的兴趣的。商务印书馆发行的那两小箱《林译小丛书》是我十一二岁时的大发现，带领我进了一个新天地，一个在《水浒》《西游记》《聊斋志异》以外另辟的世界。我事先也看过梁启超译的《十五小豪杰》、周桂笙译的侦探小说等等，都觉得沉闷乏味。接触了林译，我才知道西洋小说会那么迷人。我把林译里哈葛德、欧文、司各特、迭更司的作品津津不厌地阅览……①

研究集体记忆的历史学家一再提醒我们，集体记忆的本质是不稳定，不断被当下的社会现实情况而模塑的，也即是说，记忆往往只是社会建构的产物，甚至是因应个人或团体的利益或政治社会现实去重新建构的。②我们会就这种见解在下文里进一步探析，为什么这些五四作家在不同时代都对林译小说有类似的记忆，并会分析这些追忆的可靠性。不过，我们在这里先要指出的是，过去很多学者在征引这些作家的回忆时，重点只在说明林纾如何做到"桥"或"媒"的作用，即怎样让这批作家知道"西洋文学""西洋小说"，或西洋小说的"迷人"，甚至让他们认识几位大西洋小说家，如哈葛德、狄更司、欧文、司各德、斯威佛特等。不过，在翻译研究上，我们更应注意的是，林纾启蒙了这批五四作家对文学翻译的本体的认知。因为，这批作家在1898年后开始通过沉迷林译小说来初步认识晚清的文学翻译，然后在民初酝酿新的文学革命期间了解到新的文学观念、原著文学、文学的目的，这样才能在很短时间里迅速地以多层次，却有条不紊地激发全面又新鲜的"文学翻译"讨论。他们真正要针对的，并不是

---

① 钱锺书：《林纾的翻译》，原刊《文学研究集刊》第1册，后经修改收入钱锺书《旧文四篇》，收入薛绥之、张俊才编：《林纾研究资料》，页295—296。
② Lewis A. Coser, "Introduction," in Maurice Halbwachs, *On Collective Memory*, pp. 1–36.

"西洋文学""西洋小说",或西洋小说到底是不是迷人,更不是那些西方作家群像,或者一般人误以为的林纾及其林译小说,而是林纾作为代表的晚清"文学翻译"。

在这生死存亡(用时人的语言:"猛烈的迫害""扎硬寨""打死战")①、新旧激烈交战("食肉寝皮""若丧考妣""单是剪下辫子就会坐牢或杀头")②之际,如果这些曾经在晚清时沉迷林译小说的作家仍然眷恋着昔日林纾小说真善美的记忆,继续赞誉林纾,新文化运动是不可能展开的。新文化运动的出现,正正就是因为这些五四作家明确地意识到,艺术法则及文学观念已不再是晚清原来的一套,而辅助传播新的艺术法则、新思想的翻译活动,特别是翻译的功能、翻译的目的、翻译的方法,也不再服膺于晚清的信念。③他们向往的新价值无法落实,④因此,要重新开始,要另起炉灶,他们就得与过去彻底地决裂,正如法国大革命研究专家Mona Ozouf 提醒我们:"如果与过去的决裂未曾彰显,一切都不能真的开始。"⑤因此,新文化运动人士所采用的方法,首先就是通过压抑自己对林译小说的美好记忆,跟自己的过去决裂。

本来,遗忘是可以很平静的。有很多事、很多人在历史的洪流里不知不觉地完全被淡忘了。但是,新文化运动人士对林译小说的遗忘,是刻意

---

① 郑振铎:《〈中国新文学大系·文学集〉导言》,1934年10月21日,郑振铎:《郑振铎文集》(北京:人民文学出版社,1959年),页412;周作人:《林蔡斗争文件(一)》,《知堂回想录》(香港:三育图书文具公司,1974年),页340;陈思和:《徐树铮与新文化运动》,《中国现代文学研究丛刊》03(1996),页272—287。
② 鲁迅:《忆刘半农君》,《鲁迅全集》第6卷,页71—75。
③ Jacques Derrida 在 *Memoires* 一书内,指出记忆中的他者,实是自我的过去。Jacques Derrida, *Memoires for Paul de Man*, trans. by Cecile Lindsay, Jonathan Culler, and Eduardo Cadava, and Peggy Kamuf (New York: Columbia University Press, 1989), Chapter 1 "Mnemosyne", Chapter 2 "The art of Memoires", pp. 1-88.
④ Paul Connerton, *How Societies Remember* (Cambridge: Cambridge University Press, 1989), p.6.
⑤ Mona Ozouf, *Festivals and the French Revolution*, trans. by Alan Sheridan (Cambridge, Massachusetts: Harvard University Press, 1991), p.97.

的、强制的、被迫的。心理学家就曾告诉我们，压抑只会带来更大的反弹。这些被压抑的记忆，本质并不稳定，这些被压抑的事物，将来在自觉及不自觉的条件下，都会通过各种机制反射出来。① 由此，历史早已预示，当新文化运动成果初步笃定后，尝试平反林纾的评论就马上跃跃欲试，试探能否从历史主潮的隙缝渗出；及至林纾一死，拯救对林纾的追忆的文字，就迫不及待地出笼了。

要新文化运动取得成功，单单平和地压抑每个人私底下对林纾美好的记忆并不足够，更重要的是洗擦整体社会从前对林译小说的集体印象。循此，我们看到，新文化运动人士以两种手法去洗擦社会中存有的林译小说美好印记：第一，通过猛烈的攻击，这点是较多人注意到的；第二，通过正名运动，这点是较少人提及的。

所谓猛烈的攻击，就是以钱玄同与刘半农合作炮制的王敬轩"双簧信"揭开序幕。② 过去众多文学史的研究已指出，钱玄同化名王敬轩所写的《文学革命之反响》以及刘半农署名记者回信的《复王敬轩书》，是奠定新文学运动成功的其中一个重要转折点。不过，我在上一章里已详细分析过，"双簧信"最主要的内容，其实是冲着林纾的翻译而来，重点并不在于他的卫道立场及古文观，在此不赘。③ 但要强调的是，"双簧信"的内容实在是因为充分利用社会记忆而得以打成一场漂亮的胜仗。钱玄同在化名王敬轩的信里，一开首就回想过去，忆苦思甜地道回晚清的故事："某在辛丑、壬寅之际（按：1901—1902 年）"，尝试召唤林纾在晚清的

---

① 可参考弗洛伊德有关"压抑"（repression）的经典论文之外，更可参考《回忆、重复、检讨》一文。弗洛伊德指出，当需要被压抑的事件时过境迁后，人们不由自主地涌出回忆，一方面是为了填补空白了的回忆，更重要的是以此克服抑制阻力。见 Sigmund Freud, "Remembering, Repeating, and Working through," in Philips Adams ed., *The Penguin Freud Reader* (Penguin: Classics, London: Verso, 2006), pp. 391–401.
② "双簧信"即钱玄同化名王敬轩：《文学革命之反响》，原刊《新青年》1918 年第 4 卷第 3 号，及记者（刘半农）：《复王敬轩书》，原刊《新青年》1918 年第 4 卷第 3 号。
③ 参本书第五章第六节"原著为中心观念"内的分析。

功积与贡献,劝告新文化人士千万不要"得新忘旧"①。王敬轩这样代入社会人士的意识(即是新文化运动人士的昨日)来为林译小说辩护,首要目的就是要与社会人士以记忆作为号召,凝聚社会力量,原因是当时社会新旧派的骂战已到"互相攻讦,斯文扫地"、知识分子的争吵甚至到与"村妪泼妇"②无异的地步,他对此表示生厌。③如果钱玄同与刘半农再直接批评林纾,很可能招致反效果。我们知道,林纾自己其实后来就犯过这样的错误,发表《荆生》《妖梦》指骂三人(陈独秀、钱玄同、胡适)为"禽兽自语"④,惹来社会的反感而使局面急转直下。但新文化运动成员这次却首先召唤过去,指出大家实属相同的共同体,⑤说明今天的你,其实就如昨日的我,目的是要这些人看到,时代已改变,因此你我应携手共同向前。在确立了这个大前提后,刘半农再进一步,不愠不火地逐点指出林译最不妥当的地方,这样,他们便成功地笼络了更多旧林译小说迷的倒戈。

第二个洗擦社会大众对林译小说美好记忆的手段,就是通过改名以及正名的手段。钱玄同在《新青年》上发表的文章中,曾多次以"某大文豪"去挖苦林纾,⑥单单在《〈天明〉译本附识》短短不到一千字的文章

---

① 王敬轩(钱玄同):《文学革命之反响》,原刊《新青年》第 4 卷第 3 号,收入北京大学、北京师范大学、北京师范学院中文系中国现代文学教研室主编:《文学运动史料选》第 1 册,页 49。
② 汪懋祖:《读新青年》,原刊《新青年》第 5 卷第 1 号,收入郑振铎编选:《中国新文学大系·文学论争集》,页 45。
③ 当时社会上不少人对这种谩骂式的讨论表示不满,见胡适:《答汪懋祖》,原刊《新青年》1918 年 7 月 15 日第 5 卷第 1 号,收入《胡适全集》第 1 卷,页 75—77。
④ 林纾:《荆生》《妖梦》,薛绥之、张俊才编:《林纾研究资料》,页 81—82、83—85。
⑤ 见 Benedict Anderson: *Imagined Communities: Reflections on the Origin and Spread of Nationalism* 一书。
⑥ 钱玄同:"又如林纾与人对译西洋小说,专用《聊斋志异》文笔,一面又欲引韩柳……然世固以'大文豪'目之矣!"钱玄同:《致陈独秀》,写于 1917 年 2 月 25 日,刊《新青年》1917 年第 3 卷第 1 号。此外,更可见于钱玄同:《致陈独秀》,写于 1917 年 8 月 1 日,刊《新青年》1917 年第 3 卷第 6 号。

内，钱玄同就三次以"大文豪"的称谓来责难林纾。①

表面看来，把林纾称为"大文豪"也许只是戏谑他以古文笔法扬名自傲的事而已，比起其后越骂越凶的"遗老"、"谬种"、"贱俘"②、"罪人"③等极尽诋毁的称呼，"大文豪"可算无伤大雅。不过，新文化运动人士称林纾为"大文豪"，其实不但是一种戏称的手段，而且是启动了社会上"改名""正名"的手法，目的就是要以"文豪"去拆解并取代林纾曾经于晚清是为"译者"的社会记忆。"命名"除了是单纯的记号标签或论述的命题外，更是一个人在社会上的重要资产、身份象征。在民国初年新旧激战的时候，名号往往被赋予过多政治正确的象征意义，刘半农本名为"刘半侬"，被笑有"礼拜六气"就是最明显的例子。④

以这样的改名、正名手段来洗擦社会记忆可以说是非常有效的。当新文化运动初见成果，不管人们是否已真正认同新文化的目标与价值，还是为了自身的利益而向新文化运动人士投诚献媚，社会已不愿记得曾是在晚清时被康有为推许的"译才"林纾，而只愿以"文豪"称呼他。曾朴写信给胡适，谈到自己在晚清时苦学法文的状况，以及自己对晚清翻译活动的功劳，就清楚以"文豪"标示林纾的身份："有一回，我到北京特地去访他，和他一谈之下，方知道畏庐先生是中国的文豪。"⑤ 但事实上，林纾被称为"大文豪"绝对是新文化运动之后的事，曾朴即使真的如他所说，

---

① 钱玄同：《〈天明〉译本附识》，《新青年》1918年2月15日第4卷第2号。
② 钱玄同：《写在半农给启明的信底后面》，原刊《语丝》1925年3月30日第20期，收入薛绥之、张俊才编：《林纾研究资料》，页165。
③ 同上。
④ 刘半农本用"刘半侬（按：伴侬）"一名，过去曾与周瘦鹃及鸳鸯蝴蝶派过从甚密，他的名号就令他受了不少新阵营友侪的白眼，成为笑柄，在新文化运动人士圈子之内"志趣相投""志同道合"的人犹如此，对个人名号及其代表的身份政治在民国时的苛刻可见一斑。详情见周作人：《刘半农与礼拜六派》及《刘半农》，两文分别原刊1949年3月22日《自由论坛晚报》及1958年5月17日《羊城晚报》，收入钟叔河编：《周作人文类编》第10卷《八十心情》，页425—426、430—431。
⑤ 胡适：《论翻译——与曾朴先生书》及附录中曾朴：《曾先生答书》，《胡适全集》第3卷，页803—815。

晚清时曾向林纾苦苦相劝：要用"白话"、要有"系统的翻译事业"，并"曾热心想帮助他一点，把欧洲文学的原委派别，曾和他谈过几次"①，然而正当整个晚清文学界因为"可怜一卷茶花女，断尽支那荡子肠"而惊遇这位"译才"林纾的时候，尚为无名的曾朴又怎么可能"方知道畏庐先生是中国的文豪"？这看来是事过境迁的事后回述而已。

曾朴懂法语，翻译过雨果、莫里哀（P. Molière）的作品，但他在晚清的翻译活动完全被林纾的光芒所盖，最后只以"晚清四大小说家"的名号让人有较深刻的印象。②他对此心有不甘，想在新文化运动后追认自己对新文化运动开创的一点贡献，是很可以理解的。但其实他是以一套在新文化运动出现的叙事话语去重新回忆晚清的一切活动，由此可以见到当时社会上不愿记起林纾是翻译家的同时，也可看到新文化运动洗擦社会记忆的有效性。

对林纾个人身份做出"正名"的活动之余，对他的译作重新"命名"也是另一个洗擦社会记忆的重要手段。林纾在短短的十多年里，翻译了百多部外国小说，包括司各特、小仲马、莎士比亚、雨果、乔叟、斯宾塞、塞万提斯、巴尔扎克等人的作品。林纾不懂外文，不懂西洋文学源流，以古文家身份随便翻译西方文学作品，他的态度、他的译作、他的选材，无论在晚清时如何风行一时，现在于新文化运动人士眼中，全部都不得不用胡适所言的"重新估定一切价值"（transvaluation of all values）的态度来评判。要重评林译小说，要从新文化角色出发评价这些作品，他们就用上新文化运动惯用的手段。胡适为了如实执行"重新估定一切价值"的目标，在《文学改良刍议》《建设的文学革命论》等文章内，用上很多二元对立的语汇（新旧文学、死活文学、一流及二流）去判定中国文学的价

---

① 曾朴：《曾先生答书》，《胡适全集》第 3 卷，页 811。
② 魏绍昌指出，"晚清四大小说家"之名由鲁迅《中国小说史略》而来，可想而知，曾朴写这信给胡适时，"晚清四大小说家"名号已行之有效多年。参见魏绍昌：《晚清四大小说家》（台北：台湾商务印书馆，1993 年），页 1；魏绍昌：《孽海花资料》（上海：上海古籍出版社，1982 年）。

值。渐渐地，这些本来用来评述文学作品的用语，亦广泛用在重新评定翻译作品上：

> 在他所译的一百五十六种的作品中，仅有这六七十种是著名的……其他的书却都是第二三流的作品，可以不必译的。①

> 他所译的百余种小说中……有许多是无价值的作品。②

这些论调（"二三流""无价值"）固然是采用了胡适所建议的"重新估定一切价值"叙事思维，但实际在强调：林译毫无价值，林纾在晚清的翻译功绩，都是白做而徒劳无功的。这是要发放一个重要讯息到社会：译者林纾所译的小说是二三流的，作为新一代的读者，要吸收西洋文学，实在不应该再毫无眼光地通过阅读林纾的二三流翻译作品入手。这种以"二三流"价值标准去标签林译小说的观点，虽由新文化人士提出，但很快就获得社会上权威人士进一步的确认，由此而变成林译小说的同义词。曾经与林纾同路的梁启超，在他对晚清学术有一锤定音功能的学术著作《清代学术概论》（1920）中，就毫不留情地批评道：

> 有林纾者，译小说百数十种，颇风行于时，然所译本，率皆欧洲第二三流作者。③

我们在上文说过，林纾、梁启超、严复往往被人认为是晚清翻译活动中的三位一体。虽然严复在晚清时已不齿"译才并世数严林"的讲法，不

---

① 郑振铎：《林琴南先生》，原刊《小说月报》1924 年第 15 卷第 11 号，收入薛绥之、张俊才编：《林纾研究资料》，页 159。
② 周作人：《林琴南与罗振玉》，原刊《语丝》1924 年 12 月第 3 期，收入钟叔河编：《周作人文类编》第 8 卷《希腊之余光》，页 721。
③ 梁启超：《清代学术概论》，《梁启超全集》第 5 册第 10 卷，页 3066。

愿与林纾并列,①但梁启超的翻译活动,无论从背景、对翻译社会功能的认知、翻译方法等看,都可以说与林纾无分轩轾,就选取翻译作品的眼光而言,林纾所译的并不一定比梁启超译的东海散士柴四朗《佳人奇遇》、法国凡尔纳《十五小豪杰》等著作更差,东海散士柴四朗、法国凡尔纳的文学价值也未必比哈葛德的为高。而五四的一代在记述晚清的文学翻译活动时,往往以"林梁"并称,可见他们二人在五四一代的观感中,本来不相伯仲。②

过去,林纾在政治观念上是梁启超小说救国的最佳应和者及实践者,学者已有提及。③当林纾的翻译成就被新文化运动人士攻击之际,梁启超在总结一个时代学术价值的《清代学术概论》内以"二三流"草草总结林译小说,与其说他背信弃义,倒不如是说他在面对五四新旧激战的压力时,不得不与林纾划清界限,以表示与过去的自己决裂,而不像林纾一样抱残守缺。这时的梁启超,因为政治观念的落伍,被五四新青年遗弃:

  虽其政论诸作,因时变迁,不能得国人全体之赞同。④

自从林译小说被新文化运动人士判为二流作品后,我们见到不少研究者后来往往用尽全力去平反林译小说并非二流之说。譬如钱锺书就在《林纾的翻译》一文中,旁征博引地讨论哈葛德并不是毫不足道的作家。⑤事

---

① 钱锺书根据陈衍分析所言,见钱锺书:《林纾的翻译》,原刊《文学研究集刊》第1册,后经修改收入钱锺书《旧文四篇》,收入薛绥之、张俊才编:《林纾研究资料》,页318—322。
② 郑振铎:《梁任公先生》,《郑振铎全集》第5卷(石家庄:花山文艺出版社,1998年),页366。
③ 蒋英豪:《林纾与桐城派、改良派及新文学的关系》,《文史哲》1997年第1期,页71。
④ 钱玄同:1917年2月25日《致陈独秀》的信,《新青年》1917年3月1日第3卷第1号。
⑤ 钱锺书:《林纾的翻译》,原刊《文学研究集刊》第1册,后经修改收入钱锺书《旧文四篇》,收入薛绥之、张俊才编:《林纾研究资料》,页317、323。

实上，哈葛德的译作曾在中国造成深远的影响，这已不容否定，譬如郭沫若的例子——他直认哈葛德引起他深厚同情，诱出大量的眼泪，而萌生起浪漫思绪的根源。尽管这也许是郭沫若借题发挥的说法，但这种说法，其实在晚清的时候的确可以找出相若的例证，譬如寅半生等人为 *Joan Haste* 未婚怀孕情节所引发的激烈陈词。① 这样的话，在翻译研究的讨论中，研究者似乎更应探讨这些译本在中国产生什么影响及其意义何在。此外，更重要的是，今天的文化研究（特别是新马克思主义理论）指出，与其探讨一流二流"文学正典"问题，不如更应去问"经典是如何造成"。原因在于，所谓"文学正典"无可避免地是知识分子为着维护体制及自身利益，利用教育机器及其意识形态而建构出来的一批文本实体。② 因此，我们与其质疑及平反哈葛德是二三流作家，倒不如试问，新文化运动人士要彻底重评晚清文学翻译的动机是什么？他们急于命名林纾小说为"无价值""二三流"，是不是为了"制造"另一批新出现的文学经典所做的准备？因为在翻译史上，我们很快就看到另一批由郑振铎、茅盾通过《小说月报》定义及挑选，大概有20家46部的"真正""一流"而又亟需翻译的"文学正典"了。③

三、 林纾成为新翻译规范建构者的重要记忆

五四运动于1919年爆发后，民初的新旧文化交战立刻告一段落，林纾以及其他旧派所追求的传统价值已难在社会上造成新的波澜，更不要说

---

① 寅半生：《读〈迦因小传〉两译本书后》，原刊《游戏世界》1907年第11期，收入陈平原、夏晓虹编：《二十世纪中国小说理论资料》第1卷，页249—250。
② Etienne Balibar and Pierre Macherey, "On Literature as an Ideological Form," in Francis Mulhern ed., *Contemporary Marxist Literary Criticism* (London; New York: Longman, 1992), pp. 34 – 54.
③ 未署名（茅盾）：《〈小说新潮〉栏宣言》，原刊《小说月报》1920年第11卷第1号，收入《茅盾全集》第18卷，页14—15。

林纾写出《致蔡鹤卿书》后，在新时代骤然成为青年心目中的"歹角"。在这新价值取替旧价值的年代，发生了一件更能概括这个时代的事，把林纾在晚清所做的贡献画上句号，这就是1921年茅盾当上《小说月报》主编并主导《小说月报》全面革新。①

茅盾说不上是积极参与新文化运动的人，但他在理念和精神上支持新文化运动以及五四，并于新文化运动后的价值重建中担当了重要角色，这是毫无疑义的。在茅盾开始积极参与《小说月报》的工作后，他首先以《〈小说新潮〉栏预告》《〈小说新潮〉栏宣言》一系列的文章宣布《小说月报》今后所采取的新路线。值得注意的是，为改革号打响头炮的文章《〈小说新潮〉栏预告》，并不是针对"小说"而发，却是针对晚清时旧的翻译观，亦即是《小说月报》的"昨日之我"而来：

> 本月刊出世到今，有十一年了；一向注重的，是"撰著"和"译述"。译述是欲介绍西洋小说到中国来；撰著是欲发扬我国固有的文艺。②

甚至是《〈小说新潮〉栏宣言》正文本身，都是讨论翻译：

> 我国自从有翻译小说以来，说少也有二十年了。这二十年中，由西文译华的小说，何止千部，其中有价值的自然不少，没价值的却也

---

① 商务印书馆《小说月报》创刊于1910年，第一任主编王蕴章，与"鸳鸯蝴蝶派"关系比较密切，因此早期的原创作品多刊登"鸳鸯蝴蝶派"的言情、通俗小说，翻译作品则主要刊载林纾所译的小说。第二任主编恽铁樵，已在编辑方针和稿件取舍方面都有突破，虽然他曾经在晚清的时候非常欣赏林纾的小说，但渐渐主张刊登现实主义小说。他还善于发现和培养文学新人——1913年4月刊发了鲁迅的第一篇小说《怀旧》（署名周卓）就是好例子。《小说月报》后继主编分别为沈雁冰（茅盾）、郑振铎、叶圣陶，至1932年停刊。
② 未署名（茅盾）：《〈小说新潮〉栏预告》，原刊《小说月报》1919年第14卷第10号，收入《茅盾全集》第18卷，页1。

居半。①

茅盾开宗明义地说翻译外国文学作品"实在是很急切的",直言"从前的工夫都等于空费",②因为过去所译的"没价值的却也居半"。他这种态度,实际上与胡适在1917年指出"西洋文学书的翻译,此事在今日直可说是未曾开始"③的说法并无分别。本来,林译小说就是商务印书馆一手打造出来的圣像(icon),现在却于同一地方被拉下神坛(iconoclast),这实在是令人唏嘘的清算了。

这其实亦是上文所说的,如果没有清算"旧","新"永远无法执行。《小说月报》虽是以小说为卖点,却大力鼓吹翻译,甚至是产生新翻译规范的基地,原因在于茅盾等主持者认为,中国当前的情形,一定要先"翻译而进于创造"。④他们相信,"新思想一日千里,新思想是欲新文艺去替他宣传鼓吹"⑤更进一步的是,新的、有价值的、一流的小说能否在中国出现,全部紧扣在一个要点上,就是中国读者能否看到"原本的""无歪曲""无误导"的西方文学——这个承载西方思想的媒介。

过去,学界认为《小说月报》是文学研究会的机关刊物,因此所代表的翻译观只是针对及回应创造社有关翻译的意见而来。这固然是历史的真相,但却是后来衍生的情景。1921年1月15日,郭沫若发出"国内人士只注重媒婆,而不注重处子;只注重翻译,而不注意产生"⑥指骂,并指

---

① 未署名(茅盾):《〈小说新潮〉栏宣言》,原刊《小说月报》1920年第11卷第1号,收入《茅盾全集》第18卷,页12。
② 雁冰(茅盾):《译文学书方法的讨论》,原刊《小说月报》1921年第12卷第4号,收入《茅盾全集》第18卷,页92—93。
③ 胡适:《论翻译——与曾朴先生书》,《胡适全集》第3卷,页803。
④ 冰(茅盾):《我对于介绍西洋文学的意见》,原刊1920年1月1日《时事新报·学灯》,收入《茅盾全集》第18卷,页2。
⑤ 未署名(茅盾):《〈小说新潮〉栏宣言》,《茅盾全集》第18卷,页12。
⑥ 郭沫若:《致李石岑信》,发表于1921年1月15日《时事新报·学灯》,收入《郭沫若书信集》(北京:中国社会科学出版社,1992年),页183—189。本章不打算(转下页)

责文学研究会垄断文坛后,双方才处处就翻译方法提出针锋相对的意见。① 当然,因为民国出现这些论争,一个有关翻译的更完整的讨论便在喧哗声中诞生了。但我们要知道的是,在文学研究会以及创造社竞争文坛霸主地位的过程里,他们共同面对的,是破除晚清翻译规范后,译界还未建立出新的规范的环境,因为他们双方都看到,即使已把林纾所代表的旧的价值推翻,却并不代表新的价值系统就立刻形成。对于新文学运动后的社会,"新"只是一种方向,但新的规范却仍是模糊的概念,什么是新规范的实际内容,还要不断逐步探讨。在这新价值建立的年代,非常吊诡的是,林纾并没有成为历史的残骸,更没有被历史尘封,相反,他在各种新议题,如翻译对象(文学)、方法(直译、意译、重译、口译)、翻译缓急次序、译者的质素上,不断成为这些议题的新的参考价值起点。在以下的部分,我们就集中看看林纾如何辅助新翻译规范的建构。

1. 文学翻译是否可行

茅盾公开宣告了《小说月报》以后要走的路线后,就立刻于 1921 年 4 月 10 日发表《译文学书方法的讨论》一文,把社会的眼光聚焦于翻译之上。此文的目的,如题目所示,是要讨论翻译(特别是文学书)的方法。茅盾撰写这篇三千多字的文章,表面上只是提纲挈领地讨论译文学书的方法,但我们不应把它看成一篇独立文章,因为茅盾在文章开宗明义说明,他是为了回应郑振铎同样发表于《小说月报》的《译文学书的三个问题》一文而写的。② 在文章的结尾,他更再一次重申这篇文章的许多论

(接上页)深入讨论文学研究会及创造社各自提出的翻译理论,特别是有关创作与翻译地位之争,以及这种讨论的喻词("媒婆""处子"以及"奶娘")为何以男性话语作讨论出发点。

① 郁达夫:《纯文学季刊〈创造〉出版预告》,原刊 1921 年 9 月 29 日《时事新报》,收入《郁达夫文集》第 12 卷(广州:花城出版社,1982 年),页 230—231。
② 郑振铎:《译文学书的三个问题》,《郑振铎全集》第 15 卷,页 49—77。

点,是要"和郑振铎先生那一篇相印证的"①。郑振铎表面上是《小说月报》下一届的主编继任人,但实际上他也是《小说月报》革新号的幕后主脑,除了与茅盾一起商量革新宣言外,更大量参与了《小说月报》改革第一期的内容。②

郑振铎这篇发表于1921年3月《小说月报》第12卷第3期的《译文学书的三个问题》,长达一万七千多字,是民国首篇全面讨论"文学翻译"的理论文字。③郑振铎一开始便提出一个大问题——文学翻译本身,是不是一个自灭(self defeating)的命题:纵然多努力,最后只会徒劳无功,原因是文学是具有个人风格的创作,并以艺术手法表达当中思想,而"文章的艺术的美"是不可移植的。④

郑振铎对于这个问题,有非常深刻的思考,从文章的长度以及深度而言,从有条不紊的论点及组织看来,可以推想这个问题盘踞在他脑内已有一段长时间,绝非1921年才突然想到提出来的。令他挥之不去的,不是其他因素,肯定是林纾的文学翻译。因为我们会在下文进一步看到,他所论及的要点,都是围绕林译小说带来的问题。

郑振铎指出,一般人都会否定文学翻译是可能的,他们反对的原因又可以归纳为两个层次:一个是通俗的,另一个是哲理的。首先,通俗的看法是比较普通、流行的看法,这些人认为文学的风格是"乡土(Native)"(按:今译"本土")的,也是"固定(Original)"(按:今译"原创")的,最精巧的翻译家,即使勉力为之,都不能把本土以及原创的东西原原

---

① 雁冰(茅盾):《译文学书方法的讨论》,《茅盾全集》第18卷,页94。
② 此外,郑振铎还请他的哥哥为改革号画封面和作扉页插画。陈福康:《郑振铎传》(北京:北京十月文艺出版社,1994年),页67。
③ 郑振铎《译文学书的三个问题》一文,正如文中揭示,是参考自 Alexander Tyler 观点而来,当然这并不代表他对 Tyler 提出的三项原则(传达原作思想、复制原作风格、显示原作流畅)全部同意,特别是最后一项。有兴趣深入讨论郑振铎的翻译观,可参考陈福康:《郑振铎的评论贡献》,《中国译学理论史稿》(上海:上海外语教育出版社,2000年),页213—229。
④ 郑振铎:《译文学书的三个问题》,《郑振铎全集》第15卷,页49—50。

本本地以另一种语言表达出来。而比较哲理的反对原因，在于：

> 文学书里的思想与其文字，实质与其文章之风格（Style）是有非常密切的关系的……因为文章的风格是绝不能翻译，所以同一的思想之两重或两重以上的表现是绝对不可能的；所谓翻译者，无论其如何精巧，总不过是一种意译的摹拟而已，离原本实在是极远极远；至于原文之艺术的美，那更不用说，自然是丝毫没有的了。①

从这里可以见到，所谓通俗或哲理的反对原因，不区分于提出意见者的思想深度、层次及背景，而是同样地针对语言、文字、思想本质，二者的分别只在深浅程度不同。换言之，哲理观点只是通俗观点的深化讨论，特别是在讨论语言及思想的关系上。

郑振铎认为无论是通俗的还是哲理的观点，表面都貌似有理，但是，他断言"文学书是绝对的能够翻译的"。在通俗的观点上，他指出所谓文章的风格是原创的，是本土的，其实都是不对的，因为：

> 文章的风格只不过是"表白"（Expression）的代名词，而文学里的表白，其意义就是翻译思想而为文字。……人们的思想是共通的，是能由一种文字中移转到别一种的文字上的，因之"翻译思想而为文字"的表白——风格，也是能够移转的；决不是什么固定的，乡土的。②

一眼看来，郑振铎的论点似是诡辩，但其实他是从一个更彻底的角度去探问文字跟思想的关系。他认为思想根本是无形的，要把无形的思想用

---

① 郑振铎：《译文学书的三个问题》，《郑振铎全集》第15卷，页50。
② 同上书，页51。

第六章　现代性与记忆："五四"对林纾文学翻译的追忆与遗忘　207

文字表达，这本身已是进行了第一次翻译。因此，当人们说文学是本土的，所以不能翻译时，实际上是没有弄清楚翻译的意义，且更不知道作家在文学创作的时候，其实已经是进行了第一次的翻译工作。① 因此，所谓"文学翻译不可能"之说实在已不攻自破。

但既然这样，那又是什么元素令这么多人认为文学翻译不可能？原因只在于用错了方法。"但如果有一个艺术极好的翻译家，用一句一句的'直译'方法……"② 由于小说是带有故事情节的文学创作，因此应该尽可能以直译的方法翻译，而直译的重点在于"所有情节看先后的布置"，都"一丝一毫不变的移过来"。要做到这点，真是一点都不困难的，他援引一个反例，就能令所有人顿然明白这真是轻而易举的事：

> 就是劣等的翻译家与林琴南式的翻译家也能做到；但非所语于移改原文情节的人——③

可见，他认为林纾的翻译如果不是"移改原文情节"，也是大体地做到文学翻译的最低要求，只是林纾没有照顾到文学里"所有情节看先后的布置"，而是"移改原文情节"，所以林纾的罪过，不在于有没有依附直译的原则，而是他根本不符合"文学翻译"最起码的标准。

郑振铎在初步探讨了文学翻译的本质，也就是讨论过那种所谓通俗的观点后，便进一步去探讨更哲理的问题。郑振铎认为这种以为文章跟思维是不可分离的说法，"所谓翻译者，无论其如何精巧，总不过是一种意译

---

① 郑振铎这一论点，早见于"德国传统"代表人 Friedrich Schleiermacher 所言，翻译首要在于理解以及诠释行为，任何思维活动都离不开语言制约，因而即使未以语言及文字表达思维，其实已做出第一层"翻译"活动。见 F. Schleiermacher, "On the Different Methods of Translating," in André Lefevere ed., *Translation—History, Culture: A Sourcebook* (London; New York: Routledge, 1992), pp. 141–165。
② 郑振铎：《译文学书的三个问题》，《郑振铎全集》第15卷，页51。
③ 同上书，页52。

的摹拟而已"①，表面上很有道理，但实际只是不解文字与思想的关系，他援引 D. W. Rannil 的 *Element of Style*（按：应为 David W. Rannie 的 *Elements of Style*）② 一书对文字、风格以及思想的关系的分析：

> 大多数的表白（Expression）是可以随人之意的，所以他与思想是分离的。……既然同一的思想能由作者任意表现之于无论何种的"表白"或"风格"中，那末我们就不能有理由去疑惑说，思想是不能表现在一种以上的文字中了。……然而思想的本身却总是不会有什么丧失的。如果翻译的艺术高了，则思想且可以把译文弄得与原文同等的美。③

这一段的重点在于以一个更哲学性的角度去说明语言与思想的关系，不但指出思想与文字的关系是分离的，更指出同一思想即使在不同的表白里，思想的本质都不会改变，只是外貌起了变化而已。为了要言不烦地说明思想跟表达的关系是分离的，他又以林纾作为一个例子：

> 就是中国的林琴南式的一人口译一人笔述的翻译，原文的思想却也能表现得没有大失落——除了错的不算——由此可知"实体"（matter）"态度"（manner），思想与文字，意义与文章的风格，是分离的而非融合而不可分的了。④

他认为，即使林纾的翻译模式是这样地"复杂"，先由口译者把思想

---

① 郑振铎：《译文学书的三个问题》，《郑振铎全集》第 15 卷，页 50；相同的观点也见于页 54。
② David Watson Rannie, *Elements of Style* (S. l. : Dent, 1915).
③ 郑振铎：《译文学书的三个问题》，《郑振铎全集》第 15 卷，页 55。
④ 同上。

用语言表述出来，然后再由笔录者林纾以文字表达出来，但他们仍然可以把思想的"实体"表达出来。当然，这是要撇除当中错误的部分，但大体而言，他认同林纾是能够通过翻译把文学作品的思想表达出来的。郑振铎由文学翻译所针对的故事情节，到思想的传达，一步步剖析围绕"文学翻译"中不同重点的问题。

2. 直译与意译之讨论

其实，从郑振铎的文章中，我们看到他在说明文学翻译的本质时，一而再再而三地以林琴南作一个示范，原因正在于林译是当时大家理解文学翻译的基础。以林译小说作例子，就可以言简意赅地说明问题的核心。这说明了林纾的重要性，亦说明了他们对林纾的依赖。如果我们细心地看，郑振铎对林纾的批评其实是很温和的，在他论及林纾的翻译时，往往只是替他做出一些补充、解释及修正。

但茅盾在回应郑振铎开列出来的讨论方向时，就没有像郑振铎那样温和含蓄了。他在申论翻译文学书的基本条件时，清楚指出林纾翻译文学的问题。不过，他对林译小说做出严苛的批评，目的是更好地厘清文学翻译上的一些观点，以更清晰的态度确立新的翻译标准，特别是因为他认为当时的中国译界还在"初学步"的阶段。上文已带出，郑振铎认为文学翻译是一件非常讲求技巧的事，一方面他指出了要"用一句一句的'直译'方法"，但他又说好像有些地方无论如何也做不到直译："无论是最精密的句对句（Sentence by sentence）的翻译，也是一种'意译'。"① 这说法初看有些矛盾，茅盾为了厘清意译以及直译的重点及关注，写了《"直译"与"死译"》及《直译·顺译·歪译》两文。前文一开首就指出：

> "直译"这名词，在"五四"以后方成为权威。这是反抗林琴南

---

① 郑振铎：《译文学书的三个问题》，《郑振铎全集》第15卷，页55。

氏的"歪译"而起的。我们说林译是"歪译",可丝毫没有糟蹋他的意思;我们是觉得"意译"这名词用在林译身上并不妥当,所以称它为"歪译"。①

他首先说明,林纾并不是以意译的方法进行翻译,因此,林纾不在意译以及直译讨论范围之列,他只属于一个两不到的范畴——"歪译"。而更糟的是,林纾的每一篇翻译,都出现了两次的歪译:

> 林氏是不懂"蟹行文字"的,所有他的译本都是别人口译而林氏笔述。……这种译法是免不了两重的歪曲的:口译者把原文译为口语,光景不免有多少歪曲,再由林氏将口语译为文言,那就是第二次歪曲了。②

茅盾修正一般人认为林纾是采取意译方法的观念,因为在他看来,意译最简单的意思是"不妄改原文的字句,就深处说,还求能保留原文的情调与风格"③,而不是像林纾一样不懂原文且妄改原文的字句。由于中西文字"组织"不同,加上在文学翻译上必然有很多文学技巧需要处理,能直译当然是最好,但在适当的时候,意译也不失为一个机智的做法。④ 但无论如何,意译及直译,茅盾认为都要符合如下条件:

(1) 单字的翻译正确

---

① 茅盾:《直译·顺译·歪译》,原刊《文学》1934年第2卷第3号,收入《茅盾全集》第20卷,页39。
② 同上。
③ 茅盾:《"直译"与"死译"》,原刊《小说月报》1922年第13卷第8号,收入《茅盾全集》第18卷,页255。
④ 茅盾:《直译·顺译·歪译》,《茅盾全集》第20卷,页39。

(2) 句调的精神相仿①

不过,他并不主张没有弹性地去处理文字翻译过程,因为翻译毕竟是在处理两种语言,文字组织有一定的差异,因此,"直译"也应该弹性地去理解:

> 我们以为所谓"直译"也者,倒并非一定是"字对字",一个不多,一个也不少。②

因为"就使勉强直译,一定也不能好"③,所以他强调,纵然句子组织不能一定和原文相对,但也一定要把句调的精神移到译文中来。不过,在谈及放松直译的最起码尺度时,茅盾小心地说:

> 但于此又有一句话要补明:太不顾原句的组织法的译本,如昔日林琴南诸氏的意译本,却又太和原作的面目差异,也似不足为训;我以为句调的翻译只可于可能的范围内求其相似,而一定不能勉强求其处处相似,不过句调的精神却一毫不得放过。④

在茅盾看来,他与郑振铎等人定出这样多的翻译标准,开列出各式各样的讨论方向,目的并不是要设下一个金刚箍,死板地束缚着译者,而是要在理论上尽可能开列更多讨论的方向,制造新规范。上文说到,即使他们鼓励直译,但是也没有一刀切否定在一定的情况下意译的可行性,为此,茅盾以胡适最赞赏的伍光建(1867—1943)作例

---

① 雁冰(茅盾):《译文学书方法的讨论》,《茅盾全集》第18卷,页88。
② 茅盾:《直译·顺译·歪译》,《茅盾全集》第20卷,页40。
③ 雁冰(茅盾):《译文学书方法的讨论》,《茅盾全集》第18卷,页91。
④ 同上书,页92。

子深入说明。①

伍光建精通英语，1880 年代在天津北洋水师学堂读书，毕业后被派往英国格林威治皇家海军学院深造。甲午战争后，用白话翻译外国文学，包括大仲马的《侠隐记》（即《三个火枪手》）、《续侠隐记》（即《二十年后》）、《法宫秘史》等。② 在建立新翻译典范时捧出伍光建，是寓意深长之举，因为伍光建译作的"好"，在胡适等人的眼中，不但是绝对（absolute）的好，更是用来对比同时代林纾而得出的相对（relative）的"好"："其价值高出林纾百倍。"③

但是，只要稍稍看过伍光建的译作，都会知道伍氏也是以意译手法为主，且有一定的删节。那为什么胡适、茅盾等会有"褒伍贬林"的主张？他们是否持双重标准，或因个人芥蒂而针对林译小说？茅盾也意识到这样可能会招致误会和批评，他解释说：

> 从前在"五四"时代，《新青年》对于林译小下了严厉的批评，同时很赞美大仲马的小说《三个火枪手》的译本《侠隐记》。……
>
> 如果我们谨守着"字对字"直译的规则，那么，我们对于伍氏的译本自然会有许多不满意；不过我们得原谅他，因为他译《侠隐记》的时代正是林译盛行的时候；那时候，根本没有直译这观念，更何论"字对字"？
>
> 虽然如此，《侠隐记》还不是无条件的意译，——或是无条件的

---

① 胡适多次指伍光建的译作是他心目中最佳的翻译，林译小说实在不能望其项背。参见胡适：《论短篇小说》，原刊《北京大学日刊》及《新青年》1918 年第 4 卷第 5 号，收入《胡适全集》第 1 卷，页 132—133，及胡适：《论翻译——与曾孟朴先生书》，《胡适全集》第 3 卷，页 804。
② 马祖毅：《中国翻译史："五四"以前部分》，页 761—762。
③ 胡适：《论短篇小说》，原刊《北京大学日刊》及《新青年》1918 年第 4 卷第 5 号，收入《胡适全集》第 1 卷，页 132—133。

删改……①

换言之，茅盾认为伍光建的意译是可以接受的，但那一定不是随意、无条件的删改，而是"根据了他所见当时的读者程度而定下来的。自然不是他看不懂原文的复合句，却是因为他料想读者看不懂太累赘的欧化句法"。而"再看他译文的第二段，便更可证明他的删节是有他的标准的"。②

茅盾在《伍译的〈侠隐记〉和〈浮华世界〉》一文内，一方面深入分析伍光建对原著删节的地方，一方面回应胡适以及郑振铎在《译文学书的三个问题》所提出的有关删节的讨论："意思必须在原意中是附属而无关紧要的"，"删去后是决不会减少或是把原意弄弱"。③ 可见，这种删节的"自由"，并不是无政府主义式的，更不是因译者个人喜好，或力有不逮作的删节。可想而知，译者的能力就是顺理成章要带出的问题。

3. 译者的条件

造成晚清前所未见文学翻译盛况的人物，是林纾。但林纾对于适当地选定翻译对象、理解文本、找出翻译方法，实在是毫无头绪的，他所创的晚清翻译成果，其实在茅盾等人的眼中，只是歪打正着。因此，茅盾提出了对译者的要求：

> 翻译一篇文学作品，必先了解这篇作品的意义，理会得这篇作品的特色，然后你的译本能不失这篇作品的真精神；所以翻译家不能全然没有批评文学的知识，不能全然不了解文学。④

---

① 茅盾：《伍译的〈侠隐记〉和〈浮华世界〉》，《茅盾全集》第 20 卷，页 25—26。
② 同上书，页 27。
③ 郑振铎：《译文学书的三个问题》，《郑振铎全集》第 15 卷，页 61。
④ 郎损（茅盾）：《新文学研究者的责任与努力》，原刊《小说月报》1921 年第 12 卷第 2 号，收入《茅盾全集》第 18 卷，页 68。

然后，他又开列出三个条件，就是译文学书的人一定要"研究文学"，"了解新思想"，"有些创作天才"。①

自然，他开列的首两项是合理的要求，也可以说，这是循着郑振铎《译文学书的三个问题》里"法则第一"②的有关译者条件的补充。在这里，我们不必深入讨论茅盾及郑振铎对于译者条件的看法，因为他们开列标准时所要透露的讯息，不但是要指出译者资格，更重要的是要排除新时代中像林纾一样本身不是研究文学，又不了解新思想，却胡乱翻译的人。

在中国读者普遍还没有认识，甚至没有渠道吸收西洋文学的年代——晚清——译者做到"撰述"和"译述"，便已达到社会期望的介绍西方文学的目的。但当阅读西方著作风气渐开，翻译肩负不一样的功能时，过去"撰述"和"译述"东拉西拼、胡乱结合的做法已经"不合时宜"。在这新的时代里，茅盾等认为，最重要的是有条不紊和有系统地讲解西方小说的"源流和变迁"。对于如何有系统地介绍、讲解西方文学，茅盾不但在差不多每一篇相关论文中都有呼吁，更另外专门撰写一篇文章《对于系统的经济的介绍西洋文学底意见》③来大加强调，指出译者的责任，不仅在于忠实地把原文译入中国，更重要的是呼应胡适之前的意见——如何有眼光选择翻译对象，"只译名家著作，不译第二流以下的著作"，④决心以一流文学建立他们认为值得追随的新思想及新价值。

4. 重译

这里所指的重译，又在译学上名为"转译"，即是不从原文直接翻译，

---

① 雁冰（茅盾）：《译文学书方法的讨论》，《茅盾全集》第 18 卷，页 93。
② 郑振铎：《译文学书的三个问题》，《郑振铎全集》第 15 卷，页 59。
③ 茅盾：《对于系统的经济的介绍西洋文学底意见》，原刊 1920 年 2 月 4 日《时事新报》，收入《茅盾全集》第 18 卷，页 20—26。
④ 胡适：《建设的文学革命论》，原刊《新青年》1918 年第 4 卷第 4 号，收入《胡适全集》第 1 卷，页 67。

而依从非原语译本作翻译。由于晚清对原作的观念非常薄弱，加上社会上懂得外语的人数及所懂语种有一定的限制，重译在晚清非常流行，甚至可以说，多重重译亦司空见惯，林纾的《不如归》就是一个绝好例子。《不如归》原作由日本德富健次郎所撰，先由盐谷原荣英以英文翻译，林纾与魏易的合译是根据英译而来。当时林译的《不如归》面世后，获得相当好评，甚至被认为因为能脱掉日文的写法而"不失原意"，比"原书更佳"。① 然而到了五四之后，翻译是输入外国知识及新价值的载体，主张新文学运动的文人学者一致反对重译，认为不但重译不可靠，且更是危险的事。郑振铎就明言："重译的办法，是如何的不完全而且危险呀！我们译各国的文学书，实非直接从原文里译出不可。"② 重译之所以危险，是因为"重译的东西与直接由原文译出者相比较，其精切之程度，相差实是很远。无论第一次的翻译与原文如何的相近，如何的不失原意，不失其艺术之美，也无论第二次的译文与第一次的译文如何的相近，如何的不失原意，不失其艺术之美，然而，第二次译文与原文之间终究是有许多隔膜的"③。郑振铎的言论，虽然并无点名批评林纾，但是从他多次强调辞汇的"不失原意"，我们了解到，他深感不满的，是重译对于原作的戕贼，特别在于艺术方面的损失，"大体的意思固然是不会十分差，然而原文的许多艺术上的好处，已有很重大的损失了"④。

有趣的是，当文学研究会的郑振铎振臂而起反对重译时，与文学研究会在翻译观念上有众多龃龉的创造社，就重译的这一点上，不但没有高唱反调，而且就态度、用词、理据，甚至针对的对象，都与文学研究会同声同气。郑伯奇说：

---

① 侗生（佚名）：《小说丛话》，陈平原、夏晓虹编：《二十世纪中国小说小说理论资料》第1卷，页388—390。
② 郑振铎：《译文学书的三个问题》，《郑振铎全集》第15卷，页75。
③ 同上书，页73。
④ 同上。

> 日本房屋的构造，和衣服的形式跟西洋各国绝不相同，英国人译出的《不如归》无论怎样，不会把浪子和武男生活如实地再生产出来的，然而林琴南先生的《不如归》却是由英语译本重译出来的，那不是够危险么？至于英、法的译本常常擅自删节，要是依据这样的译本去重译，那危险就更多了。①

郑伯奇所言的"危险"，实在在用字上也呼应了郑振铎所言的"重译的办法，是如何的不完全而且危险呀"，而且比郑文更直接地表现出：当日渐分化的文坛（特别是文学研究会与创造社），可以吊诡地出现矛盾的统一，就是因为共同"敌人"——林纾。

四、林译小说成为中国文学西化起源的象征符号

在上一节里，我们看到林纾不但盘踞了五四论争的中心点，更在五四后翻译规范刚建立的时候成为一个经常被回顾的论述起点。尽管在这个阶段内，他还是所有叙述中的负面人物——"歹角""危险"及"劣等翻译家"——但不幸或幸运的是，林纾1924年10月9日逝世，骤然平息了所有人对他的怨怼，也令激烈论争真正落幕。死者已矣，由于他从此不再缔造历史，因而亦终于可以从人们埋藏心中已久的记忆重新出土，由"歹角"变回一位令人怀念及尊敬的前辈。

在林纾逝世仅仅一个月后，郑振铎就急不可待地在《小说月报》第15卷第11号发表长文《林琴南先生》，做出深情的怀念：

> 林琴南先生的逝世，是使我们去公允的认识他，评论他的一个机会。……我们所有的是他的三十余年的努力的成绩。盖棺论定，我们

---

① 郑伯奇：《通信》，《两栖集》（上海：上海书店出版社，1987年），页82。

现在可以更公正的评判他了。①

大力呼吁要"更公正"地评判林纾,固然显示出他们也疑心曾经不很公正地评价林纾。但这篇文章除了提出要公正地评价林纾外,重点似乎是最后一段,郑振铎语重心长地呼吁,在公私记忆领域(历史以及他们自己)里,千万不要忘记林纾:

> 所以不管我们对于林先生的翻译如何的不满意,而林先生的这些功绩却是我们所永不能忘记的,编述中国近代文学史者对于林先生也决不能不有一段的记载。②

但是,要立刻把昨天被他们骂得体无完肤的歹角变回今天值得深切怀念的前辈,一定要先修正当中的若干观点。他们首先要面对这样的一个反驳点:到底是新文化运动人士观点不一致,内部矛盾重重,还是有其他的原因,可以解释他们对林纾前后不同的评价。我们看到,这些曾经批评林纾的人为了拨乱反正,便把造成曾经他们眼中林纾的最大弊病的责任通通都推诿到其他人身上——跟林纾合作的口译者,成为代罪羔羊:

> 其他的书却都是第二三流的作品,可以不必译的。这大概不能十分归咎于林先生,因为他是不懂得任何外国文字的,选择原本之权全操于与他合作的口译者之身上。

大约他译文的大部分错误,都要归咎到"口译者的身上"。③

---

① 郑振铎:《林琴南先生》,原刊《小说月报》1924年第15卷第11号,收入薛绥之、张俊才编:《林纾研究资料》,页149。
② 同上书,页164。
③ 同上书,页159—160。

郑振铎用了千余字，把新文化运动人士指斥林纾的罪状，诸如上文提及的不具文学眼光、误选二三流作品、删节、没有系统等，都一干二净地推到口译者身上。但其实，在近现代翻译轨迹上，这批与林纾对译的口译者，功劳即使不能高于林纾，至少也应该与林纾齐名，共享介绍外国文学给中国人的成果。可是，在中国文学史上，这批口译者只能长期居于面目模糊的状态。因为林纾还有新文学运动人士为他招魂，但这批口译者却成为文学史内"没有什么知识""虚耗林先生宝贵劳力"① 的罪魁祸首。可是，如果我们看到林纾《冰雪因缘》序文中载"余二人口述神会，笔遂绵绵延延"②，且有魏易后人魏惟仪于一百年后所忆的两人合作极之"合谐"③，那么可知口译者跟林纾的合作模式，起码是各尽所能，各称其职，怎么都不能说是虚耗了林先生宝贵的劳动力。

追忆林纾，仿佛变成一件与时间竞逐的事。在郑振铎写于 1924 年 11 月 11 日的《林琴南的翻译》一文出版半个月后，另一篇紧接着追忆林纾的文章也出来了。周作人写于 1924 年 12 月的《林琴南与罗振玉》，文章以"林琴南先生死了"开始，马上带到"五六年前……"，同样是借死者已矣的契机，解封尘封已久的少年往事。周作人比郑振铎更积极地去为林纾平反，不但描述林纾在新文化运动前后的功劳，更揉进更多自己的记忆，道出自己曾经私淑林纾一事：

> 五六年前，他卫道，卫古文，与《新青年》里的朋友大斗其法……一九零一年所译《黑奴吁天录》……老实说，我们几乎都因了林译才知道外国有小说，引起一点对于外国文学的兴味，我个人还曾经很模仿过他的译文。④

---

① 郑振铎：《林琴南先生》，薛绥之、张俊才编：《林纾研究资料》，页159。
② 林纾：《〈冰雪因缘〉序》，吴俊标校：《林琴南书话》，页99。
③ 魏惟仪编：《林纾魏易合译小说全集重刊后记》（台北：[出版社缺]，1993年），页3。
④ 周作人：《林琴南与罗振玉》，原刊《语丝》1924年12月第3期，收入钟叔河编：《周作人文类编》第8卷《希腊之余光》，页721。

本来，这种恢复林纾名誉并拯救社会上有关林纾记忆的工作，并不急于一时，亦没有矫枉过正的必要，更无须把责任推诿到其他人身上。可是，当新文化运动迅速成功，并逐渐成为"五四启蒙"伟大事业的起点，①社会各派各人士便开始挪用，②并追寻这种思想力量的来源。而首次编纂新文化运动史的殊荣，归于新文化运动中"暴得大名"的胡适。1923年2月，《申报》五十周年作纪念刊《最近之五十年》邀请胡适撰文，分析五十年来旧文学过渡到新文学的变化。胡适在文章里高度评价林纾的功绩和贡献：

> 古文不曾作过长篇的小说，林纾居然用古文译了一百多种长篇小说，还使许多学他的人也用古文译了许多长篇小说，古文里很少滑稽的风味，林纾居然用古文译了欧文与迭更司的作品；古文不长于写情，林纾居然用古文译了《茶花女》与《迦茵小传》等书。古文的应用，自司马迁以来，从没有这种大的成绩。③

就是这样，诠释中国新文学史的事业开始了。在这个时期，所谓新文学史，亦即是以西方文学观念支撑而写成的一套诠释自晚清过渡到五四之所发生的文学史实。西洋小说理论建构的嚆矢自是梁启超，然而在实践上，最大的贡献还是来自林纾，这点是谁也不能否认的事实。在胡适的描述中，林纾在这个历史过程中所担当的重要转折及过渡角色（古文与西方文学）也慢慢被勾勒出来，因此，林纾在《五十年来中国之文学》中所盘踞的历史地位，是胡适所认定的"介绍西洋近世文学的第一人"④。胡适

---

① 见本书页189注1所引余英时、Vera Schwarz 及顾昕等著作。
② 见本书页189注1所引 *The Appropriation of Cultural Capital: China's May Fourth Project* 一书。
③ 胡适：《五十年来中国之文学》，《胡适全集》第2卷，页279—280。
④ 同上书，页274。

第一个为新文化运动发生史立下基调,以后述说到这历史发生过程的人,都不可以再绕过他的诠释。从周作人在一年多后所写《林琴南与罗振玉》一文纪念林纾的贡献时,不忘引上一大段胡适《五十年来中国之文学》,实在反映了胡适对新文学史的诠释对同代人构成的瞩目压力。

然而在中国新文化运动开始的最初阶段,胡适还寓身海外,他在新文化运动内所担当的角色,一直是新文化运动人士及历史上争议不休的事情,而且,这种纯粹以西方文学观念建基的新史观,未必是所有参与这个运动的人士同意的观点。周作人应沈兼士邀请,于1932年3月八次到辅仁大学讲课,并把讲课内容编成《中国新文学的源流》,从中就可以见到与胡适《五十年来中国之文学》中观点商榷之处。二人最基本的不同,就是周作人要把新文学发生的力量置于中国的"载道"系统去看,指出"他们(按:严复、林纾)的基本观念是'载道',新文学的基本观念是'言志'",特别是"言志"的思想起源,一早在晚明已可找到,"五四运动以来的民气作用,有些人诧为旷古奇闻,以为国家将兴之兆,其实也是古已有之。……照现在情形看去与明季尤相似……总之不是文艺复兴"①,那么,所谓新文学的起源就不是在外力影响下发生。当然,这跟后来研究中国历史的学者所争议的:中国近代历史是在西方外来冲击下展开,还是通过内在逻辑引发而来的,不无相似之处。② 有趣的是,周作人在论到林纾在新文化运动的贡献一点上,表面看来与胡适一样确认了林纾的历史功劳,但只要我们细读当中的字句,便会看到两种诠释实则互相颉颃:

---

① 周作人:《代快邮》,钟叔河编:《周作人文类编》第1卷《中国气味》,页517。
② 费正清(John King Fairbank)及柯文(Paul A. Cohen)对中国西化过程的引发力量的历史解释——到底是西方冲击还是内在力量引起的——虽然今天已是明日黄花,特别是众多后殖民理论发现两者都带有西方中心意识,但是,将此讨论的精粹放诸胡适与周作人对中国文学西化讨论的根源上,实在不无相似之处。上述二书见:John. K. Fairbank, Teng Ssu-yü, *China's Response to the West: A Documentary Survey, 1839-1923*; Paul A. Cohen, *Discovering History in China: American Historical Writing on the Recent Chinese Past*。

> 林纾译小说的功劳算最大,时间也最早,但其态度也非常之不正确。他译司各特(Scott)、狄更司(Dickens)诸人的作品,其理由不是因为他们的小说有价值,而是因为他们的笔法,有些地方和太史公相像,有些地方和韩愈相像,太史公的《史记》,和韩愈的文章既都有价值,所以他们的也都有价值了,这样,他的译述工作……根本思想却仍是和新文学很不同的。①

周作人指出尽管林纾翻译西方文学大有功劳,但引发他作出如此庞大的翻译的"根本思想"实际来自古文,因此"却仍是和新文学很不同"。周作人与胡适对五四运动的性质到底是在于文学革命还是重于思想革命这项诠释上,早有分离,② 更不要说二者因为"国语文学"对"国语"的定义亦曾生嫌隙。③ 因此,二人就新文学运动的起源再出现不同的诠释,并不令人感到奇怪。

就文学发展轨迹上有不同看法,本是平常之致,以理论理,亦是学术应有的态度。但也许我们可从另一个角度去理解,二人到底是真正的道不同不相为谋,还是为各自服膺的史观而把几近相同的论述压下去。周作人在这篇文章总结新文学运动的源流时,其实同时也在总结他前半期创作生涯,亦即是说,他在同时编纂公共及私下的历史,把自晚清以来发生的史事以公私两个范畴分开清理。历史学者一再提醒我们,文人用不同的文体写作时,自己所设定的身份常有微妙的差异:在公的场所里,文章写得义正词严;但在私的文字里,则充满复杂、游移、矛盾的情绪。④ 从周作人

---

① 周作人著,杨扬校订:《中国新文学的源流》,页49。
② 舒芜:《重在思想革命——周作人论新文学新文化运动》,《回归五四》(沈阳:辽宁教育出版社,1999年),页495—519。
③ 罗志田:《文学革命的社会功能与社会反响》,《权势转移:近代中国的思想、社会与学术》(武汉:湖北人民出版社,1999年),页296—297。
④ 王汎森:《汪悔翁与〈乙丙日记〉——兼论清季历史的潜流》,《中国近代思想与学术的系谱》(台北:联经出版事业公司,2003年),页62—63。

1933年的日记可以看到,他把所有值得记取的事迹编成《知堂文集》,亦即是晚年《知堂回想录》的初稿。《知堂文集》中有一篇记述他前半生经历的文章《我学国文的经验》,是研究周作人在晚清的活动的一篇非常重要的文章,而我们也知道,这篇文章也是论证林纾在晚清译界贡献的重要论据。在文章里,我们清楚看到周作人曾经怎样地着迷于林译小说——"这其间(林纾)所出的小说几乎没有一册不买来读过。这一方面引我到西洋文学里去。"①

周作人这种通过回忆文字记述林琴南翻译小说为"引我到西洋文学"的说法,与胡适所言林纾为"介绍西洋近世文学的第一人"可以说意义相当。但这时的他,为避免与胡适公开作一些太近似的论调,只愿意在私下的个人记忆里承认此事。更有趣的是,周作人以这种回忆文字所作的表述,实在是要显示自己早在新文学运动发生前的二十多年,便已经留心并阅读中国文学史上最早出现的西方文学著作,实际上也在暗示自己走在中国新文学西化浪潮的最前沿,并且早已参与当中的过程,而这也渐渐成为一种新文学发生的另类叙事。当然,从历史发生的过程看,周作人所言的细节也许的确是发生过的,但关键却在于,当作为文学研究会发起人之一的周作人提出这样的叙述后,创造社便不可对此三缄其口,默不表态。

文学研究会与创造社无论就文学理念、创作翻译作法,都有彻底的不同,这已是新文学史的知识了。② 而两个文学团体在出版资源以及年轻读者的竞争上,更已达到白热化的阶段。挪用个人记忆,以表示自己对新文学运动的参与,似乎只是其中一个竞逐"新文坛"霸主的手段而已。于是,郭沫若不但加入竞相追逐这个起源的比赛,更在追忆有关林纾的记忆时处处表示自己比周作人更有文学慧眼。在《我的童年》里,郭沫若就提

---

① 周作人:《我学国文的经验》,原刊《孔德月刊》1926年第1期,收入钟叔河编:《周作人文类编》第3卷《本色》,页188。
② Michel Hockx, *Questions of Style: Literary Societies and Literary Journals in Modern China, 1911–1937* (Leiden ; Boston: Brill, 2003).

出过语调相似的说法:"《迦茵小传》……这怕是我读过的西洋小说的第一种。"① 而且,为了表示自己比周作人更聪明,更早慧,对文学更有眼光及慧根,他更告诉读者自己读林译小说时比周作人小两三岁。往后,我们在其他的作家,包括沈从文、钱锺书、冰心等的回忆文字中,渐渐见到更多相似的论调。本来,那个时候很多人都会阅读林译小说,更有可能会于童年、少年阶段以林译小说作为自己的文学启蒙,这本来没有什么质疑的必要,但如果我们仔细去分析钱锺书的"记忆",也许能得到一点启发。

钱锺书出生于1910年,他忆述自己是在十一二岁时开始阅读林译小说,并且"才知道西洋小说会那样迷人",那即是1921或1922年。可是,1921—1922年间,林纾刚好从五四运动后变成"歹角",是"人人都有了骂林先生的权利"②,林纾还没有恢复名誉的时候,对此,我们不禁问,为什么林纾会在这时候对像钱锺书那样十来岁的青少年还具有吸引力?为什么他对林译小说的观感没有受新文化运动后出现的批判言论影响呢?我们知道,钱锺书家学渊源,居于无锡,而无锡跟上海这个世界出版市场近在咫尺,加上父亲钱基博是北京大学教授,所以拥有丰盛的文学资源。1921、1922年的钱锺书,最初是在苏州桃坞中学(即是美国圣公会办的教会学校)读书,后又考入圣公会办的另一所中学无锡辅仁中学。他外文基础良好,早被认定。③ 当时的钱锺书,外有丰沃文学培育,内又兼备外语能力,但居然要像1902年的鲁迅和周作人一样,得仰赖林纾"才知道西洋小说",甚至通过林译"才知道西洋小说会那样迷人"④,恐怕难以令人相信。况且,由1915年开始,《东方杂志》《新青年》,甚至《小说月报》等非常流行的文学杂志都办过不少外国文学专号,这些专号的详细程

---

① 郭沫若:《我的童年》,《郭沫若全集》第11卷,页123。
② 周作人:《林琴南与罗振玉》,钟叔河编:《周作人文类编》第8卷《希腊之余光》,页722。
③ 孔庆茂:《钱锺书传》(南京:江苏文艺出版社,1992年),页13—35。
④ 钱锺书:《林纾的翻译》,原刊《文学研究集刊》第1册,后经修改收入钱锺书《旧文四篇》,收入薛绥之、张俊才编:《林纾研究资料》,页306—307。

度，介绍外国作家作品之勤之多，令今天重看这些专号的我们，都有琳琅满目之感，钱锺书大可从中吸收到很多西洋文学的知识，而不需要依赖林纾的转介。可能有人会质疑说，钱基博是有名的反对新文学运动的守旧派，也许就是钱锺书要通过林纾这个古文大家才看到西洋小说的因由。但是，我们不禁会想，钱基博《中国新文学史》中反对新文学运动的态度的确很鲜明，但把儿子送到美国圣公会办的教会学校上学，似乎对于"新/西学"也一早有更实际的表态了。

另一个很相似的例子是冰心，她在1989年所写的《忆读书》，记述差不多八十年前只有11岁的她，回到故乡福州，在祖父的书桌上看到了"林琴南老先生"送给他的《巴黎茶花女遗事》，这"使我对于林译外国小说，有了广泛的兴趣，那时只要我手里有几角钱，就请人去买林译小说来看，这又使我知道了许多外国的人情世故"①。对此，我们会惊讶于叙述的语调跟周作人、郭沫若、钱锺书等人是多么的相似。而更有趣的是，与周作人十七八岁才读懂或读到林译小说相比，后来的作家却似乎益发早慧：郭沫若十五六岁，钱锺书11岁，冰心也是11岁。我们不要忘记，林译小说在晚清的读者是士大夫群：《巴黎茶花女遗事》于1898至1899年出版的时候，严复45岁，康有为40岁，被喻为"神童"的梁启超也有25岁。看着这些五四之后成长的作家的自述，如果不是见证了时代的进步，见到新世代的文学慧根越来越早萌芽，"青出于蓝"，也许我们就要开始怀疑他们记忆的可靠性了。历史学家一早就说过，人们把自己的记忆置于不真正属于他们的时代与团体之中，在现实上有整合拉近一批组织的作用。② 这亦是说，林译小说很可能在现代中国文学发展史上，已经衍生成一种符号，现代作家除了以重述自己阅读林译小说的经验作为指涉自己天分高、文学领悟能力强的方法之外，也往往用来指涉自己很早就支持并参

---

① 冰心：《忆读书》，刘家鸣编：《冰心散文选集》（天津：百花文艺出版社，1992年），页410—412。
② 王汎森：《历史记忆与历史》，《当代》91（1993），页34。

与中国文学西化的过程。

其实,钱锺书在《林纾的翻译》一文中,也透露了这种以林译小说作为符号,去说明自己一早就对中国文学西化起源有份参与的意思。这篇影响着林纾研究近半个世纪的论文,一方面处处展现了钱锺书学贯中西、旁征博引的个人行文风格,更兼有学术论文惯有的严谨标明学术出处的注释。然而有趣的是,在这篇文章中,他却一而再而三地牵入"我顺便回忆一下有关的文坛旧事"的语句,以回忆陈衍,特别是披露外人所不知的林纾对古文家身份自傲、对译者身份鄙视的一面。而更重要的是,钱锺书说到林译小说能起沟通中西文学之"媒"的作用的时候,刻意提醒读者,这"已经是文学史公认的事实",证明这可不是杜撰。他一方面以郑振铎《中国文学研究》及寒光的《林琴南》两个注释来平衡"顺便回忆一下有关的文坛旧事"那种不太客观的个人记述风格,另一方面又以此确定林纾为中国新文学源流的开山师祖的事实。从此,我们得出的结论是:钱锺书的个人记忆除了像所有人的记忆一样,无可避免地因当下需要而被挪用之外,这种"后见之明"更可能只是在一段"文学史公认的事实"的影响下才重塑出来的。五四在中国现代史及文学史上长期被看作启蒙的标签,只是到了近年,学界才渐渐重视启蒙幽暗面的研究。崛起自五四后的现代作家,对于自己不能躬身参与中国启蒙运动而产生一定的遗憾,因而需要"整合拉近"私人记忆以表示自己与"五四"或"新文学运动"的亲缘性,其实并不为奇。

五、 林译成为翻译史上的符号

林纾死后,他成为中国文学西化起源的象征符号,人们不但马上把他的"恶"忘记得一干二净,且更渐渐地把他在晚清译界短短二十年内创下的辉煌翻译业绩看成了一种另类的神话。而这个神话,竟然讽刺地反过来变成人们任意挥动的武器,用以攻击当下的译界:

> 有没有人像他那样的尽力于介绍外国文学，译过几本世界的名著？中国现在连人力车夫都说英文，专门的英语家也是车载斗量，在社会上出尽风头，……不懂原文的林先生，在过去二十几年中竟译出了好好丑丑这百余种小说，回头一看我们趾高气扬而懒惰的青年，真正惭愧煞人。林先生不懂什么文学和主义，只是他这种忠于他的工作的精神……①

周作人称赞林纾那"忠于他的工作的精神"，由此而针对的是当下译界一些只懂一点点外语就出尽风头，甚至那些只懂一点点文学及主义的青年，他们趾高气扬，却从没有对译界做过什么贡献，不愿意埋首翻译几本世界名著。值得特别强调的是，周作人是首位用"忠"这个词去形容林纾的，不过，更叫人吃惊的是，这个"忠"字，居然会用来形容林纾的译作，而这样的评论竟然也是来自那曾经指责他不忠实于原文、任意改动原文、不尊重原文的论者郑振铎：

> 这种忠实的译者，是当时极不易寻见的。②

郑振铎说这句话的背景，正如上文所指，是在林纾逝世后一个月，他当时急于拨乱反正，要点出林纾值得让人怀念之处，但这其实也是用来指责"上海的翻译家；他们翻译一部作品，连作者的姓名都不注出，有时且任意改换原文中的人名地名"③，令读者难以追查原作原文。看他们对林纾的重新评论，真令人有昨是今非之叹。而对原文忠实与否，仿佛一种任

---

① 周作人：《林琴南与罗振玉》，钟叔河编：《周作人文类编》第8卷《希腊之余光》，页722。
② 郑振铎：《林琴南先生》，薛绥之、张俊才编：《林纾研究资料》，页162。
③ 同上。

意挥动的武器,其实,"忠实"已经变成一个相对的概念了。

郑振铎有这样的看法,绝不令人惊讶,这可能反映出在现代性社会建构过程中,人们言不由衷,甚至不由自主地强调主叙事,然后把有别于主叙事的论述压抑成潜流的必然手段而已。对于这些参与运动的人士,只要他们仍然在世,这些被压抑下去的相关记忆都一定会重新涌现。我们不妨再看一下茅盾对林纾的追念,就更可印证时代所造成的荒谬了。

茅盾在五四后当上《小说月报》的主编时,没有对林译小说作过赞赏之辞,充其量我们只找到他轻描淡写地说译文"与原文的风趣有几分近似的"①,所指的也只不过是风趣近似而已,却不是与原作本身近似。但究竟他认为林译小说与原著本身比较怎样?他从来都没有提出直接的意见。不过,我们可以从那位跟他紧密合作的郑振铎所写的文章里找到一点端倪:

> 沈雁冰先生曾对我,《撒克逊劫后英雄略》除了几个小错处外,颇能保有原文的情调。②

在这一段时间里,茅盾对于林译小说的意见,我们只能依靠郑振铎的转述才能知道。而其实,茅盾当时任职商务,加上 1924 年商务再出版《撒克逊劫后英雄略》作国文读本,由茅盾点校,因此可以说,这是茅盾认真地对比两文而有的感叹。但是到了茅盾晚年,我们终于通过他的回忆录《我走过的道路》,揭开了历史的面纱,看到他对林译小说隐藏近半个世纪的记忆。在回忆录《商务印书馆编译所生活之一》一章里,茅盾记述自己初入商务时,孙毓修给他分配翻译工作,并要他帮忙润色翻译及校对的往事:

---

① 茅盾:《直译·顺译·歪译》,原刊《文学》1934 年第 2 卷第 3 期,收入《茅盾全集》第 20 卷,页 40。
② 郑振铎:《林琴南先生》,原刊《小说月报》1924 年第 15 卷第 11 号,收入薛绥之、张俊才编:《林纾研究资料》,页 143。

> 孙又从抽屉找出一束稿纸，是他译的该书前三章。他说他的译笔与众不同，不知道我以为如何？我把他译的那几章看了一下，原来他所谓"与众不同"者是译文的骈体色彩很显著；我又对照英文原本抽阅几段，原来他是"意译"的，如果把他的译作同林琴南的比较，则林译较好者至少有百分之六十不失原文的面目，而孙译则不能这样。……我想，林译的原本是西欧文学名著，而孙已出版的《欧洲游记》和译了几章搁起来的《人如何得衣》不过是通俗读物，原作者根本不是文学家，不过文字还流利生动，作为通俗读物给青年们一点知识。①

茅盾追忆自己年轻时刚入商务，被前辈孙毓修指派工作一事，深表不满，② 这些批评，压抑了数十年，终于可以在回忆录中吐一口闷气。但重要的是，从他的批评内容里，我们却见到他对林译小说的选材、翻译方法的崭新诠释。在新文化运动后，林译小说在胡适等人的批评中是一个最劣翻译的代名词，更以它来作为抬高其他译作的标准（如伍光建的译作）；那时候，林译小说最大的弊端，在于只译二三流，与新思想无涉。但现在我们又看到，在茅盾内心深处，林译小说比曾经进无锡美国教堂牧师学校学英文的孙毓修所译更忠实，更能保持原文的面目，比起孙毓修所译的那些通俗读物《欧洲游记》《人如何得衣》更有价值。

六、小结

现代性以及记忆，其实都非常依赖叙事中对时间的塑形。卡林内斯库

---

① 茅盾：《我走过的道路》（香港：香港三联书店，1981—1989年），页97。
② 同上书，页100。此外，1917年孙毓修所编、商务印书馆出版的《中国寓言初编》，其实亦为茅盾所作，见《茅盾全集》第43卷（补遗下篇）（北京：人民文学出版社，2006年），页845。

(Matei Calinescu)指出,现代性这个概念必须在线性不可逆转的时间意识、无法阻止流逝的历史性时间意识的框架中才能被呈现出来。由于现代性带有强烈的线性时间观念和目的论的历史观念,并标示人类在特定的历史情境中得到科学及理性后的觉醒与启蒙,人们每每以它展示了光辉灿烂的未来,也充满意识地参与了未来的创造,故又称之为"启蒙现代性"①。置于追求现代性社会的人,尤其是作家,会认为眼前的价值是灵感与创造的主要来源,但这种意识却受制于现时的当下性及其无法抗拒的暂时性。② 无论他积极参与未来的创造与否,对当中产生的问题体察与否,他无法阻止流逝的历史。要阻止、挽留,只可以创造一种私人的、本质上可以改变的过去的记忆,而记忆的本质却是回顾性的。③ 知识分子总结现代社会的核心性质为追求新价值、新生活,甚至是胡适所言的"新思潮的根本意义只是一种新态度",然而"现代性"的意涵本来就因社会急遽发展过程而带来多种断裂。求新、好新的层面,只属本雅明解释"现代性"意涵的某一层面,这有如"fresco of modernity",当中赋予了一种受注目的艺术感及视觉上的惊讶。现代性更是一种"历史现象",伴随着社会迎新去旧发展带来的永恒冲突。④ 而个体在历史的某个当下,最能处理新旧冲突带来的情感困惑的机制,就是压抑与遗忘。直至追求现代性成为一种既定、无法逆转的方向时,被抑压的东西才得以重新出土。在中国近现代史上,在中国翻译史上,似乎没有一个人可以比林纾更能见证中国现代性出现时的奇景;亦似乎,五四知识分子为"被压抑的现代性"增加了一种新论述。

---

① Matei Calinescu, *Five Faces of Modernity: Modernism, Avant-garde, Decadence, Kitsch, Postmodernism* (Durham: Duke University Press, 1987), p. 13.
② Matei Calinescu, *Five Faces of Modernity*, p. 3.
③ Matei Calinescu, *Five Faces of Modernity*, p. 3.
④ David Frisby, *Fragments of Modernity: Theories of Modernity in the Work of Simmel, Kracauer and Benjamin* (Cambridge: Polity Press, 1985), pp. 13–15.

第七章

哈葛德少男文学（boy literature）与林纾少年文学（juvenile literature）：殖民主义与晚清中国国族观念的建立

一、引言

哈葛德（Sir Henry Rider Haggard，1856—1925）的小说在晚清经由林纾译介到中国来。在芸芸外国名家中，其受欢迎程度，仅次于柯南道尔（Sir Arthur Conan Doyle，1859—1930）。① 然而，过去人们对林译哈葛德小说的印象，始终停留于胡适、钱玄同、刘半农等人从高雅文学角度发出的五四论述：指称哈葛德的作品只属二三流，并不值得大费笔墨来翻译。结果是，哈葛德的作品无法独立地被中国读者认识，提起哈葛德，中国读者的印象中总浮现"五四青年"以及鲁迅、周作人对林译的苛评。② 这情况可能到了钱锺书《林纾的翻译》（1967年）一文后，才稍有变动。钱锺书用心良苦，旁征博引，意欲为林纾说回一句公道话，同时也顺便为哈葛德平反："颇可证明哈葛德在他的同辈通俗小说家里比较经得起时间的考验。"③ 但

---

① 1896—1916年出版的翻译小说中，数量第一的是柯南道尔（32种），第二是哈葛德（25种），参见陈平原：《中国现代小说的起点》（北京：北京大学出版社，2005年），页44。
② 许寿裳：《亡友鲁迅印象记·杂谈名人》（北京：人民文学出版社，1953年），页9。
③ 钱锺书：《林纾的翻译》，原刊《文学研究集刊》第1册，后经修改收入钱锺书《旧文四篇》，收入薛绥之、张俊才编：《林纾研究资料》，页323。

即使在钱锺书笔下,哈葛德的地位也不见得特别崇高,他始终不是世界一流作家。

其实,要确立某位作家是不是世界一流,并没有很大的意义,毕竟这只不过是文学经典化过程的成果,而在这个"去经典"的时代,讨论文学经典化背后的动机,才更值得我们关注。因此,要了解哈葛德为什么在晚清拥有大量读者,而在二十年不到的五四后却销声匿迹,不像狄更斯(Charles Dickens,1812—1870)、莎士比亚(William Shakespeare,1564—1616)等成为重新翻译的对象,我们今天不能再从"五四价值"出发。因为五四时期高扬的"纯文学"理念,恰恰掩盖了哈葛德作为晚期维多利亚社会流行文学的特征,以至于看不到哈葛德的写作对象是谁,他为什么风行英国社会等因素。不过,这并不是说中国过去一直没有尝试探究哈葛德在晚清流行的原因,其中一个很有分量的说法,就是出自鲁迅之口。鲁迅在《上海文艺之一瞥》指斥上海通俗文学的庸俗及势利时,就把哈葛德的小说置于"才子佳人论"下,他虽然没有说明才子佳人如何势利,但我们明白,这与才子佳人故事张扬"书中自有黄金屋、书中自有颜如玉"的意识有关。① 鲁迅的观察是如此锐利,到了这样一个程度:学界此后只认为,哈葛德的小说之所以能吸引晚清大量读者,纯粹因为传入中国过程中,能顺利寄生在中国传统小说的惯性期待之上。

事实上,鲁迅的结论不无盲点,因为他只是侧重从译入语文化(targeted language/culture)去考察哈葛德作品的接受环境,很容易只得出一个见树不见林的图像。固然,今天的翻译研究已出现典范转移后的文化转向,研究者不再仅以原著、原语境为论述中心,或从技术层面去分析操作,得出译本误译、不忠实,或文化必不可译(untranslatabilities of cultures)的平面结论。② 但是,既然翻译必涉及两种语言及文化的交涉,

---

① 鲁迅:《上海文艺之一瞥》,《二心集》,《鲁迅全集》第4卷,页294。
② 也许不再需要交代翻译研究在1980年代后的文化转向意义及贡献,有兴趣者可参考 Susan Bassnett, Theo Hermans, André Lefevere 等人于1980年代的研究。

全然不了解原语文化背景，又如何可以解决因文化转换、语境迁移而系上的纠结？① 因此，我们应首先从哈葛德的小说入手。

哈葛德一系列的小说，一个很大的特点是男性中心：主角是男性，期待读者是男性，更准确地说，是"少男（adolescent/juvenile boy）"。② 在那令他锋芒毕露，登上维多利亚社会畅销榜之冠的小说 King Solomon's Mines（1885 年）（林译《钟乳骷髅》；今通译《所罗门王宝藏》，下以此通译名称之）中，哈葛德就开宗明义把书"送呈读此书的大小男孩"（to all the big and little boys who read it）；而在 Allan Quatermain（林译《斐洲烟水愁城录》），他指明是送给"很多我永远都不会认识的男孩"（many other boys whom I shall never know）。他的小说系列，最初吸引鲁迅、钱锺书等细看并一再回味的，是跌宕惊奇、神怪冒险的故事情节。但是，这些描写白种男孩深入非洲寻宝、探险、夺宝的故事，实与英帝国向海外扩张有千丝万缕的关系。③ 这样的话，我们不禁要问，这些产生自英国帝国主义、扩张主义的维多利亚时期小说，却在甲午战败，中国受尽殖民主义及帝国主义蹂躏后被翻译过来，而且，它们在当时只被看成纯粹"言情"或"冒险"的作品，在晚清大行其道，大受好评，这是不是文化传播中的权力误置（misplacement）呢？当中的真正原因又在哪里？无论是在晚清政治史还是文学史及翻译史等方面，这些都是很值得深思的课题。

---

① 过去众多以林译哈葛德为题的研究中，除了邹振环外，绝少把哈葛德原语语境纳入参考，见邹振环：《接受环境对翻译原本选择的影响——林译哈葛德小说的一个分析》，《复旦学报（社会科学版）》1991 年第 3 期，页 41—46。
② "少男"并不是汉语惯用词，一般更常见的用语是少年男子、年轻男子、男孩、小伙子等。但本章有必要自创"少男"一词，以此区分少年、少女的概念，目的是指出自晚清以来对"少年"一词在运用及理解上的性别盲点，详见下文第四节的说明及解释。
③ 英国小说中有关少年文学（特别是少男文学）及英帝国关系的讨论，可参考：Patrick A. Dunae, "Boy's Literature and the Idea of Empire, 1870–1914," *Victorian Studies* 24.1 (Autumn, 1980), pp. 105–121; Jeffrey Richards, *Imperialism and Juvenile Literature* (Manchester: Manchester University Press, 1989); Joseph Bristow, *Empire Boys: Adventures in a Man's World* (London: HarperCollins Academic, 1991)。

为了更好地回答这个重要而又一直被忽略的课题,本章会先从小说原语言文化背景入手,分析哈葛德的少男文学(boy literature)与英帝国及其殖民意识的关系,展示其特点。然后,本章会剖析林纾对哈葛德小说的理解,剖析他如何通过翻译哈葛德"少男文学",配合及呼应梁启超大力提倡的少年中国观念。透过此等分析,本章希望展现,受尽外国侵略侮辱的晚清,如何利用帝国殖民主义文学,暗度陈仓,把殖民文学变为协助中国建立国族观念、抵抗外侮的利器及工具。诚然,哈葛德小说中也有大量女性角色,且在林纾的译介过程中,引起广泛讨论;不过,由于这是另外的独立课题,只能在另文处理。

二、维多利亚时代的哈葛德与晚清的林纾

其实,用不着五四时期胡适等人的指点,哈葛德在传统文学批评里本来就沾不上经典文学的宝座。可以说,他的作品一直以来都只是高雅文士挑剔针对的对象。① 不过,当今天不再以"经典"的光环去衡量作家成就,我们实在可以说,哈葛德是维多利亚时代其中一位最具影响力的作家。哈葛德著有54部小说(42部romance、12部novel)、10部散文/游记,当中不少成为畅销书。② 令他在维多利亚书市崭露头角的,是他的第三部作品 *The Witch's Head*(1884年)(林译《铁匣头颅》)。跟着的 *King Solomon's Mines*(1885年),数周内达至销售万本的纪录,而全年更累计售出31000册,哈葛德小说从此洛阳纸贵,风行维多利亚社会。另一本 *She*(林译《三千年艳尸记》),在出版的当月(1886年6月)就已打

---

① Lewis Carroll, *An Experiment in Criticism* (Cambridge: Cambridge University Press, 1961), pp. 48 – 49.
② Peter Berresford Ellis, *H. Rider Haggard: A Voice from the Infinite* (London: Routledge & Kegan Paul, 1978), p. 2. 哈葛德著作年表,可看 Tom Pocock, *Rider Haggard and the Lost Empire* (London: Weidenfeld & Nicolson, 1993), p. 250。

破 30000 本的销售纪录,令他大名继续不胫而走。① 事实上,我们不需用枯燥的销售数字来证明哈葛德的影响力,其实,他所写深入不毛之地、探险寻宝的惊险小说,后屡经改编及拍摄成为脍炙人口的电视剧集和电影,② 这些电影电视片以及当中的人物情节,业已成为近年冒险电影系列 *Indian Jones*(1—4)、*Mummy*(1—3)的母题及原型。就是说哈葛德的作品启迪了著名学者兼作家托尔金(J. R. R. Tolkien, 1892—1973)的《魔戒》(*The Lord of the Rings*),也绝不为过。③

哈葛德的作品大都涉及非洲冒险游历,与他的个人经历有关。1875年,哈葛德 19 岁,即与笔下小说中众多男孩年龄相若的时候,由父亲安排,跟随正要出仕非洲的世交叔伯布林沃爵士(Sir Henry Bulwer, 1801—1872)去到非洲。布林沃爵士是著名小说家利顿(Sir Edward Bulwer-Lytton, 1803—1873)的兄长,④ 他被委派往非洲,是出任英属南非殖民地纳塔(Natal)军事总督(Lieutenant-Governor)一职。哈葛德初到南非,并没有任何要务在身,闲来游览各地,考察风土人情,因而累积了大量南非风土知识。不过,哈葛德到南非之年,正正就是史学家后来归纳的英非关系陷入僵局之始。⑤ 1877 年 5 月 24 日,当时只有 21 岁的哈葛

---

① Morton N. Cohen, *Rider Haggard: His Life and Works* (London: Hutchinson, 1960), p. 95.
② Philip Leibfried, *Rudyard Kipling and Sir Henry Rider Haggard on Screen, Stage, Radio, and Television* (Jefferson, N.C.: McFarland, 2000), pp. 95 - 190.
③ Douglas A. Anderson, *Tales Before Tolkien: The Roots of Modern Fantasy* (New York: Del Rey/Ballantine Books, 2003), pp. 133 - 181.
④ 在明治日本及晚清中国的翻译小说史上,利顿的小说都占有极为重要的地位:前者如丹羽纯一郎翻译了利顿的 *Ernest Maltravers* 为《花柳春话》,后者如蠡勺居士把 *Night and Morning* 翻译成为《昕夕闲谈》。
⑤ 自 15 世纪以来,葡萄牙先在非洲发现黄金,为非洲的殖民史揭开了序幕;后来荷兰航海势力强大,于 17 世纪加入侵夺非洲(特别是南非)之列,不但大肆掠夺南非的原材料,派遣大量的军民开垦殖南非的土地,更联合东印度公司,"合法"贩卖非洲黑奴。"Boer"(布林)一字,就是荷兰语"农民"的意思,指从 17 世纪以来就在非洲垦殖的荷裔南非白人。英国在 18 世纪加入瓜分非洲行列,当时非洲已经充满来自各地的野心勃勃、唯利是图的开拓者及殖民者,加上非洲本来的部落及种族纷乱问(转下页)

德，伴随英军统帅直驱德兰士瓦（Transvaal），并在该地插上英国国旗。从此，德兰士瓦被列入英国版图，成为英属地，亦从此成为哈葛德笔下经常出现的小说舞台。① 哈葛德对于这次能为国家效忠效力，深感骄傲，在日记中多次记下对占领过程的辉煌回忆。② 他自言，插上英国国旗一刻，激动呜咽至不能言语，曾多次在自传及家书中表示，这是光宗耀祖之举。③ 尽管哈葛德在整个占领过程中，只担任微不足道的小角，但由于此举象征意义重大，日后哈葛德在英属南非政府中，却因此官运亨通，扶摇直上，成为最年轻的殖民地秘书（colonial secretary），后更升迁至最高法院注册处长（registrar）。④ 不过，英国占领德兰士瓦，事实上并没有为帝国版图增添多少势力，相反来说，却埋下英国与布林（Boer）及周边非洲

（接上页）题，时已处于水深火热的局势当中。英国要在这地方分一杯羹，除了通过更多更大的贸易去榨取非洲各种天然资源外，更学习荷兰，派遣大量军民到南非，开拓土地及开发农业（哈葛德本人就是在这样的背景下开展在非洲的务农及畜牧事业），以此缓和英国本土失业问题，并以此剥削更多非洲黑人的劳动能力，但这其实就意味着与布林产生直接的利益冲突。后来，英国及布林因为争夺德兰士瓦，而触发了第一次英布之战（又名德兰士瓦战；1880 年 12 月 16 日至 1881 年 3 月 23 日）。详见 Roland Oliver, Anthony Atmore, *Africa since 1800*, 5th ed.（Cambridge：Cambridge University Press，2004），pp. 103 - 118. 及 John Gooch, *The Boer War*（London：Frank Cass, 2000）。

① 如 *King Solomon's Mines*, *The Witch's Head*, *The People of the Mist*, *The Ghost Kings*, *Swallow*, *Jess* 等。
② Henry R. Haggard, D. S. Higgins ed., *The Private Diaries of Sir Henry Rider Haggard, 1914 - 1925*（London: Cassell, 1980），pp. 33, 111.
③ 哈葛德在自传中明言，强占德兰士瓦是必须的，因为土著不懂管理之道，由他们自行管治，只会令南非酿成血流成河的战争局面。Henry R. Haggard, C. J. Longman ed., *The Days of My Life*, Vol 1 - 2（London: Longmans, Green & Co., 1926），p. 96.
④ 要了解哈葛德生平，除了可参考他的日记 *The Private Diaries of Sir Henny Rider Haggard, 1914 - 1925*、自传 *The Days of My Life*, Vol. 1 - 2（London: Longmans, Green & Co., 1926），及他女儿为他撰写的传记 Lilias Rider Haggard, *The Cloak that I Left: A Biography of the Author Henry Rider Haggard K. B. E.*（London: Hodder and Stoughton, 1951）外，亦可看 Morton N. Cohen, *Rider Haggard: His Life and Works*，以及由自传作家 Tom Pocock 以近年流行的人物故事式方法写下的 *Rider Haggard and the Lost Empire*。

国家冲突的隐患,① 不久就引发了第二次英布之战（Anglo-Boer War, 1899—1902）。在这场战争里，英国以非常残暴凶狠的方法镇压布林人民，虽然最终获胜，但却引来胜之不武的讥议，激起国内外严重谴责，预示了英帝国在非洲及世界殖民史上灭亡的命运。②

哈葛德最初并未矢志当作家，他执笔创作，原只为糊口。③ 相反，他的志愿是要在非洲开设鸵鸟园及发展畜牧业。1880 年，他在婚后从英国回到非洲，本来计划定居下来，惜布林突袭英军，加上被英国强占的德兰士瓦爆发反英管治的动乱，在内忧外患夹攻下，哈葛德一家险些命丧非洲。幸免于难后，翌年举家返回英国。此后，哈葛德在英国修读法律，并以自己的非洲见闻作故事的题材专心写作，有时也会论及非洲殖民管治及军事部署，加上他的小说中所表现的对非洲土地使用及灌溉系统的娴熟，在英国社会中渐渐形成一位非洲专家的形象。④ 哈葛德对非洲有着复杂的感情，他对非洲的关怀，真挚地反映在小说及其他评论内。但是，这却不可以为他带有侵占主义的思想及行为开脱。当然，这与哈葛德成长于英国帝国主义扩张时期，长期接受殖民主义的国民教育有关。事实上，他的作品已逾越单纯贩卖非洲史地知识的功能。哈葛德小说能在政要、当权

---

① 在英军强占德兰士瓦之前，德兰士瓦与邻国祖鲁国（Zululand）一直因边境问题而酿成不少纠纷，英国统帅 Sir Theophilis Stepstone 挥军直入德兰士瓦时，被祖鲁国大挫于 Isandhlwana；直至 1879 年，英国人才成功打败祖鲁国以骁勇善战闻名的祖鲁王 Cetywayo。
② Donal Lowry, "'The Boers were the beginning of the end?: The Wider Impact of the South African War," in Donal Lowry ed., *The South African War Reappraised* (Manchester: Manchester University Press, 2000), pp. 203 – 247.
③ Francis O'Gorman, "Speculative Fictions and the Fortunes of H. Rider Haggard," in Francis O'Gorman ed., *Victorian Literature and Finance* (Oxford: Oxford University Press, 2007), pp. 157 – 172.
④ 哈葛德撰写与土地有关的著作甚丰，包括：*A Farmer's Year* (London: Longmans, 1899), *Rural England* (New York: Longmans, Green, 1906[1902]), *A Gardener's Year* (London, New York and Bombay: Longmans, Green & Co., 1905), *Rural Denmark and Its Lessons* (London: Longmans, Green & Co., 1913[1911])。

者中产生巨大影响力,与他美化(aestheticize)、奇情化(dramatize)非洲想象不无关系,以至于我们甚至可以把他的小说化身成为具有影响非洲命运力量的权力论述。哈葛德一生与政界关系千丝万缕,自己积极投身社会事务,① 还两度受封(Knight Bachelor [1912]及 Knight Commander [1919年]),可见他的贡献是受到官方认可的。这与他的小说投射对家国、民族、土地的深厚感情有莫大关系,因为土地本来就是文学反映乡土感情、民族认同的不二媒介。事实上,哈葛德对于政界所产生的一个更幽深、更暧昧的影响,就是他预设的男孩读者中,有一位日后影响世界历史深远的忠实读者——丘吉尔(Winston Churchill,1874—1965)。这位在二战中担当灵魂人物的英揆,在他13岁那年,就曾写信给哈葛德,一诉读者对作家的仰慕之思外,更许下祝福,期望哈葛德的创作生命无穷无尽,永不息止。为了报答这位小读者的爱戴,哈葛德把自己的新作 *Allan Quatermain* 寄赠给这位当时素未谋面,却又日后于世界舞台举足轻重的男孩。② 此外,哈葛德对政界的影响力也早已打破大西洋的阻隔,远渡重洋横及美国。美国总统罗斯福(Theodore Roosevelt,1858-1919)同样因其小说而对这位英国爵士刮目相看,并邀请他以红十字会专家的身份到美国考察,③ 更寄赠自己亲署的照片铭志二人情谊。要强调的是,罗斯福与哈葛德能惺惺相惜,除了因为这位美国元首折服于哈葛德精彩绝伦的小说外,一个更不为人留意的原因是:两人同是自己国家为鼓吹男性阳刚之气

---

① 哈葛德不但积极投身国家体格及道德重整委员会(Council of Public Morals and the National League for Promotion of Physical and Moral Race Regeneration),而且参与东诺福克(East Norfolk),代表保守势力参选,因落败而无从正式参政。
② Amy Cruse, *After the Victorians* (London: Scholarly Press, 1971), p.113; Martin Gilbert, *Churchill: A Life* (London: Heinemann, 1991), p.16. 其实,从丘吉尔的众多家书中,都看到他是哈葛德小说的忠实读者。
③ 哈葛德除了以小说感动罗斯福外,他的两本有关红十字会的著作 *The Poor and the Land* (London: Longmans, Green, 1905),及 *Regeneration: Being an Account of the Social Work of the Salvation Army in Great Britain* (London: Longmans, Green & Co., 1910),是直接促成罗斯福邀请哈葛德到美国的原因。

不遗余力的斗士，① 特别是罗斯福也是知名的非洲自然考察家、探险家。罗斯福与哈葛德之交，是名副其实的"识英雄重英雄"，只要我们看看罗斯福寄给哈葛德的亲笔签名照片、照片上的题字内容，以及哈葛德的回信，就可知道两人的男性情谊（fraternal bond）之坚实。②

晚清社会对哈葛德小说最初的关注以及热潮，并不是来自对哈葛德本人的兴趣，而是因为两个不同版本的 Joan Haste（1895）：杨紫麟、包天笑在 1901 年合译出版了一个节译本《迦因小传》，林纾则在 1904—1905 年出版了一个全译本的《迦茵小传》。尽管林译因为涉及道德名教而引起社会尖锐批评，这却没有阻止甚至减少他翻译哈葛德小说的兴趣。林纾陆续翻译了哈葛德的 Eric Brighteyes（1889）［《埃司兰情侠传》（1904—1905）］、Cleopatra（1889）［《埃及金塔剖尸记》（1905）］、Montezuma's Daughter（1893）［《英孝子火山报仇录》（1905）］、Allan Quatermain（1887）［《斐洲烟水愁城录》（1905）］、Nada The Lily（1892）［《鬼山狼侠传》（1905）］、Colonel Quaritch, V. C.（1888）［《洪罕女郎传》（1905）］、Mr. Meeson's Will（1888）［《玉雪留痕》（1905）］、The People of the Mist（1894）、［《雾中人》（1906）］、Beatrice（1890）［《红礁画桨录》（1906）］、Dawn（1884）［《橡湖仙影》（1906）］、King Solomon's Mines（1885）、［《钟乳骷髅》（1908）］、Jess（1887）［《玑司刺虎记》（1909）］、She（1886）［《三千年艳尸记》（1910）］等等。从这里

---

① Peter Gay, *Schnitzler's Century: The Making of Middle-class Culture, 1815–1914* (New York: Norton, 2002), p.196; Anthony E. Rotundo, *Transformations in Masculinity from the Revolution to the Modern Era* (New York: Basic Books, 1993), p.228.

② 照片是罗斯福于 1916 年 7 月 21 日寄给哈葛德的，有他的签署及题字。罗斯福自呈的形象，是一身西部牛仔装扮，正在鞭策桀骜不驯的野马跨过栏杆，并写上他对驯悍的得意心情，见 Tom Pocock, *Rider Haggard and the Lost Empire*, p.145；哈葛德在 1917 年写给罗斯福的信，表示知道罗斯福热爱小说主角 Allan Quatermain，而且从 Allan Quatermain 的种种奇幻之旅体会到人生精彩之处。哈葛德致罗斯福的信，现收在哈葛德作品 *Finished* 开首一段。略带一提，丘吉尔亦是在芸芸哈葛德小说中，特别喜欢 Allan Quatermain。

第七章 哈葛德少男文学（boy literature）与林纾少年文学（juvenile literature）：殖民主义与晚清中国国族观念的建立

看出，1905年是林纾翻译哈葛德作品最密集的一年：共有七本，平均两个月译出一本，这固然印证了他"耳受而手追之，声已笔止"①的高速翻译的说法，却也反映了他在热切地回应社会需要。当中不能忽略的是1905年的特殊历史语境，这对我们理解林译哈葛德小说有很大的帮助，下文我们会做进一步的探讨。

表面上，林纾在翻译过多篇哈葛德小说后，深受他的文体及文笔所感动，称"哈葛德为西国文章大佬"②，更悟出中西文体比附理论来，直指"西人文体，何乃甚类我史迁"③。但是，这种中西文体比较议论，无论是通过口译者精准、绘影绘声地传递而来，还是源于林纾自己惊人的理解力，最终其实也是依靠转述隔滤而来，因此在发表了这种参考比较的宏论后，他立刻在同文补足，说："予颇自恨不知西文，恃朋友口述，而于西人文章妙处，尤不能曲绘其状。"④可见，其实林纾是没有可能真正体会到哈葛德洋洋洒洒的文笔的，他只是被小说里风云诡谲的情节吸引。的确，作为文章大家的林纾，很快就看透哈葛德叙事模式的底蕴，实则是很简单的。他说："哈葛德之为书，可二十六种，言男女事，机轴只有两法……"⑤由此可见，哈葛德小说的文笔或技巧，并不是林纾沉迷或倾倒于哈葛德的真正原因。

除了"言男女事"的言情小说外，就是最热门的冒险小说，在林纾看来情节也不算复杂，同样只有一目了然的叙事模式："或以金宝为眼目，或以刀盾为眼目。叙文明，则必以金宝为归；叙野蛮，则以刀盾为用。舍此二者，无他法矣。"⑥我们也看到，由于男主角冒险的行为动机全在寻

---

① 林纾：《〈孝女耐儿传〉序》，吴俊标校：《林琴南书话》，页77。本章所参考的林纾译文，根据原书引出；序言及跋语，为求统一，及方便读者检索，则以吴俊标校的《林琴南书话》为准。
② 林纾：《〈撒克逊劫后英雄略〉序》，吴俊标校：《林琴南书话》，页35。
③ 林纾：《〈斐洲烟水愁城录〉序》，吴俊标校：《林琴南书话》，页30。
④ 林纾：《〈洪罕女郎传〉跋语》，吴俊标校：《林琴南书话》，页41。
⑤ 同上书，页40。
⑥ 同上。

金求宝,因此被鲁迅指为庸俗势利,也是可以理解的。至于哈葛德另一种有名的哥特式鬼怪故事(Gothic),林纾并不理解,认为最可信赖的还是严复的说法:"严氏几道,谓西人迩来神学大昌。"① 的确,无论是相信大行其道的神学,还是相信科学,林纾都认为鬼怪之说言必无据,因此只简单援引他心目中最能解说英国文化的权威严复后,就没有再深究下去。不过,哈葛德这种维多利亚哥特式神怪小说(Victorian gothic),本身充满了世纪末的焦虑意识。② 世纪末意识,不但展现西方文化具有基督教末世论(eschatology)的思想本质,呈现出末日审判将带来文明大限的幽深恐惧,更联系到维多利亚晚期社会的实际社会问题。19 世纪以降,过去自忖是蒙上帝荣宠而履行白人任务的大英帝国,面对越来越多殖民地反殖声音,开始涌现了前所未有的危机感。Patrick Brantlinger 指出,在哈葛德的维多利亚哥特式神怪小说中,有一个恒常主题,就是探险队在寻宝的过程里,会无意间打开时间锦囊,释放古旧文明,当中甚至出现白人探险队被起死回生的三千年艳尸穷追的情境。这其实是反映西方白人(尤其是英国人)19 世纪末由达尔文演化论(1870 年左右)带来的心理焦虑。白人以生物演化论作为借口,意欲侵占、根绝、统治落后文明,但随着探险队深入不毛不地,见识到其他民族古文明的雄伟、奥妙及不可解后,从前因贪婪而压抑下去的理智,出现反扑的现象,亦即是心理学上所谓压抑反噬(return of the repressed)。③ 哈葛德小说里的千年艳尸和白人的关系,其

---

① 林纾:《〈古鬼遗金记〉序》,吴俊标校:《林琴南书话》,页 106。
② Carolyn Burdett, "Romance, Reincarnation and Rider Haggard," in Nicola Bown, Carolyn Burdett, and Pamela Thurschwell eds., *The Victorian Supernatural* (Cambridge: Cambridge University Press, 2004), pp. 217 – 238; Richard Pearson, "Archaeology and Gothic Desire: Vitality beyond the Grave in H. Rider Haggard's Ancient Egypt," in Ruth Robbins and Julian Wolfreys eds., *Victorian Gothic: Literary and Cultural Manifestations in the Nineteenth Century* (New York: Palgrave, 2000).
③ Patrick Brantlinger, *Rule of Darkness: British Literature and Imperialism, 1830 – 1914* (Ithaca, N. Y.: Cornell University Press, 1988), "Imperial Gothic: Atavism and the Occult in the British Adventure Novel, 1880 – 1914", pp. 227 – 253.

实就是这种心理状态的反射。

林纾认为这种冒险小说"舍二者，无他法矣"，表面上好像轻视这种次文类，但事实上，这种涉及大历史及个人时间竞争意识的小说，潜移默化地，让林纾构成了前所未有的身份焦虑。① 在下文我们会进一步分析：哈葛德的小说往往以与林纾年纪相若的老人作为叙述者，回忆少年时期五花八门的奇幻经历，这一方面令林纾感到拥有青春无限的美好，但另一方面，年过半百后才开始接触新知西学的林纾，面对自己年华老去，却好像报国无门的景况，这种时间的张力，让他产生无限的忧思；再加上哈葛德小说中所展现的古国文明和古代价值，瞬间即被西方文明盖歼，面对这种种自身、家国的多重焦虑，让林纾开始从晚清先锋，逐渐退避回五四遗老的道路，并以此埋下他后来与《新青年》"三少年"爆发争端的伏线。对此，下文第六节会有详细的分析。

三、 英国的殖民主义与晚清的国族观念

在这里，我们会先讨论具有英国帝国主义侵略者意识的小说，为什么能毫无阻隔地轻易跨越到中国来。要了解这点，我们要一边分析哈葛德的小说，特别着重探讨他是否明显地呈现殖民意识，再一边归纳林纾所理解的哈葛德；以此考察，林纾在译介哈葛德的小说时，究竟有没有留心这些侵略意识，或者，在什么样的情形下"挪用"并"拿来"哈葛德的小说。

哈葛德小说另一个最主要的特色，就是大量地出现许多对非洲的实地观察，呈现了非洲植物、水果花卉（Cape gooseberries, Transvaal daisy）、奇珍异兽（eland）、虫豸（praying mantis, Hottentot's gods②）、河流地势

---

① 罗志田从思想史的角度分析，以民国初年新涌现的社会地位及分工，指出林纾出现严重身份危机的问题；本章则从时间意识及心理因素去处理，看待林纾所感的身份危机问题。罗志田：《林纾的认同危机与民初的新旧之争》，《历史研究》1995 年第 5 期，页 117—132。

② "Hottentot"是贬称黑人的用词，像"Negro"一样，现已不通用。

(Blood River, Umtavuna), 以至水流方向及风向知识等, 且经常以地道的语言去展示非洲文化的面貌。虽然小说的文体为汪洋恣肆的传奇体或浪漫司 (romance), 但叙述到非洲各部落及文化生态时, 他则转而用上贴切的非洲方言 ("sutjes, sutjes")、词汇, 有时候甚至运用仿古语言, 刻意营造一种重现非洲失落文化的真实性氛围。有些时候, 哈葛德小说又会以语音的一字之转, 把非洲在地真实知识, 游移于小说的虚构临界点上, 譬如, 祖鲁国国王 Cetshwayo 在小说中以 Cetywayo 出现, 祖鲁帝国领域 Shaka 为 Chaka 等。如果以今天殖民话语去表述, 他的小说为英国社会提供了大量貌似可靠的 "在地知识" (local knowledge)。哈葛德的小说, 紧接在新教传教士大卫·利文斯通 (David Livingstone, 1813—1873) 的 "利文斯通报告" (Livingstone Report) 后出现, 正好具象化地展现利文斯通传教新版图对非洲的想象及描述,① 满足了维多利亚社会对非洲知识的渴求, 响应了利文斯通等传教士、探险者在非洲探险的英雄神话。

哈葛德小说能在英国大受欢迎, 除了与出版时间有关外, 与小说本身的魅力不无关系。哈葛德小说的叙事角度并非站在侵略非洲的立场上。相反, 从众多小说归纳出, 英国人在冒险故事初期, 往往只是旁观者立场, 以客观、抽离的姿态, 旁观非洲内部不同种族的文化冲突。如在《所罗门王宝藏》里, 英国人到非洲原只为掘金开矿寻宝, 结局却为 Kukuana 部族打退邪恶毒蛇化身的 Usuper 及 Twala, 让忠诚于英国的非洲仆人 Umbopa 继位, 使非洲回归秩序。同样地, 在《三千年艳尸记》中, 英国人与非洲人并不是站在对立位置, 英国人 Ludwig Holly 为了拯救来自 Zanzibari 族的忠心仆人 Mohomed, 不得不与同样来自非洲的歹角

---

① David Livingstone, *Missionary Travels and Researches in South Africa: Including a Sketch of Sixteen Years' Residence in the Interior of Africa* (Santa Barbara, California: Narrative Press, 2001). Philip D. Curtin, *The Image of Africa; British Ideas and Action, 1780 – 1850* (Madison: University of Wisconsin Press, 1964), pp. 318 – 319. Daniel Bivona, *British Imperial Literature 1870 – 1940* (Cambridge: Cambridge University Press, 1998), pp. 40 – 69.

Amahagger作殊死战。通过这点,小说彰显了友情及正义的可贵。虽然我们明白这些都是从英国人的角度出发,但这些道德教育,特别是着墨于患难见证的友情、对人忠诚及伸张正义行为等,正正就是下文要说到"少年读物"(juvenile literature)其中一项重要的元素。

从小说叙事逻辑而言,英国人在非洲寻找天然宝物,如象牙、香料及古墓中的金砖等,虽然存有一定的夺宝重利心态,但哈葛德小说的潜台词毋宁说是:英国人于夺宝过程中,不但没有乘人之危,乘虚而入,反而化解了非洲内部的种族矛盾,拯救非洲于内乱。英国人往往能与各非洲部族同仇敌忾,一起抵抗蛮族外侮。在哈葛德笔下,英国人的行为,比起非洲种族之间的内乱、篡位、明争暗斗、钩心斗角,实在更节制及人道。这种心态,从哈葛德小说夺宝三人组队长的名字"Captain Good"已透露不少端倪:"Good"以英国人的"善行"(good)转喻"货物"(good)。当然,如果我们客观地看历史,就会见到完全相反的图像。当年英国人侵德兰士瓦,是看准了德兰士瓦的宿敌布林刚被瑟库库内(Sekhukhune)打败,而布林的世仇,同样虎视眈眈德兰士瓦的祖鲁(Zulu)也借机入侵布林,令布林腹背受敌,身陷险境。英军有见及此,借机向布林提出统战条件,协议以军事力量及金钱资助布林。与此同时,英军却挥军直入德兰士瓦,强占德兰士瓦。可见,英国占领德兰士瓦的过程中,不但乘人之危,更使用了种种卑鄙龌龊的手段,而所谓与布林联盟,也只是出于叵测的居心,根本没有什么正义或忠诚可言。

哈葛德在小说中,除了置换英国及非洲势不两立的立场,让英国化身成为解救非洲种族冲突的救星外,在小说彰显的道德价值方面,哈葛德也重于描述英国人与非洲人的友谊。以此模糊了英国诋拱险诈的侵略者形象,巧妙地以此偷换概念的方法,让英国读者在这样抽离殖民扩张主义的心态下,轻易产生了雄伟正义的正面形象,沉醉于良好自我感觉之中,区别自己于其他西欧殖民主义者(特别是宿敌荷兰及德国),同时为自己的善行及保护弱小的天职,感到骄傲。这其实亦解释了为什么哈葛德的小说在维多利亚社会能畅销大卖的原因。晚期维多利亚英帝国面对的，是各国竞相瓜分非洲（scramble for africa）的现实。① 19世纪末西欧各新兴民族国家（nation state），特别是英国，除了因为在工业革命后生产及人口过度膨胀，由此需要榨取更多的非洲资源，及外销过度生产物品到当地市场，以维持生产水准及增长外，瓜分非洲、能多占领殖民非洲的土地，当时已成为列强证明自己国力的指标了。②

既然哈葛德小说的侵略意识这样明显，满腔爱国热血的林纾绝不可能不理解或忽略。作为译者，林纾对于小说内的布局，一定有深刻的体会。的确，林纾早已明察小说中白人的角色及功能："白人一身胆勇，百险无惮，而与野蛮拼命之事，则仍委之黑人，白人则居中调度之，可谓自占胜着矣"③、"其必纬之以白种人，往往以单独之白种人，蚀其全部，莫有能御之者"④，甚至"白种人于荒外难可必得之利""且以客凌主，举四万万之众，受约于白种人少数之范围中"⑤。然而，尽管林纾很自然而然地代入非洲、美洲印第安人、埃及的位置去述及这些被白人歼灭的弱小民族，但如果我们细心去看，就会发现林纾在跋序中的论述，目的并不在于批判白人，且没有对这些被欺凌的国家寄予极大同情。他说"西班牙固不为强"，"红人无慧，故受劫于白人"；而最讽刺的是，林纾似乎没有弄清西班牙到底是白人殖民者还是受劫的弱者。一个"固"字及"故"字，就好像在说印第安人及西班牙理当落得如斯下场，与人无尤。即使林纾明白，中国很可能与这些文明一样，落得"亡国者为奴"的命运，但在他眼中，现阶段的中国无论如何也绝对不等同于非洲及印第安人。因此，他一方面不认为这些民族的境况与中国的情形相同，另一方面，在申论的时

---

① Thomas Pakenham, *The Scramble for Africa* (New York: Avon Books, 1991).
② Eric Hobsbawm, *The Age of Capital 1848–1875* (New York: Vintage Books, 1996), Ch. 5 "Building Nations", pp. 82–97.
③ 林纾：《〈斐洲烟水愁城录〉序》，吴俊标校：《林琴南书话》，页31。
④ 林纾：《〈古鬼遗金记〉序》，吴俊标校：《林琴南书话》，页106。
⑤ 同上。

候,他又仿佛只看到一种成者为王、败者为寇,主人与奴隶的立场而已。

哈葛德的小说虽然是以年轻读者为对象,但他的小说在惊奇冒险中,却不乏鲜血淋漓的场面,特别是当中往往细致地展现斩首及肢体变形,好像在渲染暴力一样。① 对哈葛德及英国读者而言,小说描写非洲蛮族以蛮易蛮、以暴易暴,绝对合情合理,甚至带点相当的必要性,因为小说既是描写深入不毛之地的寻宝探险,越是暴力,越是野蛮,就越显得主角智勇双全。非洲部落的野蛮无度,亦增加了白人以及教会教化、开化、管治的必要,此亦是我们所熟知的"白人的负担"(White Men's Burden)(或"白人的天职")的殖民理论。有趣的是,林纾理应站在受害者、弱小民族的立场,反对这些暴力场面。但是,林纾非但没有谴责施暴者,反而在序跋中把这些暴力场面加以合理化。林纾在这里,好像道出一个貌似冷血的讯息:暴力并不是不可取!而这点,正跟林纾如何通过翻译,挪用敌人的论调有紧密的关系。林纾认为,一个野蛮之国只有两种个性:奴性以及贼性。与其像牛狗一样被任意宰杀,"匍匐就刑"、被人"凌践蹴踏",倒不如大力发挥其贼性,即使"势力不敌"也要坚持到底,"百死无馁,复其自由而后已"。林纾认为,在危急存在之际,鼓动贼性,是在所难免,目的是"振作积弱之社会,颇足鼓动其死气",令国家以及个人都得以像"狼侠洛巴革"一样独立。他认为,贼性与尚武精神,并无异致。他甚至以《水浒传》作一贴切的比喻:好汉被迫上梁山,虽为法理不容,但只因世道险恶,忠良无用,"明知不驯于法","明知力不能抗无道",也只能这样做。翻译这些小说,"足以兆乱","能抗无道之人";即使要"横刀盘马"亦在所不惜,因为"今日畏外人而欺压良善者是矣。脱令枭侠之士,学识交臻,知顺逆,明强弱,人人以国耻争,不以私愤争,宁谓具贼性者

---

① Laura E. Franey, "Damaged Bodies and Imperial Ideology in the Travel Fiction of Haggard, Schreiner, and Conrad," "Blood, Guts, and Glory: Rider Haggard and Anachronistic Violence," in Laura E. Franey, *Victorian Travel Writing and Imperial Violence: British Writing on Africa, 1855–1902* (Houndmills, Basingstoke, Hampshire; New York: Palgrave Macmillan, 2003), pp. 67–74.

之无用耶"？他要这些小说达到"以振作积弱之社会，颇足鼓动其死气"的地步，警戒中国人不能"安于奴，习于奴，恹恹若无气者"①，宁愿以暴易暴，亦不能逆来顺受。林纾认同哈葛德小说的暴力，是与晚清整体的大氛围有关系的。自从严复翻译《天演论》后，晚清社会洋溢着物竞天择、适者生存的道理。林纾像同时代的士大夫一样，认同中国要生存下去，唯一服膺的，就是社会进化观达尔文主义（Social Darwinism）：弱肉强食，优胜劣败，这是自然演化的铁律。因此，能够帮助中国脱离劣势颓败的时代思想，并不是同情弱小、悲天悯人的情怀，而是更快认同强者。因此，林纾在序跋中，展现西方的暴行，目的是煽动国民情绪，警醒四万万同胞，千万不能甘于沦为马狗，束手静待灭种之日，而成为亡国奴。

过去讨论到林纾的爱国情操时，我们往往很少正面讨论林纾认同暴力及他认同胜者为王的道理，因为这样就好像在指斥林纾合理化殖民主义对中国的侵略一样，与他的爱国形象极度不符。但是，如果我们能先明白，林纾必先认同哈葛德小说背后的价值，才会大量翻译他的小说到中国来，就不难看到，晚清其实并不如五四时人所诟病的，毫无标准，随机任意翻译外国作品到中国。能够解释翻译什么（What）作品到中国来，配合下文分析如何翻译（How）的问题，就具体还原了晚清中国翻译哈葛德小说的历史情境了。

四、维多利亚时代的少年文学与少男冒险文学

在上文，我们初步解释了本来处于敌对立场的殖民者与（半）被殖民者、维多利亚英国社会与晚清中国，却因何种心态，能吊诡地转成同一势位，特别是，英帝国主义文学，反过来好像变成了后殖民论述中亲内的敌

---

① 林纾：《〈鬼山狼侠传〉叙》，吴俊标校：《林琴南书话》，页33。

人（Intimate Enemy）一样。① 在这一节，我们进一步深入分析，哈葛德小说具有哪些元素，既能满足维多利亚社会殖民者的需要，又能转嫁成为晚清社会建立国族观念的动力。

哈葛德小说中一个很明显的特色，就是宣扬男性刚强的意识，鼓动英雄主义。他的这种用心，从人物角色、情节、布局上都可轻易看到。小说中的男主角，无论是到非洲、墨西哥，深入不毛之虎穴龙潭，还是回到本国家中，个个都是体格矫健，身手不凡。他们不怕艰辛，处处表现勇者无惧的精神。我们要明白，以上所说的这些特质，是社会定义男人阳刚气质的性别要求。② 男性在成长过程中，要追随、学习、模仿这些行为及信念。反过来说，他是通过攫取这些特质，以证明自己的性别身份。男性在成长阶段，被这等社会性别意识塑造成社会定型的"男性"。The Ghost Kings（林译《天女离魂记》）中，就有一幕经典场面，很可以说明哈葛德小说的目的，是鼓动男性施展英雄行为：在男女主角邂逅的一幕里，男主角在雷电交加、暴风疾雨中，不顾自身的安危，纵身策马飞跃激流急湍的瀑布，勇救对岸孤立无援、身陷险境，且素未谋面的女主角。这种英雄侠义行为，很能震撼年轻读者心灵，目的是熏陶少年读者，让男性憧憬化身成为英雄，日后做出英雄救美的行为；而透过女性仰慕英雄救美一幕，也能培养社会性别中"男主动，女被动"的爱情期待。

---

① Ashis Nandy, *The Intimate Enemy: Loss and Recovery of Self under Colonialism* (Delhi: Oxford University Press, 1983).
② Robert Brannon指出，在文学及文化文本表述上，要建构社会认同的男性意识，一般在描写男性时，会从以下几点着墨：1. 在语言、行为及思想上，去掉带有社会刻板印象的"女性特质"（如神经兮兮、娘娘腔、扭怩作态、心思脆弱、容易受唆摆等等）；2. 建立"男性特质"：体魄强健、行事决断果敢，威风凛凛，说话时捷敏辩给，不要拖拖沓沓、不知所言；3. 追求社会成功人士形象（地位、金钱），令一众苍生（特别是凡夫俗子）景仰万分；4. 个人要有雄心壮志，野心万丈，敢于积极争取所要所求。Robert Brannon, "The Male Sex Role: Our Culture's Blueprint of Manhood, and What It's Done for Us Lately," in Deborah S. David and Robert Brannon eds., *The Forty Nine Percent Majority: The Male Sex Role* (New York: McGraw-Hill Companies, 1976), p. 12.

除了《天女离魂记》外，我们不妨以晚清读者最熟悉的 *Joan Haste*（林译《迦茵小传》）去说明哈葛德对少男读者所产生的激励作用。*Joan Haste* 与《天女离魂记》不同，并不直接表现英雄救美，而是展现另一套关于"理想男性"逻辑：男性要夺取女性的芳心，成为女性心目中的英雄好汉，先要奋不顾身，义不容辞，满足女人的欲望，解决女人的困难。这可以说是一种更婉转地制造"男主动，女被动"的社会性别论调。*Joan Haste* 开首一幕，迦茵对亨利说，自己闲暇常到壁立千仞的崖边，除了为一看海天一色、怪石嶙峋的奇景外，更因为喜欢注目观赏崖上的雏鸦。她最大的心愿是把这些雏鸦带回家。亨利听到佳人这卑微的愿望后，便二话不说，徒手攀上巨塔。可惜，狂风肆虐，亨利于千钧一发间飞坠深谷，身体严重受伤，出现多处骨折。虽然如此，动弹不得的英雄亨利，仍然面带微笑对迦茵说，能博取红颜一笑，再多折几根骨头也在所不辞。今天的读者也许会不屑亨利的行为，认为他太浪漫、太幼稚以及过于逞英雄，但如果我们记得，在民初中国就有一位年轻的少男读者，时值 16 岁，眼含热泪，大声疾呼："我很爱怜她，我也很羡慕她的爱人亨利。当我读到亨利上古塔去替她取鸦雏，从古塔的顶上坠下，她张着两手去接受着他的时候，就好像我自己是从凌云山上的古塔顶坠下来了一样。我想假使有这样爱我的美好的迦茵姑娘，我就从凌云山的塔顶坠下，我就为她而死，也很甘心。"① 这位青涩少年，后更特以《少年时代》作自传名称，回忆他于懵懂青春期如何被这情节吸引。至此，我们便会惊讶于少男读者对这情节的深刻认同，更惊叹于哈葛德小说对少男的启蒙能力了。这位少年读者，就是日后成为中国浪漫主义旗手的郭沫若。郭沫若上述的这段话，过去往往是用来证明他萌生浪漫情怀的根源；但重点，其实更在于他如何在阅读哈葛德小说后，培养并内化了"甘心为美人而死"就是"真英雄"的认知。

---

① 郭沫若：《少年时代》，《郭沫若全集》第 11 卷，页 122。

哈葛德小说为了形塑社会上形形色色的英雄，男主角都是航海水手、海员、船长、陆军上尉，还有随着出海远航的冒险家、探险家、贸易商人等。这些小说人物的职业设计，反映了维多利亚社会的男性观，同时亦与帝国鼓吹开拓殖民地的思想大有关系。维多利亚社会认为，一个男人不但要志在四方，更要选取合适职业，发挥个人能力，而千万不可以饱食终日，无所用心。19世纪末的英国社会认为，懒散足以侵蚀男性的刚强性格及奋斗心，[1] 而柔弱就像去势一样，磨蚀男子天生的男儿气（virility）。因此，一个真汉子需要努力工作，而目标远大的男儿不会耽于舒适奢侈的生活环境；一个大丈夫，也绝不会甘于雌伏屈居人下，依靠父荫而无所作为的。因此，他必须依靠自己一双手，自力更生，成为社会冀望及认同的理想男人。[2] 这种主导维多利亚社会的思想，与工业社会带来的新兴社会结构有关，特别是指新出现的商人及中产阶级的新文化力量。社会鼓励个人凭自己努力，向社会上层靠拢，而有所谓向上流动（social upward mobility）的概念。我们在 *Joan Haste* 中看到，亨利的兄长遽然去世，亨利不得不在百般不情愿下辞去航海事业回家，继承被兄长败得所剩无多的家当及财产。亨利多次表示极度不愿辞退航海工作，因为他明言，远航可以锻炼他的体能及心志，实现他远大的理想。而远航冒险，也显示了他不甘依附在家，希望勇闯天地的志向。我们可以想象，年轻读者看到这些，也会立志要当一个出色的航海家、一个果敢的冒险家，以证明自己的能力，也会想象故事人物一样，远渡重洋，深入不毛之地，以果敢、非凡的毅力，大无畏精神，敏锐的判断力，寻宝探险，或开采矿物（钻石、铁、

---

[1] Thomas Carlyle, *On Heroes, Hero Worship, and the Heroic in History* (London: Electric Book, 2001), pp. 163 – 164, 198, 200, 204; "Competing Masculinities: Thomas Carlyle, John Stuart Mill and the Case of Governor Eyre," in Catherine Hall, *White, Male, and Middle Class: Explorations in Feminism and History* (Cambridge: Polity Press, 1992), p. 266.

[2] Leonore Davidoff and Catherine Hall, *Family Fortunes: Men and Women of the English Middle Class, 1780 – 1850* (Chicago: University of Chicago Press, 1987), Ch. 2, "A Man must Act Men and the Enterprise", pp. 229 – 271.

金及锡等），或把珍贵稀奇的宝物（棕榈油、蜜蜡、砂金、象牙等）带回家，希望自己像小说人物一样，以此建立自己的事业，缔造白手兴家（self-made man）的神话；另一方面，亦说明到海外冒险、探险、贸易，是飞黄腾达得到财产、幸运（fortune）的门径。

为了配合预设读者（未成年的年轻男子），小说的主角也是风华正盛，处于人生黄金时代的少男：*Nada The Lily* 的男主角 17 岁，*Joan Haste* 的亨利从 23 岁开始远游闯荡。这固然是为配合当时英国社会普遍认定的少男观念（14 至 25 岁），[①] 而以这些人生阶段的少男作为叙述主体，也是要培养读者，告诉他们什么是理想人格，什么是人所仰慕的职志，以及值得追求的成功及理想人生，让这些少男读者在向往并追求成人世界（a quest of adulthood）的过程中，有所学习及模仿。而从上文分析可见，一个被人认同的"真正男人"，除了在性格及行为上有需要符合社会认同的阳刚特质外，更应有成功的事业、骄人成就，找到他心目中的美人，成家立室。[②] 这种思想，若配合英国当时的政治气氛及宗教背景来看，可以说是沉瀣一气。当时信奉新教教义的英国（无论英国本土及海外属地和殖民地），只有成年并已婚，甚至有子嗣的男人，才能拥有土地继承权及公民权，而婚事及子嗣继承权，不用多说，是指教会认同的婚事及婚生继承人。为此，我们会明白，这种男性读物培养的读者对象，是以异性恋为性向的男子，因为我们都知道，正在扩张的维多利亚社会绝不容许同性恋的出现。[③] 因为在当时的一般理解上，娘娘腔的同性恋男子，不会因逞英雄而做出刚毅的行为，由此会降低行军士气，更幽深的原因是这会影响海外

[①] Anne S. Lombard, *Making Manhood: Growing up Male in Colonial New England* (Cambridge, Massachusetts: Harvard University Press, 2003), pp. 18-45.

[②] John Tosh, *A Man's Place Masculinity and the Middle-Class Home in Victorian England* (New Haven: Yale University Press, 1999).

[③] 英国在 1885 年通过刑法修正案（*Criminal Law Amendment Act*），把同性恋列作刑事罪行。同性恋在英国国家政策、文化文学、殖民主义与国家主义议题上，有完全不同的讨论。见 Christopher Lane, *The Ruling Passion: British Colonial Allegory and the Paradox of Homosexual Desire* (Durham: Duke University Press, 1995)。

拓展的国家大计,影响了男丁、兵丁的来源。①

我们看到,所谓"少年读物",在某层次而言,是为服务某种社会主导意识而产生;而事实上,回顾人类历史发展,各社会随着医学、生活质素、物质条件的进步,对"少年"的定义,亦渐次不同。② 因此,我们的研究重点,与其是循岁数去厘定稳如磐石的"少年"概念,③ 毋宁是找出"制造少年""发现少年"及社会化(socialization)少年论述的具体历史、社会、政治条件。

19 世纪的英国,出现了一批描写男主角浪迹天涯,到深山、海外远域、不毛之地冒险的作品,如:《金银岛》(*Treasure Island*, 1883; Robert Louis Stevenson)、《珊瑚岛》(*Coral Island*, 1857; R. M. Ballantyne)、George Henty 小说中的主人公到非洲冒险,Rudyard Kipling 小说中的主人公到印度冒险,或者是 Edgar Rice Burroughs(1875—1950)笔下在非洲原始森林历险的泰山(*Tarzan of the Apes*)系列等。这些能归类名为"少年文学"的海外冒险小说类型,从文学渊源上,是来自笛福(Daniel Defoe)的《鲁滨逊漂流记》(*The Life and Adventures of Robinson Crusoe*, 1719),即形成一种特殊的文学体裁——鲁滨逊漂流类型(Robinsonade)。④

---

① George L. Mosse, *Nationalism and Sexuality: Respectability and Abnormal Sexuality in Modern Europe* (New York: H. Fertig, 1985), p. 23.
② 若只以少年中的少男为例说明这情形,过去希腊罗马文化以及阿拉伯文化中,认为少男岁数上限是 25 岁(如但丁);另外也有 11 世纪的哲学家认为,少年人到 30 岁才被当作成人。见 Ruth Mazo Karras, *From Boys to Men: Formations of Masculinity in Late Medieval Europe* (Philadelphia: University of Pennsylvania Press, 2003), pp. 12 - 17。
③ 过去,人们往往认为少年是一个自然的概念:年轻人到达相应年龄,身体释放生长荷尔蒙,渐次出现性征,就是踏进少年阶段——这固然是最基本的生物学判定;但近年社会学研究者已指出,少年(youth)的概念,就像儿童概念、性别概念一样,并非全部来自生物决定论(biological determination)。Philippe Aries, *Centuries of Childhood* (Harmondsworth: Penguin Books, 1973).
④ 有关《鲁滨逊漂流记》如何鼓动男性气概,参考 Stephen Gregg, "'Strange Longing' and 'Horror' in Robinson Crusoe," in Antony Rowland, Emma Liggins and Eriks Uskalis eds., *Signs of Masculinity: Men in Literature* 1700 *to the Present* (Amsterdam; Atlanta, GA: Rodopi, 1998), pp. 37 - 63。其他的请参考 Mawuena Kossi Logan, *Narrating*(转下页)

这类故事的特色,都是以少年男主人公为主,故事描述他们海外冒险的所见所闻,颂扬他们的英雄本事、勇于克服困难的精神——他们在艰辛冒险过程中,发扬自主自立精神,甚至教化野蛮,传播英国文化精神,最后荣归本土。这类作品,除了在文学渊源上私淑鲁滨逊小说外,思想渊源上,则直接受卡莱尔(Thomas Carlyle,1795—1881)1840 年的伦敦演讲(London lectures)《英雄与英雄崇拜》(*On Heroes, Hero Worship, and the Heroic in History*)以及迈尔斯(Samuel Smiles,1812—1904)在 1859 年出版的 *Self Help*(《自助论》或《西国立志篇》)影响而来。

当然,能直接并大量衍生这类"少年文学"的主导原因,是当时国际上风云诡谲的气氛。① 18 世纪以来,西欧各国经历革命时代后,新兴民族国家如德国、意大利等渐次形成;② 英国虽然继承 18 世纪以来的帝国殖民主义(一般学者把 1870 年定为新殖民主义兴起的时期)国策,但在爱尔兰及苏格兰民族运动日渐壮大的威胁下,英国本土的帝国殖民主义受到

(接上页)*Africa: George Henty and the Fiction of Empire*(New York: Garland Pub., 1999);John M. Mackenzie, "Hunting and the Natural World in Juvenile Literature," in Jeffrey Richards, *Imperialism and Juvenile Literature*, pp. 144 - 173。鲁滨逊小说(Robinson Cruosoe)的原像,为什么后来成为被众多男孩小说模仿及追随的对象?是因为小说的内容逻辑,绝对是从劝导白人要教化野蛮人 Friday 的思路而来。白人要航海、远游,甚至战争,把英国国家及宗教一直宣传的有礼仪、有素养(literacy)的文化(civilized)观念传播开去,亦即是白人所肩负的开化蛮族的责任(White Men's Burden),以此改善世界,教化不毛,而令不信主,没有文化更做出恶行的蛮族,得以皈依真善美的主爱之内。鲁滨逊小说中虽描写鲁滨逊孤身在荒岛,但这绝不代表他被天谴而驱逐在境外的意思,而是代表了他能用自己的力量克服困难,代表凭自己的本事,成为社会领袖的观念。

① 有关欧洲与国族主义下"发现少年"的讨论,可参考 John R. Gillis 的研究,特别是 *Youth and History: Tradition and Change in European Age Relations*, 1770 - Present (New York: Academic Press, 1974) 内的一章, "Boys will be Boys: Discovery of Adolescence, 1870 - 1900," pp. 95 - 130,及 John Springhall, *Youth, Empire and Society: British Youth Movements, 1883 - 1940* (London: Croom Helm, 1977), pp. 14 - 17。而德国同期的少年运动,可参考 Walter Laqueur, *Young Germany, A History of the German Youth Movement* (New Brunswick, N. J. : Transaction Books, 1984)。

② Eric Hobsbawm, *Nation and Nationalism* (London & New York: Routledge Curzon, 2002)。

严峻挑战,英国因此反过来需要更多的海外殖民暴行,以维系自己的民族力量。在狂飙的国族主义下,对英国之外的西欧各国而言,保卫自己国家领土完整,同时兼吞海外版图,同样变成稳定民族情绪的必要政治手段。① 事实上,18世纪末19世纪初,西欧出现的少年文学(特别是当中以少男为预设读者的文学类型),就是在这种战事气氛下形成的,而特别与征兵及军事竞赛有直接关系。② 1882年,德、奥、意签订三国同盟条约,以阻击一直奉行"光荣孤立"(Splendid isolation)政策的英国,③ 加上左翼思潮开始从欧陆渗透到英国——《共产党宣言》在1848年于伦敦地下出版,1851年马克思流亡并定居英国——在在动摇着英国的国家主义。Jeffrey Richards指出,殖民、扩张帝国版图是19世纪英国的国家意识形态(national ideology),④ 而这期间的少年运动,就是要令少年们在成长过程中具有明确的学习目标及动机,去掉当时渐渐在年轻朋辈间流行的左翼及虚无思潮。除少年读物外,如何打造国家认同的理想少年,亦往往从衣着服饰(制服)、唱玩游戏以及课外活动(extra curricula activities)入手,如我们熟悉的男童子军(Boy Scout)⑤,根本就是少年(少男)运动的重要环节。事实上,少年运动除了在表面上丰富了年轻男子的识见及学习内容,更重要的政治目的,在于能更早培植国民军(boy cadets),万一国家在国际军事任务上出现损兵折将,这些曾经参加童子军或其他纪律集训的男孩,能够大大增补军队的生员,令国家及兵力不会突然衰退而陷

---

① Eric Hobsbawm, *The Age of Capital 1848 – 1875*, p. 78.
② Philippe Aries, *Centuries of Childhood*, p. 329.
③ Graham D. Goodlad, *British Foreign and Imperial Policy, 1865 – 1919* (London & New York: Routledge, 2000), pp. 54 – 66.
④ Jeffrey Richards, *Imperialism and Juvenile Literature*, p. 2.
⑤ 男童子军的创办人英国军官贝登堡在驻兵印度时,发现军队士兵大多缺乏基本急救常识及求生技能,他便草拟 *Aids to Scouting* 急救及侦查小册子,让士兵有所掌握。后来他在布林战争中保护小城有功,返英后,猛然发现自己编制的救生小册子已成为英国男孩竞相争持的读物,而自己也变成他们崇拜的民族英雄。于是,他便发起成立男童子军。顺带一提,这亦是晚清林纾及包天笑翻译童子故事的名称来源(如《美洲童子万里寻亲记》[1904年]、《爱国二童子传》[1907年])。

入混乱。应该指出,男童子军创办人英国军官贝登堡(Baden-Powell)本身就是国民军的一员。①

哈葛德固然并未立誓加入"少年运动",但从他的小说创作、出版、生产及传播的过程来看,加上他小说的内部意识,他的作品绝对能归入"少年运动"下产生的"少年文学",特别是其中以少男为读者对象的文学类型。哈葛德在创作《所罗门王宝藏》时,就明言是模仿另一少男读物冒险小说《金银岛》(Treasure Island)而来。当他把作品送到出版社时,迅速引起另一善于写作儿童读物的编辑安德鲁·朗格(Andrew Lang)的注意,惊叹这是《金银岛》后不可多得之作,并立刻建议在 Harper 出版社的 Boy's Magazine 出版。当时英国的 Boy's Magazine 系列出版的 Boy's Own Paper,就是要教导及培养男孩成为一个雄赳赳的男人(to act like a man),准备做未来的社会栋梁。② 朗格对少男市场的内容及定位了若指掌,他自己也是这些少男冒险小说的忠实读者(他自言是《金银岛》的忠实读者)。在哈葛德之前,就有另一作家 George Henty,曾写下无数深入非洲探险的作品,稳占少男市场,并创下惊人的销量。朗格要以哈葛德的作品作一较劲,在少男文学市场上分一杯羹,这反映出少男文学的市场已固若金汤。③ 从哈葛德在《所罗门王宝藏》的扉页,将这书送给大男孩(boy)及小男孩,就足以看到,他深深明白这类文学所能产生的意识形态。

五、晚清的少年文学及林纾增译的少年气概

过去研究晚清社会接受哈葛德小说时,论者往往看不到哈葛德小说的

---

① John R. Gillis, "Boys will be Boys: Discovery of Adolescence, 1870 – 1900," in *Youth and History: Tradition and Change in European Age Relations, 1770 – Present*, pp. 95 – 132.
② *The Boys' Own Paper* 的内容及广告,可参考日本 Eureka Press 于 2008 年重新再版的系列;而研究 *Boys' Own Paper* 如何启蒙男人变得"真"有男人味及男子气概的著作,可看 Kelly Boyd, *Manliness and the Boys' Story Paper in Britain: A Cultural History, 1855 – 1940* (Houndmills, Basingstoke, Hampshire: Palgrave Macmillan, 2003).
③ Mawuena Kossi Logan, *Narrating Africa: George Henty and the Fiction of Empire*, p. 26.

背景，因此并不能解释哈葛德小说大量被译介到晚清的原因，而只以为区区几个过于空泛的原因，如晚清社会吸收西学、西书、西俗，便解释过去。但是，如果我们有一具体西方原语境作参考，再抽丝剥茧阅读林纾序跋中所说的哈葛德相关言论，并以林纾译文作一参照，就不难发现，晚清选择哈葛德的小说，在于他的小说能提供英气。

我们在上文指出，1905 年是林纾翻译哈葛德作品最密集的一年：共有七本，平均两个月译出一本。这固然印证了他"耳受手追"高速翻译的说法，但更值得考察的是 1905 年的特殊历史语境——正值日俄之战。自 1840 年鸦片战争开始，中国屡屡战败，天朝大国的巨人形象日渐颓唐萎缩。西方霸权肆意侵占中国领土，羞辱人民。尔后十多年，中国惨经不断的丧权辱国之痛，惶惶然与日俱增，到了 1905 年，这种卑怯之情，达到极致。过去一直被认为是蕞尔小国的日本，居然在甲午之战大败中国，又在日俄之战中大败俄国。中国人不但越来越自惭形秽，且在列国之间，更往往被丑化成卑躬屈膝、奴颜婢睐的样子。很多的文化想象已经形象化地告诉我们，中国男人的形象被矮化成为失去男子气概、软弱无能的懦夫，甚至以女性的形象出现，以此喻为被剽去男性雄风，在列强间委屈求存。① 如果晚清文人志士还不替中国增加一点英气，不宣导战斗风格，遏止柔弱倾颓的消沉风气，恐怕外侮未至，而自我颓靡不振，只会增快亡国灭种之日的降临。林纾在翻译 *Eric Brighteyes* 为《埃司兰情侠传》时，就透露了翻译哈葛德小说的真正企图，是在于通过翻译冰岛（Iceland；林纾音译为"埃司兰"）英雄史诗传说故事（Sagas），褒阳刚而贬阴柔，为中国增强"刚果之气"，鼓励社会"重其武"的尚武精神：

---

① 胡垣坤、曾露凌、谭雅倫编，村田雄二郎、貴堂嘉之訳：《カミング・マン：19世紀アメリカの政治諷刺漫画のなかの中国人》（東京：平凡社，1997年）及 David Scott, *China and the International System, 1840–1949: Power, Presence, and Perceptions in a Century of Humiliation* (New York: State University of New York Press, 2008)。

> 嗟夫！此足救吾种之疲矣！今日彼中虽号文明，而刚果之气，仍与古俗无异。

林纾并以东汉光武帝刘秀说明"柔道理世"之原因："阳刚而阴柔，天下之通义也。自光武欲以柔道理世，于是中国姑息之弊起，累千数百年而不可救。吾哀其极柔而将见饫于人口，思以阳刚振之……"① 林纾的目的，不在笔削春秋，而是以此贬抑、剔除"柔道理世"的治国理念及社会风气。我们在这里无意探讨光武帝是不是一个败君，更无意讨论自汉以来的治国理念是否能直接影响晚清气运。但重要的讯息是，从林纾的序言看到，阴柔、"柔道理世"是国家势力衰败的原因，要一洗颓气，不但要祛阴柔之风，相反而言，更要增补刺激阳刚之气，以增国运，以此刺激自尊受损的中国男子能够重新"自厉勇敢"，齐心奋力抵强外侮。在《埃司兰情侠传》序言中，我们要特别注意林纾在最后一句之所指，即"其命曰《情侠传》者，以其中有男女之事，姑存其真，实则吾意固但取其侠者也"中最后"但取其侠"四字。② 事实上这已指出，林纾借着译者身份，翻译过程中有借题发挥、操纵文本之意，更具体地说，即是在译文中加强男性英雄气概（他心目中最有英雄气概的是侠）。③ 事实上，我们可以配合他早一点的言论，他在翻译另一篇同为哈葛德小说的《红礁画桨录》（1906年）时就指："孽海花非小说也，鼓荡国民英气之书也。"④ 连《孽海花》对林纾而言，也只是鼓荡国民英气之书，那么，明显张扬并鼓吹男子气概的哈葛德小说，就更加不是纯粹提供西学、西俗知识和飞黄腾达梦想给晚

---

① 林纾：《〈埃司兰情侠传〉序》，吴俊标校：《林琴南书话》，页130。
② 同上。
③ 事实上，译者通过操纵文本，在翻译过程中增补、删减一些性别形象，以提高国族意识，达到救国及建国的目的，古今中外比比皆是，见 Carmen Rio and Manuela Palacios, "Translation, Nationalism and Gender Bias," in José Santaemilia ed., *Gender, Sex, and Translation: The Manipulation of Identities* (Manchester: St. Jerome Publishing, 2005), p.77。
④ 林纾：《〈红礁画桨录〉译余剩语》，吴俊标校：《林琴南书话》，页60。

清社会了。

在芸芸林译哈葛德小说中,最能证明林纾有意识地提取哈葛德小说中少男英气,以增注于晚清社会、勉力救国的例子,是林纾笔译、陈家麟口述的《天女离魂记》(*The Ghost Kings*,1908)。《天女离魂记》是典型的言情、冒险加歌德式奇幻小说。原文故事开始(林纾版本阙译)描述在15年前,非洲祖鲁国(Zulu)Dingaan王统治的时候,发生了一件不可思议的事。王朝内有一位白人少女,由于神灵附体,因此身怀魔法及施咒的能力,加上少女喜爱穿白衣,王朝把她加冕称尊为 Zoola,意即祖鲁之母(Lady of the Zulus)。她本来是西方某传教士的女儿。Dingaan王妒忌这少女的父母,把他们杀害,少女因此发疯后,对祖鲁国施以毒咒,祖鲁国不久就败于布林军,国王惨死,全国覆灭。一转眼,15年过去,故事回到现在。从英国赫特福德郡(Hertfordshire)来的道夫牧师(Reverend John Dove),受到神召,一心来传教,要开化非洲土人,以此侍奉上帝以及彰显上帝对(非洲)人的爱。他于是带着妻女同行,举家迁到南非。可惜的是,妻子不能适应非洲艰苦的生活,多次流产,生下的孩子也早早夭折。唯独现年15岁的长女Rachel自四岁从英国迁居非洲后,一直健康茁壮成长。故事描述,牧师及Rachel安葬好刚夭折的弟弟后,父女为是否应全家回英国定居而产生龃龉,牧师为了让女儿冷静下来,着她去为母亲找一点可口美味的水果回家,少女因此单独走到崤峻山谷,并不幸遇上暴风雨而被困,幸得男主角相救。

林纾增加少年英气最明显的地方,就发生在《天女离魂记》译文第13至16页,亦即是原文的第二章"The Boy"("少男")之上。整段的内容记载少年英雄救美的事迹,但只要我们稍稍对比原文及译文,[①] 即可看到,在这一章内,所有有关男主角的描述,林纾都会译作"少年",而

---

① 本章提及的所有哈葛德的小说原文,可参考自网上电子文本 http://www.gutenberg.org。

不论原语出现的相关概念或词汇是什么，在语言学上属于哪一种词格，甚至有些语句根本不是指涉主角本人，而是指称他拥有的事物，或身体特征或行动，林纾都一概以"少年"译之（引文重点为笔者所加，后同）：

【a1】谓此<u>白种少年</u>何以至此？顾虽惊讶，然得见同种之人为伴，心亦愉悦，【a2】即力追趣此<u>少年</u>立处，逐电而趋。电光中，【a3】见<u>少年</u>扬手似麾之归岛，不听来前者，女见状而止，少须觉渴河之上游……

Wondering vaguely what a【b1】<u>white boy</u> could be doing in such a place and very glad at the prospect of his company, 【b2】Rachel began to advance towards <u>him</u> in short rushes whenever the lightning showed her where to set her feet. She had made two of these rushes when from the violence and character of <u>his movements</u> at length she understood that he was trying to prevent her from coming further, and paused confused...

我们看到上述的例句中，林纾以"白种少年"（【a1】）翻译原文的"white boy"（【b1】），尚算与原文意义相符。但跟着的几句中，主语分明是女主角 Rachel，而男主角是以第三人称受词格 him（【b2】）出现，林纾省略作为主语的女主角，而以"少年"标示本来是受格位置 him 的男主角。而跟着的一句，情形就更突兀，不但继续省略原文作为主语叙事单位的女主角，更干脆大幅度改动原文意思，冒求突出少年行为。这类例子在这一章中，不胜枚举，由于篇幅所限，在此只能胪列数个例子作说明：①

---

① 要理解译者在翻译过程中如何通过增译、改译达到操控文本的目的，应贯通上下文脉络观察；但由于篇幅的限制，本章不能全段引出原文及译文。读者要理解林纾如何通过《天女离魂记》（特别是第 2 章）的翻译，制造晚清少年气概，请参考译文《天女离魂记》及原文 *The Ghost Kings*。

he was quite close, but the water was closer

少年少却雷止奔至女

an arm about her waist

少年力抱

how white it was

少年两臂甚白

"Together for life or death!" said an English voice in her ear, and the shout of it only reached her in a whisper.

少年忽操英语，言曰尔我二人，必镇定即死，可勿遽离。

"No, he is an officer, naval officer, or at least he was, now he trades and hunts."

少年曰：吾父为海军少校，今已变业为商贾，且行猎……

从这里可见，原文并没有标示主语为男主角的地方，林纾也不厌其烦地以"少年"指涉男主角；更甚者，在很多的二人对话中，林纾都增加"少年"一词，以标示这是男主角的对话。简单一算，"少年"一词，在这一章内，就惊人地出现四十余次，很多时候，一句中出现了多次"少年"：

少年之臂衣破而血沁，少年大震，几仆女复力挽其臂，疾趋赴岛，二人皆疲，而水势已狂势如矢而过。风水虽厉，幸俱得生，彼此对坐，即电光中互视，女见此少年可十七岁……

林纾密集地使用"少年"一词，不只证据充足地展现了他有心通过翻译，突出少年形象，增加晚清少年英气。我们甚至可以说，为了达到他的目的，他已违反古文的语言规范。汉语惯用的表达形式，往往是透过上文下理，推衍故事情节，不需要时时刻刻说明行动者或主语。本来以简约著称的文言文语式，更不需要这样烦琐堆叠，处处句句重复用语。林纾反复使用少年一词，用意是以堆砌、重现提醒读者小说中"少年"的身份及形象。反观女主角，虽然作者哈葛德在原文中，曾说明她跟男主角无论从眼珠、相貌、肤色、体格都极为相似，外人甚至会误认他们为兄妹；但林纾在翻译时，仅以"女"作交代，且经常省略及匆匆带过，如：

> <u>少年</u>大震，几仆女复力挽其臂
> Almost he fell, but this time it was Rachel who supported him
> 女见此<u>少年</u>可十七岁，状至雄伟……
> He was a handsome lad of about seventeen... curiously enough with a singular resemblance to Rachel...
> 女曰：胡不下其枪，枪为铁制，易于过电宜加慎重。
> <u>少年</u>曰：此枪……
> "Hadn't you better leave your gun?" she suggested, "Certainly not," he answered,

事实上，《天女离魂记》的男主角 Richard Darrien 是 17 岁，女主角 Rachel Dove 是 15 岁，岁数相若的男女主角，林纾为什么在处理原文时，有如此惊人的差异？我们甚至可见，女主角的身份年纪，在林译中完全被模糊了。不但如此，我们可以从这些例子中看到，本来指称年轻未成长、应包括两性的中性用语"少年"，在林纾的理解中，只指涉男子，而女子则被排除在这使用范围之外。因此，我们可以明白，救亡图存的愿望，对林纾而言，只寄托在"少年男子"身上。对他而言，年轻中国女子，不但不能像少年男子一样，自主、自立、自发救国，①而且更应该被忽略、被

---

① 这里指晚清社会无意培养年轻女子作为救国主体的意思。女性在晚清国族主义下，要么是去掉女人的主体身份代入男性角色，才可以走上历史舞台（如秋瑾）；或者是只能附属于男人，作为第二性或次等角色，如贤妻良母，才能肩负救国宏愿。前者（转下页）

模糊、被简化，辅以突出少年男子的英雄救国主线。这种带有性别歧视的意识，事实上，正如英国研究中国社会文化学的研究者 Frank Dikötter 所言，中国近现代小说及文学研究中，指称中性的用语（如"儿童""青年"等），无论就文学作品的具体内容，还是在研究者的眼中及认知内，根本形同单一性别，而这单一性别，只是男性。①另外的性别主体，就变得可有可无，甚至，无端消失了。

林纾通过翻译小说呼吁少年人救国之余，他更在前序后跋劝导少年应谨守奉行的生活习惯。他语重心长地吩咐少男不要虚耗青春："少年之言革命者，几于南北皆然。一经事定，富贵利达之心一萌，往日勇气，等诸轻烟，逐风化矣，……独我国之少年，喜逸而恶劳，喜贵而恶贱"②；更不要放浪形骸，要好好珍惜强健体魄，"盖劝告少年勿作浪游，身被隐疾，肾宫一败，生子必不永年"③。这两点，可以说是与西欧各国"少年运动"的目标类同。而通过林纾直白地直接奉劝少年人，不要败坏肾机能，损害赳赳雄风之言论，我们就更直接看到，在晚清社会，男性气概、男性体质，以及男性生殖能力，事实上已是国家精神、国体、国力的象征了。必须指出，林纾这种利用少男（他心目中的少年）实现救国之梦的实用救国思想，其实是自梁启超一脉相承而来的。

我们知道，少年在晚清社会忽然成为救国主体，甚至国家形象的转喻，并不是由林纾所开创的。正如夏晓虹、中村忠行及梅家玲所指出，带动晚清少年文学及少年文化的想象到中国的，是梁启超，特别是他的《少

（接上页）看李奇志：《清末民初思想和文学中的"英雌"话语》（武汉：湖北教育出版社，2006 年）；后者看陈姃湲：《从东亚看近代中国妇女教育：知识分子对"贤妻良母"的改造》（台北：稻乡出版社，2005 年）。

① Frank Dikötter, *Sex, Culture and Modernity in China: Medical Science and the Construction of Sexual Identities in the Early Republican Period* (London: Hurst & Co., 1995), p. 146.

② 林纾：《〈离恨天〉译余剩语》，吴俊标校：《林琴南书话》，页 110—111。

③ 林纾：《〈梅孽〉发明》，吴俊标校：《林琴南书话》，页 128。

年中国说》(1900年)一文带来的巨大影响。① 林纾在短短的二十年间翻译了大量哈葛德的小说，就是要在这种大气氛下推动、增加、制造晚清社会的少年英气，应和梁启超的"少年中国"说。这与林纾之前一直追随梁启超的救国图谱是一致的，梁启超与他形成了一个方向一致的理论与实践的组合。

梁启超从明治日本取得少年文学的概念。他一方面将森田思轩《十五少年》(1896)一文翻译成《十五小豪杰》——森田思轩翻译的底本，则是凡尔纳 Jules Verne (1828—1905) 的 *Deux Ans de Vacances* (*Two Years' Vacation*, 1880)；另一方面，又从他一直心仪的德富苏峰那里取得撰写《少年中国说》的理论资源；② 而为了增加少年气吞山河的气势，除了撰写理论文章及翻译之外，梁启超同时撰写《义大利建国三杰传》(1902)，描绘意大利各时期开国人物的英姿飒爽形象，当中包括玛志尼 (G. Mazzini, 1805—1872)、加里波蒂 (G. Garibaldi, 1807—1882)、加富尔 (C. B. Cavour, 1810—1861) 生平合传，以形象化的人物传记，说明建国就好像少年成长的过程，需要艰辛苦斗，不畏磨炼，令晚清中国人看到本来四分五裂的意大利成为独立新兴民族国家的建国过程，指待中国的将来，有如意大利一样。梁启超的目的，是鼓动日暮途远的中国士大夫群，要他们看到中国并不是由盛转败、日薄西山之状况，相反，眼下的衰

---

① 夏晓虹：《觉世与传世：梁启超的文学道路》；中村忠行：《清末の文壇と明治の少年文学（一）——資料を中心として》，《山辺道：国文学研究誌》第9号（天理：天理大学国文学研究室，1964年），頁48—63；中村忠行：《清末の文壇と明治の少年文学（二）——資料を中心として》，《山辺道：国文学研究誌》第10号（天理：天理大学国文学研究室，1964年），頁63—81；梅家玲：《发现少年，想象中国——梁启超少年中国说的现代性、启蒙论述与国族想象》，《汉学研究》2001年6月第19卷第1期，页249—275。

② 本章因篇幅及题旨所限，无法旁及申论德富苏峰文章《新日本之青年》与梁启超《少年中国说》的关联，见德富苏峰：《新日本之青年》，神島二郎编：《德富蘇峰集》（東京：筑摩書房，1978年），頁3—63。另外，在明治日本，青年概念是延续自少年概念而来，青年指在新式课程受熏陶，特别是在城市求学的年轻人，见木村直恵：《〈青年〉の誕生：明治日本における政治的実践の転換》（東京：新曜社，1998年）。

败晚清局面，只是"过渡时期"带来的必然动荡而已。事实上，在国际上，以少年阶段比喻新兴民族国家的革命时代，本身就是一个常见及有效的喻象，这点，即如梁启超笔下所说的意大利，在合并兼并的革命时代，也是以少年形象作一鲜活的文化符号，以激励国民情绪。① 这喻象本身，是出自少年人本身热血热诚、充满干劲的形象，加上少年阶段稍纵即逝，充满万变的可能，以此呼吁爱国之士抓紧当下，不要蹉跎岁月，同心奋勇向前。②

梁启超的文论为晚清注入新理论基础，他还以人物传记、小说创作及翻译文学来具体化抽象论述，借此增加说服力。整个晚清社会，转眼铺天盖地地出现志气高昂的少年英雄形象。梁启超的文章，如何对晚清社会产生风从的影响力，如何对时人产生震撼人心的强大力量，已不用再多言。再加上前述三位学者的深入讨论及分析，我们实在不需赘言了。只是，过去讨论到晚清由梁启超启导而来的少年文学现象，从来没有把林纾纳入讨论范畴，这不可以说是不可惜的，这自然也是由于忽略哈葛德小说原语境而引起的问题。

必须指出，梁启超通过翻译森田思轩的作品，把"少年文学"概念从日本引入中国的 1900 年，日本少年文学概念已完全确立，而且应更准备地说，不仅确立了少年文学概念，更已从错误、混淆、模糊的阶段中改良过来。受西欧（英国、德国及法国）少年文学影响而来的日本明治"少年文学"③，在刚作为崭新类型出现时，由于整个概念及类型通过翻译而来，

---

① Laura Malvano, "The Myth of Youth in Images-Italian Fascism," Luisa Passerini, "Youth as a Metaphor for Social Change-Fascist Italy and America in the 1950s," in Giovanni Levi and Jean-Claude Schmitt, *A History of Young People in the West*, Volume 2, *Stormy Evolution to Modern Times*, trans. by Carol Volk (Cambridge, MA: Belknap Press 1997), pp. 232 – 256, pp. 281 – 340.
② Giovanni Levi and Jean-Claude Schmitt, *A History of Young People in the West*, Volume 2, *Stormy Evolution to Modern Times*, trans. by Carol Volk, p. 5.
③ 日本少年文学的内容，可看木村小舟：《明治少年文学史》（改訂增補版，明治篇）（東京：大空社，1995 年）；福田清人：《明治少年文学集》（東京：筑摩书房，1970 年）。

明治社会对译及使用这个新词、新概念时出现莫衷一是的情形,特别是性别概念上。在明治早年,"少年文学"只讨论到男性读者关心的三大内容:立志、英雄、冒险。① 我们可以了解到,这自然是与当时明治日本的背景大有关系:少年文学出现在日本建国扩张时期,少年文学可以振奋少年读者的心志,激发他们的建国雄心,让他们以小说中的人物为学习目标,为国家建立功业,开拓版图。不过,到了明治二十年(1887年)左右,明治社会的知识人及读者,很快便意识到"少年文学"一词的讨论范围,无论从概念认识及应用上,由于都只指涉男性,很难再对应于西欧文学 juvenile literature 下各自针对少男及少女而产生的 boy literature 及 girl literature。于是,明治社会很快便达成共识,把"少年文学"的概念,应用于少男读物之上;而为少女而设的文学,则另辟新径,名为"少女文学",以弥补这偏颇的性别意识。固然,语言是约定俗成的,今天日本社会对"少年文学"的理解及性别指涉,就是继承明治文学而来;但在法律上,日本则自大正十一年(1922年)起,强调"少年"应为指涉男女双方的用词。② 问题是,于1900年才把少年文学概念,通过转译的方法传播到中国的梁启超(此时已是明治少年文学脱离混乱阶段的时期),对当中的性别问题毫不察觉,亦不关心,这当然与他一向重实业,急于找到最快最有效的救国良方,而先取折中方案有莫大关系。

梁启超无视"少年文学"的性别意识,论者可能因而会认为,受梁启超影响甚深的林纾,看不到里面的性别问题,不但其理可谅,其情更可悯。我们都可以说,林纾不懂原文,译文中的增译、误译、删译等改动,

---

① 田嶋一:《"少年"概念の成立と少年期の出現——雜誌〈少年世界〉の分析を通して》,《国学院雜誌》第95号第7期(東京:国学院,1994年),頁10。特别见第2节,讨论这个概念在日本的衍生及规范过程。
② 佐藤(佐久間)りか指出,在大正十一年定下来的"少年法"与文学界表现不一样,法律中"少年"指未成年男女。见佐藤(佐久間)りか:《"少女"讀者の誕生——性・年齢カテゴリーの近代》,《メディア史研究》第19号(東京:ゆまに書房,2005年),頁23。

未必是他的意图或原意，他也许没必要为少年形象在中国大量出现负责，更没必要承受我们对他有心忽略少女形象的指责，因为他也许是受口译者误导或受人唆使的。这当然是合理的推测；而事实上，这亦是林纾在1924年去世后，一些有心人（如郑振铎）要为他平反而提出的脱罪辩词。不过，只要我们对比另一些同为哈葛德原著、林纾翻译的小说，我们即可通过对读而知道，林纾实在难辞其咎。特别是，只要我们考察文中翻译的少年形象、对少年形象的改写，对比现实生活中的林纾，就不难看到，这些译作处处流露林纾的自身经历，以及比况自身的感怀，甚至有些地方，他是通过小说人物，把自己所感所想投射于与他背景相似的人物身上并宣之于口。而译作增添补加的成分，绝不容口译者置喙，不可能由他们口述、转述而来。

六、林纾对少年身份所产生的焦虑

我们都知道，林纾走上翻译小说的道路十分偶然。在甲午之战后，林纾本已有翻译拿破仑传记之心，只是这个想法一直没有实现。后来，与他同岁的妻子刘琼姿死后，46岁的林纾中年丧妻，愁惘悲恸，意志消沉，刚从法国归国的朋友王昌寿，劝他翻译感人至深的《巴黎茶花女遗事》，希望他有所寄托，亦能排遣压抑在心胸已久的牢愁。① 林纾与王昌寿一边翻译，一边号啕痛哭，在翻译过程中，译者与阿猛一起穿梭于故事人物的凄怨情怀，同悼马克（今译玛格丽特）早逝。在整个翻译过程后，林纾的郁结终于畅怀，而他的心扉亦再度打开，迎接了人生的另一个春天——林纾在原配夫人逝世一年多后（1899年）再婚，另娶当时24岁的继室杨郁。

过了几年，当林纾于53岁时与魏易合译哈葛德的《洪罕女郎传》（*Colonel Quaritch, V. C.*）的时候，几年来的中年再婚感受，终于被哈葛

---

① 夏晓虹：《林纾：发乎情，止乎礼义》，《晚清文人妇女观》，页123—152。

德的小说再勾起,令他带点距离地重审自己的心路历程。

《洪罕女郎传》的故事讲述人到中年的爪立支将军(Colonel Harold Quaritch),历经多年海外战役(印度、阿亚伯、埃及)后退役回国。回国后,继承了姨母的田园山庄,正要回归平淡新生活时,却重遇五年前已心仪的对象亚达(与林纾五年前再娶的往事不谋而合)。爪立支将军虽其貌不扬,却是个不折不扣的典型英国绅士:为人踏实、有原则,行事说话上一丝不苟,但却因为自己拘谨,加上长年征战,多年来仍是孤家寡人。这次重遇亚达,令他燃起多年前的倾慕之情。亚达由于要照顾在战役中失去唯一儿子的老父,过了适婚年龄(已 26 岁)还云英未嫁。《洪罕女郎传》的主线描述中年的爪立支将军如何突破拘谨心情,向亚达示爱,副线就描述哈葛德小说一贯的寻宝内容。

从小说可以看到,爪立支的背景,与林纾有不少偶合的地方:爪立支与绰号冷红生的林纾一样,表面拘谨,内心热情澎湃,在国家大事上勇猛果敢,干脆爽快,在儿女私情上却带点迂回退避。具有这样性格的中年人,却腼腆地要在中年谈婚论嫁,可知是需要排除很多心理障碍、疑虑。再加上结婚对象是比自己年轻二十多岁的女子(林纾的续弦与亚达年龄相若),即将面对的恐惧及焦虑是可以理解的。人到中年,从某种角度看,固然是人生的顶峰,但从另一角度去看,也是即将从繁华的生活回落到返璞归真生活的时候,要为老年阶段做种种心理调整及安享晚年的安排。在这阶段,无论是爪立支还是林纾,却重新面对激荡的新婚生活,心里的急躁,非笔墨可形容。特别是,对于瞬间要从璀璨花花世界回到淡泊田园生活(像爪立支),不是每个人都能洒脱自在,而像林纾那样,有志未酬,就更不能处之泰然了。在《洪罕女郎传》中,特别是在第 18 章第 99 页一段起的译文,我们看到,林纾这种中年人的焦虑,不但是因为与爪立支相同的心境而被引出,而且可以说,正是因为有深刻体会,在翻译原文的时候,再也不能俯首贴近原文,而是按自己真正的思想及感受,重写(rewrite)哈葛德的原意:

【1】然安知天下有极大之事业,其肇端实自一分钟中者。况一黄昏中,有二百数十秒之久,其中若生波澜者,为候当更永。【2】爪立支此时自知与亚达情款至深,惟人近中年,行事至复持重,不类少年之冒昧请婚;且亦不自料,即此黄昏中,有求凰之事,在己亦百思不到者,【3】方爪立支来时,更衣而出,空空洞洞,殊不审今夕即有佳兆,犹人之不自料,不去此衣而就枕也。【4】心爱亚达,固坚且鸷,惟不为狂荡之容,盖中年情爱之不同于少年者。【5】少年气盛,血脉张王,一受感情,如积雪连山,经春立化融为急湍入大河,故势洪而声健。若中年情感,则沉深静肃,犹长江千里溶溶不波,此其别也。①

句【1】对应的原文,哈葛德本来意思是用作说明一刻千金,特别是指涉爪立支对亚达的衷情,已经到了不能压抑,即将爆发的时候(No one, as somebody once said with equal truth and profundity, knows what a minute may bring forth, much less, therefore, does anybody know what an evening of say two hundred and forty minutes may produce)。有趣的是,林纾却以"然安知天下有极大之事业"做模拟。这里,与其说是林纾误译,倒不如看成林纾刻刻不能放下救国的心结,建立功业之心非常迫切。而急不可待的程度,从林纾把原文的"two hundred and forty minutes"译成"二百数十秒",可见一斑,他已不拘泥真实的数位时间。这理应是一种时间意识的表现,而不是口译者不懂把英语"forty"译成"四十"的意思吧。【2】句本来只是说明爪立支心情忐忑不安,哈葛德原文中语句泛指中年情爱令人手足无措而已(which sometimes strikes a man or woman in middle age);但林纾在这里以"行事至复持重,不类少年之冒昧请婚"译

---

① 林纾、魏易同译:《洪罕女郎传》(上海:商务印书馆,1905年),页99—100。

出,更以后句"不类少年之冒昧请婚",对比中年人的持重可靠。这里,只要我们一看原文,即会明白,这种对少年冒昧猖狂的指斥,是林纾的增译,原文并无这样的意思。当然,翻译要贯通上文下理,有时译文与原文会因应中英语法不同,而有句子前后调动。事实上,在哈葛德的原文中,的确有以少年对比中年人的地方。这就是:

His love was deep enough and steady enough, but perhaps it did not possess that wild impetuosity which carries people so far in their youth, sometimes indeed a great deal further than their reason approves.

这里可看到,原文一段,是用来指爪立支对亚达用情之深,深刻的程度,即使没有年轻人般因青春无限,能狂热激荡,但也是非常深刻的。哈葛德原文,即使以少年作一模拟,却是正面地作模拟。而这句的对译,林纾则译作:

心爱亚达,固坚且鸷,惟不为狂荡之容,盖中年情爱之不同于少年者。少年气盛,血脉张王,一受感情,如积雪连山,经春立化融为急湍入大河,故势洪而声健。

这里,可以说,林纾"盖中年情爱之不同于少年者"的前句"惟不为狂荡之容",正正就足以道出原文"wild impetuosity"的相反意思。但林纾却稍嫌不够,在"盖中年情爱之不同于少年者"后,继续深化少年人狂妄轻狂、做事冲动的形象。事实上,如果我们看看整段原文,却会得出相反的理解。原文本意,是希望指出爪立支虽然已届中年,本来已应该老成稳重,但这次用情之深,就像年轻人的爱情一样,爱得地动天惊,山洪暴发一样,不能歇下:

It was essentially a middle-aged devotion, and bore the same resemblance to the picturesque passion of five-and-twenty that a snow-fed torrent does to a navigable river.

整合全段来看，在这简单一节里，林纾先后以"不类少年之冒昧请婚""少年气盛，血脉张王"指斥少年，以此反证中年人行事小心慎重。事实上，我们很能体会到，林纾有着爪立支相同的背景，而因此引出了年华老去，岁月不饶人的彷徨及恐惧；为了消解这些焦虑，平衡这种不安感，才渐渐突出"少年"不成熟面而与之对立。为了急于再确立中年人的价值及道德观，他把少年人的好动看成冲动、狂荡、冒昧。林纾在这里，好像为了急于确立中年人比少年人成熟稳重的优点，已现倒戈相向，指斥少年人之意。本来，林纾翻译哈葛德的少年文学时，所能体会到的是少年人不怕挑战、勇者无惧的精神，他大量翻译少年文学到中国来的原意，也就是认同少年人的优点，欣赏他们的热血热诚、充满干劲，以此鼓动国家士气，以及比喻晚清中国的生气勃勃。这本来是他唯一的目标。但正正是同样通过翻译哈葛德的小说，令他无端产生了一种前所未有的危机感。而这种深重的危机感，就是由哈葛德哥特式小说中的末世意识，加上小说的叙事格局，令他体会到末世仓促的时间感觉。

哈葛德小说，每本貌似独立发展，但同时亦是一个整合式的系列故事。小说情节的安排随时间过渡，同一主人公会于不同故事重复出现，有时情节相关，如故事主人公 Allan Quatermain，就先后出现在不同小说达 14 次之多。这样做的目的，是让故事人物与他的读者一起成长。《迦茵小传》中 33 岁的亨利一开始便回述十多年前的航海生涯，以呼应 23 岁时发生的青春故事。但是，哈葛德的小说往往是由一个年华逝去，欲说还休的垂暮老人来通过追忆往事，回述过去。《钟乳骷髅》（今译《所罗门王宝藏》）的故事，是从戈德门将军 55 岁时，回忆年少时种种冒险之旅开始，

"戈德门曰:余五十五岁生,日日手中抬笔,将著一史,乃不审从何处着笔,而成为何史者。起讫咸不得其要。顾一生事业滋夥,在余自思,历世界至久,阅事亦多,或且否少年时已往事"①。Queen Sheba's Ring(林译《炸鬼记》,1921年)的主人公,则从65岁回忆40年前开罗的精彩往事。这些"老猎人"(鲁迅、周作人语)②的故事都在述说昨日浪迹江湖,今天却白了少年头,当中透露出不少精彩人生俱往矣,而现在只剩下空悲切的凄凉感喟。我们试想,作为译者的林纾,与这些小说人物的背景如此相若,焉能不以此自比自况,一边翻译,一边处处以自己的境况作参照?事实上,只要我们细心去看,即可发现林纾言及少年少男文学之时,也是他发出年华逝去叹喟,以"老少年"自况之时:"纾年已老,报国无日,故日为叫旦之鸡,冀吾同胞警醒。"③他表示:"余老而弗慧,日益顽固,然每闻青年人论变法,未尝不低首称善。"④且可以说,翻译哈葛德的小说,使这种本来悲不自胜,垂垂老矣的感叹,益发浓烈了:"居士且老,不能自造于寂照,顾尘义则微知之矣。"⑤林纾在翻哈葛德的小说时,通过耳受手追,默存细味的过程,以古文再诠释原文内容,这个于文本内体味小说内容的境况,本来已足够让他感怀身世。但一个更直接从文本之外而来的冲击,同时为他添重另一层由新世代力量带来的压力。这无法不直面的冲击,正是来自他身旁真正的救国少年,即把"少年"带入晚清中国的年轻人——梁启超。

林纾在梁启超面前,不但是一个忠诚的合作伙伴,更多时候,他是以一种崇拜英雄的态度去仰望梁启超。林纾不止一处公开仰慕之意,并推举梁启超为新时代的英雄人物,在1912年《古鬼遗金记》(Benita, An African Romance;哈葛德最典型的哥特式小说)序言中,林纾就直接道:

---

① 林纾述,曾宗巩口译:《钟乳骷髅》(上海:商务印书馆出版,1908年)页1。
② 周启明:《鲁迅与清末文坛》,薛绥之、张俊才编:《林纾研究资料》,页239。
③ 林纾:《〈不如归〉序》,吴俊标校:《林琴南书话》,页94。
④ 林纾:《〈美洲童子万里寻亲记〉序》,吴俊标校:《林琴南书话》,页18—19。
⑤ 林纾:《〈洪罕女郎传〉序》,吴俊标校:《林琴南书话》,页38。

"老友梁任公，英雄人也，为中国倡率新学之导师。"而有些时候，他会表现自愧不如的卑微心态："嗟夫，吾才不及任公，吾识不及任公，慷慨许国不及任公，备尝艰难不及任公，而任公独有取于驽朽，或且怜其丹心不死之故，尚许之为国民乎。则吾书续续而上之任公者……"① 所谓英雄出少年，梁启超在广东新会本来已有"神童"之名；戊戌政变百日维新之年，梁启超只有 25 岁；到他写影响中国深远的鸿文《少年中国说》（1900），正好 27 岁；他写影响中国文学发展至巨至深的《论小说与群治之关系》（1902）时，也只是区区 29 岁。而到了梁启超创办"贶我同胞"的《庸言》之时，林纾称自己的文章是"上之任公，用附大文之后"②，处处以敬语尊称，可见他对梁启超的敬重。其实，当年（1912 年）梁启超也只不过是 39 岁，但林纾已是 60 岁的老人了！梁启超出生于 1873 年，林纾生年为 1852 年，他跟梁启超在岁数上相差 21 载，但成就以及救国的能力，却有这么大的距离。面对如此英姿勃发的少年，林纾如何不自卑自叹？

  林纾在翻译哈葛德的《古鬼遗金记》时，不断勾出自己与梁启超年纪成就上的对比，这不可不说与哈葛德小说中的时间意识有关。林纾除了称天将降大任于斯人（"天相任公"③）外，亦赞赏梁启超以惊人的毅力、凌云的志气译书、办报、周游列国，力图拯救中国。在林纾眼中，梁启超根本就是少年中国形象的化身，以及国家将来可寄托希望之所在，因而对他敬重如山之情，跃然纸上。可是，当他回头一看自己，却只能闭门译书，更奈何不懂西文，翻译总要依赖合作者（"予颇自恨不知西文，恃朋友口述，而于西人文章妙处，尤不能曲绘其状"——《〈洪罕女郎传〉跋语》），最后只能自喻"叫旦之鸡"。这不但是因为只能发出微弱嘶叫之声，更喻义只在家门外叫嚣，以此映照自己无法远游放眼世界，不能像哈

---

① 林纾：《〈古鬼遗金记〉序》，吴俊标校：《林琴南书话》，页 106—107。
② 同上书，页 106。
③ 同上。

葛德小说中的人物一样浪迹天涯。他在小说故事人物的映照中，在梁启超精彩斑斓的人生映照中，处处只体会到自己一切已有心无力，为时已晚，垂垂老态已现，"纡年已老，报国无日"①。在种种复杂心态折腾后，几经挣扎，林纾索性自称"畏庐老人"，以自嘲、自认、自况自己的年老无用了。②

梁启超以自身影像有力地为中国注入了少年形象，加上林纾大量翻译哈葛德小说，把少年人喻义新时代、新时间认知、新价值的社会意识鼓动了出来，而这种新的社会意识，一旦鼓动了出来，就如脱缰野马、洪水猛兽般，冲击过去中国"吾从周"（孔子语）、"言必称尧、舜"（孟子语），又或"言必称先王，语必道上古"（司马迁语）的敬老尊古心态。加上随着新史学、新时间观念被带进中国，以及严复传播的赫胥黎物竞天择、生存竞争的演化观念进一步深入中国社会，古旧、过去、传统中国等等，已不再是古朴芬芳的代名词，"新"已俨然成为新时代唯一值得追随的价值观念。③ 如果写于 1900 年的《少年中国说》是中国少年文化、文学的开端，中间经过《少年报》（1907）、《少年丛刊》（1908）、《少年杂志》（1911）不断探索及培养建立中国理想的少年、青年人，而到了 1915 年，新一代的青年人最终在《青年杂志》及后来的《新青年》（1916）完全确立，那么，清末最后的十多年，处于半新不旧、半中不西的时代，产生"老维新""老新党""老少年"等混沌形象，似乎是新旧交替中的必然过渡用语。但是，时代是进步的，时代更是仓促的，新的出现，旧的不得不被清算，一切已急于被重新评估。可是，在早些时候以翻译小说来实践梁

---

① 林纾：《〈不如归〉序》，吴俊标校：《林琴南书话》，页 94。
② 从林纾《梅孽》（1921 年）及《深谷美人》（1914 年）序言都可见他以此自称。
③ 过去已有很多学者指出晚清出现新的时间及历史观念，如李欧梵指出晚清的"新"的时间意识，见李欧梵《徘徊在现代和后现代之间》一书。其他对晚清时新史观、新时间意识进入中国的研究如：顾颉刚的《当代中国史学》（香港：龙门书店，1964 年）；邹振环的《西方传教士与晚清西学东渐：以 1815 至 1900 西方历史译著的传播与影响为中心》（上海：上海古籍出版社，2007 年）。

启超理想的林纾,却不能及时追上时代步伐,一心要自封为前朝遗老,最终逃不了时代的洗礼,最终为新潮的年轻新世代所唾弃咒骂。而讽刺的是,这些一心要建立少年中国的中国少年,其实都是在更年轻的时候仔细读过林译的每一篇哈葛德小说,且深受其触动和影响的。① 换言之,中国新青年的少年气概,是林纾所灌输甚至赋予的。

也许,以林纾的角度来看,这有点凄凉悲壮,因为他间接地成为自己所倡议的少年文学的受害者;但另一方面,如果从整个中国的国家利益看,显然,林纾所译哈葛德的少年文学,却有重大的成果:一个垂垂老矣的林纾,单凭一支翻译的"秃笔",造就了一批五四少年,他们的勇猛精进,最终建立出现代的少年中国来。凭此,我们又可以从另一个角度看待林纾对近代中国的贡献。然而,正如本章开首所指出:这些五四论述,却以所谓纯文学的视角来大力抹杀和否定林译的哈葛德小说。这是历史的讽刺,是历史的盲点,还是心理分析所言的,少年的成长阶段,必先通过俄狄浦斯杀父过程,才能作为确立自己人格的手段呢?

---

① 参本书第六章。

总　结

"小说"一词经"梁启超式"输入前，在中国文史资料中能否找出其与西文文类概念"fiction"及"the novel"作为对译语的地方呢？十多年过去了，不时被问到这个问题。在"总结"处回应这个问题是适当的。总结是本论述的终结篇，然而要处理这个历史问题，就必须回到这历史问题的起点——这有点"始于终结"（the end is the beginning）的况味。

事实上，要在梁启超式输入之前找到汉字"小说"作为"the novel"及"fiction"的对译并不困难。其中最简单的可循径途，就是在来华传教士资料及关于他们的研究中寻找线索。我们都知道，第一位来华新教传教士马礼逊（Robert Morrison）于 1815—1822 年间编纂的三册《华英字典》（*A Dictionary of the Chinese Language*），揭开了中西交流的重要一页。在 1822 年《华英字典》的"novel"词条下，"novel"的释义为："NOVEL, new, 新有的, extraordinary and pleasing discussions 新奇可喜之论。A small tale, 小说书。Hearing of a few romances and novels forthwith think that they are true 听些野史小说便信真了。"[①] 虽然言简意赅，但不难看到曾经节译《红楼梦》的马礼逊已开启了先河，对译中国

---

① Robert Morrison, *A Dictionary of the Chinese Language*, in Three Parts (Macao: Printed at the Honorable East India Company Press, by P. P. Thoms, 1815 - 1822), Part Ⅲ, p. 295, under the entry "novel".

"小说"一词为"novel",也把"tale"意涵锁定为"小说书",他更把"romances"及"novels"分别译作"野史"及"小说"。当然,"小说书"并未成为现代西方意义下的"小说","tale"既可以指口头说唱形式,也可以是出版的叙事文。无论如何,"小说"一词隐隐然已带有"novel"语译的概念,暂时视为首译也无不可。但马礼逊用"听些"冠在"野史小说"之上,又不无道听途说之意。而至于"fiction"一条,则有"FICTITIOUS, counterfeit",意指"伪的,假作"之意。① 《华英字典》并没有广至涉及西方虚构文类"fiction"(作为名词)的词条。在马礼逊之后,另有不少来华传教士都有编纂中英、英中辞典或字典,其中德国传教士罗存德 William Lobscheid 紧随马礼逊的脚步,在自己编的《英华字典》(*English and Chinese Dictionary*: *with the Punti and Mandarin*)序言中先说明自己如何受马礼逊及其他比他更早来华的辞典及注音系统启发,另一方面亦指出要因应时代修订各前著。在罗存德的字典中,"小说"一条虽同样译"novel"为"小说、稗说",② 然而在后面杂项(Miscellanea)有关中国文学的概念(Terms Relating to Chinese Literature)方面,指:Collections of works of the Imagination and Poems, but not Novels。③ 很明显,在他们的辞典里虽有把小说对译现代西方文学观念中的"the novel",然而转化为西方现代观念的过程仍未完成。

列举马礼逊与罗存德的字典的原因,是这两部巨著传到了日本,④ 其

---

① Robert Morrison, *A Dictionary of the Chinese Language*, in Three Parts, Part Ⅲ, p. 166, under the entry "FICTITIOUS".

② William Lobscheid, *English and Chinese Dictionary: with the Punti and Mandarin* (Hong Kong: Noronha & Sons, 1871), p. 1231; 另见: 罗存德、井上哲次郎订增:《订增英华字典》(Tokio: published by J Fujimoto, 16th year of Meiji), 页752。

③ 第一版 William Lobscheid, *English and Chinese Dictionary: with the Punti and Mandarin* (Hong Kong: Noronha & Sons, 1871)并没有收录杂项,有关中国文学的杂录为 Rev Doolittle 所著,见罗存德、井上哲次郎订增:《订增英华字典》,页1356。

④ 众多明治日本藏书家及文库都收有马礼逊的著作,其中一位是日本明治时期撰写多本英日辞典的学者胜俣铨吉郎。早稻田大学胜俣铨吉郎的文库,就可见线装书本的马礼逊《五车韵府: 华文译英文字典》(Shanghai: London Mission Press, 1865)。

中前者，更是马礼逊在世之年，已看到这字典对日本的影响。① 马礼逊1828年1月3日在广州写信给于马六甲英华书院学习的儿子马儒翰，告知他正有一位从日本来的西人医生及博物学者Mr Burger到访（马氏原信如此，回忆录称为Burgher；两者有误亦欠齐全，这名西人全名应为Heinrich Bürger）②，并告知他日本人正以白话（平假名）翻译他的字典。马礼逊恐怕儿子不明白，还再说明，即是全书以音节、不附汉字的拼音字母方式译成，而译者的名字为Gonoske Rokijeru。③ 这足见日本吸收外来文化的快速及敏锐。而且，这些字典在日本明治时期有再出版，日本人再进一步整理修订。④ 我们都知道，1842年鸦片战争后，中国败于英国的事实不但震惊中国朝野，振幅更立即波及日本，震惊日本知识界。在鸦片战争前，日本视为中国为知识文化大国，鸦片战争动摇了中国在周边汉字圈的巨人形象，日本知识界亦立即派人来华购书、考察、交流，⑤ 了解正在

---

① 学界最早深入研究马礼逊字典东传的是陈力卫，见他的《日本におけるモリソンの〈華英・英華字典〉の利用と影響》，近代語研究会編：《日本近代語研究——近代語研究会二十五周年記念1》（東京：ひつじ書房，2009年），頁245—261。陈力卫最初依据《马礼逊回忆录》（Eliza Morrison, Samuel Kidd, *Memoirs of the Life and Labours of Robert Morrison* [London: Orme, Brown, Green, and Longmans, 1839]）考证，并结合在日本出版的字典版本及其他资料并读，得出结论：1828年间日本长崎译者吉雄权之助已留意马礼逊的《华英字典》，并开始翻译。

② Eliza Morrison, *Memoirs of the Life and Labours of Robert Morrison in Two Volumes* (London: Longman, Vol. II, 1839), p.412.

③ 本处依据的是马礼逊原信，见Wellcome Trust Library, MS 5829, Letter 22 "Robert Morrison to John Robert Morrison" (31 Jan 1828)。笔者以这信与陈力卫来回讨论，认为《马礼逊回忆录》把日本译者写为Gonoski Kokizas固然有笔讹（页413），然而马礼逊书信中指称的日本译者名称亦有误会。当然，马礼逊原信要比《马礼逊回忆录》更准确，这很能理解，因为《马礼逊回忆录》是他死后由马礼逊学生修德（Samuel Kidd）与马礼逊第二任妻子Eliza Morrison共同编纂；而马礼逊原信之误，是因他根据荷兰人的记音而来。吉雄权之助西文名字可以有多种拼音，但吉雄氏在多种文书上既然自署为JG，那应解为Josio Gonoske。

④ William Lobscheid, *English and Chinese Dictionary: with the Punti and Mandarin*；罗存德、井上哲次郎增订：《订增英华字典》。

⑤ 川边大雄：《松本白华在港的经历》，《出版文化的新世界：香港与上海》（上海：上海人民出版社，2011年），页152—164。

中国发生的巨变，购买的书籍除了有关传教士的辞典及翻译外，也包括中国人反映新世界观的著作（如魏源的《海国图志》）、在香港出版的由西人著译的官话知识等，这些著作都迅速传到日本去。在香港及其他港口的英国外交人员也常常因贸易及外交事宜而到日本去，其中不少是汉学家，如港英殖民政府第二任总督德庇时（John Francis Davis, 1795—1890）、汉文正使郭实猎（Karl Gützlaff, 1803—1851）、马礼逊之子马儒翰（John Robert Morrison）等，① 后来参与西译的中国学者也被邀到日本去做更多的交流，王韬就是绝好的例证。② 从鸦片战争到明治维新一段时期，日本吸收的外来知识方面既有汉文也有各种欧美语文，这包括17世纪以来日本的兰学。日本在长期吸收西学知识的背景下，对吸收西学的包袱较轻。渐渐，舍弃汉学而有"脱亚入欧论"的提出。

这些新教来华传教士及英人在香港及其他港口出版的著作是否影响坪内逍遥及太田善男等西学者？至今仍未见于他们的藏书、著书及参考目录。但是，也可能在他们著作小说理论时（《小说神髓》[1884]、《文学概论》[1906]），这些概念已变成一个广泛通用的知识，无须再刻意标明来源。另一方面，梁启超1896年在上海撰写《西学书目表》与1897年撰写《变法通议》时，我们在上文已指出，梁启超不懂得以旧知识系统归类新时代的"汉译传教士小说"《昕夕闲谈》（改编自 Night and Morning）及《百年一觉》（Looking Backward），但他也谨慎地附注"英国小说，读毕令人明白西洋风俗""西人之小说，言及百年后世界"的识语。可见他已

---

① 见拙论：《翻译与帝国官僚：伦敦国王学院中文教授佐麻须（James Summers; 1828—1891）与东亚知识的生产》，2014年《翻译学研究集刊》，pp. 23-58；Uganda Sze Pui Kwan, "Transferring Sinosphere Knowledge to the Public: James Summers (1828—1891) as Printer, Editor and Cataloguer," *East Asian Publishing and Society*, 8 (2018), pp. 56-84。
② 王韬经与理雅各外访英法后，对英法历史有更多了解，后撰《普法战纪》14卷，详细叙述了战争爆发的原因和经过，并预测了战后国际形势的变化与发展。《普法战纪》很快就在日本翻刻流行，引起了很大反响，日本文人学者也因此知道了王韬之名。王韬应日本学者之邀于1879年东渡日本，游历共四个月。张海林：《王韬评传》（南京：南京大学出版社，1993年），页127—138。

大量翻阅传教士机构编印的西籍，特别是存于传教士李提摩泰（Timothy Richards；1845－1919）在上海主持的广学会内的西书。梁启超翻阅后不但对西书内容有些心得，并指出广学会的翻译更流畅及全面："广学会旧译之泰西新史揽要，而湖南有删节之编，咸原书晓畅数倍，亦一道也。"①

　　广学会是否藏有马礼逊等传教士的华英及英华字典，梁启超有无参考，日本明治期的文学理论家是否参考来华传教士的资料，"小说"翻译词的知识系谱是否由香港及上海的传教士首译再传到日本，又或者，我们应否上推至明末耶稣会传教士来华的时期，考察当时更早的字典是否已有相关的概念，等等，这些固然可进一步考究，我们也应继续持有"大胆假设、小心求证"之心推动学术进步；然而，西方现代小说（the novel）概念成熟于18世纪，我们也知道马礼逊的《华英字典》印数很少，不一定能于1860年代后的上海广泛流传，在推演过程要审思当时文化传播的路径之余，也要留心各种时代限制。无论如何，上述的议题即使有新发现，也不会影响本书的结论。本书由始至终关心的是晚清一代如何大规模传入、认同、使用及再传播，使翻译语"小说"等同于西文"the novel"及"fiction"的概念，并在这新观念下，引发人们更多地创作、翻译外国作品，以巩固、诠释并实践新小说观念，再由这气氛刺激新文类的出现。思想史研究重于一个重要概念对社会全面深入及广泛的影响，新概念有助移风易俗，新观念也是改变思想的力量，是推动新思潮、新价值的来源。一个时代中思想的形成不可能只关心首译、独例又或第一次于文献出现的纪录，同样要关心定译的出现。今天，学术界根据史料及各种研究看到，晚清仍是中国文学经东洋西洋双轨并行，而逐渐完成革新或现代化的时代，中国"小说"在这样的背景下，同样通过译介新理论、概念转换、词汇译转、文学翻译的各种手法（直译、意译、改写等）而促成新文学的出现。

---

① 梁启超：《论译书》，《饮冰室全集》第1集（北京：北京出版社，1999年），页50。

参考文献

英文书

Albert Bates Lord, *The Singer of Tales* (Cambridge, Massachusetts: Harvard University Press, 1960).

Alice R Kaminsky ed., *The Literary Criticism of George Henry Lewes* (Lincoln: University of Nebraska Press, 1964).

Amy Cruse, *After the Victorians* (London: Scholarly Press, 1971).

Anne S. Lombard, *Making Manhood: Growing up Male in Colonial New England* (Cambridge, Massachusetts: Harvard University Press, 2003).

Anthony E. Rotundo, *Transformations in Masculinity from the Revolution to the Modern Era* (New York: Basic Books, 1993).

Aristotle, *Poetics*, ed. and trans. by Stephen Halliwell, in Loeb Classical Library (https://www.loebclassics.com/view/aristotle-poetics/1995/pb_LCL199.3.xml, retrieved on 4 Jan 2018), 1448a, 1449b, I, 1451b 27, 1460b I3.

Arthur Heiserman, *The Novel before the Novel: Essays and Discussions about the Beginnings of Prose Fiction in the West* (Chicago: University of Chicago Press, 1977).

Arthur Lovejoy, *Essays in the History of the Ideas* (Baltimore: John Hopkins Press, 1948).

Arthur Lovejoy, *The Great Chain of Being: A Study of the History of an Idea* (Cambridge, Massachusetts: Harvard University Press, 1936).

Ashis Nandy, *The Intimate Enemy: Loss and Recovery of Self under Colonialism* (Delhi: Oxford University Press, 1983).

Benedict Anderson, *Imagined Communities: Reflections on the Origin and

Spread of Nationalism (London: Verso, 1991).

Bonnie S. McDougall and Louie Kam, *The Literature of China in the Twentieth Century* (London: Hurst & Co., 1997).

C. T. Hsia, *A History of Modern Chinese Fiction, 1917–1957* (New Haven: Yale University Press, 1961).

C. T. Hsia, "Yen Fu and Liang Ch'i-ch'ao as Advocates of New Fiction," in W. Allyn Rickett ed., *Chinese Approaches to Literature from Confucius to Liang Ch'i-Ch'ao* (Princeton, New Jersey: Princeton University Press, 1978), pp. 221–258.

Carmen Rio and Manuela Palacios, "Translation, Nationalism and Gender Bias," in José Santaemilia ed., *Gender, Sex, and Translation: The Manipulation of Identities* (Manchester: St. Jerome Publishing, 2005), pp. 71–80.

Carolyn Burdett, "Romance, Reincarnation and Rider Haggard," in Nicola Bown, Carolyn Burdett, and Pamela Thurschwell eds., *The Victorian Supernatural* (Cambridge: Cambridge University Press, 2004), pp. 217–238.

Catherine Hall, *White, Male, and Middle Class: Explorations in Feminism and History* (Cambridge: Polity Press, 1992).

Catherine Yeh, *The Chinese Political Novel: Migration of a World Genre* (Cambridge, Massachusetts: Harvard University Asia Center, 2015).

Christopher Lane, *The Ruling Passion: British Colonial Allegory and the Paradox of Homosexual Desire* (Durham: Duke University Press, 1995).

Daniel Bivona, *British Imperial Literature 1870 – 1940* (Cambridge: Cambridge University Press, 1998).

David Frisby, *Fragments of Modernity: Theories of Modernity in the Work of Simmel, Kracauer and Benjamin* (Cambridge: Polity Press, 1985).

David Livingstone, *Missionary Travels and Researches in South Africa: Including a Sketch of Sixteen Years' Residence in the Interior of Africa* (Santa Barbara, California: Narrative Press, 2001).

David Masson, *British Novelists and Their Styles* (Cambridge: Chadwyck-Healey, 1859/1999).

David Pollard ed., *Translation and Creation, Readings of Western Literature in Early Modern China, 1840–1918* (Amsterdam and Philadelphia: John Benjamins Publ. Co. 1998).

David Scott, *China and the International System, 1840 – 1949: Power, Presence, and Perceptions in a Century of Humiliation* (New York: State University of New York Press, 2008).

David Scott, *Conscripts of Modernity: The Tragedy of Colonial Enlightenment* (Durham: Duke University Press, 2004).

David Watson Rannie, *Elements of Style* (S. l. : Dent, 1915).

Dominique Secretan, *Classicism* (London: Methuen, 1981).

Donal Lowry ed., *The South African War Reappraised* (Manchester: Manchester University Press, 2000).

Douglas A. Anderson, *Tales Before Tolkien: The Roots of Modern Fantasy* (New York: Del Rey/Ballantine Books, 2003).

Dušan Andrš, *Formulation of Fictionality: Discourse on Fiction in China between 1904 and 1915* (Unpublished Ph. d. Thesis. Prague: Charles University, 2000).

Edward Gentzler, *Contemporary Translation Theories* (London, New York: Routlegde, 1993).

Eliza Morrison, *Memoirs of the Life and Labours of Robert Morrison* in Two Volumes (London: Longman, 1839).

Eric Hobsbawm, *Nation and Nationalism* (London & New York: Routledge Curzon, 2002).

Eric Hobsbawm, *The Age of Capital 1848 – 1875* (New York: Vintage Books, 1996).

Eric Hobsbawm, *The Invention of Tradition* (Cambridge: Cambridge University Press, 1983).

Etienne Balibar and Pierre Macherey, "On Literature as an Ideological Form," in Francis Mulhern ed., *Contemporary Marxist Literary Criticism* (London; New York: Longman, 1992), pp. 34 – 54.

Federico Masini, *The Formation of Modern Chinese Lexicon and Its Evolution toward a National Language: The Period from 1840 to 1898* (Berkeley, California: University of California Press, 1993).

Francis O'Gorman, "Speculative Fictions and the Fortunes of H. Rider Haggard," in Francis O'Gorman ed., *Victorian Literature and Finance* (Oxford: Oxford University Press, 2007), pp. 157 – 172.

Frank Dikötter, *Sex, Culture and Modernity in China: Medical Science and the Construction of Sexual Identities in the Early Republican Period* (London: Hurst & Co., 1995).

Friedrich Schleiermacher, "On the Different Methods of Translating," in André Lefevere ed., *Translation-History, Culture: A Sourcebook* (London; New York: Routledge, 1992), pp. 141 – 165.

Georg Wilhelm Friedrich Hegel, *Aesthetics: Lectures on Fine Art* (Oxford: Clarendon Press, 1975).

George L. Mosse, *Nationalism and Sexuality: Respectability and Abnormal*

Sexuality in Modern Europe (New York: H. Fertig, 1985).

George Levine, *The Realistic Imagination: English Fiction from Frankenstein to Lady Chatterley* (Chicago: University of Chicago Press, 1981).

Gideon Toury, "The Nature and Role of Norms in Translation," in Lawrence Venuti ed., *The Translation Studies Reader* (London and New York: Routledge, 2000), pp. 198 - 211.

Gillian Beer, *The Romance* (London: Methuen, 1970).

Graham D. Goodlad, *British Foreign and Imperial Policy, 1865 - 1919* (London & New York: Routledge, 2000).

Gérard Genette, *Figures III* (*Discours du récit: Essai de méthode*) (Paris: Éditions du Seuil, 1972).

Gérard Genette, *Narrative Discourse*, trans. by Jane E. Lewin, foreword by Jonathan Culler (Ithaca, N. Y.: Cornell University Press, 1980).

Henry R. Haggard, C. J. Longman ed., *The Days of My Life* Vol. 1 - 2 (London: Longmans, Green & Co., 1926).

Henry R. Haggard, D. S. Higginsed ed., *The Private Diaries of Sir Henry Rider Haggard, 1914 - 1925* (London: Cassell, 1980).

Hoffman Heinz ed., *Latin Fiction, the Latin Novel in Context* (London; New York: Routledge, 1999).

Ian Watt, *The Rise of the Novel* (Berkeley: University of California Press, 1957).

Immanuel Kant (1790), *Critique of Judgment*, trans. by James Creed Meredith (Oxford: Clarendon Press, 1952).

Irving Singer, "The Aesthetics of Art for Art's Sake," *Journal of Aesthetic and Art Criticism*, 12. 3 (1954), pp. 343 - 359.

J. C. (James Curtis) Hepburn, *A Japanese and English Dictionary, with an English and Japanese Index* (Shanghai: American Presbyterian Mission Press, 1867).

Jacques Barzun, *Classic, Romantic, and Modern* (Chicago: University of Chicago Press, 1961).

Jacques Derrida, *Memoires for Paul de Man*, trans. by Cecile Lindsay, Jonathan Culler, and Eduardo Cadava, and Peggy Kamuf (New York: Columbia University Press, 1989).

James L. Hevia, *Cherishing Men from Afar: Qing Guest Ritual and the Macartney Embassy of 1793* (Durham: Duke University Press, 1995).

James Liu, *Chinese Theories of Literature* (Chicago: University of Chicago Press, 1975).

Jaroslav Průšek, "Lu Hsün's 'Huai Chiu': A Precursor of Modern Chinese Literature," in Leo Ou-fan Lee ed., *The Lyrical and the Epic: Studies of Modern Chinese Literature* (Bloomington: Indian University Press, 1980), pp. 102–109.

Jaroslav Průšek, "The Changing Role of the Narrator in Chinese Novels at the Beginning of the Twentieth Century," in Leo Ou-fan Lee ed., *The Lyrical and the Epic-Studies of Modern Chinese Literature*, pp. 110–120.

Jeffrey Richards, *Imperialism and Juvenile Literature* (Manchester: Manchester University Press, 1989).

John Fairbank and Teng Ssu-yü, *China's Response to the West; A Documentary Survey, 1839–1923* (Cambridge, Massachusetts: Harvard University Press, 1954).

John Gooch, *The Boer War* (London: Frank Cass, 2000).

John K. Fairbank, Edwin O. Reischauer and Albert M. Craig eds., *A History of East Asian Civilization* (London: Allen & Unwin, [1960–1965], 1960).

John M. Mackenzie, "Hunting and the Natural World in Juvenile Literature", *Imperialism and Juvenile Literature* (Manchester: Manchester University Press, 1989), pp. 144–173.

John R. Gillis, *Youth and History: Tradition and Change in European Age Relations, 1770–Present* (New York: Academic Press, 1974).

John Springhall, *Youth, Empire and Society: British Youth Movements, 1883–1940* (London: Croom Helm, 1977).

John Tosh, *A Man's Place Masculinity and the Middle-Class Home in Victorian England* (New Haven: Yale University Press, 1999).

John. K. Fairbank, Teng Ssu-yü, *China's Response to the West: A Documentary Survey, 1839–1923* (New York: Atheneum, 1963).

Joseph Bristow, *Empire Boys: Adventures in a Man's World* (London: HarperCollins Academic, 1991).

Joshua A. Fogel ed., *The Role of Japan in Liang Qichao's Introduction of Modern Western Civilization to China* (*China Research Monographs*, No. 57) (Berkeley, California: University of California Berkeley, 2004).

Joshua A. Fogel, *The Emergence of the Modern Sino-Japanese Lexicon: Seven Studies* (Leiden: Brill, 2015).

José Ortega y Gasset, "The Misery and The Splendor of Translation," trans. by Elizabeth Gamble Miller, in Lawrence Venuti ed., *The Translation Studies Reader*, pp. 49–63.

Jürgen Habermas, "Modernity: An Un. nished Project," in Maurizio Passerind' Entrèves and Seyla Benhabib eds., *Habermas and the Unfinished Project of*

Modernity: Critical Essays on the Philosophical Discourse of Modernity (Cambridge, Massachusetts: MIT Press, 1996).

Jürgen Klein, "Genius, Ingenium, Imagination: Aesthetic Theories of Production from the Renaissance to Romanticism," in Frederick Burwick and Jürgen Klein eds., The Romantic Imagination (Amsterdam, Rodopi, 1996), pp. 19 – 62.

Kelly Boyd, Manliness and the Boys' Story Paper in Britain: A Cultural History, 1855 – 1940 (Houndmills, Basingstoke, Hampshire: Palgrave Macmillan, 2003).

Kevin D. Murphy, Memory and Modernity: Viollet-le-Duc at Vézelay (Pennsylvania, University Park: Pennsylvania State University Press, 2000).

Laura E. Franey, Victorian Travel Writing and Imperial Violence: British Writing on Africa, 1855 – 1902 (Houndmills, Basingstoke, Hampshire; New York: Palgrave Macmillan, 2003).

Laura Hua Wu, "From Xiaoshuo to Fiction: Hu Yinglin's Genre Study of Xiaoshuo," Harvard Journal of Asiatic Studies 55.2 (Dec, 1995), pp. 339 – 371.

Laura Malvano, "The Myth of Youth in Images-Italian Fascism," trans. by Keith Botsford, in Giovanni Levi and Jean-Claude Schmitt eds., A History of Young People in the West, Volume 2: Stormy Evolution to Modern Times (Cambridge, Massachusetts: Belknap Press, 1997), pp. 232 – 256.

Lawrence Venuti ed., The Translation Studies Reader (London and New York: Routledge, 2000).

Lennard Davis, Factual Fictions: The Origins of the English Novel (Philadelphia: University of Pennsylvania Press, 1996), pp. 102 – 122.

Leo Ou-fan Lee, "Incomplete Modernity: Rethinking the May Fourth Intellectual Project," Rudolf Wagner, "The Canonization of May Fourth," in Milena Doleželová-Velingerová and Oldřich Král eds., The Appropriation of Cultural Capital: China's May Fourth Project (Cambridge, Massachusetts: Harvard University Asia Center, 2001), pp. 31 – 120.

Leo Ou-fan Lee, Lu Xun and His Legacy (Berkeley: California University Press, 1985).

Leonard K. K. Chan, "'Literary Science' and 'Literary Criticism': The Průšek-Hsia Debate," in Kirk A. Denton, Crossing Between Tradition and Modernity: Essays in Commemoration of Doleželová Milena-Velingerová (Czech: Karolinum Press, 2016), pp. 25 – 40.

Leonore Davido. and Catherine Hall, Family Fortunes: Men and Women of the English Middle Class, 1780 – 1850 (Chicago: University of Chicago Press, 1987).

Lewis A. Coser, "Introduction," in Maurice Halbwachs, On Collective Memory

(Chicago: University of Chicago Press, 1992), pp. 1 – 36.

Lewis Carroll, *An Experiment in Criticism* (Cambridge: Cambridge University Press, 1961), pp. 48 – 49.

Lilias Rider Haggard, *The Cloak that I Left: A Biography of the Author Henry Rider Haggard K. B. E.* (London: Hodder and Stoughton, 1951).

Luisa Passerini, "Youth as a Metaphor for Social Change-Fascist Italy and America in the 1950s," in Giovanni Levi and Jean-Claude Schmitt eds., *A History of Young People in the West*, Volume 2, *Stormy Evolution to Modern Times*, trans. by Carol Volk (Cambridge, Massachusetts: Belknap Press 1997), pp. 281 – 340.

Lydia H. Liu, *Translingual Practice: Literature, National Culture, and Translated Modernity-China, 1900 – 1937* (California: Stanford University Press, 1995).

M. H. Abrams, *Mirror and the Lamp: Romantic Theory and the Critical Tradition* (Oxford: Oxford University Press, 1953).

Marián Gálik, "Preliminary Remarks on The Prague School of Sinology II," in *Asian and African Studies*, 20.1 (2011), pp. 95 – 96.

Marleigh Grayer Ryan, *Japan's First Modern Novel: Ukigumo of Futabatei Shimei* (New York: Columbia University Press, 1967).

Martha, P. Y. Cheung, "'To Translate' Means 'To Exchange'? A New Interpretation of the Earliest Chinese Attempts to Define Translation ('*fanyi*')," in *Target* 17 (1) (2005), pp. 27 – 48.

Martin Gilbert, *Churchill: A Life* (London: Heinemann, 1991).

Mary Snell-Hornby, "The Illusion of Equivalence," in *Translation Studies: An Integrated Approach* (Amsterdam: J. Benjamins Pub. Co., 1988), pp. 11 – 22.

Matei Calinescu, *Five Faces of Modernity: Modernism, Avant-garde, Decadence, Kitsch, Postmodernism* (Durham: Duke University Press, 1987).

Maurice Halbwachs, *On Collective Memory* (Chicago: University of Chicago Press, 1992).

Mawuena Kossi Logan, *Narrating Africa: George Henty and the Fiction of Empire* (New York: Garland Pub., 1999).

Michael Lackner, Iwo Amelung and Joachim Kurtz eds., *Western Knowledge and Lexical Change in Late Imperial China* (Leiden: Brill 2001).

Michael Wheeler, *English Fiction of the Victorian Period* (Harlow, Essex: Longman Group, 1994).

Michel Hockx, *Questions of Style: Literary Societies and Literary Journals in Modern China, 1911 – 1937* (Leiden; Boston: Brill, 2003).

Milena Doleželová-Velingerová, *The Chinese Novel at the Turn of the Century (1897-1910)* (Toronto: University of Toronto Press, 1980).

Ming Dong Gu, *Chinese Theories of Fiction* (New York: SUNY Press, 2006).

Mona Ozouf, *Festivals and the French Revolution*, trans. by Alan Sheridan (Cambridge, Massachusetts: Harvard University Press, 1991).

Morton Cohen, *Rider Haggard: His Life and Works* (London: Hutchinson, 1960).

Patrick A Dunae, "Boy's Literature and the Idea of Empire, 1870-1914," in *Victorian Studies* 24.1 (Autumn, 1980), pp.105-121.

Patrick Brantlinger, *Rule of Darkness: British Literature and Imperialism, 1830-1914* (Ithaca, N.Y.: Cornell University Press, 1988).

Patrick Hanan, "The Technique of Lu Hsun's Fiction," in *Harvard Journal of Asiatic Studies*, 34 (1974), pp.53-96.

Patrick Hanan, *Chinese Fiction of the Nineteenth and Early Twentieth Centuries* (New York: Columbia University Press, 2004).

Paul A. Cohen, *Discovering History in China: American Historical Writing on the Recent Chinese Past* (New York: Columbia University Press, 1984).

Paul Connerton, *How Societies Remember* (Cambridge: Cambridge University Press, 1989).

Paul O. Kristeller, *Renaissance Thought and the Arts* (Princeton, New Jersey: Princeton University, 1990).

Paul Salzman, *English Prose Fiction 1558-1700: A Critical History* (Oxford: Clarendon Press, 1985).

Peter Berresford Ellis, *H. Rider Haggard: A Voice from the Infinite* (London: Routledge & Kegan Paul, 1978).

Peter F. Kornicki, *The Reform of Fiction in Meiji Japan* (London: Ithaca Press, 1982).

Peter Gay, *Schnitzler's Century: The Making of Middle-class Culture, 1815-1914* (New York: Norton, 2002).

Philip D. Curtin, *The Image of Africa: British Ideas and Action, 1780-1850* (Madison: University of Wisconsin Press, 1964).

Philip Leibfried, *Rudyard Kipling and Sir Henry Rider Haggard on Screen, Stage, Radio, and Television* (Je.erson, N.C.: McFarland, 2000).

Philippe Aries, *Centuries of Childhood* (Harmondsworth: Penguin Books, 1981).

Plato, *Republic*, trans. by Henry D. P. Lee (London: Penguin Classic, [1955] 2003).

Raymond Williams, *Keywords* (London: Fontana, 1976).

René Wellek, *A History of Modern Criticism, 1750 – 1950* (Vol. 1 – 5) (London and New Haven: Yale University Press, 1955 – 1965).

René Wellek, "The Concept of Realism in Literary Scholarship," "The Concept of Romanticism," "Romanticism Reconsidered," in Stephen G. Nichols Jr. ed., *Concepts of Criticism* (New Haven: Yale University Press, 1963).

Richard Pearson, "Archaeology and Gothic Desire: Vitality beyond the Grave in H. Rider Haggard's Ancient Egypt," in Ruth Robbins and JulianWolfreys eds., *Victorian Gothic: Literary and Cultural Manifestations in the Nineteenth Century* (New York: Palgrave, 2000).

Robert Branno, "The Male Sex Role: Our Culture's Blueprint of Manhood, and What it's Done for us Lately," in Deborah S. David and Robert Branno eds., *The Forty Nine Percent Majority: The Male Sex Role* (New York: McGraw-Hill Companies, 1976), p. 12.

Robert Morrison, *A Dictionary of The Chinese Language, in Three Parts* (Macao: Printed at the Honorable East India Company Press, by P. P. Thoms, 1815 – 1822).

Roland Oliver, Anthony Atmore, *Africa since 1800*, 5th ed. (Cambridge: Cambridge University Press, 2004), pp. 103 – 118.

Roman Jakobson, "On Linguistic Aspects of Translation," in Lawrence Venuti ed., *The Translation Studies Reader*, p. 113 – 118.

Ruth Mazo Karras, *From Boys to Men: Formations of Masculinity in Late Medieval Europe* (Philadelphia: University of Pennsylvania Press, 2003).

Samuel Johnson, Jack Lynch eds., *Dictionary of the English Language* (Florida: Levenger Press, 2002).

Sigmund Freud, "Remembering, Repeating, and Working through," in Philips Adams ed., *The Penguin Freud Reader* (Penguin: Classics, London: Verso, 2006), pp. 391 – 401.

Stephen Gregg, "'Strange Longing' and 'Horror' in Robinson Crusoe," in Antony Rowland, Emma Liggins and Eriks Uskalis eds., *Signs of Masculinity: Men in Literature 1700 to the Present* (Amsterdam; Atlanta, GA: Rodopi, 1998), pp. 37 – 63.

Stephen Halliwell, *The Aesthetics of Mimesis: Ancient Texts and Modern Problems* (Princeton, New Jersey: Princeton University Press, 2002).

Stephen Kalberg ed., *Max Weber: Readings and Commentary on Modernity* (Malden, MA: Blackwell Pub, 2005).

Susan Bassnett and Harish Trivedi, *Post-Colonial Translation: Theory and*

Practice (London; New York: Routledge, 1999).

Tejaswini Niranjana, *Siting Translation: History, Post-structuralism and the Colonial Context* (Berkeley: University of California Press, 1992).

Terence Reed, *The Classical Centre: Goethe and Weimar, 1775 - 1832* (Oxford: Oxford University Press, *1986*).

Terry Eagleton, *The English Novel* (London: Blackwell, 2005).

Theo Hermans ed., *The Manipulation of Literature: Studies in Literary Translation* (New York: St. Martin's Press, 1985).

Theo Hermans, "Norms and the Determination of Translation: A Theoretical Framework," in Román Álvarex and M. Carmen-África Vidal eds., *Translation, Power, Subversion* (Clevedon, England: Multigual Matters, 1996), pp. 25 - 51.

Theodore Huters, *Bringing the World Home: Appropriating the West in Late Qing and Early Republican China* (Honolulu: University of Hawai'i Press, 2005).

Thomas Carlyle, *On Heroes, Hero Worship and the Heroic in History* (London: Electric Book, 2001).

Thomas Pakenham, *The Scramble for Africa* (New York: Avon Books, 1991).

Tom Pocock, *Rider Haggard and The Lost Empire* (London: Weidenfeld & Nicolson, 1993).

Tomas Hägg, *The Novel in Antiquity* (Oxford: Blackwell, 1983).

Tsubouchi Shōyō, *The Essence of the Novel (Shosetsu Shinzui)*, trans. by Nanette Twine, Occasional papers; No. 11 (Brisbane: Department of Japanese, University of Queensland, 1981).

Uganda Sze Pui Kwan, "Transferring Sinosphere Knowledge to the Public: James Summers (1828 - 1891) as Printer, Editor and Cataloguer," in *East Asian Publishing and Society*, 8 (2018), pp. 56 - 84.

Uganda Sze Pui Kwan, "Rejuvenating China: The Translation of Sir Henry Rider Haggard's Juvenile Literature by Lin Shu in Late Imperial China," *Translation Studies*, Vol. 6, Issue 1 (2013), pp. 33 - 47.

Vera Schwarz, *The Chinese Enlightenment: Intellectuals and the Legacy of the May Fourth Movement of 1919* (Berkeley: University of California Press, 1986).

Walter J. Ong, *Orality and Literacy* (London: Methuen & Co., 1982).

Walter Laqueur, *Young Germany: A History of the German Youth Movement* (New Brunswick, N. J.: Transaction Books, 1984).

Wang Der-wei David, *Fin-de-siècle Splendor Repressed Modernities of Late Qing Fiction, 1848 - 1911* (California: Stanford University Press. 1997).

William Lobschied, *English and Chinese Dictionary: with the Punti and Mandarin* (Hong Kong: Noronha & Sons, 1871).

William Nienhauser et al. eds., *The Indiana Companion to Traditional Chinese Literature* Vol.1 (Bloomington, Ind.: Indiana University Press, 1986).

William Rowe and Vivian Schelling, *Memory and Modernity: Popular Culture in Latin America* (London; New York: Verso, 1991).

William Touponce, "Straw Dogs: A Deconstructive Reading of the Problem of Mimesis in James Liu's *Chinese Theories of Literature*," in *Tamkang Review* 11, 4 (1981), pp.359 - 390.

Wolfgang Iser, *The Fictive and the Imaginary: Charting Literary Anthropology* (Baltimore: J. Hopkins University Press, 1993).

Władysław Tatarkiewicz, *A History of Six Ideas: An Essay in Aesthetics* (The Hague; Boston: Nijho., 1980).

Yu Ying-shih, "Neither Renaissance Nor Enlightenment: A Historian's Reflections on the May Fourth Movement," in Milena Doleželová-Velingerová and Oldrich Král eds., *The Appropriation of Cultural Capital: China's May Fourth Project* (Massachusetts, Cambridge: Harvard University Asia Center, 2001), pp. 299 - 326.

中文、日文书

二葉亭四迷：《浮雲》，收入《坪内逍遙・二葉亭四迷集》（東京：筑摩書房，1967年）。

三好行雄編：《島崎藤村全集》第11卷（東京：筑摩書房，1981—1983年）。

大塚秀高：《从物语到小说——中国小说生成史序说》，《学术月刊》1994年第9期，页108—113。

小川環樹：《古小説の語法——特に人稱代名詞および疑問代詞の用法について》，《中国小説史の研究》（東京：岩波書店，1968年），頁274—292。

山田敬三著，汪建译：《汉译〈佳人奇遇〉纵横谈——中国政治小说研究札记》，赵景深主编：《中国古典小说戏曲论集》（上海：上海古籍出版社，1985年），页384—404。

川边大雄：《松本白华在港的经历》，《出版文化的新世界：香港与上海》（上海：上海人民出版社，2011年），页152—164。

久松潜一等編：《日本文学史》第1册（東京：至文堂，1964年）。

王一川：《中国现代性体验的发生：清末民初文化转型与文学》（北京：北京师范大学出版社，2001年）。

王力：《汉语史稿》（重排本）（北京：中华书局，[1980] 2004年），页302。

王永健：《苏州奇人黄摩西评传》（苏州：苏州大学出版社，2000年）。

王宏志：《"以中化西"及"以西化中"——从翻译看晚清对西洋小说的接

受》,《世变与维新》(台北:"中央研究院"中国文哲研究所筹备处,2001年),页589—632。

王宏志:《民元前鲁迅的翻译活动——兼论晚清的意译风尚》,《重释"信达雅":二十世纪中国翻译研究》(上海:东方出版中心,1999年),页183—217。

王宏志:《重释"信、达、雅":20世纪中国翻译研究》(北京:清华大学出版社,2007)。

王汎森:《中国近代思想与学术的系谱》(台北:联经出版事业公司,2003年)。

王汎森:《历史记忆与历史》,《当代》91(1993),页40—49。

王度:《古镜记》,收入《太平广记》第230卷,李昉等编:《太平广记》(香港:中华书局,2003年),页1761—1767。

王国维:《〈红楼梦〉评论》,《教育世界》1904年第76—78、80—81号,收入陈平原、夏晓虹编:《二十世纪中国小说理论资料》第1卷,页113—130。

王敬轩(钱玄同):《文学革命之反响》,原刊《新青年》1918年第4卷第3号,收入北京大学、北京师范大学、北京师范学院中文系中国现代文学教研室主编:《文学运动史料选》第1册(上海:上海教育出版社,1979年),页49。

王枫:《林纾非桐城派说》,《学人》1996年4月第9辑,页605—620。

王尔敏:《中国近代知识普及运动与通俗文学之兴起》,《近代文化生态及其变迁》(南昌:百花洲文艺出版社,2002年),页195—290。

王德威:《如何"现代",怎样"文学"》(台北:麦田出版,1998年)。

王德威、宋伟杰译:《被压抑的现代性:晚清小说新论》(台北:麦田出版,2003年)。

王晓平:《梁启超文体与日本明治文体》,《近代中日文学交流史稿》(长沙:湖南文艺出版社,1987年),页272—277。

井上哲次郎、有賀長雄:《哲學字彙》(東京:東洋館,1881年)。

井上哲次郎訂增:《訂增英華字典》(Tokyo: Fujimoto, 1883—1884)。

木村小舟:《明治少年文学史》(改訂增補版明治篇)(東京:大空社,1995年)。

木村直惠:《〈青年〉の誕生:明治日本における政治的実践の転換》(東京:新曜社,1998年)。

太田善男:《文學概論》(東京:博文館,明治三十九年[1906年]9月)。

中村光夫:《日本の近代小説》(東京:岩波書店,1954年),頁10—11。

中村武羅夫:《小山内薫》,《現代文士廿八人》(東京:日高有倫堂,1909年),頁226—248。

中村青史:《德富蘇峰・その文学》(熊本:熊本大學教育學部國文学会,1972年)。

中村忠行:《清末の文壇と明治の少年文学(一)——資料を中心として》,《山辺道:國文學研究誌》第9号(天理:天理大學國文學研究室,1964年),頁

48—63。

中村忠行:《清末の文壇と明治の少年文学(二)——資料を中心として》,《山辺道:國文学研究誌》第 10 号(天理:天理大學國文学研究室,1964 年),頁 63—81。

中村真一郎:《坪内逍遥"近代文学的基石"》,稲垣達郎編:《坪内逍遥集》(東京:角川書店,1974 年),頁 371—372。

中島長文:《中国小説史略考證》(神户:神户市外國語大學外國學研究所,2004 年)。

中島長文編:《鲁迅目睹書目:日本書之部》(宇治:中島長文,1986 年)。

中国老少年:《中国侦探案》,1906 年,收入陈平原、夏晓虹:《二十世纪中国小说理论资料》第 1 卷,页 211—213。

公奴:《金陵卖书记》,开明书店版,1902 年,收入陈平原、夏晓虹编:《二十世纪中国小说理论资料》第 1 卷,页 65。

孔庆茂:《钱锺书传》(南京:江苏文艺出版社,1992 年),页 13—35。

未署名(茅盾):《〈小说新潮〉栏宣言》,原刊《小说月报》1920 年 1 月 25 日第 11 卷第 1 号,收入《茅盾全集》第 18 卷(北京:人民文学出版社,1990 年),页 12—17。

未署名(茅盾):《〈小说新潮〉栏预告》,原刊《小说月报》1919 年 12 月 25 日第 14 卷第 10 号,收入《茅盾全集》第 18 卷,页 1。

世(1908):《小说风尚之进步以翻译说部为风气之先》,收入陈平原、夏晓虹编:《二十世纪中国小说理论资料》第 1 卷,页 320—323。

石昌渝:《中国小说源流论》(北京:生活·读书·新知三联书店,1994 年)。

北京鲁迅博物馆编:《鲁迅手迹和藏书目录》(内部资料)(北京:北京鲁迅博物馆,1959 年)。

田嶋一:《"少年"概念の成立と少年期の出現 —雑誌'少年世界'の分析を通して —》,《國學院雜誌》第 95 号第 7 期(東京:國學院,1994 年),頁 1—15。

市島春城:《明治文学初期の追憶》,原刊于大正十四年(1925 年),題為"明治初頭文壇の回顧",收入十川信介編:《明治文学回想集》(上)(東京:岩波書店,1998 年),頁 182—208。

西周著、大久保利謙編:《西周全集》4 卷本(東京:宗高書房,1960—1981 年)。

成之(吕思勉):《小说丛话》,原刊《中华小说界》1914 年(第一年)第 3—8 期,收入陈平原、夏晓虹合编:《二十世纪中国小说理论资料》第 1 卷,页 438—479。

黄霖、韩同文编选注:《中国历代小说论著选》上下两册(南昌:江西人民出版社,1990 年),页 357—409。

光翟(黄伯耀):《淫词惑世与艳情感人之界线》,原刊《中外小说林》(第一年）第 17 期，收入陈平原、夏晓虹：《二十世纪中国小说理论资料》第 1 卷，页 308—310。

朱世滋：《中国古典长篇小说百部赏析》（北京：华夏出版社，1990 年）。

朱自清：《朱自清全集》（南京：江苏教育出版社，1988 年）。

朱熹撰、李申编：《四书集注全译》（成都：巴蜀书社，2002 年）。

自由花：《〈自由结婚〉弁言》，自由社版，1903 年，收入陈平原、夏晓虹编：《二十世纪中国小说理论资料》第 1 卷，页 109—110。

《全唐文》第 75 卷（太原：山西教育出版社，2002 年）。

全汉升：《清末的"西学源出中国说"》，《岭南学报》1935 年第 4 卷第 2 期，页 57—102。

冰心：《忆读书》，刘家鸣编：《冰心散文选集》（天津：百花文艺出版社，1992 年），页 410—412。

冰（茅盾）：《我对于介绍西洋文学的意见》，原刊 1920 年 1 月 1 日《时事新报·学灯》，收入《茅盾全集》第 18 卷，页 2—7。

米列娜（Milena Doleželová-Velingerová）编、伍晓明译：《从传统到现代：19 至 20 世纪转折时期的中国小说》（北京：北京大学出版社，1991 年）。

安素：《读〈松冈小史〉所感》，陈平原、夏晓虹编：《二十世纪中国小说理论资料》第 1 卷，页 540—541。

李永圻等编：《吕思勉先生编年事辑》，《吕思勉全集》第 26 卷（上海：上海古籍出版社，2016 年），页 526—626。

李永圻编，潘哲群、虞新华审校：《吕思勉先生编年事辑》（上海：上海书店书版社，1992 年）。

李奇志：《清末民初思想和文学中的"英雌"话语》（武汉：湖北教育出版社，2006 年）。

李昉等编：《太平广记》（香港：中华书局，2003 年）。

李云翔：《〈封神演义〉序》，朱一玄编：《明清小说资料选编（上册）》（济南：齐鲁书社，1989 年），页 553—555。

李福清著、李明滨译：《古典小说与传说：李福清汉学论集》（北京：中华书局，2003 年）。

李奭学：《中国"文学"的现代性与晚明耶稣会翻译文学》，《道风：基督教文化评论》2014 年 1 月 1 日第 40 期，页 37—75。

李欧梵口述；陈建华访录：《徘徊在现代和后现代之间》（台北：正中书局，1996 年）。

李欧梵：《李欧梵自选集》（上海：上海教育出版社，2002 年）。

李欧梵：《林纾与哈葛德——翻译的文化政治》，彭小妍主编：《文化翻译与文本脉络：晚明以降的中国、日本与西方》（台北："中央研究院"中国文哲研究所，2013 年），页 21—71。

李欧梵：《鲁迅的小说现代性技巧》，乐黛云主编：《当代英语世界鲁迅研究》（江西：江西人民出版社，1993年），页28—45。

李欧梵：《鲁迅创作中的传统与现代性》，乐黛云主编：《当代英语世界鲁迅研究》（南昌：江西人民出版社，1993年），页79—80。

李鸿章：《筹议制造轮船未可裁撤折（同治十一年；1872年）》，原刊李鸿章著，吴汝纶编：《李文忠公全集·奏稿》第19卷，页44—50，收入1962年台湾缩印本（台北：文海出版社，1962年），页676—679。

吕思勉：《三反及思想改造学习总结》，李永圻等编：《吕思勉先生编年事辑》，（上海：上海书店出版社，1992年），页50—51。

吕思勉：《小说丛话》，《吕思勉全集》第11卷（上海：上海古籍出版社，2016年），页25—58。

吕思勉：《论学集林》（上海：上海教育出版社，1987年）。

吕福堂：《鲁迅著作的版本演变》，唐弢编：《鲁迅著作版本丛谈》（北京：书目文献出版社，1983年），页61—79。

吴立昌主编：《文学的消解与反消解—中国现代文学派别论争史论》（上海：复旦大学，2005年）。

吴趼人：《二十年目睹之怪现状》，1903—1905年，《吴趼人全集》第1卷、第2卷。

吴趼人：《近十年之怪现状自叙》，1910年，《吴趼人全集》第3卷，页299。

吴趼人：《恨海》，《吴趼人全集》第5卷，页1—80。

吴趼人著、海风等编：《吴趼人全集》10卷本（哈尔滨：北方文艺出版社，1997年）。

何晓毅：《"小说"一词在日本的流传及确立》，《陕西师范大学学报（哲学社会科学版）》1995年第2期，页148—149。

佐藤（佐久間）りか：《"少女"読者の誕生——性・年齢カテゴリーの近代》，《メディア史研究》第19号（東京：ゆまに書房，2005年），頁17—41。

佐藤慎一：《近代中国の知識人と文明》（東京：東京大學出版会，1996年），頁3—174。

佚名：《阙名笔记》，1924年，蒋瑞藻编：《小说考证》（上）（上海：古籍出版社，1984年），页235。

佛克马（Fokkema Douwe Wessel）、蚁布思（Elrud Ibsch）：《文学研究与文化参与》（北京：北京大学出版社，1996年）。

余英时：《中国近代思想史上的胡适》（台北：联经出版事业公司，1984年）。

余英时：《重寻胡适的历程：胡适生平与思想再认识》（台北：联经出版事业公司，2004年）。

余嘉锡：《余嘉锡文史论集》（长沙：岳麓书社，1997年）。

汪懋祖：《读新青年》，原刊《新青年》第5卷第1号，收入郑振铎编选：《中国新文学大系·文学论争集》(上海:上海文艺出版社,[1935年]2003年7月影印本),页45—46。

沈国威:《近代日中语汇交流史:新汉语の生成と受容》(東京:笠間書院,2008年)。

沈从文:《小说与社会》,《沈从文全集》第17卷(太原:北岳文艺出版社,2002年),页303。

沈从文:《论中国创作小说》,《沈从文全集》第16卷(太原:北岳文艺出版社,2003年)。

沈雁冰:《译文学书方法的讨论》,原刊《小说月报》1921年4月10日第12卷第4期,收入《茅盾全集》第18卷,页87—94。

沈德鸿编:《中国寓言初编》,1917年商务单行本,《茅盾全集》第43卷(补遗下篇)(北京:人民文学出版社,2006年),页845—895。

长孙无忌著:《唐律疏义》(上海:上海古籍出版社,1987年)。

坪内逍遥:《シエークスピヤ脚本評註》,原刊《早稻田文学》明治二十四年(1891年)10月第1号,收入吉田精一、淺井清編集:《近代文学評論大系1 明治期I》(東京:角川書店,1971年),頁188—193。

坪内逍遥著,稻垣達郎解説,中村完、梅澤宣夫注釋:《日本近代文学大係·坪内逍遥集》(東京:角川書店,1974年)。

坪内逍遥:《新舊過渡期の回想》,《坪内逍遥集》(東京:角川書店,1974年),頁399—406。

坪内逍遥,稻垣達郎解説:《坪内逍遥集》(東京:角川書店,1974年)。

坪内逍遥,刘振瀛译:《小说神髓》(北京:人民文学出版社,1991年)。

坪内雄藏:《小説神髓》(東京:松月堂,明治二十[1887年]8月)。

披发生(罗普):《〈红泪影〉序》,原刊《红泪影》(广智出版社,1909年),收入陈平原、夏晓虹编:《二十世纪中国小说理论资料》第1卷,页379—380。

林明德:《晚清小说研究》(台北:联经出版事业公司,1989年)。

林纾:《荆生》,收入薛绥之、张俊才编:《林纾研究资料》(福州:福建人民出版社,1982年),页81—82。

林纾:《妖梦》,收入薛绥之、张俊才编:《林纾研究资料》,页83—85。

林纾:《〈古鬼遗金记〉序》,吴俊标校:《林琴南书话》(杭州:浙江人民出版社,1999年),页106—107。

林纾:《〈西利西郡主别传〉识语》,吴俊标校:《林琴南书话》,页98。

林纾:《〈冰雪因缘〉序》,吴俊标校:《林琴南书话》,页99—100。

林纾:《〈孝女耐儿传〉序》,吴俊标校:《林琴南书话》,页77—78。

林纾:《〈英孝子火山报仇录〉序》,吴俊标校:《林琴南书话》,页26—27。

林纾述,曾宗巩口译:《钟乳骷髅》(上海:商务印书馆出版,1908年)。

林纾:《〈洪罕女郎传〉序》,吴俊标校:《林琴南书话》,页38—39。

林纾:《〈洪罕女郎传〉跋语》,吴俊标校:《林琴南书话》,页40—41。

林纾:《〈洪罕女郎〉跋语》,吴俊标校:《林琴南书话》,页40—41。

林纾:《〈红礁画桨录〉译余剩语》,吴俊标校:《林琴南书话》,页60。

林纾:《致蔡鹤卿书》,原刊1919年3月18日北京《公言报》,收入薛绥之、张俊才合编:《林纾研究资料》,页86—89。

林纾:《〈荒唐言〉跋》,吴俊标校:《林琴南书话》,页116。

林纾:《〈埃及金塔剖尸记〉译余剩语》,吴俊标校:《林琴南书话》,页22—23。

林纾:《〈埃司兰情侠传〉序》,吴俊标校:《林琴南书话》,页130。

林纾:《〈鬼山狼侠传〉叙》,吴俊标校:《林琴南书话》,页32—33。

林纾:《〈梅孽〉发明》,吴俊标校:《林琴南书话》,页128。

林纾:《〈黑奴吁天录〉例言》,1901年,收入陈平原、夏晓虹编:《二十世纪中国小说理论资料》第1卷,页43—44。

林纾:《〈斐洲烟水愁城录〉序》,吴俊标校:《林琴南书话》,页30—31。

林纾:《〈兴登堡成败鉴〉序》,吴俊标校:《林琴南书话》,页129。

林纾、魏易同译:《洪罕女郎传》(上海:商务印书馆,1905年)。

林纾:《〈离恨天〉译余剩语》,吴俊标校:《林琴南书话》,页108—111。

林薇:《百年沉浮:林纾研究综述》(天津:天津教育出版社,1990年)。

松岑:《论写情小说于新社会之关系》,原刊《新小说》1905年第17号,收入陈平原、夏晓虹编:《二十世纪中国小说理论资料》第1卷,页172。

东尔:《林纾和商务印书馆》,陈原、陈锋等:《商务印书馆九十年,1897—1987:我和商务印书馆》(北京:商务印书馆,1987年),页541。

和漢比較文学会编:《江户小説と漢文学》(東京:汲古書院,1993年),页193—256。

丘炜蕿:《客云庐小说话·挥麈拾遗》,《晚清文学丛钞:小说戏曲研究卷》(北京:中华书局,1960年),页377—426。

丘炜蕿:《茶花女遗事》,原刊《挥麈拾遗》,1901年,收入陈平原、夏晓虹:《二十世纪中国小说理论资料》第1卷,页45—46。

侗生(佚名):《小说丛话》,原刊《小说月报》1911年第3期,收入陈平原、夏晓虹:《二十世纪中国小说理论资料》第1卷,页388—390。

金圣叹、艾舒仁编:《金圣叹文集》(成都:巴蜀书社,1997年)。

金观涛、刘青峰:《观念史研究——中国现代重要政治术语的形成》(香港:香港中文大学出版社,2008年)。

周作人:《日本近三十年小说之发达》,原刊1918年5月《北京大学日刊》第141—152号,收入钟叔河编:《周作人文类编》第7卷《日本管窥》(长沙:湖南文艺出版社,1998年),页233—248。

周作人:《中国新文学的源流》,1932年3月八次到辅仁大学讲课的讲义,周作人著、杨扬校订：《中国新文学的源流》（上海：华东师范大学出版社，1995年）。

周作人：《代快邮》，钟叔河编：《周作人文类编》第1卷《中国气味》（长沙：湖南文艺出版社，1998年），页516—519。

周作人：《我学国文的经验》，原刊《孔德月刊》1926年第1期，收入钟叔河编：《周作人文类编》第3卷《本色：文学·文章·文化》（长沙：湖南文艺出版社，1998年），页185—189。

周作人：《林琴南与章太炎》，钟叔河：《周作人文类编》第10卷《八十心情》（长沙：湖南文艺出版社，1998年），页372—373。

周作人：《林琴南与罗振玉》，原刊1924年12月《语丝》，收入钟叔河编：《周作人文类编》第8卷《希腊之余光》（长沙：湖南文艺出版社，1998年），页721—723。

周作人：《林蔡斗争文件（一）》，《知堂回想录》上（香港：三育图书文具公司，1974年），页340。

周作人：《刘半农》，原刊1958年5月17日《羊城晚报》，收入钟叔河编：《周作人文类编》第10卷《八十心情》，页430—431。

周作人：《刘半农与礼拜六派》，原刊1949年3月22日《自由论坛晚报》，收入钟叔河编：《周作人文类编》第10卷《八十心情》，页425—427。

周作人、钟叔河编：《周作人文类编》（10册）（湖南：湖南文艺出版社，1998年）。

周作人：《翻译与字典》，原刊1951年4月《翻译学报》，收入钟叔河编：《周作人文类编》第8卷《希腊之余光》，页790—791。

周作人：《关于〈炭画〉》，钟叔河编：《周作人文类编》第8卷《希腊之余光》，页568—569。

周桂笙：《译书交通公会》，马祖毅：《中国翻译史（上）》（武汉：湖北教育出版社，1999年），页756。

周伟、秋枫、白沙编著：《惊世之书：文学书评》（北京：光明日报出版社，2003年）。

周启明：《鲁迅与清末文坛》，《林纾研究资料》，页239—240。

周楞伽：《稗官考》，《古典文学论丛》第3辑（济南：齐鲁书社，1982年），页257—266。

周剑云：《〈痴凤血〉序文》，薛绥之、张俊才编：《林纾研究资料》，页206。

周树奎：《〈神女再世奇缘〉自序》，1905年，收入陈平原、夏晓虹合编：《二十世纪中国小说理论资料》第1卷，页164。

阿英：《作为小说学者的鲁迅先生》，《阿英全集》第2卷，页789—797。

阿英：《阿英全集》12卷本（合肥：安徽教育出版社，2003年）。

阿英：《清末四大小说家》，原刊《小说月报》1941年10月第12期，收入

《阿英全集》第 7 卷，页 638—650。

阿英：《关于〈巴黎茶花女遗事〉》，原刊《世界文学》1961 年第 10 期，收入《阿英全集》第 2 卷，页 838—844。

茅盾：《伍译的〈侠隐记〉和〈浮华世界〉》，原刊 1934 年 3 月 1 日《文学》，收入《茅盾全集》第 20 卷（北京：人民文学出版社，1990 年），页 25—32。

茅盾：《我走过的道路》（香港：三联书店，1981—1989 年）。

茅盾：《直译·顺译·歪译》，原刊《文学》1934 年第 2 卷第 3 期，收入《茅盾全集》第 20 卷，页 39—42。

茅盾：《"直译"与"死译"》，原刊《小说月报》1922 年第 13 卷第 8 期，收入《茅盾全集》第 18 卷（北京：人民文学出版社，1989 年），页 255—256。

茅盾：《茅盾论创作》（上海：上海文艺出版社，1980 年）。

茅盾：《对于系统的经济的介绍西洋文学底意见》，原刊 1920 年 2 月 4 日《时事新报》，收入《茅盾全集》第 18 卷，页 20—26。

茅盾：《论鲁迅的小说》，原刊香港《小说月刊》1948 年 10 月第 1 卷第 4 期，收入《茅盾全集》第 23 卷（北京：人民文学出版社，1996 年），页 430—438。

胡垣坤、曾露凌、谭雅伦，村田雄二郎、貴堂嘉之訳：《カミング・マン：19 世紀アメリカの政治諷刺漫画のなかの中国人》（東京：平凡社，1997 年）。

胡塞尔（Edmund Husserl）著、倪梁康译：《逻辑研究》（上海：上海译文出版社，2003 年）。

胡适：《胡适全集》42 卷本（合肥：安徽教育出版社，2003 年）。

胡适：《五十年来中国之文学》，《胡适全集》第 2 卷，页 259—345。

胡适：《文学改良刍议》，原刊 1917 年 1 月 1 日《新青年》第 2 卷第 5 号，收入《胡适全集》第 1 卷，页 4—15。

胡适：《白话文学史》，1928 年，《胡适全集》第 11 卷，页 205—555。

胡适：《白话文学史·自序》，1928 年，《胡适全集》第 3 卷，页 709—718。

胡适：《我们走哪条路》，原刊《新月》1929 年 12 月 10 日第 2 卷第 10 号，收入《胡适全集》第 4 卷，页 468。

胡适：《林琴南先生的白话诗》，原刊 1924 年 12 月 1 日《晨报》，收入《胡适全集》第 12 卷，页 65—71。

胡适：《非留学篇》，原刊《留美学生季报》1914 年 1 月，收入《胡适全集》第 20 卷，页 6—30。

胡适：《建设的文学革命论》，原刊《新青年》1918 年第 4 卷第 4 号，收入《胡适全集》第 1 卷，页 52—68。

胡适、唐德刚译注：《胡适口述自传》（台北：传记文学出版社，1981 年）。

胡适：《通信·寄陈独秀·文学革命》，《中国新文学大系·建设理论集》，页 53—55。

胡适：《答汪懋祖》，原刊《新青年》1918 年 7 月 15 日第 5 卷第 1 号，收入

《胡适全集》第 1 卷，页 75—77。

胡适：《〈短篇小说〉第二集译者自序》，《胡适全集》第 42 卷，页 379—380。

胡适：《新思潮的意义》，原刊《新青年》第 7 卷第 1 号，收入《胡适全集》第 1 卷，页 691—699。

胡适：《论短篇小说》，原刊《北京大学日刊》及《新青年》1918 年第 4 卷第 5 号，收入《胡适全集》第 1 卷，页 124—136。

胡适：《论翻译——与曾孟朴先生书》，《胡适全集》第 3 卷，页 803—815。

胡适：《论译书寄陈独秀》，原刊《藏晖室札记》第十二卷，收入《胡适全集》第 23 卷，页 95—96。

胡应麟：《二酉缀遗》，《少室山房笔丛》（北京：中华书局，1958），页 459—489。

胡应麟：《少室山房笔丛》（上海：上海书店，2001 年）。

柄谷行人：《日本近代文学の起源》（東京：講談社，1988 年）。

柳父章：《翻訳文化を考える》（東京：法政大学出版局，1978 年）。

柳父章：《翻訳とはなにか：日本語と翻訳文化》（東京：法政大学出版局，1976 年）。

柳父章：《翻訳語成立事情》（東京：岩波新書，1982 年）。

柳田泉著、中村完解説：《"小説神髄"研究》（東京：日本図書センター，1987 年）。

柳田泉：《坪内逍遥先生の文学革新の意義を概論す》，《坪内逍遥集》（東京：角川書店，1974 年），页 361—370。

柳田泉：《明治初期の文学思想》（東京：春秋社，1965 年）。

柳田泉：《若き坪内逍遥：明治文学研究》（東京：日本図書センター，1984 年）。

郁达夫：《纯文学季刊〈创造〉出版预告》，原刊 1921 年 9 月 29 日《时事新报》，收入《郁达夫文集》第 12 卷（广州：花城出版社，1982 年），页 230—231。

秋庭史典：《"美術"の定着と制度化》，岩城見一編：《芸術/葛藤の現場：近代日本芸術思想のコンテクスト》（京都：晃洋書房，2002 年），頁 49—66。

侠人：《小说丛话》，1905 年，原刊《新小说》1904 年第 12 号，收入陈平原、夏晓虹编：《二十世纪中国小说理论资料》第 1 卷，页 89—95。

侯健：《晚清小说的内容表现》，"晚清小说专辑"，《联合文学》（台北：联合文学出版社），1985 年第 1 卷第 6 期，页 19。

俞政：《严复著译研究》（苏州：苏州大学出版社，2003 年），页 21—63。

俞振基：《吕思勉先生著述系年》，《蒿庐问学记》（北京：生活·读书·新知三联书店，1996 年），页 283—344。

俞振基：《吕思勉先生编著书籍一览表》，《蒿庐问学记》（北京：生活·读书·新知三联书店，1996 年），页 276—282。

津田左右吉:《勿吉考》,原刊《滿州地理歷史研究報告第一冊》,1915年,收入《津田左右吉全集》第12卷(東京:岩波書店,1963—1966年),頁20—37。

郎损(茅盾):《新文学研究者的责任与努力》,原刊1921年《小说月报》第12卷第2号,收入《茅盾全集》第18卷,页66—72。

姚鼐:《古文辞类纂·序目》,《古文辞类纂》(上海:中华书局,1936年)。

纪昀著、王贤度校点:《阅微草堂笔记》(上海:上海古籍出版社,1980年)。

纪昀总纂:《四库全书总目提要》卷140,子部50(北京:中华书局,1965年)。

班固:《汉书·艺文志》第30卷(北京:中华书局,1964年)。

马祖毅:《中国翻译史(上)》(汉口:湖北教育出版社,1999年)。

马祖毅:《中国翻译史:"五四"以前部分》(北京:中国对外翻译出版公司,1998年)。

袁世硕:《〈中国小说史略〉辨证二则》,《中国古代小说研究》(北京:人民文学出版社,2005年),页28—35。

袁进:《中国小说的近代变革》(北京:中国社会科学出版社,1992年)。

袁进:《黄摩西、徐念慈小说理论的矛盾与局限》,《华东师范大学学报(哲学社会科学版)》,1986年第3期,页15—19。

根岸宗一郎:《周作人留日期文学论の材源论について》,《中国研究月報》總第50期(東京:中国研究所,1996年9月),頁38—49。

夏丏尊:《坪内逍遥》,原刊1935年6月《中学生》,收入夏弘宁选编:《夏丏尊散文译文精选集》(北京:中国文联出版社,2003年),页76—179。

夏晓虹:《晚清文人妇女观》(北京:作家出版社,1995年)。

夏晓虹:《晚清社会与文化》(武汉:湖北教育出版社,2001年)。

夏晓虹:《觉世与传世:梁启超的文学道路》(上海:上海人民出版社,1991年)。

徐斯年:《〈中国小说史略〉注释补证(1,2)》,《鲁迅研究月刊》2001年10期,页65—75及2001年11期,页69—78。

徐敬修:《说部常识》(上海:大东书局,1925年)。

狹間直樹编:《共同研究梁啓超:西洋近代思想受容と明治日本》(東京:みすず書房,1999年)。

记者(刘半农):《复王敬轩书》,原刊《新青年》1918年第4卷第3号,收入郑振铎选编:《中国新文学大系·文学论争集》(上海:上海文艺出版社,[1935年]2003年7月影印本),页27—39。

高辛勇:《西游补与叙事理论》,《中外文学》1984年第12卷8期,页5—23。

高辛勇:《形名学与叙事理论——结构主义的小说分析法》(台北:联经出版事业公司,1987年)。

浴血生:《小说丛话》,1903年,收入陈平原、夏晓虹编:《二十世纪中国小说理论资料》第 1 卷，页 87。

宫岛新三郎：《明治文学十二講》（東京：大洋社，1925 年）。

凌昌言：《司各特逝世百年祭》，《现代》1932 年 12 月第 2 卷第 2 期，页 276。

孙楷第：《沧州集》（北京：中华书局，1965 年）。

孙毓修：《二万镑之奇赌（节录）》，1914 年，陈平原、夏晓虹编：《二十世纪中国小说理论资料》第 1 卷，页 434。

孙毓修：《英国十七世纪间之小说家》，1913 年，陈平原、夏晓虹编：《二十世纪中国小说理论资料》第 1 卷，页 423—427。

孙毓修：《欧美小说丛谈》（上海：商务印书馆，1916 初版［1926 再版］）。

孙广德：《晚清传统与西化的争论》（台北：台湾商务印书馆，1982 年）。

堀达之助：《英和对訳袖珍辞書》，1869 年出版，现参堀達之助编，堀越亀之助增補：《改正增補英和对訳袖珍辞書》（Shanghai, American Presbyterian Mission Press, 1869）。

梅家玲：《发现少年，想象中国——梁启超少年中国说的现代性；启蒙论述与国族想像》，《汉学研究》2001 年 6 月第 19 卷第 1 期，页 249—275。

曹聚仁：《文坛五十年》（上海：东方出版中心，1997 年）。

曼殊：《小说丛话》，1905 年，陈平原、夏晓虹编：《二十世纪中国小说理论资料》第 1 卷，页 95—96。

国立北平图书馆编：《梁氏饮冰室藏书目录》（北京：北京图书馆出版社，2005 年）。

龟井秀雄：《"小説"論：〈小説神髄〉と近代》（東京：岩波書店，1999 年）。

许寿裳：《亡友鲁迅印象记·杂谈名人》（北京：人民文学出版社，1953 年）。

郭沫若：《我的童年》，《郭沫若全集》第 11 卷（北京：人民文学出版社，1992 年），页 7—159。

郭沫若：《致李石岑信》，原刊 1921 年 1 月 15 日《时事新报·学灯》，收入《郭沫若书信集》（北京：中国社会科学出版社，1992 年），页 183—189。

郭浩帆：《〈新小说〉創辦刊行情況略述》，清末小说研究会编：《清末小说研究》2002 年第 4 期，页 219—228。

康有为：《日本书目志（1898 年）》，《康有为全集》（上海：上海古籍出版社，1987），页 1206、1245。

康有为：《康有为全集》3 卷本（上海：上海古籍出版社，1987）。

康有为：《琴南先生写〈万木草堂图〉，题诗见赠，赋谢》，《庸言》第 1 卷第 7 号，"诗录"，页 1。

康来新：《晚清小说理论研究》（台北：大安出版社，1999［1986］年）。

商务印书馆：《商务印书馆大事记》（北京：商务印书馆，1987 年）。

《清史稿》（上海：上海古籍出版社，1995 年）。

梁启超：《梁启超全集》21 卷本（北京：北京出版社，1999 年）。

梁启超：《三十自述》，《梁启超全集》第 2 册第 4 卷，页 957—959。

梁启超：《中国唯一之文学报"新小说"》，原刊《新民丛报》14 卷，1902 年，收入《二十世纪中国小说理论资料》第 1 卷，页 58—63。

梁启超：《西学书目表》，收入增田涉：《中国文学史研究："文学革命"と前夜の人々》（東京：岩波書店，1967 年），頁 381—424。

梁启超：《告小说家》，《梁启超全集》第 5 册第 9 卷，页 2747—2748。

梁启超：《清代学术概论（原题：前清一代思想界之蜕变）》，《梁启超全集》第 5 册第 10 卷（北京：北京出版社，1999 年），页 3104—3105。

梁启超：《饮冰室自由书》，原刊《清议报》1899 年第 26 册，收入陈平原、夏晓虹编：《二十世纪中国小说理论资料》第 1 卷，页 39。

梁启超：《新小说第一号》，原刊《新民丛报》1902 年第 20 号，收入陈平原、夏晓虹编：《二十世纪中国小说理论资料》第 1 卷，页 56—57。

梁启超：《论小说与群治之关系》，收入陈平原、夏晓虹编：《二十世纪中国小说理论资料》第 1 卷，页 50—54。

梁启超：《论译书》（1897 年），《梁启超全集》第 1 册第 1 卷，页 44—50。

梁启超：《释革》，《梁启超全集》第 2 册第 3 卷，页 759—762。

梁启超：《译印政治小说序》，原刊《清议报》1898 年第 1 册，收入陈平原、夏晓虹编：《二十世纪中国小说理论资料》第 1 卷，页 37。

梁启超：《读日本大隈伯爵开国五十年史书后》，《梁启超全集》第 4 册第 7 卷，页 2100—2101。

梁启超：《读书分月课程》，《梁启超全集》第 1 册第 1 卷，页 3—5 。

梁启超：《变法通议》，《梁启超全集》第 1 册第 1 卷，页 34—42。

梁启超等著：《晚清文学丛钞·小说戏曲研究卷》（台北：新文丰出版公司，1989 年）。

寅半生：《〈小说闲评〉叙》，1906 年，陈平原、夏晓虹：《二十世纪中国小说理论资料》第 1 卷，页 200。

寅半生：《读〈迦因小传〉两译本书后》，原刊《游戏世界》1907 年第 11 期，收入陈平原、夏晓虹编：《二十世纪中国小说理论资料》第 1 卷，页 249—250。

张元济：《张元济日记》（北京：商务印书馆，1981 年）。

张文成撰，李时人、詹绪左校注：《游仙窟校注》（北京：中华书局，2010 年）。

张之洞：《劝学篇》第 12 册，《张之洞全集》（石家庄：河北人民出版社，1998 年）。

张定璜：《鲁迅先生》，原刊 1925 年 1 月《现代评论》，第 1 卷第 7—8 期，收入台静农编：《关于鲁迅及其著作》（郑州：海燕出版社，2015 年），页 13—30。

张俊才：《林纾评传》（天津：南开大学出版社，1992 年）。

张勇：《鲁迅早期思想中的"美术"观念探源——从〈拟播布美术意见书〉的

材源谈起》,《中国现代文学研究丛刊》, 2017 年第 3 期, 页 116—127。

张耕华:《人类的祥瑞:吕思勉传》(上海:华东师范大学出版社, 1998 年)。

张耕华、李孝迁编:《观其会通:吕思勉先生逝世六十周年纪念文集》(上海:上海古籍出版社, 2017 年)。

张耕华编:《吕思勉:史学大师》(上海:上海教育出版社, 2000 年)。

张海林:《王韬评传》(南京:南京大学出版社, 1993 年)。

张菊香、张铁荣合编:《周作人年谱》(天津:天津人民出版社, 2000 年)。

张舜徽:《中国文献学》(上海:上海古籍出版社, 2005 年), 页 26—31。

张丽华:《现代中国"短篇小说"的兴起——以文类形构为视角》(北京:北京大学出版社, 2011 年)。

张镠子:《畏庐师近事》,《礼拜六》1922 年 3 月 19 日第 153 期。

陆绍明:《〈月月小说〉发刊词》, 原刊《月月小说》1906 年第 3 号, 收入陈平原、夏晓虹编:《二十世纪中国小说理论资料》第 1 卷, 页 195—204。

陈力卫:《日本におけるモリソンの'華英・英華字典'の利用と影響》, 近代語研究会:《日本近代語研究——近代語研究会二十五周年記念 1》(東京:ひつじ書房, 2009 年), 頁 245—261。

陈力卫:《和製漢語の形成とその展開》(東京:汲古書院, 2001 年)。

陈平原:《小说史:理论与实践》(北京:北京大学出版社, 1993 年)。

陈平原、王德威、商伟编:《晚明与晚清:历史传承与文化创新》(武汉:湖北教育出版社, 2002 年)。

陈平原:《中国小说叙事模式的转变》(北京:北京大学出版社, 1998/2003 年)。

陈平原:《中国现代小说的起点》(北京:北京大学出版社, 2005 年)。

陈平原、夏晓虹编:《二十世纪中国小说理论资料》第 1 卷(北京:北京大学出版社, 1997 年)。

陈平原、夏晓虹编著:《图像晚清:点石斋画报》(天津:百花文艺出版社, 2001 年)。

陈平原:《晚清文学教室:从北大到台大》(台北:麦田出版, 2005)。

陈姃湲:《从东亚看近代中国妇女教育:知识分子对"贤妻良母"的改造》(台北:稻乡出版社, 2005 年)。

陈思和:《徐树铮与新文化运动》,《中国现代文学研究丛刊》03 (1996), 页 272—287。

陈衍:《福建通志》第 26 卷(上海:上海古籍出版社, 1987 年)。

陈衍编:《林纾传》,《福建通志》第 26 卷。

陈洪:《中国小说理论史》(合肥:安徽文艺出版社, 1992 年)。

陈建华:《"革命"的现代性——中国革命话语考论》(上海:上海古籍出版社, 2000 年)。

陈胜长:《August Conrady·盐谷温·鲁迅:论环绕〈中国小说史略〉的一些问题》,《中国文化研究所学报》1986年第17卷,页344—360。

陈福康:《中国译学理论史稿》(上海:上海外语教育出版社,2000年)。

陈福康:《郑振铎传》(北京:北京十月文艺出版社,1994年)。

陈独秀:《现代欧洲文艺史谭》,原刊《青年杂志》1915年12月第1卷第4号,收入秦维红编:《陈独秀学术文化随笔》(北京:中国青年出版社,1999年),页124—126。

陈独秀:《答胡适之》,《中国新文学大系·建设理论集》(上海:上海文艺出版社,1980年影印本),页56。

陈独秀:《答适之》,《胡适全集》第2卷(合肥:安徽教育出版社,2003年),页229。

陈独秀:《新青年》第6卷第1号,页10。

陶佑曾:《论小说之势力及其影响》,原刊《游戏世界》1907年第10期,收入陈平原、夏晓虹编:《二十世纪中国小说理论资料》第1卷,页246—248。

冯自由著:《革命逸史》(台北:台湾商务印书馆,1969年)。

黄摩西主编:《普通百科新大辞典》(上海:国学扶轮社校印,1911年)。

黄霖等著:《中国小说研究史》(杭州:浙江古籍出版社,2002年)。

黄霖、韩同文编选注:《中国历代小说论著选》上下两册(南昌:江西人民出版社,1990年)。

黄锦珠:《晚清时期小说观念之转变》(台北:文史哲出版社,1995年)。

黄继持:《文学的传统与现代》(香港:华汉文化事业公司,1988年)。

森岡健二编著:《近代語の成立——明治期·語彙編》(東京:明治書院,1991年)。

森鴎外:《エミル、ゾラが没理想》,原刊《しがらみ草子》1892年1月25日第28号,收入唐木順三編《森鴎外集》(東京:筑摩書房,1965年),頁368—369。

森鴎外:《栅草紙の山房論文》,收吉田精一編:《森鴎外全集》第7卷(東京:筑摩書房,1971年),頁5—65。

雁冰(茅盾):《读呐喊》,原刊《时事新报》副刊《文学》1923年10月8日第91期,收入《茅盾全集》第18卷,页394—399。

紫英:《新庵谐译》,原刊《月月小说》1907年(第一年)第5号,收入陈平原、夏晓虹编:《二十世纪中国小说理论资料》第1卷,页273—274。

程千帆:《唐代进士行卷与文学》(上海:上海古籍出版社,1980年)。

傅斯年:《译书感言》,原刊《新潮》1919年1卷3号,收入中国翻译工作者协会《翻译通讯》编辑部编:《翻译研究论文集》(北京:外语教学与研究出版社,1984年),页59。

傅璇琮:《唐代科举与文学》(西安:陕西人民出版社,1986年)。

舒芜：《回归五四》（沈阳：辽宁教育出版社，1999年）。

饮冰：《〈世界末日记〉译后语》，原刊《新小说》1902年第1号，收入陈平原、夏晓虹编：《二十世纪中国小说理论资料》第1卷，页57—63。

饮冰室主人（梁启超）：《〈新中国未来记〉绪言》，原刊《新小说》1902年第1号，收入陈平原、夏晓虹编：《二十世纪中国小说理论资料》第1卷，页54—55。

觚庵：《觚庵漫笔》，1907年，陈平原、夏晓虹编：《二十世纪中国小说理论资料》第1卷，页268—272。

普实克：《普实克中国现代文学论文集》（长沙：湖南文艺出版社，1987年）。

曾纪泽：《曾纪泽遗集》（长沙：岳麓书社，1983年）。

曾朴：《曾先生答书》，《胡适全集》第3卷，页805—815。

汤哲声、涂小马编著：《黄人》（北京：中国文史出版社，1998年）。

恽铁樵：《〈作者七人〉序》，原刊《小说月报》1915年第6卷第7号，收入陈平原、夏晓虹合编：《二十世纪中国小说理论资料》第1卷，页530—531。

寒光：《林琴南》（上海：中华书局，1935年）。

冯桂芬："采西学议"，收入冯桂芬、马建忠：《采西学议——冯桂芬、马建忠集》（沈阳：辽宁人民出版社，1994年）。

几道、别士：《本馆附印说部缘起》，陈平原、夏晓虹编：《二十世纪中国小说理论资料》第1卷，页17—27。

叶朗：《中国小说美学》（北京：北京大学出版社，1982年）。

楚卿（狄葆贤）：《论文学上小说之位置》，1903年，陈平原、夏晓虹编：《二十世纪中国小说理论资料》第1卷，页78—81。

杨燕丽：《〈中国小说史略〉的生成与流变》，《鲁迅研究月刊》1996年第9期，页24—31。

铃木贞美：《日本の"文学"概念》（東京：作品社，1998年）。

铃木修次：《文学の訳語の誕生と日中文学》，古田敬一编：《中国文学の比較文学的研究》（東京：汲古書院，1986年），页327—352。

铃木修次、高木正一、前野直彬合著：《文学概論》（東京：大修館書店，1967年），页338—346。

邹振环：《西方传教士与晚清西史东渐：以1815至1900年西方历史译著的传播与影响为中心》（上海：上海古籍出版社，2007年）。

邹振环：《接受环境对翻译原本选择的影响——林译哈葛德小说的一个分析》，《复旦学报（社会科学版）》1991年第3期，页41—46。

新小说报社（梁启超）：《中国唯一之文学报〈新小说〉》，原刊《新民丛报》14号，1902年，收入陈平原、夏晓虹编：《二十世纪中国小说理论资料》第1卷，页58—63。

新村出编：《広辞苑》（東京：岩波書店，1998年5版）。

新庵：《海底漫游记》，1907年，陈平原、夏晓虹编：《二十世纪中国小说理论资料》第1卷，页277—278。

新廑：《月刊小说平议》，原刊《小说新报》1915年第1卷第5期，收入陈平原、夏晓虹编：《二十世纪中国小说理论资料》第1卷，页527—529。

福田清人：《明治少年文学集》（東京：筑摩書房，1970年）。

碧荷馆夫人：《〈新纪元〉第一回》，1909年，陈平原、夏晓虹编：《二十世纪中国小说理论资料》第1卷，页381。

赵景深：《中国小说史略勘误》，《银字集》（上海：永祥印书馆，1946年），页130—140。

管达如：《说小说》，1912年，陈平原、夏晓虹合编：《二十世纪中国小说理论资料》第1卷，页397—412。

汉语大字典编辑委员会编纂：《汉语大字典》9卷本（成都：四川辞书出版社；武汉：崇文书局，2010年，第2版）。

实藤惠秀著，谭汝谦、林启彦译：《中国人留学日本史》（香港：香港中文大学出版社，1982年）。

蔡达：《〈游侠外史〉叙言》，1915年，陈平原、夏晓虹编：《二十世纪中国小说理论资料》第1卷，页543—544。

蒋英豪：《林纾与桐城派、改良派及新文学的关系》，《文史哲》1997年第1期，页71—78。

蒋英豪：《梁启超与中国近代新旧文学的过渡》，《南开学报》1997年第5期，页23—30。

热奈特（Gérard Genette）：《辞格Ⅲ》（台北：时报文化出版，2003年）。

增田涉：《梁啓超の"西學書目表"》，增田涉：《中国文学史研究："文学革命"と前夜の人々》（東京：岩波書店，1967年），页368—380。

增田涉著，前田一惠译：《论"话本"一词的定义》，王秋桂主编：《中国文学论著译丛》上卷（台北：学生书局，1985年），页183—197。

增田涉著、龙翔译：《鲁迅的印象》（香港：天地图书有限公司，1980年）。

欧阳修、宋祁撰：《新唐书》（北京：中华书局，1975年）。

欧阳健：《古小说研究论》（成都：巴蜀书社，1997年）。

欧阳健：《晚清小说史》（浙江：浙江古籍出版社，1997年）。

稻垣達郎编：《坪内逍遥集》，興津要等编：《明治文学全集》第16卷（東京：筑摩書房，1969年）。

鲁迅：《不是信》，《鲁迅全集》第3卷，页221—241。

鲁迅：《〈中国小说史略〉日本译本序》，《鲁迅全集》第6卷，页347—348。

鲁迅：《中国小说史略》，《鲁迅全集》第9卷，页1—296。

鲁迅：《中国小说的历史的变迁》，《鲁迅全集》第9卷，页301—340。

鲁迅：《〈中国新文学大系〉小说二集序》，《鲁迅全集》第6卷，页238—265。

鲁迅：《六朝小说和唐代传奇文有怎样的区别？——答文学社问》，《鲁迅全集》第 6 卷，页 322—327。

鲁迅：《呐喊·自序》，《鲁迅全集》第 1 卷，页 415—420。

鲁迅：《我怎么做起小说来？》，《鲁迅全集》第 4 卷，页 511—515。

鲁迅：《宋民间之所谓小说及其后来》，《鲁迅全集》第 1 卷，页 144—157。

鲁迅：《青年必读书》，《鲁迅全集》第 3 卷，页 12—14。

鲁迅：《怎么写（夜记之一）》，《鲁迅全集》第 4 卷，页 18—29。

鲁迅：《〈草鞋脚（英译中国短篇小说集）〉小引》，《鲁迅全集》第 6 卷，页 20—21。

鲁迅：《〈域外小说集〉序言》，《鲁迅全集》第 10 卷，页 155—157。

鲁迅：《"硬译"与"文学是有阶级性的吗"？》，《鲁迅全集》第 4 卷，页 195—225。

鲁迅：《叶紫作〈丰收〉序》，《鲁迅全集》第 6 卷，页 219—222。

鲁迅：《鲁迅全集》16 卷本（北京：人民文学出版社，1981 年）。

鲁迅：《鲁迅景宋通信集》（长沙：湖南人民出版社，1984 年）。

鲁迅：《忆刘半农君》，《鲁迅全集》第 6 卷，页 71—75。

刘禾著，宋伟杰等译：《语际书写——现代思想史写作批判纲要》（上海：上海三联书店，1999 年）。

刘哲庐：《文学常识》（上海：大中书局，1929 年）。

刘勰：《文心雕龙》（杭州：浙江古籍出版社，2001 年）。

摩西（黄人）：《〈小说林〉发刊词》，原刊《小说林》1907 年第 1 期，收入陈平原、夏晓虹编：《二十世纪中国小说理论资料》第 1 卷，页 253—255。

郑匡民：《梁启超启蒙思想的东学背景》（上海：上海书店出版社，2003）。

郑伯奇：《两栖集》（上海：上海书店，1987 年）。

郑振铎：《〈中国新文学大系·文学集〉导言》，1934 年 10 月 21 日，郑振铎：《郑振铎文集》（北京：人民文学出版社，1959 年），页 412。

郑振铎：《林琴南先生》，原刊《小说月报》第 15 卷第 11 号，收入《林纾研究资料》，页 149—164。

郑振铎：《梁任公先生》：《郑振铎全集》第 3 卷（石家庄：花山文艺出版社，1998 年），页 366。

郑振铎：《译文学书的三个问题》，《郑振铎全集》第 15 卷（石家庄：花山文艺出版社，1998 年），页 49—77。

郑逸梅：《清末民初文坛轶事》（上海：学林出版社，1987 年）。

郑树森：《从现代到当代》（台北：三民书局，1994 年）。

潘建国：《'汉书·艺文志'"小说家"发微》，《中国古代小说书目研究》（上海：上海古籍出版社，2005 年），页 1—21。

驽牛（吕思勉）：《勿吉考——译〈满州历史地理研究报告〉第一册》，原刊

《沈阳高师周刊》1921年第42期，页2—8，收入吕思勉：《吕思勉全集》第11卷（上海：上海古籍出版社，2016年），页277—286。

树珏（恽铁樵）：《关于小说文体的通信》，陈平原、夏晓虹编：《二十世纪中国小说理论资料》第1卷，页563—566。

樽本照雄：《林紓冤罪事件簿》（大津：清末小説研究会，2008年）。

樽本照雄：《清末小説探索》（大阪：法律文化社，1998年）。

樽本照雄：《新編清末民初小説目録》第5版（大津：清末小説研究会，1997年）。

樽本照雄：《梁啓超の盗用》，收入樽本照雄：《清末小説探索》（大阪：法律文化社，1988年），頁249—255。

樽本照雄：《梁啓超の"群治"について—"論小説與群治之関係"を読む》，《清末小説》（大津：清末小説研究会），第20号1997年12月，頁5—29。

卢叔度：《关于我佛山人的笔记小说五种》，《吴趼人全集》第10卷，页299。

衡南劫火仙：《小说之势力》，原刊《清议报》1901年第68期，收入陈平原、夏晓虹编：《二十世纪中国小说理论资料》第1卷，页48—49。

钱玄同：《〈天明〉译本附识》，《新青年》1918年2月15日第4卷第2号。

钱玄同：1917年2月25日《寄陈独秀》，原刊《新青年》1917年3月1日第3卷第1号，收入《中国新文学大系·建设理论集》（上海：上海文艺出版社，1980年影印本），页48—52。

钱玄同：《致陈独秀》，《新青年》1917年第3卷第6号。

钱玄同：《致陈独秀信（节录）》，《新青年》1917年第3卷第1号，收入严家炎编：《二十世纪中国小说理论资料》第2卷（北京：北京大学出版社，1997年），页23—26。

钱玄同：《〈尝试集〉序》，沈永宝编：《钱玄同五四时期言论集》（上海：东方出版中心，1998年），页48。

钱玄同：《写在半农给启明的信底后面》，原刊《语丝》1925年3月30日第20期，收入薛绥之、张俊才编：《林纾研究资料》，页165—167。

钱理群：《矛盾与困惑中的写作》，《文艺理论研究》1999年3期，页48—49。

钱锺书：《林纾的翻译》，原刊《文学研究集刊》第1册（北京：人民文学出版社，1964年），收入薛绥之、张俊才编：《林纾研究资料》，页306—323。

薛芯：《〈中国小说史略〉中的一点疏忽》，《鲁迅研究月刊》1996年第6期，页72。

薛福成：《庸庵文续编》（上海：上海古籍出版社，1995年）。

薛绥之、张俊才编：《林纾研究资料》（福州：福建人民出版社，1982年）。

韩南（Patrick Hanan）著，徐侠译：《中国近代小说的兴起》（上海：上海教育出版社，2004年）。

钟少华编：《词语的知惠：清末百科辞书条目选》（贵阳：贵州教育出版社，

2000 年)。

钟叔河:《从东方到西方:走向世界丛书叙论集》(上海:上海人民出版社,1989 年)。

何晏注,邢昺疏,李学勤主编,朱汉民整理:《论语注疏》(北京:北京大学,1999 年)。

魏惟仪编:《林纾魏易合译小说全集重刊后记》(台北:1993 年)。

魏绍昌:《晚清四大小说家》(台北:台湾商务印书馆,1993 年)。

魏绍昌编:《吴趼人研究资料》,(上海:上海古籍出版社,1980 年)。

魏绍昌:《孽海花资料》(上海:上海古籍出版社,1982 年)。

藤村作编:《日本文学大辞典》7 卷本(東京:新潮社,1956 年)。

关诗珮:《吕思勉〈小说丛话〉对太田善男〈文学概论〉的吸收——兼论西方小说艺术论在晚清的移植》,《复旦学报(社会科学版)》2008 年第 2 期,页 20—35。

关诗珮:《哈葛德少男文学(boy literature)与林纾少年文学(juvenile literature):殖民主义与晚清中国国族观念的建立》,《翻译史研究(第 1 辑)》,2011 年,页 138—169。

关诗珮:《"唐始有意为小说":从鲁迅〈中国小说史略〉看现代小说(fiction)观念》,《中国现代、当代文学研究(J3)》,No. 3 (2008),页 45—58。

关诗珮:《"唐始有意为小说":从鲁迅〈中国小说史略〉看现代小说(fiction)观念》,《鲁迅研究月刊》2007 年第 4 期,页 4—21。

关诗珮:《从林纾看文学翻译规范由晚清中国到五四的转变:西化、现代化和以原著为中心的观念》,《中国文化研究所学报》,Vol. 48 (2008),页 343—371。

关诗珮:《翻译与帝国官僚:伦敦国王学院中文教授佐麻须(James Summers; 1828—1891)与东亚知识的生产》,《翻译学研究集刊》,2014 年,页 23—58。

罗存德、井上哲次郎订增:《訂增英華字典》[Tokio: J Fujimoto, 16th year of Meiji (1813)]。

罗志田:《林纾的认同危机与民初的新旧之争》,《历史研究》1995 年第 5 期,页 117—132。

罗志田:《国家与学术:清季民初关于"国学"的思想论争》(北京:生活·读书·新知三联书店,2003 年)。

罗志田:《权势转移:近代中国的思想、社会与学术》(武汉:湖北人民出版社,1999 年)。

罗选民:《中华翻译文摘(2006—2010)》(北京:中译出版公司,2018 年)。

苏雪林:《今人志》,(上海:上海良友图书公司,1935 年)。

觉我(徐念慈):《余之小说观》,原刊《小说林》1908 年第 10 期,收入收陈平原、夏晓虹编:《二十世纪中国小说理论资料》第 1 卷,页 332—338。

觉我(徐念慈):《〈小说林〉缘起》,原刊《小说林》1907 年第 1 期,收入陈平原、夏晓虹编：《二十世纪中国小说理论资料》第1卷，页255—257。

顾昕：《中国启蒙的历史图景：五四反思与当代中国的意识形态之争》（香港：牛津大学出版社，1992年）。

顾颉刚：《当代中国史学》（香港：龙门书店，1964年）。

龚济民、方仁念合编：《郭沫若年谱》（天津：天津人民出版社，1982年）。

蛮（黄人）：《小说小话》，收入陈平原、夏晓虹编：《二十世纪中国小说理论资料》第1卷，页258—267。

黄子平、陈平原、钱理群：《二十世纪中国文学三人谈》（北京：人民文学出版社，1988年）。

齋藤希史：《近代文学観念形成期における梁啓超》，狭間直樹編：《共同研究梁啓超》（東京：みすず書房，1999年），頁296—230。

盐谷温：《关于明代小说"三言"》，青木正儿等著，汪馥泉等译：《中国文学研究译丛》（上海：上海文艺出版社，1992年），页5—6。

関良一：《〈小説神髄〉の正立——〈美術真説〉、〈修辞及華文〉との関連について》，関良一：《逍遙・鴎外：考証と試論》（東京：有精堂出版，1981年）。

徳富蘇峰：《新日本之青年》，神島二郎編：《徳富蘇峰集》（東京：筑摩書房，1978年），頁3—63。

吕思勉：《吕思勉全集》26卷本（上海：上海古籍出版社，2016年）。

吕思勉，魏绍昌附记：《小说丛话》，《古代文学理论研究》第六辑（上海：上海古籍出版社，1982年），页278。

実藤恵秀：《日本と中国における留學と翻訳》，《中国人日本留學史》（さねとう・けいしゅうくろしお出版，1960年），頁436—441。

笹淵友一：《浪漫主義文学の誕生》（東京：明治書院，1958年）。

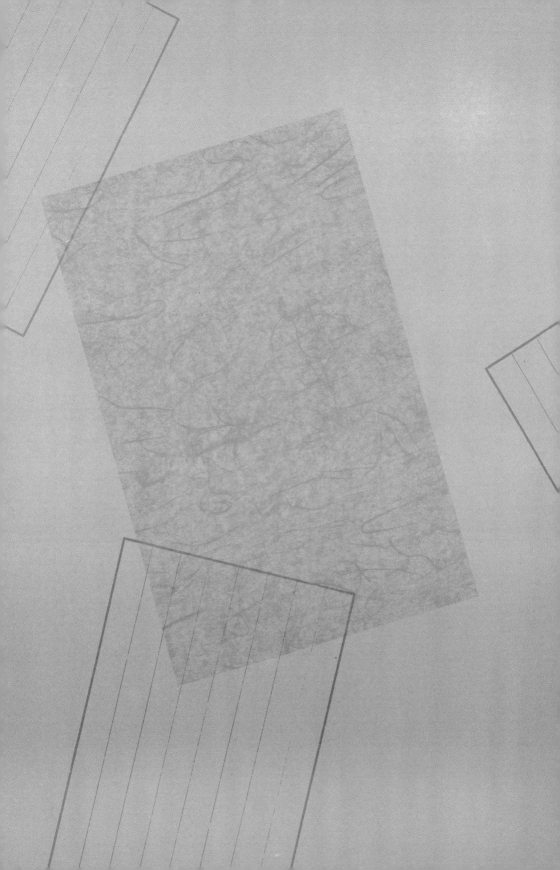